啟功
講學錄

啟功 —————— 著

趙仁珪 萬光治 張廷銀 —— 編

開明書店

目錄

其 他

講 稿

論文學

一、唐代文學第一講

怎樣去研究唐代文學？談談自己不成熟的想法。

1. 文學史為照顧全面，考慮不同程度的人閱讀，故頗受局限。我認為文學史不可不讀，亦不可太讀。全面地閱讀和研究作家的作品，是非常必要的。如《唐詩三百首》，所選李白詩都是精華。但如讀《李太白全集》，卻發現有許多糟糕的詩。所以，了解一個作家、一個流派、一個時代，除文學史外，其餘大有可為。

2. 要居高臨下，不能被作品嚇住，更不能為當代人的議論嚇住。要看一個作家與前者有何關係，在當時有何作用，對後世有何影響。「有比較才有鑒別」。研究唐詩，不研究六朝詩、宋元詩，則無法比較。如初唐四傑，有人認為不如盛唐，但對比六朝，則可知何以在當時有如此大的影響。

3. 背景與文學藝術成就關聯極大，但關係究竟怎樣？有些背景是當時生效，有些是經醞釀以後生效的，應該予以注意。現今有些文學史將作品和背景的關係處理得不好。背景對文學，有直接和間接的作用。

4. 背景與題材。題材是當時的，它藉助一定的藝術手法表現自己。但題材的醞釀非一夕而成。杜甫寫安史之亂的詩，可稱作「詩史」，但他所

以能如此，亦非一夕之功。這當中不僅有他自己的努力，也得之於漢魏六朝、初唐、盛唐文學之力。正如長期施肥，一朝沐浴陽光雨露，新芽便可破土。故杜甫的成就，除安史之亂的背景，還有另一方面的條件。

5. 一個時期有一個時期的風格、面目，但其間不能一刀切斷。如唐分四期，明、清便有人議論，問一個作家歷經兩個時期，該如何分？唐分初、盛、中、晚，指的是統治階級的盛衰沒落，雖然與文學有關，但並不絕對。如盛唐文學則並非唐文學的高峰。

所以，關係是錯綜複雜的。一個動亂的社會，作品易於及時反映現實，升平時期則不一樣，故有「詩窮而後工」之説。「蜀道難」好寫，「大平原」則不好寫。李、杜寫安史之亂，以已有的寫作才能，如魚得水，故有成就。初唐人的文化教養是隋統一的功勞。唐建國以後，這些人的創作才能已經成熟。其實隋文學已較成熟，初唐是隋醞釀而來的。中唐韓愈、白居易等，頗得盛唐之力。白居易的詩如糖水經過沉澱，毫無渣滓。韓愈詩並不在李、杜之下。人一説韓愈，似乎只有古文運動。其實在安史之亂後，他的詩極有價值，如《石鼓歌》。可以説，韓詩中某些篇章長於他的文。此是個人看法。

韓愈氣魄大，飛揚跋扈；白居易則婆婆媽媽。白作詩並未徵求過老嫗的意見，這是後人的誤解。元、白詩相比，元是一鍋粥，白詩如過濾沉澱後的糖水。北方曲藝行話有「皮兒厚皮兒薄」之説。皮兒薄者，一聽就懂；反之則皮兒厚。元、白詩正有皮兒厚皮兒薄之分。

繁榮昌盛的局面短期難以反映入文藝作品。杜詩中表達快樂的歡娛之辭僅有《聞官軍收河南河北》，餘皆愁苦之辭。故唐的分期，文學與政治難以平衡。

傳統的文學批評卑視唐代中期、晚期，我認為不妥。晚唐詩風細膩，如趙嘏、許渾、司空圖，詩的精密度很高，這正是安史之亂再度統一後施

肥澆水開出的花。正如二荏茶較第一荏長勢弱一點，其味並不弱於前者。

我曾有筆記一條：「唐以前的詩是長出來的；唐人詩是嚷出來的；宋人詩是想出來的；宋以後詩是仿出來的。」唐人「嚷」詩，出於無心，實大聲宏，肆無忌憚。宋人詩多抽象說理，經過了熟慮深思，富於啟發力。當然，以上幾句不可理解得太絕對。

唐代四期，詩風也有以上四句話的特點。

趙嘏詩：「殘星幾點雁橫塞，長笛一聲人倚樓。」兩句最後三字平仄為：

$$| — | \qquad — | —$$

唐人擅長律句。到了晚唐，詩人膩於此道，故趙嘏於詩中常熟練地運用拗句。

許渾詩：「溪雲初起日沉閣，山雨欲來風滿樓。」後三字平仄為：

$$| — | \qquad — | —$$

他們的律詩裏幾乎都有這種拗句，這說明晚唐詩人作詩都經過一番熟慮深思。從中也可看出他們作詩，是何等細膩。

司空圖的《詩品》雖曰文藝批評，其實是藉此創作二十四首四言詩。

說宋人邏輯思維多，其實晚唐已有萌芽。

宋以後詩以模擬為主，鬧了不少的笑話。漢樂府有《鼓吹鐃歌》，其中「衣烏魯支邪」，本是襯字。但明人前後七子模擬《鐃歌》，連這幾個字也要模仿，難怪要被錢謙益臭罵一通。

關於唐代文學，講四個問題。

1. 駢體文在漢魏六朝即很盛行，但不定型。漢賦如汪洋大海，語言規格（指格調）仍過分堆砌、大塊。後來的抒情小調更澄澈靈巧。唐人的駢體文更成熟，從場面聲勢到闡發道理，都運用自如。四六體及律賦都定型成熟。《文苑英華》收有大量的唐賦，主題、題材及手法都很豐富。

皇帝為什麼喜歡《文苑英華》？他們不一定都能讀懂。駢體文何以在

唐代很盛行，窮工竭力，爭妍鬥勝？這個問題值得研究。

六朝以來，散體文曰「筆」，駢體文曰「文」。文者，圖案也。推衍之，文當有規整，有裝飾。實用品加裝飾，是人類文化發展的結果。文章亦如此。實用之外，應有裝飾。但「踵事增華」，最後越堆砌越多，便走向極端。駢體文何以發展成四六文？今人有標點，古人則無。漢人之句逗用「乚」。漢墓文書無句逗，極少用「乚」。駢體文令人一讀，可自然找出停頓。駢體文抒情、寫景、詠物有其優越性，除表達意思外，還極具美感，也便於閱讀。所以駢體文皇帝也喜歡。

宋代官僚用品字箋（亦稱「品字封」），十分累贅。見陸游《老學庵筆記》卷三：「宣和間，雖風俗已尚詔諛，然尤趣簡便。久之，乃有以駢儷箋啟與手書俱行者，主於箋啟，故謂手書為小簡，然猶各為一緘。已而，或厄於書吏不能俱達，於是駢緘之，謂之雙書。紹興初，趙相元鎮貴重，時方多故，人恐其不暇盡觀雙書，乃以爵裏，或更作一單紙，直敘所請而並上之，謂之品字封。」即宋代上呈文時，以駢儷體為正文，另附手書小簡，叫雙書，後又附單紙直述所請內容，三者合成一封，叫「品字封」。

「筆」，散體文；「文」，駢體文。「文」堆砌愈多，生氣愈少。韓愈「文起八代之衰」，是以「筆」救「文」，故「筆」興盛起來。五四以來，一般人用「筆」寫文章，用「語體」寫書簡。「語體」打磨得很光潔，足見當時人們所愛。

「筆」的興起，發展為韓、柳的古文運動。最初的「筆」有些艱澀，經韓、柳的努力，方才規整起來。清代茅坤選唐宋八大家，即以韓、柳為骨幹。清代的桐城派和《文選》，被稱為「桐城謬種，選學妖孽」，此是「筆」發展到一定程度，歷經數代，又逐漸僵化。

唐代還有一類文章，文學史不大談，我認為對後世也有影響，值得一

談。劉知幾《史通》是駢散之折中體，有駢文之規整，而無駢文之堆砌。孫過庭《書譜》講書法，文體與《史通》一樣，有上句必有下句，但又不同於四六文。語言透徹，富於概括力，技巧純熟。此類文體不純粹同於駢體，然又有對偶句。唐後期陸贄有《陸宣公奏議》，全為政治論文，文體同《史通》，但句法更靈活，更淺易，亦有上下句的對稱。這類文章，應承認它的作用，在明清有影響。明代的八股文就很受它的影響。

此是駢散之間的一種文體，不僅是文學形式的問題。過去一談形式，便是形式主義，應擺脫這種現象。一種形式的產生，必定有它的道理。

2. 古文運動與前後均有關係。唐前期陳子昂、元結等人為文已帶有復古的意圖。他們為何要復古？有人說是以復古來革新。我認為他們當中有些人固然是有意識地以復古來革新，有的卻出於不自覺。他們讀《尚書》《左傳》，覺得比駢體文好，便事模擬。又北朝蘇綽奉旨擬《尚書》作《大誥》，讀之令人不解。唐人樊宗師被韓愈吹捧為「惟古於詞必己出」，其實語言是交流思想的工具，樊宗師文章的弊病正在於此。他的文章一百卷，於今僅存兩篇半。有《樊紹述集》，後人作注，也讀不懂。近來出土有其本家樊沇的墓志銘，其文並不艱澀，可以理解。也許這類文章為他所不屑，所以未收入集中。

故復古有真復古者，如蘇綽、樊宗師即是真復古。韓、柳不過是摹古，客觀上否定了駢體文。韓愈推崇樊宗師，說明他未嘗不作此想。不同的是樊宗師是安心不給人看，韓愈卻想讓人看。有人稱他為「諛墓精」（韓愈好作墓志銘），為收稿費，故不敢真復古。這說明韓愈寫文章還考慮到讀者，所以能讀懂。

蘇、樊等人想復古，然而又駕馭不了古文，故失敗了。韓愈亦未必自覺地想要「文起八代之衰」，故韓愈可以說是想復古而勝利了的樊宗師。這正是他的幸運處，否則，沒有一篇文章會流傳下來。

3. 傳奇。近人陳寅恪先生新中國成立前有文章談唐傳奇。魯迅先生有《唐宋傳奇集》。陳先生說唐傳奇所以很盛，是因為進士須「溫卷」，即考試前將自己的文章請宗師看。第一次謂之「行卷」，第二次再送同樣一篇，謂之「溫卷」。如再未看，便用傳奇送上去。一般都不用自己最好的文章。但我認為這並非是唐傳奇興盛的根本原因，僅僅是其中的一個方面。

唐傳奇何以這樣流行？我認為：

唐人的正規文章，是碑、傳、墓志等，即官樣的文章。而真正反映生活，無論是寫自己，還是寫旁人，總之要能表達思想感情，上述的文章就無法勝任了，傳奇因此而產生。如《鶯鶯傳》《李娃傳》等，雖然叫「傳」，卻不是上面所說的傳，無須對誰負責。「傳奇」內容豐富，表現力強，無碑、傳之約束，故大家願寫傳奇。

傳奇故事來自民間。陳先生還認為傳奇有詩，有文，說說唱唱，這更說明了它是來自民間的。僅看到古文運動和「溫卷」的影響，是不全面的。

傳奇文章的繼承性。文人「溫卷」，宗師要看其有無史才、史筆，可見其重史。明清很多有功名的文人大多分派去修史，為什麼？因為作史是為了粉飾統治者，需要文章誇張修飾。陳先生如是說，我認為片面。至於是否有「史才」、「史筆」之說，當然有。唐人修南北朝史書，都是官樣文章。其中的精華部分，後來為《資治通鑒》抽去使用（我認為《資治通鑒》可稱「故事匯編」），這正是故事性強、文藝性強的部分。中國古代小說的精華在史書之中。《資治通鑒》所寫李泌，故事便在《鄴侯家傳》。《史記》中也有小說的成分。故可以斷言，傳奇與史書有聯繫。上溯至《左傳》《史記》《漢書》，其間都塑造了許多人物，此便是小說之濫觴。《聊齋》便是有意模仿《史記》。

魯迅《唐宋傳奇集》之外，還可以蒐集到一些屬於這類文體的作品。

4. 外來文化的影響。五四以來，有人認為中國文化的精華都是舶來

品，此是自卑感太強。他們還有一個論據，即中國的文學、音樂、美術均受印度佛學、文學、音樂、美術的影響。敦煌發掘的變文（相對經文而言）是俗文學的一種，為人所重視。有些人便把發掘出的其他俗文學統統歸入變文，由此跟經文攀上親戚，以證明印度文學對中國文學的影響很大。俗文學中有《韓朋賦》《燕子賦》等，顯然與佛經無關，是土產。就以變文言之，雖然說的是佛教故事，但形式卻是土產的。有人把它們稱作翻譯文學，但卻忽視了正是用中國的語言和文學形式翻譯佛經，才使它們大放光彩。姚秦的蕃僧鳩摩羅什曾翻譯過若干經，後玄奘又重譯過，文字便美得多。原因是唐代宮廷設有潤經使，專門潤飾經文的譯文，故可看作再創作，非直接的翻譯。唐太宗《聖教序》碑文後面還刻有潤經使的名字，有些潤經使，如來濟都是當時出名的酷吏。玄奘譯《心經》，最後有咒曰：「揭諦揭諦，波羅揭諦，波羅僧揭諦，菩提娑婆訶。」當時不意譯，認為要保持咒語的神祕性，只能音譯，故成是狀。但後來有人意譯作：「究竟究竟，到彼究竟，到彼齊究竟，菩薩之畢竟。」於是神祕性全無。佛經有偈語，即所謂「我欲重宣此義而說偈語」。其實就音譯看，「揭諦揭諦……」等與梵文音並不合轍。

（萬光治根據一九七九年四月五日的聽課筆記整理）

二、唐代文學第二講

今天講初唐和盛唐的詩歌，算是一個略論。

何以稱唐詩、宋詞、元曲？因為唐詩最突出。何以詩到唐便興盛起來？這也很值得研究。

有人分唐詩為四段，初、盛、中、晚，其中只推崇盛唐而卑視初唐。明人非盛唐詩不摹擬，為什麼？

我認為詩歌發展到唐代是壯盛時期。以詩歌廣義的概念來說，元曲、宋詞何嘗不是詩；一篇好的散文，也等於是詩。狹義而言，詩則專指五言、七言、歌行、樂府、古體……就這一範圍而言，唐詩正處於壯盛的時期。為什麼說唐詩處於中國古代詩歌的壯盛時期？這需要和以前的詩歌狀況作比較，才能作出結論。

袁宏道（中郎）是公安派的代表人物，明萬曆時人。譚元春是竟陵人，合稱公安竟陵派，小品文盛極一時。袁宏道的詩和關於詩的見解都很好，他說「唐人之詩無論工不工，第取而讀之，其色鮮妍，如旦晚脫筆研者。今人之詩雖工，然句句字字，拾人釘餖，才離筆研，似舊詩矣！夫唐人千歲而新，今人脫手而舊，豈非流自性靈與出自模擬者，所從來異乎？」（見江盈科《敝篋集序》所引，錢謙益《列朝詩集小傳》也有類似

轉引）明七子王世貞、李攀龍等專事模擬唐詩中所謂氣勢浩大者，便是假古董。我認為袁宏道之言，甚有道理。

漢魏六朝詩有成就，但究竟到了什麼樣的程度？譬如一枝花，從孕苞到開放、凋謝，應有一個過程。我認為漢魏六朝詩是含苞欲放的花。有人說漢魏六朝的詩好得不得了，古雅得很，其實不對。我認為，《詩經》在詩歌史的長河中與唐詩相比，如童稚語，樸實天真，不是長歌詠歎。傳說毛主席曾說過《詩經》「沒有詩味」。又說現在的梯形詩除非給我一百塊光洋，否則我才不看。此說是否真實，且不管它。我個人是十分贊成這種看法的。現在有人仍用四言詩作挽詩，我感到表達力太差，難以盡興。《詩三百》是詩的源頭，處於不成熟的階段。「關關雎鳩，在河之洲……」出語樸實，不俗。後人如再重複，便落入俗套。當然，《詩經》中也有比較成熟的，如「昔我往矣，楊柳依依。今我來思，雨雪霏霏」一類，便很有韻味，給人留有餘地。

漢魏和西晉的詩比《詩經》大進了一步，能直接地吐露思想感情，這是好事，但未免失之太實。曹植的詩很好，與六朝、初唐詩已經很接近。其他如王粲、左思、陸機等，也大抵如此。左思的詩很像李白，但仔細一看，僅似是而非。如《詠史》詩云：「左眄澄江湘，右盼定羌胡。功成不受爵，長揖歸田廬」；「著論準《過秦》，作賦擬《子虛》」；「言論準宣尼，辭賦擬相如」，後面兩句詩如對聯，詩歌中稱作「合掌」，意思都一樣。這不是左思不行，而是當時對詩的要求就是如此，無須打磨得太光。前所引的第一首是無根底之言，有些像李白的豪語，其實都算不上是好詩。但就那個時期而言，是好的作品，只是與唐詩相比，那就差遠了。

漢魏間有無超出一般水平的好詩？以「超脫」論詩雖不貼切，但也不妨借用一下，即寫詩要給人留下空隙。留有餘地，這就叫「超脫」。反之則為拙劣，把一切都說盡了。一如圖畫，總得在圖畫之外留有餘地，否

則就變成純圖案了。曹操的四言詩已很成熟，詩意跳躍很大。他借用《詩經》，信手拈來，毫不拘束。正因為他的詩跳躍性大，其間留有空當，故很能給人以想象的餘地。曹操的詩是在汲取《詩經》和民歌的養料基礎上而獲得成功的。

詩不能如火車，老在一條軌道上跑，它必須有跳躍。南朝民歌《西洲曲》便富於跳躍性。我認為曹詩的成就比《詩經》要高。

不死不板，謂之超脫。漢魏六朝詩有這個成就，但還相當粗糙，琢磨得太少。陶淵明在詩中消胸臆憤懣，正如魯迅說他並非渾身都是靜穆，是一個很有正義感的人。陶淵明的詩表面平淡，其實有許多的憤懣和不平。如寫辭官為其妹奔喪一詩，內容與奔喪完全無關，而且他根本就未去武昌奔喪。漢魏重名教，陶淵明表面奔喪，是敷衍名教；但詩中又實寫其事，又足見其蔑視名教。「嬉笑之怒，甚於裂眥；長歌之哀，過於慟哭」。此便是陶淵明詩歌的寫照。他越是寫得平淡，內容也就表現得越深。他在詩中不能不順應當時暢談玄理的風氣，也說一點理，但更多的是避諱它。他在詩中抒寫情感，但又留有餘地，並不過分。後人將陶淵明和謝靈運並稱，其實不妥。清人周濟認為陶淵明應與杜甫相提並論，理由是他們都同於有什麼說什麼，敢於直抒胸臆。

大家如能將漢魏到唐的詩歌加以比較，則可以看出陶淵明詩歌的特殊性不僅在於其思想方面，在藝術上陶詩也是自有特色的。當然，陶淵明在藝術技巧、音韻和用字方面，不如唐人成熟，這也是符合詩歌藝術發展規律的。

王粲投奔劉表，至武漢，寫《南登霸陵岸》一詩，其間有「出門無所見，白骨蔽平原」句，是誇張，但也實在。杜甫詩卻不一樣。他在成都盼望長安，詩意就很不一樣。《秋興八首》曰：「夔府孤城落日斜，每依南斗望京華。」「瞿塘峽口曲江頭，萬里風煙接素秋……回首可憐歌舞地，

秦中自古帝王州。」詩意比王粲要有餘地得多。宋人張舜民被貶到湖南，「何人此路得生還，回首夕陽紅盡處，應是長安」，詩意又更進了一層。到辛稼軒「西北望長安，可憐無數山」，更別有一番氣象。同是望長安，幾位詩人的處境、思想、感情乃至運用技巧不同，詩意便大不一樣。比較起來，王粲的詩顯得太實，毫無縫隙可言。

《詩經‧碩人》云：「領如蝤蠐，齒如瓠犀……」其寫美女的手法也並不高明。曹植《洛神賦》的「延頸秀項，皓質呈露，芳澤無加，鉛華弗御」，「丹脣外朗，皓齒內鮮」，雖寫得稍好一些，但仍顯得笨。李商隱寫馮貴妃：「巧笑知堪敵萬機，傾城最在著戎衣。晉陽已失休回首，更請君王獵一圍。」此是從側面寫美女，但人的容貌、神態、情感、作用都表現出來了。故前者只是如畫，後者卻如電影，既立體，又能動。六朝詩和唐人詩寫離別都寫淚，淋漓盡致，李白卻不落俗套：「故人西辭黃鶴樓，煙花三月下揚州。孤帆遠影碧空盡，唯見長江天際流。」這樣的寫法，就比王勃的「無為在歧路，兒女共沾巾」要高明得多。王勃的詩較前人已頗有更新，但仍撇不開一個「淚」字。

晚唐詩人許渾《謝亭送別》：「勞歌一曲解行舟，紅葉青山水急流。日暮酒醒人已遠，滿天風雨下西樓。」情調雖較李白低沉，但情感已是很深。

可見唐人詩較之前人，已很成熟。只是漢魏六朝詩在唐仍有餘波，此不可不察。

張文恭《佳人照鏡》詩有「兩邊俱拭淚，一處有啼聲」的描寫，貌似巧妙，寫鏡內外之人都在拭淚，但只能有臨鏡之人這「一處」會有哭聲，其實手法極為拙劣、俗氣。孟子有「像憂亦憂，像喜亦喜」句，《紅樓夢》用作謎語，謎底為「鏡」，這就高明多了。張詩使我們想起一首民間搞笑的段子——瘸腿詩：「發配到遼陽，見舅如見娘。二人齊落淚，三行。」——為什麼是「三行」？因為其中有一人為獨眼也。這與張詩「兩

邊俱拭淚，一處有啼聲」有何區別？張文恭詩本想作得巧妙一些，靈活一些，不想弄巧成拙。

張九齡，唐前期詩人，後半生歷唐明皇世，一般人認為他是盛唐時的詩人。但其詩中，不乏初唐貨色。如《過王濬墓》詩云：「漢王思鉅鹿，晉將在弘農。入蜀舉長算，平吳成大功。與渾雖不協，歸皓實為雄。孤績淪千載，流名感聖衷。萬乘度荒隴，一顧凜生風。古節猶不棄，今人爭效忠。」（此詩係「奉和聖製」）可見盛唐也有這種詩，甚為拙劣，是未能消化題材的產物。劉禹錫是中晚唐詩人，他的《西塞山懷古》：「王濬樓船下益州，金陵王氣黯然收。千尋鐵鎖沉江底，一片降幡出石頭。人世幾回傷往事，山形依舊枕寒流。今逢四海為家日，故壘蕭蕭蘆荻秋。」說的也是晉的統一，但要深沉豐富得多。張九齡和劉禹錫生活的時間相距不遠，卻有如此的差異。當然，劉禹錫詩也有拙劣的，張九齡詩也有佳作。

就詩這種藝術而言，在漢魏六朝時期未被完全消化，其間頗有硬塊。但到了唐人手中，不僅被消化，還頗為流暢，有生意。儘管其中也有未完全消化者，但屬餘波。

初唐詩有哪幾個方面值得注意？

李商隱《漫成》說「當時自謂宗師妙，今日唯觀對屬能」，他認為初唐詩人只會對對聯。這說明初唐詩雖然較漢魏六朝有所「消化」，但不如盛唐詩成熟。李商隱這兩句仍屬有聯無篇。杜甫詩云：「王楊盧駱當時體，輕薄為文哂未休。爾曹身與名俱滅，不廢江河萬古流。」盛唐人輕視初唐，杜甫卻深知初唐人做詩的甘苦。他熟悉《文選》，自謂「熟精《文選》理」。自己讀過「選體詩」，知道初唐人披荊斬棘的艱苦，也知道他們消化漢魏六朝人的功績。初唐人確有自己的貢獻，也有自己的特色。

1. 五言抒情詩。此派源於阮籍。我極反對鍾嶸《詩品》硬派詩人淵源，這是勉強的比附，雖然也有符合事實的一面。詩歌的格局、形式是可

以有繼承性的，人的情感卻是無法繼承的。

阮籍詩「夜中不能寐，起坐彈鳴琴」，此是好詩。一般的說來，他的詩很難懂。此中固然有政治的原因，作詩有許多苦衷，故模模糊糊。但是，他用五言詩表達思想感情的方法卻被後人吸收。東晉玄言詩雖然也說理，寫景卻有詩意。謝靈運《登池上樓》：「池塘生春草，園柳變鳴禽」，儘管末尾仍歸於玄言說理，寫景還是很好的。阮籍以《詠懷詩》抒寫懷抱，於六朝的影響還不甚大。但到初唐陳子昂、張九齡的《感遇》《感興》詩，則可見其影響，而且他們的詩較阮籍更為成功。

2.「四傑」之七言律調長古詩。從張若虛《春江花月夜》到盧照鄰《長安古意》《行路難》，全用四句小律調堆砌起來，此是元白長慶體的來歷（元稹《元氏長慶集》、白居易《白氏長慶集》）。清人吳偉業專作長律調古詩，亦以初唐為淵源。這種體式乃漢魏六朝所無，漢武帝《秋風辭》僅有幾句。《柏梁詩》是胡亂聯句，毫無意思。皇帝吟「日月星辰和四時」，郭舍人聯「齧妃女脣甘如飴」，豈非胡鬧！庾信的《春賦》有不少七言律句，然不完整，終不如初唐詩成熟。

初唐律調長古詩仍有不消化的痕跡，還局限於就事寫事，只是形式很規整、合轍，眼界也大一些，但仍未脫離宮體詩的束縛。

3. 律詩格調之成熟。此是初唐人的功績。律詩格調六朝已具雛形，隋朝已有規模，但總有一兩字拗，總不協調。隋詩中僅有兩三首純正。初唐完成了格律詩的創體。武則天在石淙遊玩，事後將駢體文的序刻於水口處北邊牆上，其他文人所作的律詩，刻之於水口處南邊石壁之上。現《秋日遊石淙》刻石僅存序，詩已泯滅。武則天《石淙》詩尚存，其中仍可見不純之處。沈佺期和宋之問的七律卻很合律，別人的詩，包括武則天，總有一兩句不合調。宋之問與沈佺期合稱，雖然詩的內容不足稱道，但在格律的完成上卻是有功勞的。沈宋詩亦非全都屬於律調。

杜甫的律詩均合格律，即有拗句，也是有意為之，這是初唐所未曾達到的境界和高度。

　　有的先生研究杜詩格律，專挑他晚年故意帶拗句的詩，認為杜甫到晚年還不會作律詩，本人以為不妥。如杜詩《秋興八首》第一首的第一句「玉露凋傷楓樹林」，後三字為平仄平，就是拗句，而像「強戲為吳體」的詩更是有意作拗體。我們決不能因此認為律調在杜甫手上仍未完成。其實，早在沈宋手中，律調便已完成。

　　4. 表達的手法也有進步。駢體文是詩的一個別種。王勃的「落霞與孤鶩齊飛，秋水共長天一色」，有人說他是抄襲庾信的《華林園賦》的「落花與芝蓋齊飛，楊柳共春旗一色」。我認為即便是「抄襲」，也抄襲得好。後者「落花與芝蓋齊飛」，形象便很勉強。試問芝蓋如何與落花共飛？王勃則高妙多了。抄得好，是點鐵成金，可以超越前代。

　　5. 宮體詩。宮體詩無疑是腐朽的，但它何以會產生？當時文人多應詔作詩，不僅限題，而且限韻，所以只好瞎寫。偶爾也有對上的，卻不足為法。六朝以來，便有應制、限題、限韻的流習，詩歌創作頗受其弊。但宮體詩究竟有無一點積極的作用？有些宮體詩不是應制品，何以仍會是那些內容？回答是無論應制與否，都為的是娛樂皇上。正因如此，當時的詩歌很注重形式，有如圖案。

　　駢體文也是圖案，句法有規矩。戲中演古人，得有一定的道具，一定的表演方法，如果拋棄這些，便演不成古人。駢文和散文的關係，便是如此。無論宮體和駢文，其形式與內容應是統一的。

　　初唐尚未脫離奉旨、應詔為文，尚未脫離駢體文的影響。

　　下次講李白和杜甫，可以先讀讀他們的作品。閱讀中除注意內容的精華與糟粕，也應注意形式的精華與糟粕。

　　現開列以下書目：胡應麟《詩藪》，胡震亨《唐音癸籤》，清代大官

僚季振宜有抄本。後康熙命人加工，成《全唐詩》，交江南織造曹寅刻印。《全唐詩》其實並不全。北京大學王重民先生從敦煌出土的材料中選出《全唐詩》所無者刊登在「文革」前的《中華文史論叢》上，最近又刊登了一部分。

《歷代詩話》是何文煥輯的，屬叢書性質，丁福保印過，這個版本比較好。詩話一類的書不可不看，卻不可多看。應直接看原作。

要研究唐詩，應先看《文選》所選的詩歌與小賦。這些小賦其實就是抒情詩。賦者，古詩之流亞也，本來就是古詩的一部分。陶淵明的詩應該讀，《文選》選得不夠。《文選》其實是圖案選，寫意的、有詩情畫意的，《文選》都未選。它主要選近「文」的，故陶詩未入其流。謝靈運詩好，讀之較難，現在實在讀不懂，可以放一放。

杜甫墓係銘和李太白集前的序都應該讀讀。

《杜詩鏡銓》較好。《杜臆》《讀杜心解》純屬評論，頗多謬語。

（萬光治根據一九七九年四月十二日的聽課筆記整理）

三、唐代文學第三講

今天講李白與杜甫。

唐時就有人爭論李杜優劣。郭老著《李白與杜甫》，把這個問題的論爭推向了高峰。許多人的文章也談這個問題。我認為不能簡單地分其優劣。李白有他自己的優劣處，杜甫也有他自己的優劣處。元微之曾為杜甫作墓係銘（銘屬韻語，銘前的序稱「係」），認為李白不如杜甫。「李尚不能歷其藩翰，況堂奧乎？」元稹何以會有這樣的感覺，下面再談。

《李白與杜甫》出版時，我幫別人買了許多，自己卻一本也沒有。至今未看，觀點不清楚，據說主要是「揚李抑杜」。今天我所講的，如有與郭老觀點抵牾處，請批評。

我的基本觀點是，評論作家不能一刀切。孰優孰劣，都不能絕對，關鍵是就作品進行具體分析。

李白詩集共二十五卷，第一至第二卷是古詩；三至四卷是樂府，均用樂府古題，如《將進酒》《……歌》《……曲》等；六至八卷為歌吟，其實仍屬樂府性質，如《梁甫吟》《襄陽歌》；十六至十八卷為贈；十九為酬答；二十遊宴；二十一登覽；二十二行役、懷古；二十三記閒適；二十四感遇、寫懷；二十五題詠、雜詠、閨情。這種分類法雖然不科學，仍可看出李白

創作的大概。其實樂府至歌吟，可歸一類；贈至遊宴可入一類；登覽至懷古可入一類；記閒適至閨情可入一類。就其詩體（或詩格），包括風格、手法而言，都和以前的樂府古詩一類相似，甚至連題目也沿舊。贈答詩在其創作中佔有極大數量，其中也不乏好詩，但雜有不少應酬之作。由於李白名氣大，他死後，別人編集，良莠不分，甚至手稿也印出，這就影響了質量。就其贈答詩的形式而言，亦如以前的樂府、古詩和歌行。所以，我認為李白詩的體格是以樂府為主要特色。

就思想性而言，李白經歷了由全盛到安史之亂的唐代政治，因此感情熾熱、充沛。他在抒發感情時，並不直接宣泄，而是借用以前的詩歌形式，借用以前的表達方式來表現自己。他政治上有正義感，想改革現實而無門。他信奉道家。道家過去是黃老之學，（在）東漢是農民起義的工具，北魏寇謙之將它搞成道教，吸取了佛教的一些內容和形式。李白所崇拜者，便是道教的求仙、求長生、飛升等。李白何以如此？是因為他在現實社會中無出路，便在此中尋求寄託。

對道教的信奉與追求，使李白的詩境有所開拓。蘇軾曰：「作詩即此詩，定知非詩人。」作詩老死句下，是不行的。詩要有理想，有幻想，意境開闊。李白求仙，不講求藥（非道教金丹派）。信奉道教使李白的詩歌內容單調，不外求仙、飛升、隱居等。所以，李白詩中的確有些糟粕，值得我們注意。

我曾有詩云：「千載詩人有謫仙，來從白帝彩雲間。長江水挾泥沙下，太白遺章讀莫全。」這就是我對李白詩章的看法：有珍珠，也有泥沙。

他詩中的雜亂者，大都在贈答詩。其結尾不外一曰勉勵對方，二曰求仙，三曰隱居。

詩尾很難作，要有餘韻。「人生貴相知，何必金與錢」，倘是我作，人皆搖頭，一入李太白集，便不同了，因為他是名家。「結期九萬里，中道

莫先退」，「人間無此樂，此樂世間稀」，此是何辭？「桃花潭水深千尺，不及汪倫送我情」，此與大鼓詞何異？不過也看出李白詩好的一面，即敢用民間語言，只是與前面的風格不協調。

《古風》之十：「齊有倜儻生，魯連特高妙。明月出海底，一朝開光耀。卻秦振英聲，後世仰末照。意輕千金贈，顧向平原笑。吾亦澹蕩人，拂衣可同調。」此與左思「左眄」、「右顧」，同出一調。詩中「倜儻」、「澹蕩」，均為聯綿字，同韻同義。前面大說其古之同調者，鋪敘一通，最後才歸結到自己，偏又十分膚淺。又，《古風》之十九：「西嶽蓮花山，迢迢見明星。素手把芙蓉，虛步躡太清。霓裳曳廣帶，飄拂升天行。邀我登雲台，高揖衛叔卿。恍恍與之去，駕鴻凌紫冥。俯視洛陽川，茫茫走胡兵。流血塗野草，豺狼盡冠纓。」此詩的主題為最後四句。前面一番烘托，並不直接用語，何者？最後四句本可獨立成詩，為何偏在前面作如此渲染？何以不直接揭發？這是因為詩要用形象，要用比興，即陸游所說的「興象」。這說明李白繼承了漢魏六朝以來的詩歌創作特點，不是直接議論，常藉助詩中人物形象和事件來寄託情感和思想。

我認為李白詩歌的體格是繼承了漢魏之前的傳統的。

杜甫又怎樣呢？

宋刻杜詩是古體詩、近體詩各一卷。杜詩一至八卷均為古體詩，九至十八卷為近體詩（律詩）。另有補遺一卷，共十九卷。杜甫不作樂府古題，即使有也極少，也不作樂府的舊格式。他稱自己「熟精《文選》理」，但他的詩既不像二謝，也不像三曹。清末民初王闓運專作選體詩，專事模仿六朝人詩，而杜甫則是「熟精《文選》理」，不作《文選》體。我在《論詩絕句·杜甫》中曾這樣評價杜甫：「地闊天寬自在行，戲拈吳體發奇聲。非惟性癖耽佳句，所欲隨心有少陵。」儘管他也有詠物詩，但別有寄託，絕非簡單的詠物詩。

就詩的體格而言，他的古體詩任意抒發，不拘六朝一格。其律詩十分精密，其間偶有不合律者，乃故意為之，「強戲為吳體」。其內容也隨手而來，既不受格律的束縛，更無思想的束縛。李白則少作律詩。當然，決不能用作律詩之多少來分別作家之優劣。但杜甫作律詩而不囿於格律，且將格律駕馭得十分純熟，是甩開腳鐐跳舞，這是難能可貴的。

杜詩在其思想內容上很少言幻想，求神效，也不吹大牛。「竊比稷與契」，只是偶然吹一下，且前面還加有一句「許身一何愚」，最終說自己辦不到。其「三吏」、「三別」是藉故事批判現實，絕非如李白藉魯仲連和「明星女」詠歎。

《諸將》：「多少材官守涇渭，將軍且莫破愁顏」，「洛陽宮殿化為烽，休道秦關百二重……稍喜臨邊王相國，肯銷金甲事春農」，此種議論，態度分明，在杜詩中很多。此是李杜不同者三。

杜甫有無純詠物詩？有。「黃四娘家花滿蹊，千朵萬朵壓枝低。留連戲蝶時時舞，自在嬌鶯恰恰（gàgà）啼」，雖然是客觀寫景，其實中間頗有自己。又，「繁花容易紛紛落，嫩葉商量細細開」，這是詩人眼中的花和葉，其間豈無詩人自己的主觀感情？姜白石之「數峰清苦，商略黃昏雨」，便是得了杜詩的啟發。從詠物中可讓人體會到詩人的形象，這是杜甫的高明處。

李白的贈答、送別勝於六朝人。杜甫無論是送別、詠物，其結尾幾乎無雷同。信筆所至，即是好結尾。詩中結尾差者，最數陸游。

杜甫《詠懷古跡》「庾信平生最蕭瑟，暮年詩賦動江關」，雖言庾信，其實是暗喻自己，較之李白「吾亦澹蕩人」便高明得多。

上述對比，絕非揚杜抑李。我想，可以這樣說，在風格上，李白是繼承的多，杜甫則是開創的多。在思想上、政治上，李白是通過古體曲折的方法來表達自己的愛憎、批判，而杜甫卻是直抒胸臆。但在理想的表現方面，李白是直率的、公開的，杜甫卻是曲折的。

表面看來，李白是繼往開來的，很有創造性。其實他的體格、手法、風格，都是繼承來的。所以我認為李白是「繼往」，是「往」的總結。由於他自己本領大，能用古人的東西唱出自己的東西來。從唐初往六朝看，李白是峰頂上的明珠。當然，李白雖然繼承六朝以來詩歌的體格，但他還沒有完全脫離事和物的特點。六朝多玄言詩，也還是由具體的事物（景、人、事）才歸入到玄言。他的《蜀道難》雖有對蜀道的生動描寫，但畢竟沒有脫離一個「難」字。

　　杜甫的詩歌創作的路子雖然是舊的，但他所走的和李白並不是一條路。以詩人的感情、思想為主，事物均為我用，其詠事詠物均為表達思想感情的材料。「吳楚東南坼，乾坤日夜浮」，有人說煉字好，眼孔卻太小。關鍵在於他把吳楚和乾坤作為自己身世和內心世界的反映，寫了一個空曠寂寥的環境和氣氛。六朝人的「大江流日夜，客心悲未央」，前句還不錯，第二句便顯淺露，糟蹋了前一句。李煜的「問君能有幾多愁，恰似一江春水向東流」，就比他高明多了。杜甫的最後兩句是「戎馬關山北，憑軒涕泗流」，雖然潸然淚下，亦不失憂國的本色。

　　「感時花濺淚，恨別鳥驚心」，此詩歷來有兩解，爭論得很厲害，我認為毫無必要。此時，花、鳥均與詩人一體。雕塑可以面面觀，浮雕雖然只能看一面，倘是傑作，亦可使人在想象中面面觀。杜詩便有此種境界。庾信《小園賦》：「草無忘憂之意，花無長樂之心。鳥何事而逐酒，魚何情而聽琴。」此用草、花、鳥、魚來概括，便不如杜詩「感時花濺淚」兩句。在杜以前，用此手法者不多。

　　杜詩中有無題詩，以第一句前兩個字為題。也有《詠懷》《諸將》等類的詩連續幾首，成一整體。

　　我認為，李白是過去的總結，杜甫是未來的開始。當然，並非說李白對後來沒有影響，那是另一個問題了。

比較李杜，不能簡單地說優和劣。在元稹、白居易的時代，李白習用的樂府體裁已不能適應需要，而杜甫卻能為他們提供手段。故元稹抑李揚杜。但我們不能簡單化，應歷史地看待李白的詩歌成績。就思想言之，兩人各有特點，各有值得肯定之處。

李白的集子自宋以來無多大變化，許多詩無年月，無法如杜詩那樣編年。南宋楊齊賢、元朝蕭士贇、清代王琦均有注本。蕭本收有楊注，王本收有蕭、楊注。杜詩有宋版影印本。錢謙益注本稱《錢注杜詩》，是依據宋本而來的。

補充：李白集有宋人繆刻本，現僅剩七種，經印證，可見繆本的底本是蜀刻本，《續古逸叢書》收。陶淵明的詩自注有日子，編年還好辦。朱鶴齡據宋黃鶴、魯訔之千家注杜（黃）及年譜（魯）將錢注打散，按年譜編排。但是，有些詩無年代可查，仍勉強排入何年何月。我以為宋刻本較可靠，可參考年譜。須注意杜詩無天寶前的，年譜卻勉強排入。如李白《蜀道難》下有注：「諷章仇兼瓊」，其實此詩寫作較早，何能諷明皇幸蜀？所以，編年並非全無用處，但須謹慎。聞一多《杜少陵年譜會箋》駁魯、黃鶴之說，值得一看。最近將出版仇兆鰲的《杜詩詳注》。錢注不注辭，可參看仇注。

詹鍈《李白詩文繫年》較好之處是並不強求將有些查無年代的詩歸入年譜。

杜詩觸了兩個霉頭：仇兆鰲注杜詩要「無一字無來歷」，結果割裂了杜詩，歪曲了原意，流弊很大。如稱杜甫「每飯不忘君」，便太無道理。這哪裏是杜甫，簡直是林彪！

杜詩尚有「九家注杜」，武英殿聚珍版有此宋刻本。昔年燕京大學出版的《杜詩引得》不知尚能影印否？

《杜詩鏡銓》，清人楊倫注，簡單明了，較好。

（萬光治根據一九七九年四月十九日的聽課筆記整理）

四、唐代文學第四講

行行重行行，與君生別離。
相去萬餘里，各在天一涯。
道路阻且長，會面安可知。
胡馬依北風，越鳥巢南枝。
相去日已遠，衣帶日已緩。
浮雲蔽白日，遊子不顧返。
思君令人老，歲月忽已晚。
棄捐勿復道，努力加餐飯。

辭君遠行邁，飲此長恨端。
已謂道里遠，如何中險艱。
流水赴大壑，孤雲還暮山。
無情尚有歸，行子何獨難？
驅車背鄉園，朔風捲行跡。
嚴冬霜斷肌，日入不遑息。
憂歡容髮變，寒暑人事易。
中心君詎知，冰玉徒貞白。
⋯⋯

今天講中晚唐詩。過去一分初、盛、中、晚，便由此判優劣，我以為不盡然。

初盛唐文學發達的條件是多方面的。隋的準備，諸文人的文化教養，經濟的繁榮，外族文化的影響等，故而欣欣向榮。加之安史之亂後，詩人遭此荼毒，感情更深摯、沉鬱，詩篇愈加動人。

安史之亂後，便是中唐。唐王朝走下坡路由此開始。當時，不聽提調的李希烈等藩鎮雖然不止一兩人，但政治相對穩定。所以，中晚唐的詩既不可能如安史之亂中的詩人那樣沉痛、憤激、有色彩，也絕無升平氣象。詩人們生活比較安定，心境也較為平淡，故詩中多遊宴酬答之作。

中晚唐的詩人為尋找詩歌的出路，突破前人的樊籬，進行了一些努力。有人認為科舉制刺激了詩人的探索，這也不盡然。

有些詩人跨了兩個時期，究竟該判入哪個時期？依我看，不必拘泥於分期說。

中晚唐詩人生活平淡，題材範圍小，內容單薄，於是轉而在技巧上去求精求細，希冀以此見長。所以，這時詩歌的氣概，遠不如李杜。李杜的好文章盡興，不事雕琢。中晚唐則不然，精雕細琢，故而纖細，絕無李杜的氣魄宏大、橫衝直撞。明人李攀龍的「黃河水繞漢宮牆」，便是學盛唐的「實大聲宏」。中晚唐詩就沒有這種特色。

前面引的兩首詩，第一首為《古詩十九首》中的一首，第二首是擬古之作，從中可看出模仿的痕跡。它體重、分量，都不如第一首，顯得纖細、瘦弱。第一首古樸，甚至有些粗糙，但也更見得壯實、有內容。第二首是中唐韋應物所作的《擬古詩》十二首中的一首。他學陶淵明一派，用五言古詩寫作，追求古淡。正如韓愈所稱：「古琴具徽弦，再鼓聽愈淡。」可見他已經看出了其中的弊病。當時的人所理解的「古」，是淡，是細，但不敢粗糙，所以終究「古」不起來。形式上的雕琢、細膩、古淡，這就

形成了中晚唐的詩風。

1.中晚唐的詩歌，沒有盛唐詩歌的內容特色。這是社會生活使然。「大曆十才子」較之李杜，生活平庸無奇。但也無法強求，他們所生活的社會環境和盛唐相比，很不一樣。

詩和駁難說理不一樣，是有韻的語言，是形象的手段，是藝術品，有它自己的特點。有些文學史只強調詩歌的思想性，而對其藝術的繼承、發展和特色缺乏研究。詩反映生活現實，究竟是照相，還是經過加工、消化，再創作出來？故評論古代詩歌不能單搞題材論、內容論、主題論，也應研究詩人的藝術手段。如杜甫的「三吏」、「三別」與白居易的《秦中吟》內容相近，但藝術的手段究竟有何不同，確實缺乏研究。詩人選題材，並不具有任意性。題材存在於生活。有什麼樣的生活，才有什麼樣的題材來源。當然某些題材之外，並非便不能寫。

中唐詩歌反映了那一時期的社會現實。詩的題材內容，還不能全面代替它的思想性，思想內容更代替不了藝術性。

2.中晚唐詩歌反映了些什麼內容？

中晚唐的詩歌，寫邊塞，寫人民痛苦，寫朝廷平定叛亂，也寫貴族生活的糜爛等。這些內容，用極為細膩的手法表現出來，沖淡了內容，降低了思想性。但它們的價值是不可抹殺的。

3.中晚唐詩歌的特點。

無論什麼題材，手法都趨於精緻。

不知是有意還是無意，中晚唐詩人都各走一道，互相避免雷同。特別是在體裁上，尤其如此。如韋應物好作五言古詩，李賀善用怪字，孟郊基本上寫的是五言古詩，但風格與韋應物不同。韋詩古淡，孟詩苦澀。許渾基本上是律詩（五、七言律詩和絕句）。這是什麼原因？盛唐詩人中，便沒有這種現象。我認為，這是因為中晚唐詩人的力量不夠。他們為了在詩

壇上有一席之地，只得精琢一門，以一取勝。所以，我認為他們是有意識地互相避開，各專一門。

大曆、元和年間，詩壇很繁榮。「十才子」有優劣之分，無非是要湊足十人之數。正如魯迅先生所說的「十景」、「八景」病，這是中國封建文人的壞習慣，無非是互相吹捧。當時起名，無非是某貴族常請他們吃飯，便由此稱呼了起來。我不承認「十才子」之說，只承認大曆時代有自己的風格。其中值得一談者，如韋應物、孟郊、李賀。唐朝有兩個韋應物，又恰巧都做過蘇州刺史，官司至今沒打清楚。有人考證前韋應物是詩人，後者是誰，便不清楚了。此外，盧綸、劉禹錫等，也值得一提。

李杜以後，中晚唐詩人如果不標新自立，是站不住腳的。然而加工愈多，風格便愈脆弱。韓愈是故意裝狠，怒目而視，氣勢遠不如老杜。

中晚唐生活的相對安定，決定了詩歌內容的平庸。但無論怎樣，當時詩歌的內容還是很豐富的。我認為，中唐的詩人，當推韋應物，其次，要數孟郊。孟郊有些神經質，生平清苦。浙江流傳有明人徐文長的故事，此人也是個神經病。我認為詩人有神經病並不奇怪。就孟郊詩來看，他是個鑽牛角尖的人，故不能不有神經病。如說樓高，他偏要鑽進樓去，究其多深。故孟郊的詩苦澀。用一兩個字論詩風，雖不完全準確，但用「苦澀」二字論孟郊，卻是很準確的。如孟郊寫閨怨：「妾恨比斑竹，下盤煩怨根。有筍未出土，中已含淚痕。」（《閨怨》）說怨，說恨，說淚，說哭，簡直入了骨，鑽進了牛犄角。又有《遊子》詩：「萱草生堂階，遊子行天涯。慈親倚門望，不見萱草花。」最後一句，言望遊子而不見萱草，真出人意料。又如「拭妾與君淚，兩處滴池水。看取芙蓉花，今年為誰死？」（《古怨》）以比賽誰流得淚多，已很新奇，而看誰的淚能把芙蓉花淹死，更屬新奇。又如「借車載家俱，家俱少於車」（《借車》），這類詩句，立意也很怪。

盧仝、馬異的詩僅字面怪，孟郊的詩意思也很怪，簡直像是看悲劇，越看越澀。他的詩字面通達，意思一層深似一層，這便是他的風格。此為盛唐所無，姑且不論其優劣。

李賀的擬古樂府詩多，有些非舊體詩，憑空造出。如韓愈去看他，高興異常，作《高軒過》，裝點許多典故，卻並無多少內容。好生造字，色彩鮮豔、華麗，讀起來卻很艱澀。王琦有李賀詩的注本。李賀和孟郊的詩令人不太好懂。王琦的注本也不太清楚。孟郊詩如橄欖，苦澀後有甜味。李賀詩亦是橄欖，但裹了一層糖衣。

盧綸《晚次鄂州》詩：「雲開遠見漢陽城，猶是孤帆一日程。估客晝眠知浪靜，舟人夜語覺潮生。三湘衰鬢逢秋色，萬里歸心對月明。舊業已隨征戰盡，更堪江上鼓鼙聲。」又《曲江春望》：「菖蒲翻葉柳交枝，暗上蓮舟鳥不知。更到無花最深處，玉樓金殿影參差。」又《塞下曲》：「林暗草驚風，將軍夜引弓。平明尋白羽，沒在石棱中。」三首詩風格不同，同出一人之手，寫什麼，像什麼，此是中晚唐詩人的又一特點。

第一首詩寫戰亂，點題在末二句，前面幾句卻十分平淡。這也是中晚唐詩人的又一種風格，與老杜的詩很不相同。第二首寫景，詩中有畫。王維詩中的畫屬水墨畫，這首詩的畫卻是工筆畫。第三首風格與前兩首又迥然不同。詩人顯然沒有塞外征戰的生活體驗，無非是用了些古代現成的典故。可見中晚唐詩人在不同的題材、不同的體裁和不同的生活中善於裝扮出不同的面孔，善於模仿而無獨創。

劉禹錫。詩怕議論。有人說唐人詩有形象，宋人詩主說理，形象性不夠。唐代的四六文好用典故，辭藻堆砌。唐詩中已開議論的先河。任何一種風格，總有它自己的繼承關係。如劉禹錫的《遊玄都觀》：「紫陌紅塵拂面來，無人不道看花回。玄都觀裏桃千樹，盡是劉郎去後栽。」《再遊玄都觀》：「百畝庭中半是苔，桃花淨盡菜花開。種桃道士歸何處，前度劉郎

今又來。」有人說這是劉禹錫發的牢騷語。《新唐書》本傳亦有此言。錢大昕《十駕齋養新錄》卻不以為然。不過此詩確實有不加議論的議論，帶有諷刺的意味。尤其是第二首，態度十分傲慢。

王播詩。王播《題木蘭院》二首先有「飯後鐘」的牢騷。得官後，志得意滿，作詩自吹自擂，與上首詩異曲而同工，實則非常無聊。其一曰：「三十年前此院遊，木蘭花發院新修。如今再到經行處，樹老無花僧白頭。」其二曰：「上堂已了各西東，慚愧闍梨飯後鐘。三十年來塵滿面，如今始得碧紗籠。」但第一首寫得頗為迴腸蕩氣。

「唱得涼州意外聲，舊人惟數米嘉榮。近來時世輕先輩，好染髭鬚事後生。」這是劉禹錫《與歌者米嘉榮》詩。多發牢騷，好說俏皮話，便是他的風格。趙嘏的《長安晚秋》有一聯為：「殘星幾點雁橫塞，長笛一聲人倚樓。」此聯格調高遠，但前後其他各聯便難以與它媲美。全詩為：「雲物淒涼拂曙流，漢家宮闕動高秋。殘星幾點雁橫塞，長笛一聲人倚樓。紫豔半開籬菊靜，紅衣落盡渚蓮愁。鱸魚正美不歸去，空戴南冠學楚囚。」這樣的詩，開了陸游詩派的道路。中晚唐的七律詩有一個毛病，那就是有句無篇。中間兩聯很精，前面是硬加上的。陸游詩也有這個毛病。試看他的「芳草有情皆礙馬，好雲無處不遮樓」一聯，何等工致，但全詩就很難相侔。

溫庭筠。《唐書》稱他「士行塵雜」，說他好與妓女相廝。我以為此說不公允。宋代的柳永、晏殊，無不如此。《舊唐書》說溫庭筠「能逐弦吹之音，為側豔之詞」，即按曲而譜詞。溫庭筠除詞外，也有五古、五律和七律，風格亦像杜詩，冠冕堂皇，只是加工得更為細膩。

李商隱也是如此。韓愈為裴度作碑，成而後廢。李商隱以此為題作詩，仿韓愈《石鼓歌》。韓愈專門作「橫空盤硬語」，李商隱模仿得很像，也是個學啥像啥的。

李商隱的《無題》詩：「颯颯東風細雨來，芙蓉塘外有輕雷。金蟾齧鎖燒香入，玉虎牽絲汲井回。賈氏窺簾韓掾少，宓妃留枕魏王才。春心莫共花爭發，一寸相思一寸灰。」武漢大學女教授蘇雪林有《玉溪詩謎》，穿鑿附會，說此詩與一個女道士有關。其實唐代女道士中有很多妓女，都以道士的身份為掩飾。女道士魚玄機便是妓女，寫有詩集。李商隱的這首詩不過就寫了一個女道士（即妓女）的日常生活以及她的心情，並無什麼「謎」可言，無須故作神祕。

「劉郎已恨蓬山遠，更隔蓬山一萬重。」此手法並不新穎。如《西廂記》中「惜春心情短柳絲長，隔花陰人遠天涯近」，便是全用的李詩意境，足見並無多少神祕處。但他的《錦瑟》一詩寫得確實很有特點，歷來人們對此詩的解釋很不統一，有的越解釋越複雜，越離本意遠。我覺得「錦瑟無端五十弦，一弦一柱思華年」，這兩句的重點是「五十」「年」，言自己的一生。「莊生曉夢迷蝴蝶」，這句的重點是「夢」，言自己的一生如夢。「望帝春心託杜鵑」，這句的重點是「心」，言自己一生的心事。「滄海月明珠有淚」，這句的重點是「淚」，言自己一生生活在淚水之中。「藍田日暖玉生煙」，這句的重點是「暖」，言自己畢生的熱情。「此情可待成追憶，只是當時已惘然」，是說早知是一場悲劇。即全詩的中心是「半輩子、夢、心、淚、暖、早已知道」，如此而已。但這不能成詩，所以要加上很多附帶的描寫和裝飾成分。但這一來就把很多人唬住了，使它成為千古詩謎。

溫庭筠《題河中紫極宮》：「昔年曾伴玉真遊，每到仙宮即是秋。曼倩不歸花落盡，滿叢煙露月當樓。」詩中言秋，收穫季節也，寓其會合。曼倩，以東方朔自況。所言無非是和女道士交往事。

晚唐詩人的生活有頹廢的一面，但不能用道學家的眼光詆其「士行塵雜」。

晚唐詩風細膩到可以入曲，這是很大的特點。倘編選本，盛唐詩當然大部分可入流，中晚唐詩也不妨多少選一點。

司空圖《詩品》。司空圖長於古詩和律詩，絕句也不少，詩風大多像宋人。《詩品》乃文學評論，以雄渾、沖淡、秾纖、沉着……為題，用十二句抽象的比擬來形容詩的境界。境界本佛教用語，即用主觀感覺看外物，其總體的效果即為境界。這樣的評論，雖然嫌空，但也有成就。其中有些話可以理解，有些則不免太抽象，無法作具體的解釋。杜甫《戲為六絕句》雖然開了這類文學評論方式的先河，畢竟還較為具體，司空圖的評論便顯得太抽象。我認為他是借此題目和手段來寫詩，發表他對詩歌的理解。《詩品》實則是二十四首四言詩，故編入司空圖的詩集。

為什麼《詩品》出現在晚唐？原因在於當時的詩人對詩非常講究，為此花費了不少的心思。司空圖對詩不但深加思考，而且試圖進行總結。雖然如此，我仍然認為，《詩品》主要應作詩歌看，不一定要作評論看。

（萬光治根據一九七九年四月二十六日的聽課筆記整理）

五、唐代文學第五講

彼時何卒卒，我志何曼曼。

犀首空好飲，廉頗尚能飯。

學堂日無事，驅馬適所願。

茫茫出門路，欲去聊自勸。

歸還閱書史，文字浩千萬。

陳跡竟誰尋，賤嗜非貴獻。

丈夫意有在，女子乃多怨。

（韓愈《秋懷》其三）

卷卷落地葉，隨風走前軒。

鳴聲若有意，顛倒相追奔。

空堂黃昏暮，我坐默不言。

童子自外至，吹燈當我前。

問我我不應，饋我我不餐。

退坐西壁下，讀詩盡數編。

作者非今士，相去時已千。

其言有感觸，使我復凄酸。

顧謂汝童子，置書且安眠。

丈夫屬有念，事業無窮年。

（韓愈《秋懷》其八）

對中晚唐的詩歌，不應一筆抹殺之。就藝術而言，中晚唐詩有十分重要的地位。文學發展到唐代中期，詩歌出現了很精美的形式，散文則另有一番面目。這一時期的代表，當推韓愈和稍後的白居易。對他們兩人的集子，應從頭到尾翻一遍。

安史之亂後，唐帝國再度獲得統一。政治雖然有極腐敗的一面，藩鎮割據的局面並未完全消除，朝廷的大權落於太監之手，與漢末的形勢頗為相似，但就整個形勢而言，矛盾畢竟緩和了許多。由於統治者的利益有一致的方面，所以這時的社會，有一個相對安定的時期，文化藝術又出現一個繁榮的景象。但這時的繁榮與盛唐的繁榮不同。李白和杜甫的文化教養是他們那個時代的產物。假定李、杜的蓬勃景象，有如花的怒放，韓愈和白居易卻是有秩序地、慢慢地成長。就質量言之，韓、白精密、細緻，李、杜則不免有粗糙的地方。

在藝術水平方面，他們和李、杜相比較，並非後退，應該說還有所發展。他們較李、杜提高了一步，更精密了，而且想走自己的路，有意識地想繞開李、杜，創造一種風格。李、杜並非有意識地想創新，卻出了新。前人的路子既然已很寬廣，韓、白想獨樹一幟，便很困難。韓愈詩「李杜文章在，光焰萬丈長。不知群兒愚，那用故謗傷。蚍蜉撼大樹，可笑不自量」。可見李、杜成為大宗的地位，已經定型。既然如此，韓、白學習、借鑒李、杜，首先得學習李、杜怎樣創造自己的風格，因而不能不走自己的新路。因此，我們必須研究韓、白以來文學出現的新局面。

人們一說韓愈，極易想到他的「文起八代之衰」，或以「復古」來革新文章。而且還認為他一定是一個板起面孔的老人，實在是古奧得很。人們一說韓愈，更容易想起他的《石鼓歌》，也認為嚴肅、古奧得很。其實不然。韓愈無論為詩為文，都力求口語化，反對古奧。「八代之衰」，在於駢儷，韓愈反對駢儷，便是提倡一種口語化，他的詩文正是盡力往這個方

向發展。他在節奏、用調上看來古奧，但用詞卻令人明白易懂。

《秋懷》一詩，係韓愈自述，造意自然，語言淺近，這是他前後的詩人都沒有的風格。

第二首通過生活中的一個小片段，寫了他的志趣、感情和生活小景，語意樸實自然。

這種格局和手法，在過去是沒有的；以生活小情景來表現自己的生活願望、思想感情，在過去也是不多見的。

韓愈尊孔，以道統的繼承者自居。他的《石鼓歌》開始敘述自己寫《石鼓歌》才力不逮，後曰：「陋儒編詩不收入，二雅褊迫無委蛇。孔子西行不到秦，掎摭星宿遺羲娥⋯⋯」《石鼓歌》不但內容大膽，而且語言通俗，較孟郊、李賀明白清楚得多。

文藝作品都必須有自己的特色，而這些特色又往往是作者或作品的不足之處。後來的模擬者模擬得非常像的時候，恰恰模擬的是不足之處。孟郊、賈島便是如此。

我認為，韓愈的詩開闢了議論的風氣。在詩中用邏輯說理，宋人由此大開聲勢，形成了宋人詩的風格。《石鼓歌》的一段，便不是用形象，而是用邏輯來寫詩，故曰「以文為詩」。我還認為，韓愈為文，用了詩的手法，便是「以詩為文」。正因如此，便形成了韓愈的風格。

在古代文學作品中，也有「邊緣學科」和「仿生學」。韓愈和蘇軾都是「以文為詩」，同時也是「以詩為文」。

有人作詩像詞，作詞像曲，為什麼？我想，文如講演，目的是說服人。詩是用藝術的語言提供形象，讓人去感受和思考。故詩好比交響樂，或「高山流水」。詞在當時是小唱，如現在的流行小曲。曲子則是代言，如劇中人物塑造形象，表達感情。有人作詩輕俏，便像詞；作詞太寬活，則如曲。有人用此話繩姜白石。我不過借用這句話來說明韓愈是「以文為

詩」，即以文的手法來寫詩。

白居易。白氏較韓愈晚，這時唐的腐敗更表面化，故詩中所反映的社會矛盾較韓愈尖銳得多。他提出「文章合為時而著，歌詩合為事而作」，應當給以肯定。就白居易詩的分類看，有諷諭詩、閒適詩……諷諭詩包括《新樂府》《秦中吟》等。白居易為什麼要公開稱這些詩為諷諭詩？當時的皇帝聲稱納諫，白氏據此從之，稱「稱旨」，手法全都一律。稱「諷諭詩」是煞費了苦心，表明是奉諭作詩，並非誹謗詩。杜甫「三吏」、「三別」是批判詩、揭露詩，僅用標題，並不打上「諷諭詩」的標籤。

杜甫和白居易所處的地位、時代不同。杜在逃難中無官職，直到抵達靈武，才掛了個小官的頭銜，後來為檢校工部員外郎。「檢校」意即「候補」，尚未正式。「員外」即為定額之外的郎官。郎官是中級官員，但屬員外，「置同正員」，即待遇和正員一樣。白居易卻不然。他貶官一次後，竟做過太傅，是統治者上層成員。所以，他豈敢動輒亂寫詩，故首先掛出「諷諭」的牌子。這些詩都應該承認其價值。

政治越腐敗，諷諭詩越多，皇帝便愈加施以壓力。加之白居易政治失意，故棄諷諭而趨閒適。現在文學史將白居易一截為二，認為凡諷諭詩均有積極的意義，閒適詩一定是消極的。其實諷諭詩中有很多都是「猶抱琵琶半遮面」，躲躲閃閃，時時顯其媚態，不如「三吏」、「三別」痛快淋漓。「閒適詩」中也有值得肯定的，其中也頗有表現現實的內容。所以，從諷諭詩可看出白居易的軟弱面；從閒適詩可看出唐朝政治上的衰落面。白居易關於作詩文的宣言是很不錯的，但他自己卻無法完全照此辦理。

唐詩人中敢於指斥政治的無非杜、白二人，但白居易遠不及杜甫。杜甫面向生活，忠於現實，白居易寫詩卻必須留有餘地。杜詩有藝術安排，沒有措辭的安排。白居易的詩卻做文字工夫。白詩變化不如杜甫，很費經營、考慮，往往一結見意。白居易與元稹比較，也很有趣。元、白是

好友，二人風格為「長慶體」，其作品集為《長慶集》。二人時常長篇大論，互相唱酬，互相次韻（按韻次唱和），爭奇鬥勝。白、元詩集都該看看。尤其二人的次韻唱和詩，可見白居易的詩來得全不費力，成就大得多。

如白居易的《勤政殿西老柳》：「半朽臨風樹，多情立馬人。開元一株柳，長慶二年春。」《華州西》：「每逢人靜慵多歇，不計程行困即眠。上得籃輿未能去，春風敷水店門前。」前首四句，誰也不挨誰，僅是並列的四種景色，但組在一起就興味無窮。後首「上得籃輿未能去」，不等於白說嗎？但把那踟躕的心態表現得淋漓盡致，這都可視為最高境界的詩。

白居易較韓愈作詩文更重口語化。能不用典，便儘量不用典，這在作詩中極不容易。他只在迫不得已時才用，用則極有概括力。王國維稱《長恨歌》僅用一典。清吳偉業專學元白長慶體，結果通篇都是典故。白居易用自己的語言寫詩，這是很難做到的。白居易的這一特點在他是舉重若輕。現在有人稱老舍是語言大師，我認為不恰當。他專門找北京土話說，局限了傳播範圍。白居易既是書面語，又是為大眾所了解的口語，這是他的成功之處。

白居易作詩用大眾所了解的口語，「求解於老嫗」，見於《南部新書》。此說不可靠，並帶有諷刺白居易的意味。但作詩令老嫗都懂，也是他的成功之處。我認為白居易在處理一些困難問題的時候，是極有辦法的。他偶然也有一些毛病，如將人名去掉末字，以求押韻，未免削足適履。

韓愈與古文。我認為「古文運動」的提法太過分。「運動」者，有主張，有綱領，有計劃，有行動，以之稱韓愈所倡古文，未免失實。「惟古於詞必己出，降而不能乃剽賊。後皆指前公相襲，從漢迄今用一律。」（《南陽樊紹述墓志銘》）此話對也不對。用以恭維樊宗師，尤其不妥。對樊宗師的評價見前，這裏不再囉嗦。總之，絕對的「詞必己出」，是做不到的。「從漢迄今用一律」，針對唐代專事模仿六朝駢體文的現象，卻是十分正確的。

人曰韓愈復古，其實並非如此。他所用的，不過是和生活十分接近

的語言罷了。用這種語言表現具體的生活現實，則更感人，也更成功，如《祭十二郎文》。

韓愈之文，破了駢四儷六的舊套子，採用了一種為人所理解的書面語言以表現自己的思想、情感和社會現實。唐代墓志銘很盛行，從現在出土的唐代材料中，經常可以發現互相抄襲的銘文。即使是韓愈，他為大官作的墓志銘，也寫得毫無生意。

韓愈為文，並不着意於對偶。但在行文之中，卻往往出現偶句，十分自然。

韓愈之文，也好用口語。《漢書·外戚傳》寫漢成帝突然死去，朝官審判妃子，其口供全部錄入，便是當時的口語，讀起來很困難。梁人任昉《彈劉整文》，記錄了審問劉整婢女的口供，用的是南朝的口語，尤其難懂。北周宇文護，其母投一書，全用口語，收入《周書》，理解也很困難。韓愈《進學解》中稱「周誥殷盤，佶屈聱牙」的那一部分，也是口語。

所以，韓愈的「古文運動」並非真正提倡用古文寫作，而是採用了較為標準的書面語言進行寫作的，其中也偶爾用了一些當時的口語。

唐傳奇也是用標準的書面語言寫故事的。傳奇是紀傳的小說化，是《戰國策》《史記》的延續和發展。這正是韓愈、柳宗元所追求的路子。有人把傳奇和古文運動結合起來談，是有道理的。

繼承了傳奇特點的是《聊齋志異》。晚明小品如張岱的文章很不錯，但一般口語都比較多。桐城派方苞、姚鼐以及後來的陽湖派張惠言、惲敬等，章太炎稱其好處在「文從字順」。桐城學韓、柳，即唐宋八大家（唐宋八大家是明朝人封的）。民初文風突破了古文的格局，有「新民叢報體」，由梁啟超等人所提倡。後來五四運動振聾發聵，新文化運動從此開始。

陽湖派與桐城派小有不同，其文章大都經世致用，多有關政治、經濟等方面的內容。這些文章不大空談道理，此是陽湖派的特點，也是他們對韓柳文風的發展。這種文體之所以能夠綿延日久，與中國封建社會歷史的

悠久漫長有密切的關係。

再談談口語和書面語的問題。我們現今所說的口語，已經是書面化了的口語，否則便不會具有普遍性，無法作為交流的思想工具。「言之不文，行而不遠」，此話多年來為人所誤解。這裏所說的「文」，也包括條理、語言的規範化等。

```
古音：之      乎      者       也
古音讀：de    ma    de、zhe    ya
       的    嘛、嗎   的、這    呀
                        邪、耶（古字）
```

從上表可以看出，古代的語言符號變了，語音卻沒有改變。現在的口語和古代的語言，關係是很密切的。

所以，唐代的古文運動，不如說是唐代的書面語運動。

唐代有沒有用大量的口語來寫作的文章呢？有，雖然並不純粹。請看《敦煌變文集》和鄭振鐸《中國俗文學史》、向達《唐代長安與西域文明》中的《唐代俗講考》。即使其中有俗話，也是俗化了的書面語言。這個問題，下次再講。

同是寫新樂府詩，同是運用書面化了的口語，元稹的詩尚混沌如小米粥，白居易的詩卻純淨如蒸餾水。如此涇渭分明，很大程度上與兩人在語言的運用和改造方面的功力有關。

杜甫詩也有極粗糙的，比較起來，韓愈的詩就乾淨整齊得多。杜甫的《八哀詩》名氣很大，其實並不怎樣，可以去看一看。

（萬光治根據一九七九年五月十日的聽課筆記整理）

六、唐代文學第六講

今天講唐代的民間文學。

過去把民間文學稱作俗文學，我以為不妥。俗之對稱義曰「雅」，雅義「宜」。《爾雅》：爾、邇、昵，皆靠近、符合，即合乎道理，合乎邏輯、語法的意思。

俗，本指風俗、習慣，俗文學即民間文學。雅文學本是從民間文學發展來的。統治者自稱其合乎正統，故曰雅，是數典忘祖。如搔癢竹稱「如意」，原意為無所不至。《世説新語》有以如意擊唾壺者，可見當時十分普遍，並不神祕，無非是魏晉名士不喜洗澡，需要搔癢罷了。但到了明清，如意便神聖了起來，以玉為之，號稱「吉祥如意」，還互相饋贈。可見雅也是俗發展起來的。如劉禹錫的《竹枝詞》，便是吸收了民間文學的養料創作出來的。

鄭振鐸的《中國俗文學史》何以不用民間文學這個概念？我想可能是因為民間文學須包括説唱文學。

敦煌的民間文學。唐代佛教徒以敦煌石窟為圖書文物的儲藏室。後被流沙遮住。清代帝國主義者深入該地，偷去不少。清政府知道後，派人去清理，得八千卷。這些人在返回途中，到了長辛店，居然偷偷地將珍本瓜

分了，故損失頗大。

敦煌文學並非指當地產生的文學作品，是指其保護、儲藏的文學作品。敦煌民間文學內容很多，有些是講故事的，但不如《水滸傳》《三國演義》長，有些故事有頭無尾。《唐太宗入冥記》書名係後人所加，《西遊記》中的「唐太宗遊地府」故事，即本於此。《韓朋賦》是梁祝故事的前身。「秋胡戲妻」的故事對後來文學、戲曲的影響很大（此故事最早大約見於《莊子》）。《晏子賦》寫晏子使楚的故事。《燕子賦》是童話故事。另有《伍子胥變文》《孟姜女變文》，顧頡剛先生有長文研究孟姜女，不知引用此材料沒有。《捉季布傳文》如七言鼓詞，長達三百二十韻，四千四百多字。

但敦煌更多的是有關佛教的講經文，即變文。此外還有曲詞，包括民間的曲詞。故事、變文、曲詞，這就是敦煌民間文學的三大類。

以上三類題材豐富，形式是說與唱相結合，也有說而不唱的，如《唐太宗入冥記》；也有唱而不說的，類似今之大鼓書。

為什麼有些故事有一個「賦」字？是因為其體裁類似賦，文中有四六句，其實就是賦的體裁。為什麼民間文學有賦體？這正說明在漢代冠冕堂皇的賦體，原本就是民間的說唱文學。無伴奏，可朗誦，大概是其流傳的一種方式。漢武帝看了司馬相如的《大人賦》，飄飄有凌雲之意。司馬相如是其同鄉狗監楊得意推薦的，可見漢武帝是先有聽賦的欲望，得意才推薦於後，正如今天說想聽大鼓書一樣。我認為賦一列入《史記》《漢書》《文選》，便堂而皇之。《文心雕龍》稱「賦者，鋪也」，是從手法上講的。其實當時的賦也是一種說唱文學。所以《韓朋賦》等並非民間藝人用賦的形式創作的，而是文人借用民間說唱賦體來進行創作的。司馬相如的賦即是漢代的可供說唱、朗誦的文學。唐人賦當然更多，今所傳甚少，是因為失傳了。

屈原「行吟澤畔」，何謂「行吟」？有人說是一邊走，一邊唱。就歷

史來看，「行吟」謂「乞行」，即乞丐以唱乞討。《離騷賦》也是利用了民間的說唱文學形式。後來被稱作《離騷經》，是把它神聖化了。

敦煌文學中最有趣味的是《燕子賦》。它是一篇童話寓言，反映了當時社會的矛盾，官府的黑暗，人民的無告。「官不容針，私通車馬」，是指當時開後門的嚴重；「人急燒香，狗急驀牆」，都是活生生的民間語言。

新中國成立前有沿街賣「唱本看書」者，其中便有《孔子項槖相問書》。我曾把它和敦煌相關的本子一一比勘過，無一字之差，可見它一直從唐代流傳到現在。

《捉季布傳文》極像彈詞。又有《李陵變文》。何以這類故事流傳很廣？這與唐邊將首鼠兩端的情況有關。《捉季布傳文》的文字有極難懂處，如「恍如大石陌心珍」。「陌」是「驀」的借字，「驀」又是「貓」的假借字；「珍」是「鎮」的借字。同聲假借的現象，在古代十分普遍。又如「潘帝嗔」，馮沅君先生認為「潘」是「拚」的借字，此說非常正確。

以上說的是民間故事，現在說第二類：變文。

變文是相對「經」而言的。經是正規的、正常的；變是其變體、變態。有經才有變。變寫成文為變文，畫成畫為變相。變相即用畫的形式表現經的故事，如《楞伽變相》。

還有講經文，是全講經，並非只抽出一個故事來講。《佛本生行經》（《佛本生經》《佛本行經》）是講太子生前事，不是整個經講，而是講其中的一些故事。《目連變》純屬從經文中提出的故事。而將《燕子賦》《孟姜女》故事列入變文是不妥當的。

何謂變文？和尚用佛教因果報應的故事來宣講教義，以吸引聽眾，向聽眾宣傳。此外，和尚每講唱一次，可得佈施，實則是賣唱，此事敦煌文獻中有記載。

佛教又叫像教，它在宣傳方面很有辦法，能把佛教的神祕感、威嚴感

和神聖感渲染得淋漓盡致。它用文、色、香、鐘、建築、音樂、繪畫、儀式等，從人的聽覺、視覺、嗅覺、觸覺等各個方面來加強其影響，其手法之周密與高明，是無與倫比的。韋應物「鳴鐘生道心，暮磬空雲煙」，這就是宗教儀式的作用。蘇軾詩「山水照人迷向背，只尋孤塔認西東」，塔也是佛教徒為增加宗教神聖氣氛的一種手段。白塔本是和尚的墳，後來越修越大，越修越富於裝飾，這就增加了佛教的魅力和神祕感。

變文的《地獄變》是講小乘因果報應的，老百姓聽得懂，便達到了目的。變文的宣傳效果當然比佛經高明得多。

變文鋪陳、渲染的手法和想象力是值得借鑒的。《西遊記》便受了變文的影響。

從現在和尚放焰口（即「瑜珈焰口施食」）唱經的音調旋律和日本人吟唱中國詩歌的風味，大致可以窺見唐代變文演出的風格。

我們研究變文，主要是研究它的文學手法和文學價值。我反對這種說法，即變文的文學手法是從外國來的。

新中國成立前崇洋思想嚴重，甚至有人說連人種都是從外國來的，豈不荒謬！向達稱敦煌繪畫有明暗、濃淡、高光（high light），是外國來的「凹凸法」，這樣的說法也是不正確的。

應該承認，佛經是從印度傳來的。但中華民族值得驕傲的是，她有巨大的融合性。豈但變文，連後期的佛經和前期的佛經相比，已有很大的不同。嚴復《天演論》雖是譯作，其間已有他自己不少的東西。而中國也有自己的經文，如《六祖壇經》。

經在印度，原是口耳相傳。日積月累，才著於竹帛。《百喻經》《譬喻經》有許多的小故事，是從印度傳來的，可稱作印度的變文。至於怎樣講唱，則不可知。

經文較好的是《維摩詰經》。變文有《八相變》《破魔變》，後者是從

《維摩詰經》中抽出來的，可以一看。《歡喜國王緣》一卷，很好，是說一個王妃怎樣升天為仙，和民間的說唱很相似。《梅花夢》極長，可謂不見首尾，內容卻不怎麼樣。

下面講敦煌曲子詞。

唐有曲子，即當時的流行小曲。它的詞寫在紙上，無曲譜，只有詞，這就叫曲子詞。曲子詞並不十分固定，它可以有襯字，甚至多襯幾個也無妨，較為靈活。

很早就有唐人唱五、七言絕句的記載。有一個叫做「旗亭畫壁」的故事（掛旗作為標誌的驛站叫「旗亭」），說的是高適、王之渙、王昌齡三人在旗亭飲酒，聽別人唱流行曲子，看誰的詩被歌女唱得多（事見孟棨《本事詩》、薛用弱《集異記》）。說明當時就流行唱曲子詞，文人作的五、七言絕句也能入曲為詞。由於絕句的句法呆板，又因此出現了疊句，如「勸君更盡一杯酒」（《陽關三疊》），便是迭唱。後來文人有意為曲配詞，溫庭筠便是此中的行家。這也是詞產生的一個原因。

曲子詞吸收了甘州、涼州一帶的地方音樂特色，這是不可否認的。至於甘、涼二州具體吸取了哪些北方民族的音樂風格，這裏姑不論及。

《曲子詞集》和《花間集》相比較，前者雖然粗糙，但較有活力。後者屬文人創作，雖然較為精緻，但終究有些死氣。到了宋朝，文人隨曲吟詞，信口而作，還較順當，往後就不免板着面孔作詞了。

《敦煌變文集》可參看。孫楷第先生也有論及的文章。他的《滄州集》似乎沒有這類論文。周紹良先生有《變文敍錄》可參看。最好是與正統文學比較着看。

補充：《光明日報》有談韓愈「以文為詩」的文章。我認為韓愈既以文為詩，同時也以詩為文。文講邏輯，說理居多。詩賦抒情、寫景、詠物，形象居多。韓愈將文章的手法用於詩，不免導致堆砌字面。韓愈破駢

體而成散體，也不免出現這種現象。

韓愈還在詩中說理。其實詩歌說理，主要用的是說理的邏輯性。白居易又何嘗不以文入詩？他的《琵琶行》《長恨歌》便是說唱文學，其敘述情節，也有「文」氣。蘇軾專把難說之理寫入詩詞，如「楊花詞」，以楊花的遭遇比喻人的一生，其寫過程，有邏輯，有形象，也有議論，是典型的以文為詞。如云「不恨此花飛盡，恨西園落紅難綴。曉來雨過，遺蹤何在，一池萍碎。春色三分，二分塵土，一分流水。細看來，不是楊花，點點是離人淚。」其敘述和議論的成分不是十分明顯的嗎？南宋的姜夔，以文為詞更為厲害。「自胡馬窺江去後，廢池喬木，猶厭言兵」，難道不是議論？

宋人說蘇軾的詞「不夠調」，是指不夠婉約派的「調」。事實上自蘇、辛後，以文、以論入詞，正是賦予了詩詞以更強的生命力。文和詩詞的交融，也是一種「邊緣文學」，未可厚非。

韓愈以詩為文，也是他的特點之一。無論其碑銘墓志，都是如此。按常規，墓銘碑傳是用四六文開流水賬。韓愈則不同。他的墓志銘對死者的生平寫得很簡略，重點是抓住幾件大事來寫，文情並茂。觀韓愈的碑銘墓志，有評論，有詠歎，有抒情，難道用的不是詩的手法？就連《平淮西碑》寫這麼重大的事件，韓愈也是不寫經過，只寫重點，韓愈還因此得罪了李愬的後人。可見韓愈所用的，不是漢魏以來碑銘墓志的正統手法。韓愈的以詩為文，其實是對傳統的一種突破。

柳宗元的《永州八記》寫了作者心情的冷落，難道用的不是詩的手法？歐陽修的《醉翁亭記》並不細說亭的結構、位置、特點，而是大談自己的感受、自己和亭的親密關係，這難道不是詩的手法？所以，單看「以文為詩」是不夠的，還應該看到「以詩為文」，這才更為全面。

（萬光治根據一九七九年五月十七日的聽課筆記整理）

七、八股文

今天講八股文，諸君不必談虎色變。八股固然有毒，然而其毒何在，也是應該知道的。且八股也屬常識性的東西，故不可不講。據傳毛主席視察山西，曾向當地索取《制藝叢話》。此書專講八股作法，可知主席並非不通此道。以上算是開場白。

1. 八股文又稱「制藝」，制者，帝命也，也就是把統治階級的意圖、命令寫成文章，予以闡發。這便是八股文反動性之所在。

對古文而言，八股文又稱「時文」。時文者，當代之文也。其實到了清代桐城派文人手中，古文也有八股筆法。

八股可溯源到宋代的「經義」，即將經中的某句加以闡發，係講經之文。然而八股與經義的作法不完全一樣。經義無固定的程式，只是解經釋義與八股相同，寫法卻不一樣。八股特定的形式，成形於明初，其時尚不十分嚴格，也不太死。明中葉後，八股定型，至清代乃成為一種固定的文體。

2. 八股文章是一個概念，本身包含着許多的現象。正如論人，都是一個完整的、有血有肉的形象，不可以「好」或「壞」二字簡單論列之。但須強調一點，八股是為統治階級選拔人才服務的，故可作為反面的教材看。

文章的形式和內容有一定的關係。內容影響形式，使之成為一個僵死

的套子，到最後走向自己的反面。我認為說「內容決定形式」，決非由內容來改造形式，而是指選用什麼形式。何種內容選用什麼形式，關鍵在於人怎樣去選擇。

有的文人故意用八股文來表現其他的內容，且有拂逆統治階級之意。如尤侗以《西廂記》「怎當他臨去秋波那一轉」為題寫成八股文，便成了諷刺之作。八股文的形式死板、僵硬、公式化，這是它形式本身的壞處，然而更壞的並不止於此，它尤其壞在反動的內容。偶然有人以此為文開玩笑，如尤侗之所為，便不能視為反動。

3. 八股文的三個方面。

（1）形式的公式化，使八股成了套子、框子，這是不可取的。

（2）內容為統治階級服務，將孔孟的思想作為教條注入人的頭腦，束縛、奴役知識分子。以「若曰」的形式代聖人立言，實則是代統治者立言，八股文因此成為知識分子的精神枷鎖。

（3）有若干的束縛。如寫上段便不能涉及下段，否則就叫「犯下」，如寫「學而時習之」可以，涉及「不亦樂乎」便不行。反之則曰「犯上」。總之，必須是在被卡斷的文句中做文章。又如「截搭題」，即截取不同句中之某幾字搭成一題，如：截取句子的頭尾，或前一句的尾搭上後一句的頭，或截前一章的尾搭後一章的頭，更有隔篇截搭的。

俞平伯的曾祖父俞樾在河南出題，用的是《孟子》的文意：「王速出令，反其旄倪，止其重器，置君而後去之。」他截「王速出令，反」為題，結果被革職，永不錄用。俞樾還曾出題，把《中庸》中的「魚鱉生焉」的「魚」字省去，而以「鱉生焉」為題，有人乃作文嘲之曰：「以鱉考生，則生不可測矣。」這個破題有多種含義：「以鱉考生」是暗中罵考官是「鱉」；「生不可測矣」，既可以理解為考生對此深不可測的問題不了解，又可以理解為這樣亂出題小心發生不測事件。有的還出一字之題，如「妻」。有

出「洋洋乎」至於四次者（經文中出現過五次）。人問曰：「何以少一次？」
答曰：「少則洋洋焉」（語見《孟子》）。其末路流弊，一至於斯！

4. 八股文何以能通行流佈？

八股是敲門磚，故有人頗甘於被奴役，甚而成癮。此外，八股本身所
具有的特點也能吸引一些人。如：

（1）八股文的邏輯性較強，行文緊湊而嚴密。文章至少得五百字，不
得多於七百字。有如此限制，還要人說得面面俱到，更逼人要把道理說得
透徹，這就很有挑戰性。

（2）八股文有駢體，有散體，講究對偶、駢儷，音調鏗鏘，整體和局
部協調，讀起來朗朗上口。

（3）文章代聖人立言，有聲、有色、有感情、有氣派。故有人認為類
似於戲劇，具有一定的藝術性。

（4）八股文的義理、詞章、考據皆備。桐城派主張寫文章要講義理、
詞章、考據，這種學問方面的要求，便來自八股。

在八股文內容的評判方面，朱熹的《四書集注》被看做是對經典的
標準解釋，如不按此解釋便不及格。朱熹在政治上該怎樣去評價，且不管
它，但他對「四書」的注釋卻簡單明了，能達到這樣的程度很不容易。
明、清科舉考試均以朱注為標準。

八股是廉價的漏斗，邏輯清楚，注釋簡明，易於灌輸。

康熙皇帝曾學習過天文曆算，主張廢除八股，禁止婦女纏足。但王
士禎（漁洋）代表了漢族大地主階級知識分子的利益，上書反對，稱八股
「千萬不可廢」。康熙欲學西洋的科學文明，曾叫幾個兒子去加入天主教。
經過一番拾掇與折騰，又轉而去拜孔廟。他用黃紙親書「至聖先師」四個
字，命人把它覆蓋在碑上（因碑上有「文宣王」三字），然後再拜，所謂
「拜師不拜王」。

八股之盛衰，有如水鍋裏的蒸汽，聚集起來既快且猛，但散得也快。以孔孟思想為教條與提倡科學精神的消長適得其反。所以，我們不僅要反對八股文，還要反對黨八股，反對幫八股。

5. 八股文的基本結構。

如以《孟子》「雞鳴狗吠相聞而達乎四境」之句出題，這是説齊國的景象，八股截題為《狗吠》。

（1）破題：用兩句。

（2）承題：用三句；繼續破題，不得超過四句。

（3）起講。下分八股。八股又稱八比，實則四聯、八條。本文中的八條為散文，條與條相比，則又為對偶。

（4）結尾。

寫八股文的本領盡在於此，其庸俗性亦在於此。如此為文，無異戴着鐐銬跳舞。八股有「四比」、「八對」，名稱各説不一。比，兩條為一比。八股的優點在於邏輯細緻。由於當前各種八股太多，所以，最好不要強調八股文的優點。

八股所以有這樣的優點，在於漢語本身所具有的特點。八股不過是將其絕對化罷了。

6. 關於試帖詩。

科舉考試的科目中，八股文而外，還有試帖詩。如賦「黃河之水天上來」，得「黃」字，即以「黃」字為韻。五言八韻，第一句不可入韻，以湊八韻，兩句一韻，共十六句，每句五言。前兩句是破題，中間反覆吟詠，最後兩句「頌聖」，不管寫什麼，均須以此作結尾。《紅樓夢》中的「雪詩」聯句，就是拉長的試帖詩。這種試帖詩的影響是廣泛的，即以這首以嘲諷為能事的《剃頭詩》來看，走的也是試帖詩的路子，它規定所用之韻為「頭」字韻：「聞道頭堪剃，何人不剃頭。有頭皆須剃，無剃不成頭。

剃自由他剃，頭還是我頭。請看剃頭者，人亦剃其頭。」雖然只有八句，但始終圍繞「剃頭」二字反覆吟詠，這正是八股和試帖詩的基本特徵。

《古文觀止》一書，康熙年間編選，均為短篇，須熟讀後方能為八股。當時編選此書，就是為作八股文打基礎。《古文辭類纂》編選者的頭腦中，亦隱隱有八股文在作祟。《欽定四書文》係方苞所選，朱鷺（白民）是其後台（朱是明末遺民）。所以說桐城之文，便是八股之文。不了解八股文，也就不了解桐城派。

文人刻詩文集，較少收八股文和試帖詩。周鎬（犢山）有《犢山文稿》，其間收有他的八股文，然其文集卻無此類文字。

我生在民國元年，未趕上學寫八股文。這些知識還是向陳垣先生學習的。陳先生是晚清的秀才。

（萬光治根據一九七九年五月二十四日的聽課筆記整理）

八、古詩詞作法

　　現在談詩詞中古韻問題。由於各地的方音不同，便有人來規範和確定「四聲」。隋朝陸法言著《切韻》，首分韻部，雖然沒有照顧到方音，「我輩數人，定則定矣」，未免對人有所約束，好處卻是統一了一千多年。對於此書，後人多有補充。

　　《廣韻》和《佩文韻府》，有些字的韻分得太細。如「冬」、「東」；「支」、「之」、「脂」的分別，其實十分微小。依我之見，支、之、脂發音位置是由內到外，如支（zhi）、之（ji）、脂（zi）。又如「東」—德紅（dé hóng）切，切出之音為 dōng。那—奴寡（nú guǎ）切，便只能切出 nǎ 音。古無清脣音，如「父」今讀 fù，古音讀 bà。後逐漸演變為 fà，最後演變為 fù。

　　「福」今讀為 fú，古音均讀作 ba（輕讀），「逼」為什麼藉助「福」的偏旁？就因為古音聲母相通。「眉」，武悲切，按今讀當切為 wēi。其實「武」古音讀 mǔ，故切 méi。「文」，《廣韻》注為「無分切」，同樣道理，「無」古音讀 mú，所以「文」古音讀 mén。

　　又，古代無舌上音，如「之」今讀 zhī，古音讀 dē。可知無舌上音。文字由「之」而「的」，表明舌上音的產生。按字面讀音便是「類隔」，

知其然而讀之，便是「音和」。古代詩韻後面往往注上某些字為「類隔」，某些字為「音和」。這些常識都是應該知道的。

暫，今讀 zhǎn，古讀 zàn。現在廣播上按古音讀，大可不必。建議大家都去買一本《廣韻》來讀。周祖謨有校訂本，商務印書館印。

女牆，一凸一凹之城垛也。為什麼稱女牆？這和「睥睨」這一詞有關，眼睛從城垛中往外窺視，故曰睥睨。而「女」、「睨」古音同，現在有些地方人讀這兩個音仍相同，故逐漸讀作「女」。

《經籍纂詁》是部好工具書，許多字的古音古義都能查出來。《佩文韻府》《淵鑒類函》《古今圖書集成》也應翻翻。《說文通訓定聲》從聲、韻的角度談，值得一看。《書目答問》也應該備有。《四庫全書總目提要》不易找，故可買前者，便解決了目錄的問題。日人《大漢和字典》也不錯。

關於古詩文的作法。講這個題目，並非提倡大家寫古詩文，在此不能不作聲明。不會作古詩文，懂一點常識也好。你們將來當教師，講古典詩詞時也能依原詩的平仄朗讀和講解。「巫山巫峽氣蕭森」，一個「峽」字，便應按照律詩的平仄要求來讀。

自己做一點古體詩也有好處。練習時應注意調（平仄）和對偶。現代漢語依然有調和對偶的講究。對偶是一種語言的習慣。過去有《聲律啟蒙》一書，定下了若干的套子，如「雲對雨，雪對風，大陸對長空」等，合轍押韻。這方面的鍛煉還是應該有的。

古人曰：「詩從胡謅起。」先練膽，逐漸熟練。多吟詩也很重要。高聲朗讀不僅可增強記憶，還可體味詩的音樂之美，加強對詩歌內容的理解。五言、七言詩練熟了，長短句調便有了基礎。

按過去詩韻的規定，東、冬不得互押，今天則不必拘泥此說。

和尚唱經有譜，文人唱詩無譜。

何謂詩歌的「起承轉合」？至今未查到出處。我們可以用一首詩來領

會它的大意:「松下問童子(起),言師採藥去(承)。只在此山中(轉),雲深不知處(合)。」四句詩中,實際上包含有邏輯的發展。

律詩中的「撞聲」始於唐代,即第一句和末一句可以用相鄰的韻部,前者叫「孤雁入群」,後者叫「飛鳥出林」。

又,侵、覃以 [-m] 收聲;文、真以 [-n] 收聲。到了元朝,兩者的區別便已混淆了,所以《中原音韻》就沒有這一區分。

遼代和尚行均《龍龕手鏡》,宋朝為避諱改為《龍龕手鑒》,全書按偏旁分字。《康熙字典》更細、更周密,是根據明朝《西儒耳目資》來的。過去的韻書即有字典的性質,可以按韻查字。

讀詩應連同注一起看。王琦注李白詩,仇兆鰲注杜甫詩,都很不錯,可以一讀。

「詩話」一類的書有利,也有弊。有利是可以啟發思維,幫助欣賞;不利在容易被它牽着鼻子走。研究《文心雕龍》不能不讀作品,所以應當先讀《文選》。

過去有人寫詩為了押韻,將人名、地名做一些變化。如《論語·憲問》有「微管仲,吾其被髮左衽矣」之句,微者,沒有也。後人寫詩,居然有這樣的句子:「功參微管」,這就文義不通,只是為押韻了。

(萬光治根據一九七九年五月三十一日的聽課筆記整理)

九、明清詩文第一講

　　呂思勉《章句論》、楊樹達《古書句讀釋例》對於古書的標點，多有裨益，可找來一讀。俞樾《古書疑義舉例》亦應讀。《經傳釋詞》更是必備之書。

　　讀古書，標點是第一重要的。沒有讀懂書，其他都談不上。如「民可使由之，不可使知之」，竟有四種標點法，另三種為：一是「民，可使由之，不可使知之」。二是「民可使，由之；不可使，知之」。三是「民可，使由之；不可，使知之」。另外稀奇古怪的，還可以點出一些。顯然，它們的內容都走了樣。《大學》中的有些句子，點不好，也會鬧笑話。

　　章為文章的分段，句即句子的句讀。此外，古人用句讀，也有用來點語義的，也有用來點語氣的。古書斷句最容易出錯的，在於虛字。楊伯峻的《文言虛字》《文言語法》，楊樹達的《詞詮》，這類書的內容都不離《經傳釋詞》。古書中的人名、地名、職官名，可查工具書。

　　這裏選的幾篇文章是作例子，並非範文。目的是想説明古文的發展，有它自己的線索，到了明清，已是強弩之末。雖然有人想改良，但畢竟搞不出大的名堂。直至五四，文章才得到真正的解放。當然，文章在獲得解放以後，又會遇到新的問題。

散文，又稱古文，宋人也稱「平文」。經書有今、古文，字體有今、古文，文章又有今、古文，故很容易把人搞糊塗。王國維認為春秋戰國各國有各國的古文，漢魏六朝各地有各地的古文，這便是通常所說的「原本」。經書的古文即是原本；文章的古文即是散體；字體的古文即是舊體。

今天我們要讀的幾篇，就是文章中的古文。《夢溪筆談》稱宋人作古文曰「平文」。何謂「平文」？即不加韻律，不配音樂者，故又可稱作「平話」。柳敬亭說書用鼓板，可見既要唱，也有音樂伴奏，因此不是平話。說評書即白說，無伴奏。

不講聲律對偶，便是平文。六朝人稱駢體曰「文」。散文如《與山巨源絕交書》，可見凡稱「書」、「筆」者，都是散文，又總稱「筆」。說話有抑揚頓挫，兩兩相對，這是自然形成的。駢文的形成有其必然性。散文也並非完全不講究音韻、對偶。《顏氏家訓》說，有博士買驢署券，罄數紙，無一驢字。可見搞文字花頭、駢四儷六，已失去了生命力。

宋人論《文苑英華》所選文章千篇一律，可見文章之衰。韓愈「文起八代之衰」，其背景和意義正在於此。古文運動是主張用先秦散文和《史記》語言的表達風格寫文章，樸素清新，無典故詞藻的堆砌，並非主張用唐朝的口語做文章。

《漢書‧外戚傳》中一段與趙飛燕有關的文字，是當時的口語。六朝人任昉《彈劉整文》所引用的劉家奴婢口供，是一段精彩的六朝口語。《周書》有一篇宇文護與母親的一封信，也是口語寫成。唐代的口語可見敦煌出土的文書。唐傳奇則用的是加工過的口語寫成。

元、明、清的散文繼承了上面的傳統繼續向下走，逐漸至於途窮。韓愈曾經提倡過「文以載道」，有人就質疑宋代理學家講「道統」為什麼不提韓愈。宋人蘇洵也講文道關係，但宋代的理學家依然不提他。這裏的原因在於，韓愈等人意在改革文體，不談載道，事實上是「以道撐文」。所

以，韓愈所說的「道」和宋代理學家所說的「道」不是一回事。正因如此，《宋元學案》中很少提到韓愈、蘇洵等人。

明代的詩文皆繼承元人的詩文，故須了解元人文章。明初許多文人都是元人。他們當中，有的是遺民，有的是貳臣。「人還在，文風未死」。

下面請看揭傒斯的《龔先生碑》。

元代的文章家都是道學家。朱熹在清朝被利用得十分到家。考科舉須用朱注四書。朱熹的學說被利用，始於元朝。元、明、清都利用了朱熹，元、明、清的文章也就脫離不了朱熹的套路。

揭傒斯是元人，其文可見明代文章的演變。

明代的文章到了歸有光，開始有了味道。桐城派方苞、姚鼐等人與其說是學「唐宋八大家」（明茅坤首先提出這個概念），毋寧說是學歸有光。為什麼歸有光的文章會出名？他的思想雖屬正統，但文章有文學性，一唱三歎，不板着面孔說大道理。此人官不大，名氣不大，所以明清人寫文章暗地裏學他，表面上卻說學的是「唐宋八大家」。

明代前後七子的改良是復古。按他們的觀點，把文章真的做成了三代兩漢的樣子，那還成什麼話！此路不通，這才有了公安派、竟陵派。他們改良的辦法是：內容上不排除表達個人的思想感情，語言上吸取日常生活的口語。但這樣的改良最終還是失敗了，根本的原因在於他們不敢突破文言文的套子。

20世紀30年代，以周作人為首，提倡明人小品，提倡讀和寫「三袁」、徐渭的文章。然而在當時，學習「三袁」和徐渭，仍是一條死路。明代的「台閣體」詞藻華麗，用語典重，內容陳腐；「三袁」和徐渭的價值，是在和台閣體的比較中得以確認的。晚明的小品固然輕鬆，卻派不上大的用場，因此被正統派大罵了一通。顧炎武《日知錄》有專寫李贄和鍾惺的段落，認為李贄是妖孽，這是因為李贄的思想要解放得多。儘管如此，李

贅仍不能擔負起文學革命的責任。

桐城派好講道理，陽湖派好講經濟，他們的文章都差不多。桐城派對後來的文章影響很大，原因在於桐城文人寫文章，用的是古人文章通常使用的詞彙和句法，其思想內容又不違背統治者的意圖。他們雖不專說周、程、張、朱，但也符合統治者的口味，而文章又有文學性。這樣的文章既可用於冠冕堂皇的說教，又可用於抒情寫意，所以能綿延二百多年，直至五四運動，才受到毀滅性的打擊。

研究明清的文章，必須注意文章從元代到清代的發展規律。清代後期的龔自珍寫文章貌似古澀，據說其初稿原本通俗。但一成定稿，就晦澀古奧起來。魏源亦與此相類。龔自珍有自己的政治見解，與當道多不合，故文章不能不古澀。魏源託古改制，什麼都作「古微」，如《詩古微》，也是寄託自己的見解於「經學發微」。

當前文章有兩個問題值得注意。一是有人完全主張口語化，這樣的見解不妥當。倘若用吳儂軟語寫文章，怎樣普及？就是用北京土語做文章，外地人也很難讀懂。二是有人主張要用完全規範的書面語言寫作。我認為文章如果全用書面語，恐怕會死氣沉沉，沒人願意讀。我主張寫文章最好用以現代口語為基礎的書面語言。

（萬光治根據一九七九年十月九日的聽課筆記整理）

十、明清詩文第二講

明清六百年文章的變化，絕不能用這幾篇文章來概括。我選它們的目的，是想說明當時文體的變化及其潮流。

揭傒斯《龔先生碑》。

揭傒斯是「元詩四大家」之一。他作古文一味泥古，往往說半截話。本文所云「三以狀謁銘」。謁，求見，在這裏作「求」解。唐人到茶館稱「謁茶」，即求一碗茶喝。本句的意思本來是想說「三以狀來謁，求銘」，但偏偏不好好說話，這是有意為艱深之辭。正如寫「天」字，有意要寫作「兲」。又如本文所云「潛往候之」，句前缺主語，是求簡而失之粗陋。章學誠、顧炎武曾多次談到古文中的這個弊病。

本文有云「度宗潛藩」，太子未登基叫做「潛藩」，謂太子潛於藩國也。但說「潛藩恩」，語意就很不清楚，是度宗與龔先生有舊，恩賜考試，還是度宗潛藩，恩開科舉考試？均不可考。

「復與計諧」。漢時管財政的官吏叫「計吏」，每年上繳中央年度收入時，常常帶一批應科目人，故曰「計偕」。古者稱出錢捐官出身的為「援例」，名字好聽得多。漢時的「計偕」何以到了揭傒斯那裏便成了「計諧」，這就難懂了。當然，「偕」與「諧」倒是可以通用。

「孫男五，名與……」此句根本就不通，完全是在造假古董。

宋元之際，道學演變為理學，是因為「理」比「道」聽起來客觀一些，無壓人之嫌。周敦頤、二程、張載、朱熹，宋人並不怎麼相信他們。南宋真德秀是理學家，成天講理學。開始人們還抱有希望，說：「要得錢糧賤，須待真知院。」後來他真的上了台，把事情搞得一塌糊塗。後來人們挖苦他說：「熬盡西湖水，打成一鍋麵。」

周、程、張、朱，主要是朱熹。張載雖然在其前，名氣卻遠不如朱熹。由這篇文（指《龔先生碑》）來看，周、程、張、朱是在元代就開始受到重視的。

宋濂《見山樓記》《題郝伯常帛書後》。

宋濂是元末明初人，是朱元璋的謀士。他後來被發配到西南，但命運比劉基好。劉基是被朱元璋毒死的。開國元勳，結局大抵如此。

「行李」，六朝稱行人、使者往往叫「行李」。「中使」係皇帝由皇宮裏派出的使者，其身份多為太監。「東觀」，漢代的藏書樓，後來成為專用的名詞。

本文有墨釘，是一時查不出何字，故留下方塊，待查出後再補上。

《題郝伯常帛書後》作於明初。郝伯常忠於元朝，宋濂仍然歌頌他，說明在明朝的政權鞏固以後，需要人們都成為忠臣。文章歌頌郝經，正是取其忠也。

「雄文」，語出《漢書》，謂揚雄之書也。又可指代司馬相如之文，因有人稱讚揚雄之文如司馬相如也。清末有孫師正，原名孫同康，康梁變法失敗被通緝後，改名孫雄，即標榜自己的文章如同司馬相如。後訛用為有氣勢的文章。

（萬光治根據一九七九年十月二十三日的聽課筆記整理）

十一、明清詩文第三講

　　明人寫文章，有意模仿古人。為文句式不整齊，便自以為高古，如宋濂的《見山樓記》。中國的語言文字有它自己的特點，句式於整中求其變化，已經成為習慣。違反這個習慣去造些假古董，不免現出儈父面目！

　　明朝初年的人作假古董文章，又怕別人不懂，故只敢在句式上作些變化。歸有光則比較高明。前後七子專事抄襲，令人連句子都不好斷，是更假的古董。正因如此，才出現了公安派和竟陵派與之相對抗。而到了桐城末流，已不管內容如何了，只是在字句上下工夫，一味地求古。文章一成派，路子定然走絕。其始作俑者，本意並不想結派。但後起之人，將創作風格相同而形成的流派結為宗派，樹起門戶，結果是將自己圍了起來。

　　文學的創作風格與作家自己的主觀條件有關。效顰者只求其皮毛，失去的是其神韻。

　　唐順之《答戚南玄書》。明代的士大夫雅好談禪，他們談禪的語言簡單淺易，是大白話。究其原因，在於禪宗的開創人慧能等就沒有多少文化。文人談禪，既要符合禪宗的語調，又要表現出文人的特點。晚明和清代文人的文章，大都受禪宗思想的影響。也有的人以禪宗入文章，為的是使文章趨於平淡，似可視作「稀釋」。這種文風，是韓愈等人所作不出來的。

《考卷帙序》。20世紀30年代提倡晚明小品，是五四運動的逆流。當時，改革者主張文章寫口語，反改革者既不想用口語，又不能用純文言作文章，於是從前人文章中找出些半文不白的東西來加以提倡，強調無聊的小趣味。「公安三袁」即是被其利用者。由於有周作人提倡於前，朱自清的《荷塘月色》、俞平伯的《槳聲燈影裏的秦淮河》等文章都不同程度地受了影響。《考卷帙序》即屬晚明小品。考卷帙即是裝考試卷的書包。該文通篇有許多白話，也用了許多禪宗的語言。作者無非是想藉此發一通牢騷。

晚明小品是對前後七子的對抗，也是復古途窮的結果。歸有光修正了七子派，修正了元末明初的文風。司馬遷引《尚書》，用漢時的語言把它翻譯過來。從歸有光到《聊齋志異》，都是受司馬遷的影響。桐城派勢力大，影響的時間長。方苞死死模仿歸有光，導致他的文章有不少的硬結。到了姚鼐，文章成熟多了，不但沒有疙瘩，而且還有油腔滑調之嫌。章學誠反對桐城派，他說桐城就是「文從字順」。桐城中人不服，認為自己講義理。其實這正是桐城派的好處。桐城還有一個特點，就是學八股文章的做法，無話可說，也能寫出一篇文章來。桐城發展到後來，已成為應酬的文字，掉弄筆墨，無以復加。這裏選的《吳塘別墅記》，便是一篇無話找話說的文章。

清人袁枚為文十分流暢，但論者往往忽視了他的價值。他有些玩世，常為道學先生們叱罵。從文學的角度看，袁枚幾乎是個怪傑。在他的筆下，沒有不可以表現的東西。姚鼐是袁枚的後輩，姚為袁枚寫墓志銘，還捱了他人的罵。其實姚對袁枚的評價是公道的。清人雖然罵袁枚，但許多人都偷偷地看袁枚的文章。袁枚敢於收女弟子，為章學誠詬罵。他不屑一顧，公然把女弟子的像畫出來，還為女弟子編詩選。可見他是一個蔑視禮教的人。最後有人連他賣文也罵，他賣文得錢，有什麼可非議的？

周作人的影響至今還存在，只是不提他的名字罷了，但還是用周遐壽

的名字出了兩本他的書。袁枚在當時的影響其實比他大得多，可偏偏就無人提及。

龔自珍也是清末的一個怪傑，他對於章太炎深有影響。龔自珍屬今文學派，常常藉經書發揮他的政治主張，並不重在考據。今文經學派中的康有為的議論當然不足道。章太炎屬古文經學派，重視考據。龔自珍在當時的政治條件下不能正面地批評時事，只好用一些古奧的形式來曲折發揮他的思想。我認為，龔自珍的文章就文學角度而言，的確不怎麼樣。有人看過他的手稿，原文很通順，但定稿後卻不一樣了。如此改稿，可見其用心良苦。《江南生稿筆集》即此類文章。該文藉江南生的奏稿，旁刺朝政；藉頌揚今之詔令、奏議有生氣，實則是指斥言路未開。故其特點不在文章，而在內容及曲折的表達方式。由此可見，文章風格的形成，與時代的關係十分密切。

明初的文章是元朝的繼續。中間經前後七子，到歸有光、方苞等人，才終於定型。前後七子對元末明初的文章是一個反動，但試驗失敗。晚明小品對前後七子又是一個反動，想開闢新的道路，尋找新的表現形式，又失敗了。到歸有光才比較平易近人，再經方望溪、姚鼐等人的加工、發展，終於形成格局，直到五四運動才結束其使命。

事物總是會走向反面的。五四白話運動和現在的文風比較起來，已是大大地落後了。新中國成立後的三十年，文風更有很大的變化。

「文化大革命」十年的文風，是八股文加賦體。追究其原因，是受了封建社會的影響。「念念不忘」，本是禪宗語。文章前加套語，本是八股的破題。文章後面的祝詞，本是八股的頌聖。「一句頂一萬句」，本是清人稱頌孔子的「一句話為聖人」。當時有以「子曰」為題者，有人借蘇軾《韓文公廟碑》語「匹夫而為百世師，一言而為天下法」為破題，前一句應「子」字，後一句應「曰」字，這也是「一句頂一萬句」的意思。

下面再談談《書目答問》。

四部即經、史、子、集。這種分類的方法，是逐步形成的。大約在南北朝才較為定型。這種分類法在今天已經沒有實際的用途。

經：經有十三種。所謂經，是加了統治者的許多附會。剝開這些外殼，有許多史料可用。經到了明清，已失去了原先的概念，真正起作用的是「四書」。這是朱熹幹的事。

有經書便有緯書，它們為漢代人所編。所謂「天生孔子」，便是緯書所言。鄭康成和公羊學派便是從此說的。

史：《春秋·左傳》分明是史，卻入經。故章學誠說「六經皆史也」。其實準確地說來，應為「六經皆史料也」。史有正史、野史、外史、稗史等，無非屬正統與非正統兩大陣營。野史中有許多可靠的史料，《通鑒》反倒有許多小說家言。

子：其本意是春秋戰國政治家的言論、講稿、行事集於一體，皆歸入子，頗似後來的集。子部分細類，分法並不科學，如醫、算等類焉能入子部？

集：集有總集、別集。《詩經》也可作總集看。別集為某一個人的集。總集是許多人的合集。按理，集應該以文學為主，但在四部中，集的概念要廣泛得多。

懂得四部的分法，便於查找古籍。

（萬光治根據一九七九年十一月二十一日的聽課筆記整理）

十二、明清詩文第四講

　　明初人作詩沿襲元人的風格。《元詩選》收錄元朝主要的詩作，但不如《全唐詩》全面。清人有《宋詩鈔》，呂留良因文字下獄，故合作者不敢再編下去，書也不敢署呂留良的名字，但書編得還好。顧嗣立編《元詩選》，也很好。

　　元詩走的是復古的路，未可厚非。宋人感到唐人作詩，已經窮盡其理，自己根本無法續貂。於是他們寫詩，多從寫景、議論入手，聲調與美感，都不及唐。幾個宋大家無不如此。元詩是真正模擬唐人，但也有學不像的。明初的詩，離不開這個調調，劉基、宋濂、袁凱諸人都是如此。前後七子文學秦漢，詩學盛唐，連中晚唐都不要。而元人所學的，正是中晚唐詩。所以，前後七子是想擺脫元人和明初人的套子。不料他們非但沒有擺脫了，反而落入了俗套。七子中也有好的，他們模擬盛唐人的聲調、派頭都做到了家，如李於鱗、何大復。何大復（景明）的長篇七言歌行《明月篇》就是模仿初唐的王楊盧駱體的，可以說是模仿得極像，看起來就像是真的古董。唐初都市生活剛繁榮起來，王楊盧駱寫都市生活興盛繁榮，充滿了新鮮感，所以有這樣內容和風格的詩篇出現。到了何景明的時代，已經時過境遷，故其所模仿的詩篇只是形式相像而已，內容卻很單薄。

公安、竟陵後，詩壇上出現了一股怪風，黃道周可為典型。他的詩十分古怪，堆砌詞句，追求古奧。明詩來回反覆，學唐不成，最終弄成假古董。在這當中，錢謙益算是一個在文學上有作為的人。

齊燕銘同志曾談及政治動亂中，醞釀着各種文學流派和思潮。一當社會安定下來，文學便會出現一個復興時期。明代社會的狀況是內外交困，動盪不安，理學有王陽明，文學更有各種流派。這種狀況發展到錢謙益，產生了一定的效果。

過去的作者有三種武器，一是詞藻，如茶碗邊緣的裝飾，附帶着許多的典故。典故是壓縮了的概念。五四以來反對用典故，其實反對者自己也用典故。有些比喻，本身就是用典。典不可不用，當然不能堆砌或濫用。錢謙益掌握的詞彙、典故就很多。二是模式。《全唐詩》本來是錢謙益的初稿，入清後有人繼承而最終完成了這項工作。正因為錢謙益有這樣的經歷，可供他學習的模式也就特別的多。三是經歷。錢謙益是後起的東林黨魁，幾次下獄，後做了禮部侍郎，投降了清人。投降後，他一方面偷通南明，另一方面作詩文罵清人。被發現後，乾隆極為恨他，於是對擁護錢謙益的人如沈德潛等予以嚴懲，連他的祠堂也給拆了。錢謙益的書也被列為禁書。但他的影響太大，門徒甚多，禁絕不了。前後七子仿唐無所成就，錢謙益卻輕易地做到了。可見他在上述三個方面的功夫和閱歷都很深，並非只是才大。後來有人為他鳴冤叫屈，說他不是漢奸。近代有錢姓者修家譜，極力為他辯白。這樣的努力終究枉然，錢謙益的漢奸之名，恐怕是擺脫不了的。錢的生活很糟糕，卻自命風雅。但他文學上的成就的確未可小視。他的古體詩音調鏗鏘，其《西湖雜感》二十首罵清人十分厲害，頗有滄桑之感。但其無聊之作也很多，如大作其「雁字詩」，屢屢變換花樣，很不可取。

吳偉業（梅村）與他同時，是一個了不得的怪傑，但也是一個投降派。他本來是明朝的探花，也做過官。後來清兵入關，投降清人的大官僚陳之遴

做了大學士。當時兵權在滿人手中，行政權在漢人手中。陳之遴推薦吳偉業當了國子監祭酒。陳之遴倒台，流放東北，吳偉業也隨之下台。他為當時遺民所罵，臨終前寫詩為自己辯護，稱自己是被強迫而不得已才做官的。

康熙皇帝喜歡吳偉業的詩，還為之題了詩，詩的調子即模仿吳偉業。所以當錢謙益被禁止的時候，吳偉業卻很有市場。他的詩模仿元稹、白居易，人稱元白「長慶體」。其內容多記晚明時事，在藝術上頗像鼓子詞。其文專寫才子佳人，令人不忍卒讀。吳偉業詩雖然用了鼓子詞的路數，卻有動人的內容，典雅的面貌。清人凡作古體，無有不受吳氏影響者。王士禎竭力避免落入吳氏的套子。他的《燃燈記聞》（何士基記述）稱吳氏才大本領高，就是不雅。我想他是針對鼓子詞調來說的。其實吳梅村的缺點不在於不雅，而在於還不夠徹底。他的用詞正是顯得太雅，「皮兒太厚」，因而不好懂。

清末民初的王闓運（湖南湘潭人）也是一個怪傑，手筆極快。他好模仿駢文，也作古體散文。他有一篇《湘軍志》，罵曾國藩，頗有《漢書》的風格。曾國藩九弟曾國荃讀後大怒，經人說情，毀版了事。王氏五言詩極似六朝，故有人開玩笑，說他生錯了時代。他的七言古詩卻類似吳梅村，其《圓明園詞》憑弔圓明園，模仿的就是《連昌宮詞》。他自認為這首詞比吳梅村的雅一些，殊不知這正是他比吳梅村差的地方。吳氏的《吳詩集覽》注釋很精很細，典故多，注釋繁。他用典的目的，恐怕是想以晦澀躲過當局的眼睛。袁枚說《長恨歌》只有一個典故，而吳梅村的詩離開了典故就無法去作。這正是他學「長慶體」而不如「長慶體」的地方。

吳梅村的《圓圓曲》把吳三桂罵得很厲害。他認為自己在清朝做官是不得已，而吳三桂卻是開關延敵，兩人的思想是不一樣的。實際上是借他人的酒杯，澆自己胸中的塊壘。他還有一些罵清朝的詩，十分隱晦，康熙居然沒有看出來。他的《臨淮老妓行》寫的是劉澤清的反反覆覆。明代的崇禎皇帝在十多年時間裏，換了四十多個宰相。其中有一個叫吳昌時的，崇禎召他做

了宰相，後來卻廷審他，把他給殺了。吳梅村為此作了《鴛湖曲》：「鴛鴦湖畔草粘天，二月春深好放船。柳葉亂飄千尺雨，桃花斜帶一溪煙……」通過寫自己與吳昌時的交情，反映明朝政局的衰落腐敗。他的《永和宮詞》寫田貴妃，《琵琶行》寫幾個名妓，無不貫注了他對明朝亡國的感慨。

吳梅村有些無題詩寫得十分漂亮，詞藻美，似西崑。他的《揚州詞》（見《吳詩集覽》，靳榮藩注）：「疊鼓鳴笳發棹謳，榜人高唱廣陵秋……」暗寫清兵屠揚州，乃至清代注家不敢為之作注，只能稱其「懷揚州夢也」。康熙也居然受了騙。為了避開文字獄，他不能不多用典故，有時候用古人的名字暗指當時人，的確是花費了許多的苦心。錢謙益則不同，如他寫《西湖》，其刺清傷時思想十分露骨，所以沒有能躲過清政府的禁令。

吳梅村的律調對後人影響很大。後人作律詩，很難脫卸其套路的影響。

總之，錢、吳二家幾乎壟斷了清初詩壇，其作品是不能不看的。

王漁洋在明代官至刑部尚書[1]，錢謙益贈給王漁洋的一首五言詩對他加以吹捧，所以王漁洋後來也吹捧錢氏。王氏的詩符合清政府的口味，原因是表面漂亮，不痛不癢，感情卻是現成的，按套套寫就是。他用的都是古董，專好模擬。如聽琵琶，用《琵琶行》；寫登覽，用高適，多寫山川景致。後人發現，他每走一處，專看當地的地方志，摘出其中的典故、古跡，用作寫詩的材料。即使古跡已毀，也要裝模作樣，寫詩憑弔一番。他的詩好用典，詞藻也現成，就是不寫與清人有關的話題。用他的辦法去作試帖詩，應酬場面，很是有用，所以在清朝極有市場。他的詩也有用曲子調的，如《秦淮雜詩》，全是絕句，其中連《牡丹亭》都抄來了。

王漁洋選《唐賢三昧集》，提倡神韻。嚴羽說「羚羊掛角，無跡可求」；無跡可尋，不着邊際，達到所謂的空靈境界，這便是王氏所求的神韻。他的

1　編輯注，此處為口誤，應為清代。

《秋柳》有人認為是憑弔明代的，後經「審查」，並無痕跡。可見他作詩力求不着邊際。但他的《秦淮雜詩》卻因為搬用了地方志，竟然捅了大婁子。

王漁洋詩中有名的是律詩和絕句，模仿前人，算是到了家。他的詩不傷今，不慟古，不干犯時忌，所以得以留存。

王漁洋也論詩，有《漁洋詩話》。他選唐詩不選李、杜，也不提元、白。因為他模仿這幾個人不可能比吳偉業模仿得更好。他也不模仿蘇軾與黃庭堅。對黃，他瞧不起；對蘇，他不敢去模仿，這是錢謙益之所長。不得已，他只敢去模仿王維等次一流的詩人。他的詩可以說是「柔化」了的明七子。趙執信的《談龍錄》說朱彝尊的詩貪多，王士禎的詩重修飾，像李攀龍。他對此評價很生氣。有人說王漁洋才弱，只敢寫清淡的，不敢碰濃厚的。他的好處是畢竟柔化了李、何的斧鑿痕跡，這是應該給予肯定的。

我過去很喜歡王漁洋的詩，後來才發現他的詩其實很無聊。

王漁洋也選詩。在《漁洋菁華錄》中，他的詩是他自己選的。他選其他人的詩，把錢謙益放在第一位，這還說得過去；把程嘉燧放在第二位，就不免荒唐。程嘉燧作詩，與七子同調。王漁洋從未見過程嘉燧；程死時，王可能尚未出生。王漁洋學的是程，不敢學錢。他自己就套用程嘉燧作詩的路子。這就是王把程放在第二位的原因。但這個選本仍然有價值。清初人的集子後來很難見到，這個本子正好收集了一些明末清初人的詩。

《靜志居詩話》。朱彝尊輯《明詩綜》，基本上是從《列朝詩集》來。朱彝尊在每個人的詩後，均附有評論，稱《靜志居詩話》。康熙曾想用朱氏頂替錢氏，以削弱錢氏的影響。但最終未能頂了，錢畢竟比他強得多。於是只好對錢施以痛罵加高壓的手段。

《列朝詩集》對詩人有評論，可與《靜志居詩話》相參看。

（萬光治根據一九八〇年一月七日的聽課筆記整理）

十三、《書目答問》第一講

　　梁啟超、胡適均開有青年必讀書目。梁啟超批評胡適將《九尾龜》之類的書都編入書目，但他自己開列的書目並非就很科學。況且將書目稱為「必讀」，本身就不科學。張之洞不稱「必讀」而稱「答問」，這正是他的高明之處。

　　你們的郭預衡先生就是根據《書目答問》所列書目，逐一瀏覽，這是學習的好辦法。梁啟超有重要典籍之用法一類的書，此書我沒有看見過。

　　《書目答問》的分類法有它自己的特點，用途極廣，十分重要。現有的幾種目錄學方面的書可借來一閱。余嘉錫先生的《目錄學發微》不易看懂，得配合其他的書看。

　　何謂「四部」？四部之說，始於何時？四部分經、史、子、集，大約始於六朝，定型於唐朝。章學誠《文史通義》稱「六經皆史也」，其實少說了一個字，應該是「六經皆史料也」。清人把六經作史料看。王念孫藉古書探索古代音韻；段玉裁以《說文》作線索，研究文字。焦循作《孟子正義》，與其說是作「正義」，不如說是借題發揮。王念孫、戴震、段玉裁已可稱作是科學家，他們不是為經而詮經，而是以經為史料，作科學研究。

經的概念到了清代，學者雖不敢否定其本意，但在運用上已經有很大的變化。

《詩經》齊、魯、韓三家，差異並不大。楊伯峻關於《左傳》各家注疏的校定本即將出版。《春秋大事表》及《紀事本末》可參考。《尚書》今古文之不同，實則是傳抄之不同。有時候傳抄者加上一些説明，後人誤以為是經文本身。

讀古書，有疑義，查注；注不明，查疏；疏不明，查工具書；工具書不明，查《書目答問》，找同類的書籍查閱。

《四書》應該讀。唐宋以降，文人引《四書》大都不稱篇目。原因有二：一是《四書》已成為經典，進入口碑，無須再説某子曰。二是《四書》在當時已用多用濫，文人有時候不知是《四書》經文，只當着常語使用。故讀當時的文章，仍不能離開《書目答問》。

輯佚一類的書亦應注意。如《玉函山房輯佚書》共計五百九十四部，其中經編四百二十九部，子編一百四十八部，史編八部，這類輯佚書都很重要。

《全上古三代秦漢三國六朝文》，嚴可均輯，唐以前的文章都有。如個別集有缺文，可查此書。此書即將出版。

《書目答問》的《補正》應予注意。至於范希曾以後的書目，則只有靠自己了。

此書卷一《爾雅義疏》二十卷下之「孫郝（孫星衍、郝懿行）聯薇校刻足本」，其中郝懿行的夫人只是掛名而已。後有「郝勝於邵（邵晉涵，字二雲，也作過有關《爾雅》的書）」，事實上是「邵勝於郝」，張之洞未之見而下結論，謬矣！余嘉錫先生曾予以指正。

下面談工具書的使用問題。

字典：《龍龕手鑒》四卷，原名《龍龕手鏡》，所以有此更改，避諱也。該書前身為《玉篇》，分部不甚科學。《玉篇》是按偏旁查字的。

但古代有些工具書不是按偏旁，而是按韻部查字的。這類工具書中，《佩文韻府》很重要。《佩文韻府》的底子是《韻府瓊玉》。《廣韻》說兩韻可合（《廣韻》即字典，周祖謨的《廣韻校本》應備一套），《佩文韻府》即是兩韻合著一塊兒。故兩者備其一也就夠了。由於兩書皆依韻部查字，所以應該掌握一些有關韻部的知識。如果韻部不熟悉，可查《辭海》《辭源》等工具書，它們附有韻部。《經籍纂詁》也是必查的書。

《說文通訓定聲》十八卷，此書既不用韻部，也不用部首，卻用《易經》八卦名分部。故可用而難查。

通檢一類的書也很重要。如《十三經索引》《春秋三傳引得》《尚書引得》等，十分有用。

類書：《太平御覽》《冊府元龜》《合璧事類》《淵鑒類涵》《古今圖書集成》等，也可作工具書用。

「三通」（杜佑《通典》、鄭樵《通志》、馬端臨《文獻通考》）、會要、會典都是工具書。「三通」是基本的資料。我建議大家去借一些書翻翻，大致知道該書有什麼用以及怎樣用。後來又出現了「十通」，量就太大了，但「三通」是怎麼也該翻翻的。《四庫全書總目提要》每條都附有說明，至少《四庫全書簡明目錄》應該備一部。

《通鑒》可作歷史小說看。中國史書裏面有很多篇章可作小說看待。如民間流傳的「包公案」，多在《明史・循吏傳》中；若干循吏的作為，都附會在包公身上。而且有關循吏的故事，也多半是民間流傳的故事，被當時的人附會到了某個循吏的身上。俞樾稱《包公案》中只有「割牛舌」是屬於包公的。但一查史書，連這一條也不是包公所為。

所以，中國古代史書中是有著豐富的文學資料的。

（萬光治根據一九七九年十月十六日的聽課筆記整理）

十四、《書目答問》第二講

有幾種書很重要，其中尤以《十三經注疏》為最重要。研究古代文學，須讀《毛詩》《尚書》《春秋》；研究古代的制度，須讀「三禮」；研究古代的哲學，須讀《易經》。

「四書」中，《大學》《中庸》均出自《禮記》《儀禮》。古書的第一次注釋稱注，疏（即正義）是注的注。「疏不破注」的意思是說，疏的任務，就是將注釋講得明白。到了唐代，朝廷命孔穎達等人講經，他講經的文字被稱作「正義」。《詩經》有「毛傳」，《關雎》下有「美后妃之德也」，是第一次注，曰「傳」。鄭康成為《毛詩》加箋，是第一次為注釋所作的注。又如《春秋公羊傳注疏》二十八卷，何休解詁，也是注。《十三經注疏》大都是唐人所注。明清所注《周易》《詩經》《禮記》，大都按朱熹的注，《尚書》大都用朱熹學生蔡沈（九峰）的注。

在清代的科舉考試中，《書傳》用蔡九峰的注，是宋人的一套穿鑿附會。《易經》用朱熹的《周易正義》。但真正搞研究，還是用《十三經注疏》好。

清人刻《皇清經解》《續皇清經解》，是繼承了漢儒的繁瑣。清人所注《周易》不好。但清人也有幾部書很好，如陳奐注《毛詩》（全稱《詩毛氏

傳疏》）、馬瑞辰注《毛詩傳箋通釋》（未附正文）。《尚書古文疏證》，閻若璩注，三十卷，用起來方便，但並不很理想。孫星衍《尚書今古文注疏》也並不好。

《禮記》無太好的注本，通常用朱彬的《禮記訓纂》、陳澔的《禮記集說》。孫詒讓（章太炎師）《周禮正義》以《周禮》為骨架，集中了古代制度及其訓詁，對我們讀《禮記》和深入了解古代制度很有幫助。孫詒讓又是近代講甲骨文、鐘鼎文的創始者。

《春秋》清代沒有好的注本。今人楊伯峻《左傳集注》集各注家之大成，其中有譯文，有考證，預計明年可出版。這是一個很好的集注本。

劉寶楠的《論語正義》，基本問題都在其間，很有用處。《孟子》的注本，以清人焦循的《孟子正義》為最好。

按王國維的說法，孫星衍著《尚書今古文注疏》，對《尚書》只讀懂了一半。《尚書》很難讀。《定本尚書大義》，吳闓生著。與配合經書而做的《XX備旨》（一種供科舉考試用的「高頭講章」）一對照，《定本尚書大義》即抄自《書經備旨》。這類書對搞注釋很有用。作為引人入門的書，《定本》固無不可。

下面講《尚書》今古文的問題。

研究經書，必須涉及今、古文之爭。此爭論始於《尚書》。漢人稱用當時文字書寫的《尚書》為今文。古本《尚書》流傳至漢中祕閣，即皇家圖書館。此書所以原先藏在夾牆內，是為了躲避秦的焚書。古人講學，口傳心授。《尚書》的今文本係伏生口授（其實也是他自己藏的抄本），即《尚書大傳定本》，共二十篇。孔壁古文，多出幾篇，內容也略有差別。到了東漢，古文原本散失，故有孔安國為《古文尚書》作注。晉人梅賾獻出幾篇古文《尚書》，有人便說是東晉人所藏，也有人說是東晉人偽造的。宋朝有人開始懷疑古文《尚書》是偽造的說法。清朝有擁護今文、懷疑古文

者，如閻若璩，為今文、古文找出處，以考證今文之真，古文之偽。他還指出古文中某句出自某書，皆見於漢人某書。但他的道理是説不通的。

經學中，用小篆以前的字體抄寫的經書謂之古文。經書中的《左傳》亦是用古文寫的，非漢人重抄。劉歆主張拿到太學去教學生，遭到強烈反對。原因是很多人不認得字。於是劉歆背上了黑鍋，被人懷疑是他偽造了經書。其實古文《左傳》是真的。故今、古文的概念在歷史上是有變化的。古文《尚書》是一個階段，古文《春秋》是一個階段，而凡用古文抄寫的經卷又是一個階段。推而廣之，古代經書的原本，也是古文。古文家和古文經學派都是據古文本作解釋者，今文學派則反之。兩家的分歧其實很可笑，只是稱呼不同罷了。

清代有今、古文學派。今文學派用「春秋公羊」，此派專講義理，發揮議論。講「春秋左傳」一派為古文學派，專講字句。故清朝有改良思想的人都打今文派的旗子，古文學派則比較保守。但情況也不完全如此，如有改良思想的章太炎就是古文學派。古文學派講訓詁，有實事求是的精神。今文學派只是講義理，龔自珍、王闓運都講今文。今天當然不必再講今、古文了，但影響還是有的。如《紅樓夢》有程本、脂硯齋本，兩者的爭論，其實都為了一些詞的小區別展開。

韓詩只有外傳，是用故事作旁證，注釋已經亡佚。

《玉函山房輯佚書》《古經解匯函》，及黃奭《漢學堂叢書》等鈎沉古經解，考證瑣細無聊。可見有些古注失傳，有它自身的原因。

《詩經》《論語》分幾家，差別都不大，爭執卻很激烈，十分可笑。今文學派到了康有為，鬧了不少的笑話。康有為要變法，是進步的。但他受四川井研縣經學大師廖季平的影響（廖是今文學派），作《新學偽經考》，認為偽經書都是劉歆造的。劉歆為王莽服務，所謂「新學」，乃「新朝之學」（王莽所建為新朝），非漢學。康有為還認為孔子是「託古改制」，劉

歆為了學孔子，因此造了「三禮」，甚至還造了《左傳》。所以楊伯峻說康有為的目的是罵倒劉歆，結果卻是抬高了劉歆。

康有為連古文也未弄清楚，他著《廣藝舟雙楫》，亦稱鐘鼎文係劉歆偽造，並說看出土的鼎彝文字，十分燦爛；劉歆所造鐘鼎文，吸取了天下文字的特點。這當然是一個大笑話。所謂「古文」，並非指文字，而是以古文書寫的經書。

清人復古，如陳啟源的《毛詩稽古編》。今文「天」字寫作「天」，古文「天」寫作「(兂)」。唐人用古文，為保持字形，依然作「(兂)」。陳啟源等不懂這個道理，自己的文章偏要把「天」寫作「(兂)」，「帆」寫作「颿」。

古文《尚書》與今文《尚書》怎樣出現的？我認為連今文《尚書》也非原本，古文《尚書》也非原本。因為後來都已經形之於書，字形不可能不有些變化。而且今古文究竟有多少差別，現在很難說得清楚。伏生口授時，字句上有無竄入，很難判斷；他的學生聽後，有無發揮，也很難說。

如現有八種《紅樓夢》的脂硯齋本，彼此有很多字句的不同。江青稱校訂脂硯齋本，是恢復曹雪芹的本來面目，此說非常荒唐。且問：「曹雪芹的本來面目是什麼？校訂的標準是什麼？」這些問題，都很難回答。還有人現在在搞校訂，說是要恢復曹雪芹的「戰鬥鋒芒」，顯然是難以做到的。今、古文《尚書》之爭，大致也是這樣的。

又如《包公案》，本子很多，最早是《龍圖耳錄》，是文人聽說書的記錄稿。後經代代相傳，本子就五花八門了。

下面再談談詩韻的問題。

調：平上去入，這是漢語所特有的。但某一字規定它入某一聲，便是人為的了。各地的四聲不一樣，編書的人將某一字派入某聲，為的是使用時的統一。但無論如何也是包括不盡的。如有些地方方音勢力太

大，有些字也就定不下來，只好一字兩收或三收。如今作詩，還得服從既定的事實。

聲調又有古今的不同，如「中興」，唐人讀若「重」。

今韻以普通話為標準，故許多入聲都入派三聲（中國有一片長斜地帶無入聲字）。元曲是不講入聲的。京劇、曲藝也是入派三聲的。

作古典詩詞，應該稍稍考慮一下用韻。韻十三轍，即韻攝，是用元音來概括的。

《廣韻》編於宋朝，意為「增廣《唐韻》」。該書是據陸法言《切韻》加工成《唐韻》後，再加工而成的。《切韻·序》稱，「我輩數人，定則定矣」，可見是人為的。但《序》也說為了「以廣文路」，作詩時支、脂、冬、東也可以通用。但作為研究，還是應該區別地對待。《廣韻》一書，應該備有。

（萬光治根據一九七九年十一月二十四日的聽課筆記整理）

十五、《書目答問》第三講

前次講了經的一部分，今天講史。

史有正史、野史、雜史等。正史有如經，是被統治者承認了的。其實，正史有的是根據官修的書和舊存的檔案材料編纂的。所以，除了統治者承認正史有他自己的目的外，正史對研究工作是很有價值的。此外，野史、雜史、別史等，也應該很好地加以利用。

如《漢書》是正史，但《東觀漢記》《後漢記》並不次於《漢書》。裴松之注《三國志》，其注文的價值，並不下於《三國志》的正文。《晉書》有十八家，現在只剩下唐代房玄齡修的《晉書》。該書吸取了其他《晉書》的內容，也吸收了大量的《世說新語》的內容。《世說新語》本是小說家言，《晉書》是正史。可見前者並非完全沒有參考的價值，後者也並非全是有據可查的史事。

《魏書》人稱「穢史」，説魏收是受了別人的賄賂，給別人説好話。其實這種情況各代都有。清史館的檔案中，至今還保存有這方面的資料。

《舊唐書》修於五代，不符合宋朝政治的觀點，於是重修《新唐書》。把新舊《唐書》與《新五代史》對比着研究，是一個有趣的工作。歐陽修認為《新唐書》其事增於前，其文損於後，此話是很難説得清楚的。

《宋史》很拉雜、冗長，但材料很多，使用起來很方便。

總之，正史也是史料，不必因為受到統治者肯定，就輕易地否定了它們。

《宋史》以後，元、金、遼史編得太匆忙。過去有人傳說，毛主席說《明史》不好，據說是姚文元傳出來的。我認為，在宋、遼、金、元、明諸史中，《明史》最好。《明史稿》現在還在，可以與定本對照着看，能見出編纂者是很認真的。就觀點看，它也有好的地方，如《流寇傳》寫李自成並無誣蔑之詞（標題除外），且分析了李自成失敗的原因。這反映了《明史》有一定的客觀性。《明史》的文章是寫得不錯的，原因在於有許多明末遺老的文章為材料依據。

歐陽修和宋祁合編的《新唐書》，由歐陽修領銜。宋祁編傳，態度不認真，文章質量不高。歐陽修怕自己捱後人的罵，上書皇帝，請求各書其名。

1971 年以後，中華書局再次組織專家校點《二十四史》。我認為校點得較好的本子是《宋書》《齊書》《梁書》《陳書》，它們是山東大學王仲犖先生校點的。最好的要數《魏書》《周書》《北史》，是唐長孺先生組織人校點的，陳仲安寫的校記（他是唐長孺先生的助手，有很好的見解）。當然它們並非完全沒有錯誤。這幾種史書編得也很細緻。

「前四史」是必備的書。尚有餘力，《北史》等書是值得買的。《歷代帝王年表》（無排印本），其中稍有一點大事記，可作工具書用。李兆洛《歷代紀元編》《歷代地理志韻編》和楊守敬的《歷代沿革圖》等書，都是很好的工具書。

《建炎以來繫年要錄》是很重要的史料，《三朝北盟會編》亦如此，均可與正史相參看。如岳飛死於「莫須有」，這三字是怎麼來的，便見於《繫年要錄》。

元明以來雜史很多，宋人筆記中的雜史也很多。如宋人王銍的《默記》，記宋太宗怎樣征遼，怎樣失敗受箭傷，後因箭瘡發作而亡，這樣的材料不可多得。王銍是南宋人，所以有些事情敢於記錄。又如王明清的《揮麈錄》，也有許多可貴的材料。

《東京夢華錄》記汴京，《夢粱錄》記杭州（南宋國都臨安）。《萬曆野獲編》記了許多明代的歷史故事。明人有些野史，在清朝被列為禁書，原因可以理解。

清人官修的《綱鑑易知錄》《通鑑綱目》，均是站在理學家的立場說教，一派胡言。康熙年間，以理學治天下。乾隆時雖利用朱熹，但此人畢竟為世人所膩，於是搞了個《御批通鑑輯覽》。該書所蒐集的史事簡而明，可作歷史大綱的普及讀物看。過去有人提倡重印，不知結果怎樣。

有幾個專題應該知道。

「三通」。《通志》的原計劃是寫通史，但內容不全，其中的「二十略」很有用。《文獻通考》記的是歷代制度的沿革。《通典》記的是歷代的典章制度。

「續三通」（即清乾隆年間官修的《續通志》《續通典》《續文獻通考》）之後又有《清朝通典》《清朝通志》《清朝文獻通考》和《清朝續文獻通考》。最好使用「三通」。

「會要」。會要即會典的意思，用於查一朝的制度。歷史地名、人名、官名很繁雜，也很重要。可查《萬姓通譜》等「譜錄」。兩唐書中《宰相世系表》也較清楚。

官名的歷史變化很大，也極為複雜。可查《歷代職官表》。此書既有優點，也有缺點。如「皇帝」下有「三公」，其實掌權的是太監，三公係虛設。又如有清代東閣大學士條，其實清代根本無東閣，大學士在哪裏辦公？純屬虛設。真正的大權在軍機大臣那裏。清人修《歷代職官表》雖然

詳細，但未得史實。如大學士，便以清為準的，向上追溯，在各代找出相應的職銜來，此不可認真，不能搞絕對的類比。清人有自卑感，認為自己無文化，既要全盤漢化，又不願意放棄自己的全部機構，如八旗便是沿用在關外時的編制。因為有這樣的心理，他們總是好沿用漢族歷史上的官職為自己理出「譜系」，以證明自己是正規合法的統治者，結果往往顯得可笑。如清人有親王，宋朝有「一字王」，如趙王、晉王，都是以封地命名的。後來的清人封王，頭號就叫親王，其次叫郡王，其實是有王無郡。

上海中華書局排印本《歷代職官表》後面附有屈兌之的名詞解釋。此人極有學問，文章也寫得好，只是好做官。民國後像他那樣的人還有好幾個。這個本子還是有用的，當然其間也有錯誤。張友鵬曾為《官場現形記》作注，此人對清朝的職官很熟，注文可作資料查。

《職源》是專講宋人職官的書。

《四庫全書總目提要》（標點本二百卷）。此書對我們頗有用處。讀了此書，對古代的書籍會有一個較為全面的印象。該書有注，不太好懂。我的想法是先讀讀再說，開始不必求全懂。

輔仁大學余嘉錫先生讀書甚多，有一部《四庫提要辨證》，其中有自序一篇，亦收在《余嘉錫論學雜著》中。內中說自己年幼家貧，無書可讀，其先父無法輔導，便叫他找一部《四庫提要》來讀。他在讀此書時，對《四庫提要》的肯定與否定的結論逐一標明，然後進行辨證。他讀書從《四庫提要》入手，可作我們的借鑒。實在無此書，《四庫簡明目錄》亦可翻翻，但此書無評論。

《四庫提要》分「正目」與「存目」。後者很值得注意。有些書很冷僻，未收入《四庫》，被認為是非正統的著作。也有些著作不知為何不收。

工具書中還有《史姓韻編》，即二十四史人名的索引。但現在已感到不夠用了，因為收入的人名太少。現在各史均有人名索引，只是稍嫌瑣

碎，主要還是靠本傳。

現在說子部。

清人重新校勘整理的幾部子書，比較好。有些書後人勝前人，但也有一些書不及前人校勘得精。

清人郭慶藩《莊子集釋》很不錯。《淮南子》也有校記。浙江書局刻二十二子，掃葉山房有翻印本，都是清人較好的校本。

明人的《諸子匯函》收文不全，無多大的用處。蔣驥的《山帶閣注楚辭》很不錯。戴震的《屈原賦注》也很好。譚介甫的《屈賦新編》就不怎麼樣。王念孫的《讀書雜誌》、王引之的《經傳釋詞》、陸文超的《群書識詁》都值得一看。

清人朱彝尊《明詩綜》附作家小傳，曰《靜志居詩話》，不及錢謙益的《列朝詩集》。該書有小傳，評價人物很尖銳。

下面又回來講明清詩文。

袁凱開了台閣風氣。但台閣詩風，封建文人都有，「三楊」不過更厲害罷了。高棅的《唐詩品匯》分唐詩為初、盛、中、晚。李東陽（維族人，原籍湖南，住北京，號西涯，即今什刹海一帶）亦是台閣風氣。錢謙益拉一派，打一派，為打前後七子，拉出了個李東陽，說他如何如何了不起。李、何、王、李都是北方人（只有王世貞是太倉人），他怕別人說他有地方偏見，於是只得捧李東陽（畢竟他是北方人）。況且李東陽也有政治勢力，門生故吏遍天下。其實李東陽並不怎麼樣，無非還有一些活氣罷了。

王守仁。其人實質上是個文學家，說他是哲學家有點冤枉。我認為他的詩不錯。南宋的胡銓曾推薦朱熹。朱熹也是詩人，並非哲學家。我認為朱熹的詩也是不錯的。

桑悅。此人不拘小節，行為怪誕，與李卓吾等人被並視為洪水猛獸。他的詩也值得注意。

沈石田是畫家，詩也寫得不錯。嘉靖中都屬於吳門一派，即吳中文人，與唐寅、文徵明等人同調，均屬詩風淺近的陸游派。

李夢陽、康海、邊貢等屬前七子。錢謙益反對李夢陽，說他做假古董。我認為罵得還不夠厲害。

何景明未可厚非。錢謙益為何要攻擊前後七子？原因是這些人名氣太大。捋掉腦袋，樹立一個並不怎麼樣的李東陽，才顯得出他自己來。

王世貞的確是一個假古董。但他學識淵博，手筆厲害，錢氏不好怎麼罵他，只在小傳裏隱隱約約地挖苦他，說他早年瞧不起歸有光，晚年為歸有光的畫像題詞，有自悔之意。可見他不敢正面去碰王世貞，因為他的勢力也大。

湯顯祖的成就在戲劇，《玉茗堂集》的詩歌並不怎麼樣。程嘉燧的詩明明寫得不好，錢謙益卻十分吹捧他，稱他為「松圓詩老」，吳梅村有首《畫中九友歌》，其中寫程嘉燧，也稱讚程為「松圓詩老通清謳」。目的和吹李東陽差不多。李攀龍捱錢謙益的罵最多，罵得也有道理。他活剝漢樂府，一塌糊塗，正好被錢氏一頓好罵。當然，李攀龍的詩也有好的。

清人王漁洋（士禎），有人說他是「清秀李於鱗」，他很生氣。其實能做到這一點也很不容易。

要讀明人的好詩，不如看《牡丹亭》和《桃花扇》。詩、詞、曲萃集一身，可謂精妙至極！

（萬光治根據一九七九年十二月二十六日的聽課筆記整理）

論學術思想

我所説的古代，包括很早的先秦兩漢，一直到比較晚近的清朝。至於「學術」的問題，我不是通盤地從頭到尾講學術發展的歷史，只對其中的某些問題談一談我自己的看法。這只是一個提綱，或者説是一段一段的素材，要把它拼起來成為系統的篇或書，恐怕還不夠。所謂「私議」，就是純屬我個人的想法和議論，也可能是錯誤的，這裏也涉及一些對老前輩已經發表過的觀點的看法，我只是一個後學，想到哪説到哪，他們都已經故去了，我現在只有在心裏向他們的在天之靈請教。

一、先秦學術

第一點，關於古代的原始的文化。這是一個必須説的問題。

人類社會的很早的一個一個小部落、小部族，用從前的文言話來説，叫做初民，用現在的話説，就是原始社會，也就是社會初期的民族小部落。今天許多邊遠偏僻地方的人的生活習慣裏面，還保存了許多原始的形態，就像摩爾根《古代社會》裏所説的那樣。我在輔仁教書的初期，許多老前輩拿這本書傳觀，我也看過。他就是拿某一個現存民族或地區的生活形態、生活習慣，來推論古代原始社會是什麼樣子。後來，我又看了一個錄像片，是關於西南一個少數民族——拉祜族的生活，這很有意思。經

過互相印證，可以證明拉祜族的生活狀態也正是原始社會的情況。拉祜族這個民族穿衣服，就是把大芭蕉葉割下一塊，用繩子繫在胸前肚子以下，像一片裙子蓋在前面。這就是古代的那個韍，也就是《詩經》裏「朱芾斯皇」的那個「芾」。他們的生活習慣是從一個地方搬到另一個地方，身上背着一個背簍，背簍裏放一個木牌，不知道木牌上寫沒寫什麼東西，總之這木牌就是他們的祖先，到一個地方，就把木牌拿出來供起來，然後拿出獸骨往地下擲，這就是占卜，還有的吹些小管子，或用樹葉捲起來吹，這就是他們的比較原始形態的文化。這就是「禮」，這就是「樂」。原始民族的兩大事情，一個是祭祀，一個是占卜。它們是最要緊的文化的起始。後來就發現占卜有完整的一套說法和做法，可以成為書、成為哲學、成為經書。祭祀也變得越來越複雜。其實，古代的祭祀就是殺動物，用它們的血來祭祖先。後來發展到殺人，部落戰爭時就殺敵方的俘虜。這在商朝已經有很多的痕跡，春秋戰國時一個國君、一個諸侯死了，如齊國臨淄一個諸侯死了，就有多匹馬被殺了，臨淄出土的馬坑，僅僅一面坑就有四十多匹。當時的人就信鬼，相信死人在地下還有種種生活。到秦始皇的陵墓，就有更多的秦俑，有車馬、人和兵，秦始皇的墳沒打開，打開了不好保存。《史記》記載說，秦始皇殺了許多工人，修陵墓的人都關在裏面全被殺死了。所以初期的部落這種社會形態就被稱為野蠻的社會。這不是侮辱古代的我們的祖先，而實在是因為當時文化太低，必然會出現那些事情。

所以說，初民時代的文化主要有兩條，一條是祭祀，一條是占卜。特別是占卜，具有更重要的地位。由於它們，就生出來了許許多多的越來越複雜的東西。到後來，文化提高了，政治也提高了，帝王諸侯凡是統治人民的時候，他都有種種不同的辦法、手段，這樣，文化就發生出許多的說法、許多的類型。我覺得原始的這種巫術文化，就是初民的文化，也就是

文化原始的胚胎。到後來就分了兩樓：一方面帝王總想來管理統治人民，或想法讓他所屬的人怎樣生活，怎樣做事，讓大家怎樣成為國家的志士。帝王用一種辦法或從某一角度來管理全國人民，這就是他治國的主張。另一方面帝王自己卻另信一套。比如秦始皇他也用儒術，他也有博士，可是他自己卻信巫術，去求神仙，他一直跑到現在的山東半島尖端的榮成，回來的路上死在了沙丘。他幹什麼去？就是去求神仙。漢武帝也是歷史上所認為的有雄才大略的皇帝，可他也信神仙，他把儒術定於一尊，完全用儒家的說法治理全國，治理人民，拿所謂孔子的書來教育人民，歷史上稱為「罷黜百家，獨尊儒術」。可是他自己信的卻是求神仙那一套，他整天封這個山，求那個仙，最後搞得他自己也怕極了，鬧出了巫蠱之禍，其實他自己就是已經陷入了巫術之中。他的兒子戾太子用巫蠱來詛咒他，他就不惜全力地鎮壓巫蠱。他所搞的求仙、封禪這一套，也是巫術那個大系統裏的組成部分。我們如果不了解古代帝王和巫術的關係以及他們採用哪一家的說法做教科書教育人民的情況，就沒法把古代學術思想文化歷史弄清楚。

第二個問題，關於秦始皇「焚書坑儒」。「焚書坑儒」大家都知道，但為什麼坑儒？就因為儒家已經變質了，儒家吸收了五行的說法，形成了晚期儒家的某些理論。秦始皇讓人去種瓜，先把地弄熱了，瓜長得很快，就叫儒生即所謂穿儒家衣服的人來討論這是怎麼回事。這些儒生各有各的一套說法，他們辯說了一通之後，秦始皇認為全是胡說，就把這些儒生活埋了（整理者按：孔穎達《尚書疏》引衛宏《古文奇字序》云：「秦改古文以為篆隸，國人多誹謗。秦患天下不從而召諸生，至者皆拜為郎，凡七百人。又密令冬月種瓜於驪山硎谷之中溫處，瓜實，乃使人上書曰『瓜冬有實』。有詔天下博士諸生說之，人人各異，則皆使往視之，而為伏機，諸生方相論難，因發機從上填之以土，皆終命也。」此說亦見於李贄《雅笑》卷三「坑儒」條）秦始皇用方士，這些方士說的跟他想的不一樣，可

能這些方士裏也有流派，互相有爭論，於是，他就把他們給殺了。秦始皇亂殺了一陣，結果把他自己也弄得無所適從。最後只剩下一個博士，就是伏生。伏生把《尚書》藏在牆的夾壁中，他沒被坑，書也就沒被燒。到了漢朝他都已經很老了，就把《尚書》傳授給幾個人，這就是現在的今文尚書，即《書經》。可見秦始皇雖焚書坑儒，還留下一條線，留一個伏生和一本《尚書》，之後就成為漢朝所用的「教科書」。漢景帝時才把它拿出來，把它當作經典來說。儒家為什麼招來秦始皇的殘酷坑殺呢？就是因為它已經變質了，它把五行的說法摻和到了裏頭。本來各家後學都想吸收點新的說法來豐富他的流派，所以儒家的末流從孔子以後到秦始皇時代，就已經變質了。《荀子》裏就有多處對儒家末流進行了挖苦批判。所以，這也是我討論的一個關於古代學術的小題目。

第三，關於諸子百家。所謂諸子百家，就是道家老子這一系統以及儒、墨、法、縱橫、雜家等。這裏面，我認為雜家其實不成為家，因為它完全是雜湊的。

先說老子。顧頡剛先生說老子晚於孔子，老子生活在戰國時期。他的根據是什麼？他的根據是《漢書‧藝文志》裏記載有幾篇或幾本書是講老子學說的。大家知道《藝文志》是根據《七略》來的，顧頡剛先生說這都是六國的寫本，至多是戰國後期的本子。顧先生他認為，老子道家故意抬高自己，於是說是孔子問禮於老子，把他架在孔子之上。顧頡剛先生的這個結論其實也不準確，《藝文志》裏所記載的那些書雖然是六國時的寫本，但並不等於它們的作者就是六國時的人。近些年在湖南郭店出土的許多竹簡有原始寫本的《老子》，文辭很簡單。這批竹簡經考古學家測定，又拿它與同時出土的許多文物來比較，發現它的風格是東周時代的。既然是東周時代的寫本，那麼，可見著的時候肯定早於寫的時間，也就是說，老子不是戰國晚期的人。這是從最新出土的材料看。再從老子的理論思想來

看，老子看到原始社會有了分配的制度，從而生出許多爭奪，所以就主張「掊斗折衡，而民不爭」「絕聖棄智，民復孝慈」，「大道廢，有仁義，智慧出，有大偽。六親不和，有孝慈，國家昏亂，有忠臣」，「失道而後德，失德而後仁，失仁而後義，失義而後禮。禮者，忠信之薄而亂之首。前識者，道之華而愚之始。」所謂「前識」，就是事前知道、事先明白，即是占卜，老子他連占卜都否定，可見他的這種思想是原始社會成熟之後，到了它的後期因為起了許多爭端之後才出現的，老子提出這種想法，就是希望社會恢復到最原始的狀態。這是老子思想的出發點。這就可以看出老子不是很晚的。從老子再發展一步，到了莊子，他說「聖人不死，大盜不止」。什麼叫聖人？就是各地的諸侯，就是各國的國君，這些國君都自居為聖人，自認為很了不起。莊子說這些國君不死，真正的大賊就不完。莊子就比老子說得更厲害些，他認為各國諸侯就是最大的賊盜，更甭說天子了，這就把老子思想更發展了一步，完全虛無主義、無政府主義等，今天什麼帽子都可以給他扣上。實質上他就是對於原始社會分化之後發生的流弊、發生的爭奪、發生的不公平的事情、發生的強者欺負弱者等這類情形，產生了許許多多的想法，這是當時思想的一種。老子這派學說的影響實在是很大。

《史記》為什麼要將老子、韓非同傳呢？司馬遷為什麼把老子和韓非擱一塊兒講？這確實是一個問題，因為韓非是法家，主張嚴刑峻法，韓非自己很喜歡老子的說法，他很喜歡讀老子的書，這在韓非的傳裏有記載。為什麼一個極端法制的人而喜歡極端沒有法制的人的學說？這正是因為各走極端，老子反對的禮樂制度是不徹底的制度，那麼韓非就發展得非常徹底，他的思想跟老子是殊途同歸的：老子是想用原始形態來達到沒有爭奪、沒有不公平的目的，而韓非、申不害他們則認為，用一個絕對的法制也可以達到令行禁止，使社會恢復正常。韓非覺得如果直接用老子的說

法，這個社會又要複雜一段。老子是往回想，希望能夠回到原始社會初民階段那種沒有爭奪的情況。但是，到了韓非時代，到了申、韓法家時代，老子的想法是空想了，沒用了，於是他們就想出一個辦法，索性徹底用法制來解決，以達到社會完全穩定，無爭奪。老子、韓非是殊途同歸。老子是往回，韓非是往前，他們兩個一個是往回想，一個是往前想，這兩個辦法，韓非的失敗了，老子的實現不了，所以老子與韓非同傳，司馬遷是很有眼光的。

老子這一派學說後來影響非常大，比如到了漢末，張角等人假借五斗米道的號召發動黃巾起義，東漢政權差點被他們推翻。黃巾打的旗號就是老子。他們把老子重新改造一下，用《太平經》等來號召老百姓起來造反。《老子》的影響之大，在地域上從北方一直到了南方。北方是張角的五斗米道，南方海濱則有天師道，天師道也是老子的說法，為什麼造反的人都借用老子思想？因為老子提倡原始的沒有爭奪、沒有剝削，老百姓都希望共同過一個和平安定沒有爭奪的生活，於是拿老子的思想來號召老百姓，老百姓最容易接受。在漢末魏這個時候許多人就是靠五斗米道起來的，曹操則是靠鎮壓黃巾起來的。這就是帝王用的人和民間五斗米道來鬥爭，當然民間的力量終究敵不過國家的軍隊力量，所以被鎮壓下去。到了東晉，海濱有天師道，這就更厲害了，連宰相謝安都自稱道民，說「大道降臨」。天師道的神叫「大道」，大道能降臨，也就是那個神能降臨。不知道他用什麼方法，是用人來跳神，還是用符節？用什麼方法不知道，他就說大道降臨。謝安自稱道民，什麼道？其實還是五斗米道那一套。王羲之大家都知道，他是「蟬聯美冑，蕭散名賢」，大家對他恭維得不得了，不僅字寫得很好，這人也是風格最高。可是他就是道民，他的兒子就叫獻之、操之、徽之，用「之」起名字，這是天師道的制度。他有個孫女得了病，很危險了，他就寫了一個向大道、向神仙的自首，說我自己不好好修

善，使我家的孩子病危，自己自首坦白，向神禱告，這篇文還存在。這就説明東晉的上層官僚包括宰相都相信天師道，不但信天師道，自己還加入天師道，不但加入天師道，還向天師大道、神仙禱告，家裏人有病就去禱告。這種現象就説明他們其實仍然是打着老子的旗號，究竟他們與老子有什麼相干，我們現在無從知道，但從形式上還是很相信老子那一套的。現在發現敦煌出的很可靠的一個古寫本，至少是西晉時的抄本，叫《老子想爾注》，這是敦煌發現的殘卷，就是五斗米道對《老子》的重新解釋。這就是老子學説理論的影響，使得民間人都拿他來當旗號，用現在的詞説，就是人有一種想法，要起來革命，就打着老子的旗號，來實現他的一種理想或者是希望。

說到這裏，就要問，魏晉清談或者魏晉玄學為什麼能夠起來？我個人懷疑，因為民間五斗米道打着老子的旗號，那些文人士大夫們研究學習老子的理論，應該比民間那些信五斗米道的人要容易得多，所以就搞起玄學的研究。他們講什麼《老子》《莊子》等，甚至把《周易》也給講了。最厲害的中心人物是王弼。漢朝講《周易》，講卦象，講占卜，講吉凶，講災異，比如京房就是這一套。王弼掃除卦象，專講卦理，把它當哲學講。《老子》的河上公注解，分明是方士的那一套的注解。王弼注，現在還有傳下來的本子。我們小時候用的就是浙江書局刻的《二十二子》的本子，這個本子的《老子》注不是河上公注，是王弼的注。現在在長沙馬王堆出土了《老子》甲本乙本，北大的高明先生編的一本書《帛書老子校注》，就證明王弼的本子跟馬王堆的本子最接近，馬王堆的本子缺幾個字，用王弼的注本正好可以補上。可見王弼用的那個本子，在西漢初年就已經是這個樣子了，王弼在魏晉之間所得到的《老子》，就是漢朝初年流傳的本子，但跟現在郭店出土的本子不一樣。王弼為什麼用《老子》興起了盛極一時的玄學熱潮？我覺得或者受五斗米道的刺激，或者受五斗米道的啟發，或

者跟五斗米道比賽：你有你的研究，我也有我的研究。情況就是這樣的。所以魏晉清談也與南方的天師道有密切的關係。

儒家思想又是怎麼起來的？儒家思想是以人為本，人本主義，它最反對暴力，講仁，仁義的仁，古代寫「人」字，是捺上加兩撇，立起來看就是立人旁加兩橫，所以「仁」也就是「人本」的「人」，「人道」的「人」。孔子說「始作俑者，其無後乎」，意思是拿人來殉葬，他大概是不會有後代的。「禘自既灌而往者，吾不欲觀之矣」（《論語‧八佾》），什麼叫禘，什麼叫灌？祭祀時殺豬、殺牛、殺羊叫禘、灌。我是滿族人，我的曾祖祭祀，我參加過，東北少數民族祭祀用薩滿，薩滿就是跳神的。祭天用豬，把燒酒點着了灌到豬耳朵裏叫灌，這時豬就叫，殺豬人用長刀刺殺到豬的心臟，豬就死了，這叫獻生、祭神，大夥叩頭，然後再燒水燖毛，再供上，叫獻熟。這是很原始的祭祀方式，祭祀時殺動物叫禘，禘就是殺，殺一個牲，殺一頭牛、豬、羊等，加個示補旁，表示祭祀；灌就是拿熱酒灌，這是我的理解。孔子說「禘自既灌而往者，吾不欲觀之矣」，就是不願看到宰殺的場面，所以後來孟子才發揮為「是以君子遠庖廚也」，孔子是人道主義、人本主義。孔子為什麼要講這個東西？因為孔子看見紂是殺人，是虐民的，武王起來把紂殺了，就是武成。所以孟子就辯駁說「以至仁伐至不仁，而何其血之流杵也」（《孟子‧盡心下》），他沒想到武王伐紂會殺那麼多人，伯夷就說「以暴易暴兮，不知其非也」，用暴虐換暴虐，即使是武王，我們也不知他對不對。孔子對伯夷叔齊推尊得很厲害，但伯夷、叔齊對武王、紂王各打五十大板，說他們全不行。儒家的思想就是不虐民，讓大家好好地過日子，孔子就是這種思想，儒家的思想就是這種來源。這是我的認識、我的看法。孔子為什麼是儒家思想的最基本構成？他是受到兩個暴力之間的鬥爭結果最倒霉的是老百姓這種現象的啟發，所以孔子說拿泥人埋在墳裏是「始作俑者，其無後乎」，他連用泥人埋葬都反

對，認為對這個人最大的懲罰是讓他沒後。為什麼有後沒後起那麼大的作用，後來變成「不孝有三，無後為大」？其實，那與孝和不孝沒關係，而是因為人都願意長生，真正的長生做不到，就拿兒子做生命的接替，後來這個思想就變成了「家天下」，父親死了兒子接，下一代都代表自己生命的下一時期，所以孔子用「無後」兩個字來做最大的批評。誰要開始用俑人埋在墳裏，就讓他無後，讓他斷絕下一段的生命。孔子的這個批判相當厲害。

到了孟子，孟子仍然是孔子一派的儒家思想，梁惠王曾經問他：誰能統一天下？孟子回答說：「不嗜殺人者能一之」，又問，誰能幫助不喜歡殺人的人？孟子回答說：「天下之民，皆引領而望之。」（《孟子·梁惠王上》）只要你不喜好殺人，天下所有的人都會來幫助你的。孟子唯一的中心思想就是不殺人，要想統一天下，就是不殺人。這就是儒家貫穿始終的一個重要思想。

說了道家和儒家，還有法家。歷史上的法家很少有成功的，只有一個管仲佔了便宜，他輔佐齊桓公，居然把齊國給治好了。「九合諸侯，一匡天下」，以一個偏安國家九合諸侯、一匡天下，這個管仲算是法家最露臉的。但是他的法只是在齊國一個小地方施行。申不害、商鞅他們想擴大就失敗了。法家得勢的只有管仲，管仲死了，齊桓公就完了。齊桓公最後讓佞臣給關起來，自己上吊死了，屍體都發臭了，蟲子爬出來了，也沒人知道，為什麼？就是齊桓公用管仲，但管仲叫他不要用易牙、豎刁（中華書局版《二十四史》作「刀」）、開方那些人，他沒聽，管仲死了，他也完了。這就是法家的情況。

縱橫家是說了這個說那個，哪國用我，我就到哪裏去施展我的說法，他對甲方說乙方不好，對乙方又說甲方怎麼樣，沒什麼標準，是走哪說哪。縱橫家在歷史上更沒什麼，就一個蘇秦成功了，但最後也完了。他

還有辦法把刺他的人逮住了，他的聰明才智是很突出的，但是他沒取得大成功。

墨家在諸子幾家中除老子之外是最早的，墨家信鬼，主張兼愛和節儉。兼愛也是由於看到相互爭奪、殺戮太多。尚儉是由於看到大家都奢侈，尚儉就可以和平、就沒有爭奪。兼愛也可以不爭。凡是信鬼的學說都比較早。墨可能是商朝的那一支傳下來的，墨子是宋國人。墨家是一個比較原始的學派，思想比較絕對。孔子是折中於兼愛，不那麼絕對，他既講節儉愛人，可他又適當地講禮樂。

第四點，專講儒。儒就是孔子所代表的儒，儒字怎麼講？胡適有一篇文章叫《說儒》，他說儒是一種職業，就像南方有一種在家的道士叫齋公。人死了，他給人唱一唱、唸一唸，把死人的衣服拿到土地廟去，叫「報廟」，北方也有，說靈魂到那裏去。這些齋公是在家人，但是他可以禱告，和鬼神相通。胡適就用這種說法講儒是幹什麼的，他認為儒就是給人送葬，吹吹打打。這種說法太簡單了。事實上我覺得「儒」這個字就是「奴」，是一種文化奴隸。我是這麼認為的。按古音說，「ri」都變為「ni」，娘母字、日母字都歸為泥母字。儒是日母字，變為泥母，就是「奴」，我覺得就是文化奴隸，也就是孔子所說的「女為君子儒，無為小人儒」，你要做奴，要做君子的奴，不要做小人的奴。這是我的謬論，我就這麼看。我現在是攤開了來求教的。這是說孔子。

孔子所說的正牌的儒是什麼？儒就是史，就是巫祝的分支。巫祝是掌握原始文化的人，他們的書面文化水平怎樣，我們不知道。但史卻肯定就是書面文化比較高的人，像司馬談、司馬遷那樣。後來漢武帝要殺司馬遷卻又不殺，而是把他宮了，讓他殘缺不全，這其實是極大的侮辱，司馬遷給任安的信中說，皇帝對他「倡優蓄之，流俗之所輕也」，說明皇帝是看不起儒的。儒在民間也有，一個地主家裏都要請一個老師，讓他教孩子

唸書，給東家寫賬，寫契約，這都是先生的責任。我小時候聽說過一個口頭語，說地主家是「天棚、魚缸、石榴樹，老師、肥狗、胖丫頭」。這是說農村地主的排場。他家裏上有天棚，下面有魚缸，還有石榴樹點綴。我小時候只聽說「天棚、魚缸、石榴樹，肥狗、胖丫頭」，後來才聽說是「老師、肥狗、胖丫頭」，因為我的曾祖父、祖父都是教書的、做老師的，後來做官也是做學政，所以在我們家裏是絕對不許說「老師、肥狗、胖丫頭」的。

這樣來比說明了什麼呢？就是說那個「儒」就是民間地主的那個「史」。國家的「史」是「太史」，諸侯衙門的「史」是「令史」，一般人家裏的「史」，就是被使喚的人。儒就是這樣的人。司馬遷由於有他的父親司馬談世傳，他占卜、祭祀、贊禮都得會，孔子沒有世傳，所以許多東西他不會，他是個人學完後自己招學生，講的是他的思想，他沒有做過史，不知道朝廷的禮節和歷史，所以《論語·八佾》講「子入太廟，每事問」，別人就說：「孰謂鄹人之子知禮乎？」「子聞之曰：『是禮也。』」這話不是強辯嘛？既然說「每事問」，怎麼還「是禮也」？就是說孔子是外行，他不懂，所以才遇到各種事就問，問了之後他才不出錯，不出錯才合禮，這才真正的合禮。孔子講的每一句都是有原因的，所以孔子教這些私塾的弟子是講他自己知道的東西。孔子沒有一套說禮應該怎樣怎樣的理論，沒有。「禘自既灌而往者，吾不欲觀之矣」，那是真正的祭祀大禮，孔子「吾不欲觀之矣」。為什麼？他認為宰殺牲口很殘忍，他不願意看。《論語》還說孔子「微服而過宋」，「微服」，就是密服，就是個人的私人的衣服，孔子沒有官職，沒有官服，當然只能穿着自己的私服到宋國去。孔子就是這麼一個人。

司馬遷是家傳的巫祝，他「究天人之際，通古今之變，成一家之言」，可以禱告，可以知天象，還掌管流水賬，記載哪年哪月發生了什麼事情。

他為什麼會編《史記》？他有現成的材料，可以「通古今之變，成一家之言」，這一家不是現在的成名成家的家，而是父親傳兒子，真正的一家。漢朝的「家法」就是這個東西，博士也是一個人傳一個徒弟。甚至民間的藝人他的徒弟就得跟師傅姓，師傅姓王，徒弟也得跟着姓王，這是一種很普遍的現象。清朝刑部還曾經有一個規定，凡是要做刑部的師爺，就得先入紹興籍。因為紹興地區熟悉刑名的人比較多，比如清代寫《佐治藥言》的著名師爺、法學家汪輝祖就是紹興蕭山人。這也是要體現家法。孔子跟司馬遷不一樣，所以司馬遷要強調這三句話：「究天人之際，通古今之變，成一家之言」，就不僅是他的說辭，而是他的職務所規定的。「倡優蓄之」，如果不是「倡優蓄之」，漢武帝怎麼還可以把他殘廢了，把他宮了，但卻不殺他，還用他。這當然也是莫大的侮辱。

　　《論語》是儒家中心的經典，《論語》裏有最有意思的一個事情：《學而》說：「子曰：『學而時習之，不亦說乎？有朋自遠方來，不亦樂乎？人不知而不慍，不亦君子乎？』」這是私塾開學典禮時，孔子說的三句話。為什麼這麼說呢？「學而時習之」理解起來沒有什麼問題，「有朋自遠方來」，他是招來各地的學生，不光是當村的人，還有遠方來的人，「人不知而不慍，不亦君子乎」，相互之間別打架，他是遠方來的，不認識，這不奇怪。下面就是「有子曰：『其為人也孝弟，而好犯上者，鮮矣；不好犯上而好作亂者，未之有也。』」有若在《論語》裏總共出現過四次（整理者按：另三處分別是：「學而篇」說：「有子曰：『禮之用，和為貴，先王之道，斯為美。小大由之，有所不行，知和而和，不以禮節之，亦不可行也』」；「有子曰：『信近於義，言可復也，恭近於禮，遠恥辱也，因不失其親，亦可宗也。』」「顏淵篇」說：「哀公問於有若曰：『年饑，用不足，如之何？』有若對曰：『盍徹乎？』……」），但這一處是最為關鍵的，因為孔子講孝是「入則孝，出則弟，出則事公卿，入則事父兄。」把孔子《論

語》二十篇查遍了，沒有一處是孔子把「孝弟」合着講的。孝悌連用，這是有若的首創。然後又說，「其為人也孝弟，而好犯上者，鮮矣。」意思是人要不犯上、不好犯上，而好作亂者，「未之有也」。歷史上一個個大的皇帝、小的諸侯，沒有一個願意有人犯上，更不願意有人作亂，這兩句話最適合帝王諸侯的需要，這個有若可以說是儒家的功臣。因為這麼一講，大家都會認為儒家是最好的了。

其實呢，孔子對作亂的態度並不是這樣，這太有意思了。在《論語·陽貨》裏，孔子有兩次講到作亂，一次是「公山弗擾以費叛」，孔子要去，子路給攔了，另一次是「佛肸以中牟畔，子之往也」，大臣作亂，孔子也去，子路說你怎麼跟叛亂分子一塊去？孔子曰：「不曰堅乎，磨而不磷；不曰白乎，涅而不緇」。我又堅硬又白，我到哪去，他也染不上我，他不會把我怎麼樣，我要去教育他，說服他。公山弗擾把季桓子扣起來了，季桓子是魯國當政的一個權臣，「孔子謂季氏，八佾舞於庭，是可忍也，孰不可忍也。」（《八佾》）孔子對季氏很反感，這個公山弗擾把季氏扣起來，叫孔子去，孔子為什麼不去呢？可見對於作亂，孔子並不反對，主要是看怎麼作亂。對於犯上的問題，《論語·憲問》說：「子路問事君，子曰：『勿欺也而犯之』」，你不要欺騙他，但是可以頂他，他說錯了，你就直接頂他，這分明是教子路犯上。如果說人要孝悌就不犯上了，那麼孔子就是最不孝悌的，可見，說有了孝悌就不會犯上，全是有若加上的。

孔子死了，有人想把有若抬出來做孔子的接班人，《孟子·滕文公上》曰：「昔者孔子沒⋯⋯子夏、子張、子游以為有若似聖人，欲以所事孔子事之。強曾子，曾子曰不可⋯⋯」曾子等人不願意，有若沒法子，做不成第二個孔子了。為什麼？大概有若本來是有諸侯在後台支持的，但曾子等人一起反對他，有若就沒再露頭。朱熹注《論語》，《論語》裏幾個地方被他改了，「《書》云：『孝乎唯孝，友於兄弟』」，這是《論語·為政》裏

的話，《書經》的話是「惟爾令德孝恭，惟孝，友於兄弟」。我們小時候唸的都是朱熹的句讀，讀成「《書》云：『孝乎，唯孝友於兄弟。』」意思是：孝嗎？ 只有孝友於兄弟。這是孝弟兩個字連着用，「友於兄弟」即為「悌」。朱熹在它這裏點破句就是為了符合有若說的「其為人也孝弟」。孔子說「加我數年，五十以學《易》，可以無大過矣」。朱熹把「五十」兩字勾了，改為一個「卒」字，成了「卒以學《易》」。我們小時候唸的是：「卒以學《易》，可以無大過矣」，意思是說孔子早已學《易》，到五十歲已學完《易經》，學《易》畢業了，可以無大過了。這都是朱熹篡改孔子的話。朱熹的手段非常厲害。儒家本來的思想就是這樣，所以儒家的說法始終不行，因為各地的諸侯都急功近利，你當時必須給我想辦法，符合我富國強兵掠奪的需要，我在國內需要掠奪我的百姓，在國外需要掠奪別的國家，孔子的那些說法顯然做不到。孟子又花言巧語說了許多說法，去說梁惠王、齊宣王，但不管怎麼說，孟子的說法事實上也做不到。儒家的說法始終拿不出去。

然而到了漢朝，漢武帝認為只有儒術可以用來做教科書，教老百姓聽我的話是最好的辦法。於是就「罷黜百家，獨尊儒術」。「獨尊儒術」事實上是假的，他自己信方士，信封禪，信神仙。漢武帝並不真正信儒術，「經」是拿來叫老百姓唸的，他自己不信這套。古代沒有一個經當經典的，當唯一的教科書的，就像佛教唸佛經，基督教唸《聖經》，回教唸《古蘭經》那樣。「經」字，最早見《墨子》，有經上、經下篇。經是提綱，是綱領，它不是唸的。漢武帝用這幾個經書做教科書，這教科書事實上與孔子一點關係也沒有。《書經》的問題，《春秋》的問題，都與孔子無關。禮在古代倒是有，但也不是孔子定的，古代認為孔子刪詩書定禮樂，什麼都給孔子加上，這是沒法說的。尊了儒，然後就把許多不相干的材料貼在孔子身上。孔子是聖人，於是這些書都是孔子編的，孔子說的。實際上孔子引

過《詩經》《書經》，孔子學過《易經》，還沒學完；孔子講過禮，但也不是《禮記》中的禮；孔子也彈琴，「取瑟而歌」，但彈的是什麼調，誰也不知道。這些全都是後來的人拿孔子耍一陣。孔子這些刪《詩》《書》，訂《禮》《樂》，修《春秋》等說法，是《史記》裏記的。近代有老師輩的余嘉錫先生，他有一本書叫《古籍校讀法》，後來周祖謨加標點改名叫《古書通例》，書裏的「家法篇」沒講完。我有他曾在輔仁大學講課的講義，鉛印的油光紙，裏邊的「家法篇」沒寫，他的《四庫提要辨證》「管子」裏有講家法的內容，周祖謨標點時，改成「見法家篇」，雖然改了一個字，但意思全變了。可以把《四庫提要辨證》裏的這一條插進來補了這段，但不能說「見法家篇」。余老先生講了很多，他說有許多人認為不少古書是偽書，其實不是偽書，而是師傅傳徒弟，一個本子傳到徒弟手裏，徒弟給加上些東西，這與民間藝人說書有很相似的情形。我們讀《管子》中有他死了以後的事情的記載，就是因為徒弟記老師的事，當然會記他身後的事。所以顧頡剛有一篇文章叫《辨偽工作書》，顧先生的眼力很高，認為很多書是作偽的。余老先生則認為有些書是偽的，但像孔子修《春秋》，子思傳孟子等，司馬遷就是這麼說的，所以絕對不偽。別的都可以辨別，唯獨這一條不成問題，不用辨別。余老先生就是認為孔子修《春秋》不能動，《史記》說的就是可靠的，他信《史記》。《史記》作書是在漢武帝獨尊儒術以後，它的論點當然得符合漢武帝說的，即所有的古書都是孔子說的。當時官定的那麼說，司馬遷不能不那麼說，所以司馬遷說的並不一定就絕對真實。這是我一點看法。順便要提到幾本書，一本是《秦漢方士與儒家》，這是顧先生的，另一個就是錢穆先生的《國學概論》。錢穆他就鑽進去講，他講的有些事是學術的進步，由迷信變為推理，但對於宋儒，他裹到套裏去了，脫不出來了。

這一點我另有我的看法。我這些想法是我在輔仁大學教書時，大家

傳看摩爾根《古代社會》時一塊討論所形成的。當時有一個老學生叫曹家琪，是中文系學生，我是教員，教普通國文。他很有前途，他跟張中行是女十二中同事，他也受張中行的影響，發表他的論點，比如對於「究天人之際，通古今之變，成一家之言」，把這個深話淺說，是他提出來的。這話最先是由張中行提出來的，還是由曹家琪提出來的，我不知道，但是是曹家琪對我說的。他對我說我那一套還是死套子，這對我極有啟發。他寫了一篇文章，叫《〈資治通鑑〉編修考》，中華書局《文史》第五輯給出版了。他故去之後，我非常痛心。我教書，他是學生，他是陸宗達的學生，但我們事實上是很好的朋友。我現在醞釀這些問題，受到了老師們的講授和與朋友們辯論的啟發，我們當時整天抬槓，這抬槓用處大極了。但這些問題幾十年大家都沒敢說，我現在全都說了，都是非聖無法的說法。

前面提到了儒與漢朝的太史的性質，我現在還想對這個問題再發表一些看法。司馬遷給任安的書信中說，皇帝用太史是「倡優蓄之，流俗之所輕也」。作為太史，他上要知道天文，得懂得觀天象，下要懂得地理，中間他得通觀人事，這叫做「究天人之際，通古今之變，成一家之言」。「究天人之際」，他是會占卜、觀天象，這是巫的一個支流；「通古今之變」，他掌管朝廷的記錄，所以司馬遷作《史記》，那麼大、那麼遠的事情他都能記下來，寫成一部大書，這不是一般人所能辦到的，全由於他管朝廷的大事記載；「成一家之言」，太史令就是家傳的，其實不僅太史這一個職務，歷史上古代諸子百家的某一個學派都有家法。師傅傳徒弟，或者父親傳兒子，這叫家法。「禮失而求諸野」，家法這種辦法或者說制度，直到今天社會上還存在。漢武帝口上尊儒，他自己卻信方術和巫術，他也很害怕巫術，司馬遷做太史令，漢武帝對他也比較防備。但是，漢武帝說要懲罰司馬遷，如果是別的人甚至是大臣，說殺就殺了，但對司馬遷，卻處以宮刑，為什麼呢？因為他的知識、技術、能力還有用，殺了可惜，所以只是

處了宮刑，還要使用他。秦始皇把説唱人高漸離的眼睛弄瞎，讓他為自己繼續説唱，他的説唱説書有用，但要懲罰他，不能讓他看見宮廷的事情，後來高漸離用樂器打秦始皇，沒打中，這才被殺了。

《後漢書·蔡邕傳》記載説，王允殺了董卓，蔡邕表示不滿，王允就讓人治蔡邕的罪，蔡邕「陳辭謝，乞黥首刖足，繼成漢史。」王允卻回答説：「昔武帝不殺司馬遷，使作謗書，流於後世。方今國祚中衰，神器不固，不可令佞臣執筆在幼主左右。既無益聖德，復使吾黨蒙其訕議。」最後還是把蔡邕給殺了。王允認為司馬遷寫的《史記》就是一部詆毀朝廷和大臣的謗書，所以像司馬遷這樣的人也是留不得的。《史記》中的《封禪書》寫得更厲害了，它雖然是褚少孫補的，但裏面所寫到的內容，是民間大家都知道的。漢武帝一方面用太史來為他服務，一方面又防着太史胡寫。司馬遷寫《孔子世家》，他又客觀，又尊儒，他寫楚漢之際的事情，把項羽和高祖平行對待，寫高祖是本紀，項羽也是本紀，寫孔子是世家，他對孔子很尊重。當然孔子的學説也是值得尊重的。司馬遷在書裏，還仍然把許多經書叫做「五經」等，他也認為孔子作《春秋》，刪《詩》《書》，訂《禮》《樂》等。這種説法，後來人表示懷疑。可是司馬遷不懷疑，因為司馬遷是漢武帝的太史令，漢武帝是「罷黜百家，獨尊儒術」，那司馬遷焉能抵觸漢武帝的最根本的説法呢？所以後來許多學者認為孔子作《春秋》的提法，就絕對不能動搖，因為這是司馬遷説的。這種現象在今天仍然值得我們冷靜地、客觀地看待。

（張廷銀根據一九九八年七月二十日的講話錄音整理）

二、漢代經學

　　漢代經學就是儒家在漢代的發展情況。漢武帝的時候，用的是《尚書》。《尚書》其實就是大堆古代傳說的記錄，還有些是古代曾經留下的文件。我們現在還能看見古代許多文件，比如像毛公鼎那樣的銅器，那好多字真夠一篇《尚書》的篇幅，銅器上鑄的字就是大篇大篇的古代記錄。也還有竹帛上記錄的。著於竹帛、銘刻在銅器上的，我們現在看到的都很多。漢朝拿《書經》，拿所謂孔子作的《春秋》說事。《春秋經》是一條一條的事件記錄，宋朝王安石因此說《春秋經》是「斷爛朝報」。朝報就是公文抄，每天國家辦什麼事情，發表什麼政令，除正式的官方公文之外，還要讓民間都知道，於是就刻成木版，臨時抄下來發表。現在有報紙，代替了公文抄。王安石說《春秋經》是「斷爛朝報」，有人說王安石胡說八道。其實王安石說得非常形象，不但是朝報，而且是斷爛的朝報，《春秋經》一條一條互相搭不上，本來沒有什麼講法，漢儒卻硬說它這裏面有微言大義，有深文奧義，他們用什麼辦法呢？這些博士們都各有各的辦法，就是給它加上許多說法，沒有理由也要找出理由，說這裏有深文奧義。這幾家裏當時最流行的就是公羊。公羊有些解釋很笨，「什麼什麼者何」，那句為什麼這麼說，這句說的是什麼，然後自己回答什麼什麼是為什麼，

什麼什麼有什麼意思，公羊裏面盡是這些。公羊這派最大的學者就是董仲舒、何休，何休是注公羊，董仲舒的學說也是公羊，因為那個時候沒有別的。這一套東西有一個方便，可以隨他講，發現所謂深文奧義。比如「鄭伯克段於鄢」，稱鄭伯，不稱鄭人，就是尊敬他，共叔段不仁不義，所以被克，「克段」，就是貶義；再比如有的國家的國君來了，就說什麼國的人來了，不尊他為國君，這就是貶詞。這些都是後人給它加上的許多說法，這個叫「書法」。這個「書法」不是現在寫字的書法，是說孔子作《春秋》寫了什麼，用詞怎麼樣，講究多極了。這些說法都形成了專書，把《春秋》裏的文字一條一條地輯出來，說孔子有多少深文奧義。這些東西都是帝王拿來做教科書，與孔子、與儒家毫不相干。由於公羊學中間有空隙，容得人發揮自己新的看法，因而，清末的公羊學就很興盛，出現了康有為用公羊來變法。

漢武帝自己封泰山、禪梁甫，叫大家唸的是《詩》《書》《春秋》等這些東西。可是這些東西流傳到後來就變味了。南北朝時就有了把《周易》《詩經》《春秋經》《儀禮》《公羊傳》並稱為經書的現象，那時還沒有提到《左傳》。到了唐朝初年，孔穎達作經疏時發現，博士講《書經》開篇的「粵若稽古帝堯」這幾個字，就講了五萬字，可見這些博士們胡說八道到了什麼程度，他們就是想法子自己編一套然後唬人。《顏氏家訓》記載北朝博士寫買驢契約，寫了幾張紙，還沒有見到一個「驢」字。那時的紙是二十四行，一張紙得有一尺多寬，一尺多高叫一紙，寫了數紙還沒見到一個「驢」字，就知道這些博士整天就幹這個。漢武帝時就用這些所謂儒家的五經。其實，《周易》就是古代占卜書，講占卜吉凶、禍福。漢朝講《周易》，最後到京房，純粹是說《周易》本身的特點，專門解說占卜吉凶災異。除了京房這一派的學說，還有別的好幾家的《易》，都是講《周易》占卜的事情。這樣《周易》《詩經》《書經》等就都成了專門的學問。

在漢朝最早研究《書經》的是伏生，漢文帝曾經派晁錯等人去向他學習。當時伏生已經很老了，說話聲音都聽不清。他就讓他的女兒給晁錯等人講授（整理者按：《漢書‧伏生傳》注引衞宏《古文尚書序》云：「伏生老，不能正言，言不可曉也，使其女傳言教錯。齊人語多與潁川異，錯所不知者凡十二三，略以其意屬讀而已。」），這是伏生所傳的，這叫今文，也就是當時用秦隸、漢隸所寫成的「今天」的文，不是用小篆、古文所寫的。用今文寫成的，有《尚書》《春秋》《儀禮》。由伏生的今文《尚書》後來就發展出了許多的注解，成了幾家之學。其中很多記錄伏生所講的，都佚失了。這是漢代第一次用古書編成的民間的教材。

西漢末年王莽專政時期，劉向整理中祕藏書，給每一種書都寫了一個提綱即「別錄」。劉向的兒子劉歆根據它編成了《七略》，成了《漢書‧藝文志》的構架。劉歆跟隨他的父親在天祿祕閣看到了許多古書，發現《左傳》比流行的《公羊傳》多出了許多文字，不但有經，還有傳。其實，《左傳》不是為《春秋經》而寫的，有的是有傳無經，有的又是有經無傳。可見《左傳》與經並不相干，經是寫魯國某一時期的事情，而《左傳》恰巧也就是說那一段的故事，是當時說書講故事人所記載的。劉歆就特別提出中央所藏古書具有很大價值，作了《移書讓太常博士》一文，說太常博士故意不讓人們看這些書。這樣太常博士就不滿意，認為如果按照劉歆所說的，他們就沒有飯吃了。古文派認為劉歆很了不起，今文派則認為劉歆是最大的罪人。事實上，劉歆作《七略》也只是跟着他父親《別錄》那一套，來逃避當時的許多事情。他也沒什麼功勞，他就是客觀地看見了一些事實。今文派想打倒劉歆，卻沒有打倒。就給劉歆加上叛徒的罪名，說他幫王莽篡奪漢朝的天下。後來清朝皮錫瑞作《經學歷史》，還大罵劉歆。這是儒家第二次被利用。

而在這時候，有許多方士巫師還在宣揚一些神祕的說法，上層公開用

儒家的古書來教育老百姓，暗中悄悄使用的則是巫術。因為經書、教科書上講的那些不夠用。像秦始皇求神仙，陳勝、吳廣「篝火狐鳴」，漢光武帝用赤符服等，都是這一套。東漢名正言順地公開了方士的書即緯書，鄭玄給古書作注，就吸收了許多緯書的觀點。而普通人怎麼辦呢？東漢時讓老百姓唸《孝經》，因為《孝經》簡短，淺近，好懂，一遇到災異就唸，就好像是唸經、唸咒語。這與道家思想的情形很相近。五斗米道用《老子》來煽動老百姓，《老子》為什麼有這種魔力呢？因為它主張「掊斗折衡，而民不爭」，既然這樣，人們乾脆就起來造反。黃巾起義雖然被鎮壓了，但它給上層的文人士大夫以很大的刺激：普遍民眾都唸《老子》，我們也得討論討論。「三玄」於是就興起了。雖然這已進入學術討論的層次，但魏晉之際的學術爭論，仍然有它們的政治目的，即為下一代推翻上一代製造理論根據，像杜預注解《左傳》，王肅注解《尚書》，都是為司馬氏篡奪政權服務。王朗的兒子是王肅，王肅的兒子是王弼。王弼作了《周易注》和《老子注》。王弼的注本是最接近漢代《老子》的本子。此時，儒家的思想已經徹底不行了，於是就有了魏晉玄學。南北朝時期，經學的博士人數非常多，但都沒有自己的獨立見解，一本書都沒有留下來。北朝的統治思想是道教，道家這個學派，到此時變成了宗教，寇謙之把它正式挑出來，用佛教的儀規來宣傳道教。嵩山嵩高陵廟現在還有寇謙之的碑。

（張廷銀根據一九九八年七月二十一日的講話錄音整理）

三、宋明理學

打北宋以來，經歷了金、元、明、清四個朝代，都是以現在所說的宋明理學為統治思想，這佔了很長的時間和很大的範圍，而且在當時已深入人心。究竟深入到什麼分兒上？是否人人都歡迎、樂於接受這套思想？並不盡然。可是民間已形成一種習慣，大家都覺得按照這個行事才算對，不按照這個行事就算錯。這就很可怕了。因為宋明的理學，就是所謂「打倒孔家店」裏的「孔家店」，「孔家店」其實就是宋明理學或者說是「朱家店」。當時人們也並不是完全遵循宋儒，但一提到朱熹，沒有人敢直呼其名，而必說朱子，程頤、程顥也都是子程子，而不敢說名字。可見民間認為他們是理所當然的聖人。

宋明理學好像是一個系統，事實不然。宋是以程朱學派為主的，明是以陸王學派為主的。陸王與程朱，這兩個互相也打，打得厲害，入主出奴，我的對，你的錯。到了明清兩代，學術思想界就是程朱、陸王這兩派在鬥。

我首先談關於北宋的情況。北宋前期真正挑出儒家學說的，一個是周敦頤，一個是邵雍。宋朝有一派方士的力量，代表者是華山道士陳摶，他的學生中就有邵雍和周敦頤。邵雍不敢直接說他是儒，他的理論核心

是方術，是道士的一套；而周敦頤的理論也是這一套，但他中間忽然跳出來說我是儒。邵雍直接說我還是要自己做本書，叫做《皇極經世》，純粹講道家那一套，可他也不說我不是儒家。周敦頤則造了儒家的反。還有一個張載，他提倡說「民吾同胞，物我與也」。後來，大家提起這一派來就統稱為「周程張朱」。事實上張載比二程都要前一點。他們共同的又都是從陝西那個道士那兒相傳來。這東西打從漢末魏伯陽《參同契》起，講修煉，從無極到太極，太極生兩儀，先是一陰一陽，然後一男一女，繁衍出人來。這本來是很平常的道理，可是許多的方士就故作玄祕地傳這套。程頤就接受了這套。事實上朱熹也接受了這套，但他不提，而說我這是從孔子那兒直接傳來的道統。這些人裏頭，從陳摶到邵雍，他們都會占卜、練氣，整天坐那兒想，說萬物皆備於我，人的身體就是宇宙，就是物。宗教都講這套。禪，它不立文字，你不知道它怎麼想。密宗 —— 東密我不知道，原來的唐密沒有詳細的記載，不知道怎麼辦，因為密宗講究口傳心授，師傅傳徒弟，現在藏密逐漸公開，就可以知道一部分：藏密練氣功，也知道一個人身體中間有七節，道家意守丹田，有上丹田、中丹田、下丹田，藏密也是一樣的道理。所以北宋的道家全是方士的這一套，整日坐在那兒靜思默想。宋儒不承認邵雍而承認周敦頤，因為邵雍的學說裏面還有道教的思想，而周敦頤則完全附會孔子的觀點。周敦頤的徒弟是張載、程顥和程頤。程顥和程頤公開標榜說他們的學說是直接道統，唐代韓愈提出過「道統」，但他們認為韓愈還不算道統，只有他們才是直接道統。程頤做宋仁宗時的崇政殿說書即日講官 [1]，宋仁宗寫了《大學》《中庸》賜給大臣，在他們看來，《禮記》中的這兩篇最有理論意義，於是周、程等人就

---

1 編輯注，張載應非周敦頤弟子。程頤做崇政殿日講官應該是哲宗年間，《宋史》本傳裏有記錄。仁宗時其年望不足，應無資格給皇帝講課。此處或有疑義，請讀者稍留意。

把它們編在「四書」裏。這樣，二程尤其是程頤的說法，就成了最權威的說法。

到了南宋的朱熹，就自稱私淑程頤，變成了「程朱」。朱熹遠尊程頤為老師，稱其為「子程子」。程頤的說法通過《大學》《中庸》傳下來，被朱熹編進了「四書」，變得比「五經」還要龐大和重要。《大學》第一句就說：「子程子曰，《大學》，孔氏之遺書，而初學入德之門也。」《中庸》也是如此，動不動就說「子程子曰……」等。這是孔子第三次被打作旗號，作為教育的師傅。其實，這一切與孔子根本沒有關係。程朱的這一套完全到了信口胡編的地步。朱熹雖然尊孔子，編「四書」時卻把《大學》《中庸》放在《論語》的前頭。拿孔子後學編的《大學》《中庸》架在孔子的頭上，可見孔子在他心目中的地位。他這樣做，就是因為宋仁宗親筆寫過《大學》《中庸》兩篇，賜給大臣。朱熹從宋仁宗這裏得到了法寶。朱熹以為自己直接繼承了程頤的道學系統，就整天問別人：你在幹什麼？人說我整天靜坐。朱熹說你只要肯坐下來就好。朱熹主張半日讀書、半日靜坐，他又靜觀鼻間的白點 —— 眼睛垂下來看鼻子間有一個白點 —— 這完全是道家做氣功的辦法，而朱熹全說成是孔子用來傳授心法的。以這種渺茫的說法來解釋經學，可見宋儒的來源都祖述的是一套方士的說法。

程朱的這套東西，強調自己體驗自己的身體，自身就是宇宙；我自身調節好了，就與天地宇宙同步轉動。這些都是很玄虛、很渺茫的，而宋儒的學說事實上裏面都是這些東西，外面則把孔子許多的學說摻雜進去，從而挑出孔子的旗號 —— 這就是朱熹的說法。

程朱這一派，從金、元，到明、清，一直為正統的帝王所御用。朱熹的學說第一影響了金，第二影響了元，第三影響了明。朱熹曾經提出「尊王攘夷」，本來要攘的是金、元，結果金俘虜了北宋的兩個皇帝，元徹底滅了南宋。攘夷，卻反而被夷給滅了。而且他的學說最得到尊崇的

居然就是金、元這些夷。金、元兩代科舉考試都用朱熹的《四書集注》，這個最厲害。知識分子必須經過科舉考試才有出路，要經過科舉考試，就必須讀孔孟的書，而孔孟的書自從朱熹編出「四書」來，金元明清一切科舉考試，全是用的這個本子。這《四書集注》是科舉考試必考的東西，你出了這個圈子的理論，就不及格；進入這個理論圈子，就接受了他的思想束縛。

「四書」又叫「四子書」，這是「四書」的全稱。四子即四個子，而孔子已經超出子了，孔子是聖人，被稱為「至聖先師」，是超越在諸子百家之上了的，「四書」編定之後，卻叫「四子書」，這是非常可笑的一個矛盾。漢代把孔子的說法當作經，是要拿它作國定教科書，因此出現了《尚書》《春秋》《周易》等，程頤、朱熹等人乾脆另編了一套，人家編「五經」，他們則編「四經」即「四書」。但這是科舉考試最厲害的一個辦法，他們通過這個，使人們被迫接受了「四子」的觀點。因為你必須走科舉這條路，否則就沒有出路；你要走這條路，就必須唸這個書（按：指《四書集注》）；科舉考試的文章就得從「四書」的理論上來發揮，因為所出的題就在這個書裏頭，寫作也得按這個程式來完成。從金、元、明、清直到清末，一直就是這麼一種科舉考試格局。

《大學》《中庸》裏面有許多話就如同格言，如「天命之謂性，率性之謂道，修道之謂教」，這本來是很符合實際的，但程朱卻把它們說得很神祕，解釋成性理，即性理學。清朝叫性理經。清朝御定的書有一部叫《性理精義》，是李光地編的。李光地的人品極差，他編出的《性理精義》還能怎麼樣呢？這樣一來，大家就認為程朱理學是偽學。程朱之學先叫道學，後叫理學。道學的意思是都得走這條道，但大家不相信：難道人人都得走這一條道嗎？我曾經在朱熹的《近思錄》上批道：按照這些格言的說法，我該從哪一句做起？當時同在輔仁大學的牟潤孫看到了，就招呼周圍

的人説：你們都來看看小啟的批注（插敘：當時在輔仁大學我的年齡最小，所以大家就叫我小啟，後來周祖謨來了，他比我小兩歲，我才變成了「中啟」）。意思是，我的批寫有反對朱熹的地方。我小時候，教我唸《説文》的是戴姜福先生，戴先生也很討厭宋儒，他曾經給我出作文題，説「聖人言道而不言理」。我開始讀不懂意思，老師給我講，道就是走的道路，理就是條理，木頭的紋理。他其實就是和講性理的宋儒針鋒相對的。不過，在當時他也不敢公開反宋儒。

由於講道學沒有人信服，於是就改叫了理學，理就是道，即客觀真理，這樣，大家就只好遵從了。程朱等人這一次改造孔子的影響之大，持續時間之長，在歷史上是罕見的。五四時期，胡適曾經提出口號叫「打倒孔家店」，其實孔家店與孔子全不相干，最後都是「朱家店」。胡適在他的口述自傳裏説，中國十一、十二世紀最大的學者是二程和朱熹。可見他對程朱那一套還是很迷信的。（按：見《胡適口述自傳》第 267 頁，華東師範大學出版社 1993 年）

到了南宋，有一個叫陸九淵的，也有一套看法，與朱熹不一樣；後來陸的一派就變成了明朝王陽明（王守仁）。這陸和王是一派，程和朱是一派。陸王是宋儒以來的另一派，不完全接受程朱的理論。陸王一派是怎麼樣呢？程朱是完全、純粹服從政府的做法，而陸王的情況有點像漢學裏頭的今文派。今文派講公羊，它有它自己發揮的餘地；所以陸王這一派始終不佔有正統的地位。而明朝後期，王陽明這一派事實上也是禪宗的一派。王陽明整天地講格物致知，《大學》説「致知在格物」，格物就是坐那兒整天想、琢磨，在格。他看見一根方竹子——古代有這麼一個品種——竹竿是方的，他就説竹子都是圓的，這為什麼是方的，他就坐那兒想，就格，就琢磨：竹子怎麼就是方的？可是，你就是格上十年八年，它要圓還是圓，要方還是方。王陽明就是這麼格物致知的。

這一派到了明末，先有劉宗周（劉念台），再傳黃宗羲。他們比較開闊、不死守，有發揮自己議論的地方，而且民族意識非常強。劉宗周在清朝代替了明朝、入主中原以後，他絕食餓死了。黃宗羲呢？有一個人在朝廷上謀害了他的父親，崇禎在審問那個人的時候，他拿出刀來把那個人殺死了。他們的行為表示其思想不像程朱死守一個做法，而是比較開朗，有什麼就想什麼，想什麼就做什麼。

但是，王守仁是明朝的大儒，卻替正德皇帝去消滅寧王，替一個惡劣的正德去打寧王朱權[1]，這是幹什麼？為一派統治者去打另一派，這在我們今天看來是毫無價值的。但是，歷史上卻認為王守仁「有事功」，做事情有功勞。其實，宋明理學哪一個學派都與國計民生沒有什麼關係、沒有什麼好處。因為陸王這一派與清朝並不合作，就被人們看做是具有民族思想，到了清末民初，備受吹噓，說陸王高於程朱這一派，沒跟着統治者死跑、被統治階級直接利用。梁啟超講宋明理學，就特別推崇陸王一派，認為他們的思想比較開闊、不死守。但王陽明他們究竟是為帝王服務，甚至狹隘到了為某一個統治者的惡少正德皇帝服務，這能算事功嗎？究竟為人民做了什麼事？

所以我們今天來看，程朱也罷，陸王也罷，理學這一套東西實在是毫無道理，於國計民生一點影響沒有、一點好處沒有。南宋的真德秀做知院，當時有一個說法，說「若要糧食賤，要待真知院」，要等着真德秀出來，一切就好了。真德秀出來做了宰相，結果壞了，天下更亂了。於是就有了下面這兩句「熬盡西湖水，打成一鍋麵」。說明理學並不能治國。但是為什麼帝王還要用呢？就是因為它使人民不造反，循循然接受正規的帝王的要求，並按照那種要求去待人處事。所以回過頭來講《論語》第二段：

1　編輯注，此處為口誤，正德年間起兵的寧王當是朱宸濠。

「有子曰：其為人也孝弟，而好犯上者，鮮也；不好犯上而好作亂者，未之有也。」有若的這句話，使儒家的思想被歷代帝王 —— 管他是被尊的王，還是被攘的夷 —— 都接受和利用。你要接受了孝悌，就可以不犯上、不作亂，這最有利於帝王治國安民的要求。

（張廷銀根據一九九八年七月二十二日的講話錄音整理）

四、清代今古文經學

清代講今古文經學最厲害的，是閻若璩批古文《尚書》的《尚書古文疏證》。晉朝梅賾上了一部《尚書》，叫古文《尚書》。比二十八篇今文《尚書》多了許多篇。漢朝孔安國傳授孔壁中發現的古文《尚書》，但只是摻夾在今文《尚書》中，沒被列入學官。晉朝梅賾獻的這部《尚書》，或許是用小篆以前的文字寫的，或是以古文為底本重新抄寫的，就被稱作古文。古文的本子與今文本子有許多不一樣的地方，於是有人就懷疑古文本子是假的。清朝閻若璩《尚書古文疏證》就專門對《尚書》中的古文部分進行疏證，試圖來證明這個問題。其實，在清朝最早講經學、提倡這一套理論的應該從顧炎武說起，只是因為他是明朝的遺民，誓死不投降清朝，大家就不敢把他尊為祖師。乾隆後期嘉慶初年江藩的《國朝漢學師承記》，後面還附了《國朝宋學師承記》，就以閻若璩為開山第一代。可是，閻若璩的漢學很不徹底。清朝的漢學家打出漢學的旗號，就是為了反對程朱理學那一套。宋明時代的科舉，考八股，考「四書」的經義，以朱熹的注解為準。科舉考試除了考文字的能力，還考對朱熹的接受程度，看他是不是遵照朱熹的思想來說。閻若璩本來是要攻擊宋儒的思想，但他的《尚書古文疏證》用的根據卻又是《朱子語類》裏的論點，說《尚書》古文為

假的依據，是它與《尚書》的整體「不類」——不一樣。這個方法本身就是靠不住的。比如《國語》和《左傳》的語句、文風不一樣，但它們怎麼就內傳、外傳起來了呢？因為古文《尚書》與今文《尚書》不一樣，就說古文《尚書》是假的，這太可笑了。不要說古文《尚書》與今文《尚書》不一樣，就是今文《尚書》裏，也有彼此不一致的地方。我們先不管古文是假是真，我們就問《堯典》《舜典》《大禹謨》等，是根據什麼來的。可是在當時，只許你照朱熹的說法說，不許你問。堯舜活了多少年，都幹了什麼，誰都不知道，可是就是不能問，不能懷疑。《堯典》裏有「粵若稽古帝堯」，意思是根據記錄，古代有堯這麼一個人，但他們居然寫出五萬字，其實都是博士們添油加醋附會來的。《顏氏家訓》說「博士買驢，書券三紙，未有『驢』字」。孔穎達《尚書疏》就記載，僅「粵若稽古」四個字，博士就可以寫出上萬字，那就是真古文了嗎？朱熹對《尚書》是啃不動的，只做了《四書集注》《周易本義》和《詩集傳》，他注《尚書》，做了半天做不下去，就只好讓他的學生蔡沈去注。但蔡沈也沒敢說《尚書》古文部分是假的。朱熹在《朱子語類》中偶然提到那些「不類」，閻若璩就根據這些「不象」的現象，說《古文尚書》是假的。

　　說古文《尚書》是假的，那《尚書》今文部分就一定真嗎？《尚書》中的堯舜禹湯都是傳說，漢朝前有人用秦漢之際的文字把這些傳說記錄下來，孔子已經引了「孝乎惟孝，友於兄弟」，可見這些文字是比較早的，但是，早不等於真，再早也沒有見過堯舜禹湯。梅賾所獻的《尚書》到底是真的還是假的，我們不知道。古文究竟是用什麼文字寫的，我們也無法看到。但是，有一點，你既然許可用秦漢以前的文字寫，難道就不允許用其他文字寫嗎？我們現在讀的《紅樓夢》，還有孤本、真本的說法，就應該允許《尚書》也存在古文和今文的情況。現在的問題不在古不古，真不真，就是真正寫的，要想假，也可以假。我們今天沒有辦法證明它是不

是偽。唐代曾經用古文字的結構、用楷書的筆畫，抄了一套《尚書》，叫隸古定，在敦煌寫本裏還能看到。清朝陳啟源《毛詩稽古編》就全是這樣的結構。清朝後期有一段時期，就很流行這種寫法，李慈銘的日記就寫得讓很多人都不認識。說古文《尚書》是假這一個觀點的重要貢獻，就是宋儒所說的從堯舜以來歷代帝王傳授心法的「人心惟危，道心惟微，惟精惟一，允執厥中」十六個字，就在《尚書》的古文部分，這十六個字就像佛教裏的心咒，說得很玄乎。如果把古文推翻了，就把宋儒所鼓吹的論點先動搖了。這就是閻若璩被尊為先師的原因。但毛奇齡卻寫了《古文尚書冤詞》，說古文《尚書》被指為偽書是冤案。

清朝人抬出漢學，就是反程朱的宋學。可是，清朝的皇帝卻極力地抬高宋學。朱熹倡導「尊王攘夷」，而他的學說恰好被夷族所尊崇。明代不許講《孟子》裏的一段話：「君之視臣如手足，則臣視君如腹心；君之視臣如犬馬，則臣視君如國人；君之視臣如土芥，則臣視君如寇仇」（《離婁下》），朱元璋就不許講，讓劉三吾做《孟子節文》，把這幾句話刪去了。明朝還對《孟子》有保留，清朝卻全部接受。朱熹的學說，就是給夷族做了統治工具了。清朝認為逼死崇禎皇帝的是李自成，滿人消滅李自成是替明朝報仇。因此，清朝統治就是正統的。阮元說，唸「四書」、做「八股」，是中等人用的，高等的人和下等的人，完全用不着。科舉就是針對多數的中等的人（《揅經室集》）。阮元已經看破了其中的奧祕：要想教育或者愚弄大多數人，就得用朱熹的說法。因此，在當時重新提出漢學，就是針對宋儒的說法。閻若璩之後，陸陸續續地提出了一些反宋學的觀點。

清朝正式的與宋學針鋒相對的是戴震。戴震讀到《中庸章句》「子程子曰：……此篇乃孔門傳授心法，子思恐其久而差也，故筆之於書以授孟子」一句，就對老師提問說：子思距離程頤兩千多年，程頤怎麼能夠知道子思的事情呢？可見，他對程朱那一套就有疑問。他做了《孟子字義疏

證》，正面與宋儒對着幹。戴震學識淵博，清朝乾隆修《四庫全書》時就主要依靠他。戴震初到北京時十分潦倒，被錢大昕發現，然後就極力地給秦蕙田推薦，乾隆賜他舉人，一體殿試，他的殿試試卷十分潦草，最後他乾脆講如何校勘古書，這就相當於自報家門、通關節，皇帝一看也知道了他是誰，就封他做翰林院庶吉士、翰林官。戴震的行為受到了當時的道學先生的反對，而許多漢學家則受了戴震的直接影響，開始大力地反對朱熹。毛奇齡讀「四書」，紮一個草人放在桌上，讀一句，打一下草人，說：「熹，汝誤矣。」再讀一句，又打一下：「熹，汝又誤矣。」真是有意思極了。清朝經學家方東樹做《漢學商兌》說，漢學所講的，也是宋儒講過的。其實，所謂漢學、宋學，並不是漢族和宋人的意思，提出漢學口號，就是為了反對宋學。陳澧《東塾讀書記》，單有一篇給他學生的信，也說朱熹講的許多也是漢朝人的說法，朱熹也是漢學。他們都沒有明白漢學的真正用意。

由今文、古文，演變到漢學宋學，到後來，今文又有所復興，因為漢朝還沒有《左傳》，《左傳》是西漢末年王莽時才發現的，劉歆就把它作為《左傳》的古文派，漢朝的古文派與後來的古文派並不相干。古文派還沒起來時，主要是講公羊學說，像董仲舒、何休等人就講這一套。公羊說得不全面，可以有發揮的餘地，博士們就能夠上下其手，而古文《左傳》摳得太仔細，沒有辦法加進太多東西。當時人們對政治有許多不滿，但不好明說，就只好利用公羊的思想來表達自己的見解，清朝後期的今文派有幾家，如龔自珍、魏源，還有常州學派的莊存與、劉逢祿等人，他們在一起總談一些今文派的東西。再往後，就有王闓運，還有一位講今文的四川人，叫廖平。湖南籍學者皮錫瑞寫有一書《經學歷史》，周予同先生曾經給它做過注。

我們今天絕不是隨便評論老一輩的學者，但是在今天如果還講今古

文，就的確有些白費勁。我們先拋開學派的爭論，說說為什麼今文派會在清朝興起呢？就是由於今文派可以留下發揮的餘地，比如在東漢時期，今文家們就講孔子託古改制，東漢的緯書動輒講，孔子為了漢朝的什麼而做什麼書，這些就是今文派的拿手好戲。清朝晚期的制度已經很不行了，於是許多人也想起用經學來為改變政治制度服務。最有代表的是康有為，他寫了《新學偽經考》一書，專門講王莽時劉歆的學說即古文學說，說劉歆的古文經學是偽經，那些經文都是劉歆偽造的。康有為這樣做的目的，並不是為了經學裏的今文古文本身，而是看到了今文學派裏講到了孔子託古改制的思想，所以，他的真正目的就是藉助光緒皇帝，用他的學說來推翻西太后。可是，當時袁世凱擁兵自重，康有為沒有成功，造成了「戊戌六君子」事件。北大教授崔適也是講今文家學說的，顧頡剛先生曾經聽過他的課。

　　一般來說，反對或批駁劉歆的，無疑就是今文學派。劉歆跟隨他的父親劉向整理內府所藏的古書，看到了用古文寫的《左傳》，就批評今文博士忽略了《左傳》，建議立《左傳》為學官。今文派就罵劉歆，皮錫瑞《經學歷史》裏就說劉歆是王莽的爪牙幫兇。因為劉歆曾經被王莽尊為國師。事實上，確實是劉歆發現了《左傳》。《左傳》裏有一條極其站不住腳的邏輯，說《春秋》是孔子做的。《春秋》都是極簡單的條目，有些條目《左傳》裏有，有些則沒有，這就是「有經無傳」和「有傳無經」。所以，所謂「春秋左氏傳」的說法就是站不住腳的。司馬遷說：「左丘失明，厥有《國語》」，這裏的「國語」是籠統的各國的歷史。比如《戰國策》裏「觸讋說趙太后」的故事，在長沙馬王堆出土的《戰國策》裏也有，劉向把這些流傳的故事編輯起來，成了《戰國策》。《左傳》也是這樣的故事集成。漢朝的《說苑》《新序》裏還有類似的許多故事。《春秋》其實就是魯國的大事記，《竹書紀年》是魏國的大事記，湖北雲夢睡虎地出土的「秦律」裏

也夾雜了不少秦朝的大事記。可見，古代保存的書籍裏面，常常夾有一些大事記。硬說《春秋》是孔子做的，這是沒有多少道理的。另外，整部《左傳》裏沒有一句稱自己姓左，叫左丘明。其實，《左傳》它就是一部故事書。說故事的形式，在《東周列國志》和少數民族的口傳文學中，都有保留，如新疆維吾爾族的《江格爾》、西藏的《格薩爾》、東北女真族的《薩滿傳》等。我的看法，《春秋》就是諸如《竹書紀年》、秦國大事記一類的大事記，而《左傳》則是東周列國故事的說本。佛經也是這樣，也是說故事，有用長行散文說的故事，也有用韻文即偈語說的故事。《左傳》只是沒有詩歌那一部分而已，它就是民間說書的底本，並不是孔子與左丘明的故事。

「禮失而求諸野」，從現在的一些現象，可以推知古代的事情，像摩爾根《古代社會》中所說的那些東西，在現代社會裏也有發現。說書的制度現在也仍然存在。司馬遷把許多事情的發明都貼到孔子的身上，就是好把它定做教科書，好用它去教育人們，他並不一定就十分相信這就是孔子說的東西。孔子說「左丘明恥之，丘亦恥之」，於是有人就把《左傳》認作左丘明所做，其實，孔子所說的左丘明也許只是魯國一個說書的人，是一個近似「瞽史祝頌」的盲人說書人。大家從古書裏找到了與左丘明相近的《左傳》，就把他們兩個附會在一起。

《竹書紀年》裏記載了許多帝王及諸侯國的真實的事情，有人就拿別的書裏引用的《竹書紀年》的例子，來說明這個是真本《竹書紀年》，那個又是偽本《竹書紀年》。但引用的材料不知道是什麼時候出現的，怎麼知道哪個是真的，哪個又是偽的。束皙在魏安釐王墓裏發現了《逸周書》和《竹書紀年》，那你許束皙發現，難道就不許別人有所發現嗎？其實，在宋朝的古墓裏也發現了一些竹簡。清朝人做學問有一個矛盾，專門挑古類書裏一句話，再找出現傳本裏所引的一句話，說明類書是真的，而現傳

書引用的是偽的，王國維就曾經蒐集古類書裏所引用的《竹書紀年》，來駁斥現傳《竹書紀年》。清朝人這樣做的目的，就是要否定古代權威的說法，比如像堯舜禪讓、武王伐紂等。《孟子》曾說「以至仁伐至不仁，而何其血之流杵也」，對武王伐紂的史實提出質疑。《史記·伯夷叔齊列傳》也說「以暴易暴兮，不知其非也」，把周武王說成是暴君，讓人看不出到底哪個是真，哪個是假。唐朝劉知幾《史通》有「疑古」「惑今」，就公開地對古代和今天的書中所寫的事情提出質疑。清朝學者對於這種「疑古」、「惑今」的問題感到十分困惑：把古代的與書中記載的都推翻了，怎麼辦呢？比如浦起龍就做了《史通通釋》，通盤解釋《史通》。紀曉嵐是正統御用文人，他不能承認《史通》的做法，也做了《史通削繁》，把原來《史通》中的「疑古」和「惑今」兩篇給刪掉了，就像明朝劉三吾《孟子節文》一樣。這是因為《史通》中的許多說法，與正統的說法接不上，既然要拿它做教科書，就不能不把這些與古代不一致的說法給刪掉。

清朝提出漢學的潛台詞，就是打倒程朱，清朝後期講今文即講公羊春秋，也不是講古代的今文，它的潛台詞就是講變法；明朝刪節《孟子》，它的潛台詞是刪除對其統治不利的地方，清朝紀昀刪節《史通》的潛台詞與明朝刪《孟子》的目的是完全一樣的。我們現在要說，《春秋經》就是出土的魯國的大事記，與孔子毫無關係，《左傳》就是《江格爾》一類的說唱書。孔子所說「左丘明恥之，丘亦恥之」的左丘明，也不過是一個民間流行的大家都熟悉的一個說書人，與《左傳》也毫不相干。

表面來看，所謂今古文是書寫文字的不同，實際上，它們則是學風學派的差異。清朝的漢學宋學，已經與古代的今文古文渺不相干了，但為什麼清朝人還要這樣說呢？真正的目的就是要託古改制。事實上，清朝後來不僅是託古改制，還是託洋改制，也就是我們經常說的西學東漸，即把日本從西洋學來的再轉歸出口到中國來。梁啟超辦《新民叢報》，即是把

日本明治維新所吸收的西方的東西，介紹到中國來，我把它叫做「東學西漸」，因為中國在日本的西邊。但事實上，無論是西學東漸，還是東學西漸，都沒有「漸」成。民國以來，五四運動，胡適等人直接吸收了西方的某幾個人的思想，他首先認為與西方思想矛盾的是孔子的思想，提出了「打倒孔家店」的口號，但是，他的「孔家店」的內容已經不只是孔子的思想，「孔家店」已經變成了主要是朱熹等人的宋明理學的學說。西方的理論能夠直接被中國所接受，還需要一種基礎。要有步驟、有計劃地吸收西方的東西，要使它能夠為中國所運用，就必須要使它首先和中國本來的民風相適應。這就好比把某一器官移植到某個人身上，他身上就有一種排他性，甚至血型不同的兩個人，把這個人的血液注射到另一個人的身體內，就不但起不了好作用，還會起相反的作用。所以，民間的習俗，民間的思想，中國的習慣，如果和從外面吸收的東西不適應的時候，就不會起積極的作用。清朝末年、五四運動之後，中國出現了「全盤西化」的口號，「全盤西化」的說法就很不科學，既然是化，就只能是某些原理上的部分的、局部的變化，全盤整個端來，肯定是不行的，這個問題現在還在試探中，將來也永遠是試探性的。不但中國是這樣，西方也存在這個問題，比如英國、法國、意大利、德國它們都是很看不起歐洲現在的文化，認為世界的文化在埃及、希臘，歐洲的文化是雜湊成的。張大千 1956 年到法國巴黎辦展覽，見到了畫家畢加索，畢加索就對他說，在這個世界談藝術，第一是你們中國有藝術；其次為日本，日本的藝術又源自你們中國；第三是非洲黑人有藝術。除此之外，白種人根本無藝術，不懂藝術。畢加索是西方近代的一個畫聖，無論看得懂看不懂他的畫風，大家都對他很推崇。他說的這些話並不完全是外交辭令，他們就這樣理解。他們認為歐洲的文化不如埃及、不如希臘，當然就更不如中國。

　　清朝有意學習西方文化的是康熙皇帝，當時他身邊有一些明朝時期

就已經來的傳教士，比如利瑪竇等人[1]。崇禎皇帝曾經一度相信天主教，這樣到了清朝，接受西方的東西就比較有基礎了。以曆法而言，當時有一個非常保守的楊光先，他就一直主張應該堅持中國的曆法，為此還寫了《不得已》一書，認為只有蠻幹的皇帝才不顧一切地吸收西洋曆法。康熙沒有理睬他，讓他不得已去，而他自己則繼續學習西洋曆法。當時有一部「回曆」，有傳統的曆法，康熙後來讓南懷仁每天把他講的東西用滿文拼音寫出來。康熙還不斷地向他請教，現在所定下來的曆法，就是用西洋的算法，來計算陰曆，這樣就計算得非常精確。比如，把閏月放在各月之後，不像漢朝以來的做法，閏月必在 12 月等。還有對日食、月食的推算，都十分準確。這種吸收方法，既考慮了中國傳統的民間的習慣，又借用了西方的精確算法。他的這種做法是很合理的。

康熙初期，還有許多人存在着民族思想，有抵觸情緒，有許多人都像顧炎武一樣一而再地去拜謁明孝陵。康熙也曾經想全盤吸收西洋的思想，想用西洋傳教士所宣傳的那一套，就讓他的幾個兒子都入了天主教，後來一看不行，天主教的一切都受制於羅馬教皇，不完全接受中國的民俗。於是，他就把西洋的一切都拋開了，先去拜祭孔廟，表示接受孔子的思想，然後又親自去拜謁明孝陵，這樣一來，那些有民族思想的明朝遺民都把他看作開明之君，抵觸情緒很快就泯除了。這並不是說康熙完全成功了，而是說他在吸收外來文化時能夠照顧老百姓的習慣，善於化解抵觸的情緒。本來利瑪竇就提倡說中國話，穿中國服裝，當時天主教裏的士大夫李之藻編的利瑪竇的《天學初函》，就用中國的典故來寫文章，如他說：「朋友非他，我之半也。」明朝的傳教士如利瑪竇就發現，中國沒有宗教，沒有神的觀念，因此，如果不讓他祭祖先，是絕對不行的。教廷竟然回覆堅持

1　編輯注，此處為口誤，利瑪竇於明代（1610 年）去世。

說，不許拜祖先。於是，西洋的宗教在中國就一點立腳點也沒有了。康熙比較能夠體察國情民意，知道西方的哪些東西可以接受。那時雖然還只是科學技術等初步的東西，還沒有成篇大套的哲學思想，但已經很了不起了。所以，吸收西方的理論，一開始就提出全盤西化，是非常不明智的。我有一個朋友得病了，一上來就打青黴素，一針就要了命。可見，「打倒孔家店」只是一種說法，「孔家店」打而未倒；說全盤西化，也沒有把西方真正的東西化來。中國不是沒有西化過，吸收西方的文化，反倒在清朝初年康熙時有了比較成功的先例。我並不是說一定要像康熙那樣做，但一上來就講全盤西化看來是不行的。後來清朝有些人看到用西洋的不行了，就端出了今文派以公羊學說為主的思想，它的主要目的就是要託古改制。

我上面針對古代的學術思想發展情況，所談的這些我自己的看法，並不是要再重複什麼，像梁啟超、錢穆等老先生們所做的《清代學術概論》《國學概論》，我的意思不是恢復國學系統，不是談什麼國學概論，不是回頭看古代都有些什麼情況。古代的情況有值得我們注意或者是應該參考的地方，但主要是讓我們了解古代曾經有過什麼東西。我現在來分析它，就想說明它客觀上是什麼東西，歷代帝王提倡它是為了什麼？我們不了解它，就沒法理解這些書。我們常說要讀古代書籍，可是這些書都是當時那個時代的人寫的，你要不了解那時人的思想、角度、論點，光拿書來研究，就不透徹。現在我們所謂文獻學，不是指幾本書就完事了。我上面講的這些東西，漢宋之爭、今古文之爭、宋學中的朱陸之爭等，這些說法從前被認為是國學，這話不太合理，也說不盡。

（張廷銀根據一九九八年七月二十四日的講話錄音整理）

論古籍整理

引子

　　學術思想從古代到近代，是縱的，但我們現在不是講斷代的某一個段，比如講文學，從古代的先秦、兩漢、唐、宋、元、明、清，到近代、現代、當代，每一段都有不同的問題，都有專門的研究、專門的學問。我們現在說的這個範圍是古典文獻，這個範圍就非常的寬泛。古典文學究竟只是文學類，而古典文獻卻包括了歷史、文化等許多方面，這就比專是文學的某一個方面大得多。有人還標題文獻學，這就更寬了。我前面講縱的，講學術思想，從古代到清末，到二十年代，這個過程中，它就既有繼承，也有發展，這就比較複雜了。它有些共同的根源、共同的習慣，也有傳下來的不少人云亦云的說法。我只不過根據我所知道的，比較膚淺地談了談我的認識。

　　因為我們從事的是古典文學文獻範圍的研究，如果講文學史，比如先秦段、兩漢段、六朝段、唐宋段等，可以不用考慮前後的情況，可是要講古典文獻，問題就多了，涉及的範圍非常龐大，縱橫萬里，從古到今，就不能不知道古代的歷史和文化。這並不是說它就是中國的國粹，我是想說，要研究古書，要整理古籍，我們這個課程是這個題目之下的，豎着是從古至今，橫着是各方面，一部古書要研究，一個作家的生平著作要研

究，一個具體的問題也要研究，我們不但要研究，還要把它整理之後出版流傳。由於有這樣一個任務，我們要是不懂上下古今的大概，就沒辦法。

我們今天常說，整理古籍一要校勘、二要目錄等，其實這只是整理古書的技術要求。橫的方面，還有很多。整理古書，不懂古文字，不行，甚至不認識草書，遇到一部草稿，不認得，就沒辦法整理。還有古韻，古韻的解釋，用今天的理解來解釋古韻的字，是不行的。音韻、文字、歷史的年代、地區的風俗、某個作家所受的傳統教育等許多橫的方面，也在我們研究之列。

既然要研究古代文獻，就要先明白什麼是文獻。我們由目錄來看古代都有些什麼書，這是文。但獻呢？沒法子，我有個朋友，他做錄音口述的歷史，這就是獻。用這辦法趕緊搶救這些老輩曾經經歷的事跡，敍說了，用錄音把它錄下來，編成書，這個純粹屬於「獻」的部分。對「獻」有兩個方面的誤解，認為「獻」定在「文」裏頭。比如故宮，現在叫檔案館，在成立之初稱文獻館，其實「獻」是沒有了，都不過是清代的許多檔案，現在把它都叫文獻，這是一個方面。清朝湖南人李桓編《耆獻類徵》，耆是老年人，獻是賢人，意即老年的賢人分類的傳記，一沓沓，多得很。這是清人傳記的集，沒個完。後來清人錢儀吉編《碑傳集》，又陸續有人編《續碑傳集》《碑傳集補》，現在還有人編碑銘集、墓志傳，又出現了名人詞典等，都是用獻。說是獻，事實還是文。真正口述才是獻的實際材料。現在人多不了解「獻」的含義。這樣的東西外國有，如《胡適口述自傳》，胡適在美國用口述自傳，他是用英語說的，唐德剛把它變成漢語寫下來。當時這樣的名人口述很多很多。古代的文獻，文是文字記載，獻是賢人，是活着的人記憶裏的古代的事情或他當時經過的事情。所以文和獻並稱，它的含義就寬得厲害，我們要研究，姑且把它合並來稱。我們研究古典文獻，橫的方面需要具備手段、方法，知道操作時從什麼地方入手。這裏有幾個方面。

一、目錄、版本校勘及制度

1. 目錄。

關於古典文獻學，我覺得首先要了解目錄，你要是不知道目錄，不知道古代都有什麼書，怎麼分類，你就不知道古人是什麼研究角度，怎樣的研究方法。

目錄的了解是很不容易的。我覺得目錄有兩條路，一條是怎麼編目，就好比說這些書放在書架上，你怎麼擺法。比如李慈銘，他整天唸書，還寫日記，寫讀書的筆記，箚記，其中真有好的見解。他住在會館，沒有書架，他有一個大案子，把書分成幾個層，手頭常用的放在外邊，稍微用得少點的放在中間，不常用的必須查時才用的最靠牆，他這種擺法就是圖書館的插架法。看來每個人都有一個辦法，有一個他最習慣用的那個辦法。這是編目和插架。比如經史子集，這是按類來分，哪類最重要擺在前頭，次要的擺在中間，再次要的擺在後頭。這是編目安排插架。還有一個使用的問題，也就是查目的問題。讀書人去借書，找一本書的檢索方法，是以人為主？還是以類為主？還是以學科為主？學科裏還有小類，這是古今中外都存在的問題。一個是編目排架，一個是檢索，這兩個問題哪個圖書館都毫無例外地要遇到。而且目錄至少有兩種以上的，一個是書名目錄，一

個是著者目錄。書名目錄有不足時還有分類目錄，比如哲學類、生活類等。著者目錄，除名字之外，也分哪一類的著者，這樣分起來就很細緻了。西洋分類法有十進法，一個朋友提供我用，我還沒有詳細地學，沒用過。但不論哪個新方法，都不可能解決所有的問題，因為事物是發展的，社會在前進，學術也跟着發展，難道十進法就夠用嗎？總得有不斷的補充。比如我們看余嘉錫先生的《目錄學發微》，他講古代目錄怎麼怎麼樣，再看現在的目錄、現在的書，又絕對不是《七略》《漢書·藝文志》那些體制、條例所能包括的。目錄從前是「六藝」或「七略」，也就是六分、七分，四分法是經、史、子、集，後來王儉的《七志》，阮孝緒的《七錄》等，都是這樣。《漢書·藝文志》分九流、諸子百家，這是很籠統的。九流是學術流派的分法，經史子集是書籍性質的分法。各種分法太多了，我不懂得詳細的各自的利和弊，我們說古代的目錄怎麼樣詳細，怎麼樣合理，怎麼樣優越，都是相對於那個時代而言的，發展到今天，總有古代的那種編目檢索方法所不夠的地方，因為現在新的學術發展真是太快了。現在發達的科技，比如說「電腦記錄」、「光盤」，列入古代目錄的哪個裏頭？「光盤」裏頭有許多講究，它包括很多內容，比如說《四庫全書》，大概有十個光盤就可以把它裝完。那你說光盤屬於哪一類？現在的書、現在的著作，用古代的體例，確實包括不了。今天的古籍整理應該怎麼辦，到現在我們還在沿用經史子集這個詞，現在我們還有這麼一個機構，叫「續修四庫全書」，這個題目好廣泛、好可怕！盛世修書，這無可非議，現在要把所有的內容都容納進來，「續修」，而四庫是按經史子集，那「光盤」在什麼部裏？「導彈」在什麼部裏？現在說克隆，比如克隆牛、克隆羊等，昨天晚上的電視裏還說克隆兔子、克隆耗子，那這個「克隆」在哪個部裏頭；又比如醫學，現在有換心臟，開顱已不算什麼，這些名目該放在哪個裏頭？現代科學技術已超過古代萬萬倍，現在來整理不是那麼容易。我不

是説現在不能修很大的書，現在最需要的是很廣大的目錄書籍。現在就算讀了幾本書，寫了幾篇論文，甭管取得什麼學位，博士、博士後，就開一個單子，就想把古籍都包括進去，恐怕也不太怎麼容易；現在還説某某博士生導師，這博導更不容易做。目錄學的頭一條要求，那得有極其廣博的知識，不但要有古代的知識，還要有今天的知識；不但要有廣博的社會科學知識，而且要有廣博的自然科學知識，這樣才能編輯、整理、判斷、研究，所以是很不容易的。我自己受過余嘉錫先生的教導，我在輔仁大學教書，余老先生做系主任。他可是嚴肅極了，堂上、堂下、家裏，自己嚴格要求自己，生活非常自律，真是我們的師表。但是，他也有不夠全面的地方。他説《四庫全書》是古代以來最完備、最完整的一部大書，因為它的人力、物力投入都很大。他説《四庫全書》的編法是最好的，我就看有一條：《四庫全書》裏頭經部有「四書類」，「四書」是朱熹説的，《大學》《中庸》是《小戴禮》中的兩篇，抽出來與《論語》《孟子》合編在一起，這個科學嗎？這是古代的編法，余老先生因為《四庫》包括得廣、修得比較近，在《四庫》後還沒有一種像它那麼修得這麼廣泛、這麼全面，所以對《四庫》比較推崇，這當然無可厚非；但它把《大學》《中庸》與《論語》《孟子》合起來稱為「四書」，成立一個「四書類」，這個是見於《七略》，還是見於《漢書·藝文志》？

余老先生寫了一部書，還未寫完，叫做《四庫提要辨證》。我就跟學生説：《四庫提要辨證》是極其細緻、極其全面的書，考證一個論點、一句話，都很詳盡。《四庫全書總目提要》學劉向《別錄》那種體例，一本書前面寫一個全面的介紹。這個體例也是有好些人參加，陸錫熊、紀昀兩個人做主持，陸錫熊死了，就由紀昀主管這件事。問題是他也不能不按照帝王的要求來寫這個提要，所以才出現以「四書」為一類的説法，他不可能撇開朱熹的分類法而另立一類。試問朱熹以前有「四書」嗎？朱熹以前

有把《小戴禮》兩篇拆出來的嗎？沒有！這樣，《四庫全書》仿照《別錄》的那個提要全是按照帝王的要求、口徑來寫的。

2. 版本校勘。

從前的藏書家看書，先要弄清楚哪個是宋版，哪個是元版，哪個是明版，哪個又是清版，清版又有殿版、局版等，這些問題就是所謂版本。版本也是查哪個書通過什麼形式出版，哪家出版，出版得全不全，出版印刷的質量如何、文字錯的多少，這都屬於版本類。從清朝一直到五十年前，講版本的老前輩就專門研究宋版、元版、明版怎麼樣，還費很大的力氣去校勘，這屬於古典的版本學。因為書被大量地刻成木版是宋朝才有的事。刻在石頭上的也是一種版本，比如漢朝的熹平石經，魏石經，唐朝的開成石經，從宋一直到清，歷代都有刻的經。但這種經都隨着石頭變碎，再也找不着了。清朝十三經倒還在國子監，但對它的學術價值大家都不認為怎麼樣，因為乾隆時代，帝王想粉飾太平，宣揚自己這個朝代有什麼文化建設，就把蔣衡抄寫的十三經刻在碑上。所以刻在石頭上的版本與學術校勘關係很小。這是古代版本。現在同一本書，《四部叢刊》印過，《四部備要》印過，《叢書集成》印過。像商務印書館印過的《國學基本叢書》，中華書局印過的《四部備要》，商務印書館從善本的角度印過的《四部叢刊》等。版本再新的，就有新的印刷方法，比如影印，從前影印很困難，現在影印的方法非常發達，比如敦煌出的斷爛殘缺的古籍，從前得到一張照片都很難，現在敦煌的大部分材料都公開了，全印出來了。現在我們印了一部關於敦煌材料的書多少本，就是把國內國外的敦煌材料印出來，縮得比較小。影印的方法就已經能夠解決大家各處蒐查不容易查到、想借借不到的問題，提供的方便太多了。所以版本就不僅指宋版、元版、明版、殿版、局版等，也指出版的各種本子的好壞情況，我們要研究這一本書，就可以同時找到這一本書的不同出版形式、出版時間和出版地點，比如有影

印的，有排印的，有縮印的，有手抄的，這些都在版本範疇之內。我覺得版本可以說是刻版印刷的本子，甚至傳抄的本子，流傳的本子，把各種本子拿來進行對照，比如為查某一書，說北圖有某某人手校的本子，他那個本子多一段，流行的本子少一段。陶宗儀《說郛》本來是雜抄的書，某老先生根據一個舊抄本或舊刻本發現這本書短一段，而那個古本裏卻有這一段，我無意中在《說郛》裏就看見有這一段，也用不着什麼特殊的古本。本來《說郛》是雜抄的，內容也不全，可巧有這一段，可見版本是無窮無盡的，你真不知道這邊短了，那邊就有，這邊少了，那邊多出來，真是非常複雜的一個問題。《經典釋文》本來是陸德明把各種古書拿來一個字一個字校勘的，這本書清朝內府天祿琳琅藏着一部完整的宋刻本，現在在北圖，是全的，已經影印出來了。這個影印本是大字本，看起來真漂亮，可是拿來細一對，它裏頭的錯字多極了，反不如清朝納蘭成德《通志堂經解》的刻本。《通志堂經解》這個刻本是徐乾學替納蘭成德輯的，校得很好，後來有盧文弨校刻本，這兩個本子都比現在看見的宋刻本的質量好得多。宋朝開始刻這些古書，因為當時印刷術不廣泛流傳，數量稀少而顯得珍貴，不見得它的質量一定很高。有人說宋版或者古抄本可靠，其實每刻一回、每抄一回，必定錯一回，這是毫無疑問的規律，甚至「無錯不成書」，這幾乎成了一個普遍性的現象。

版本既然有差別，甚至還有質量的好壞，把不同版本的書湊起來擺在一起，你就該進行比較，說出哪個對，哪個不對。我們說宋版的《經典釋文》遠不及清朝康熙、乾隆兩個本子，這兩個本子為什麼大家認為好呢，就因為它費過很大的力量做了校勘。但校勘是很不容易的事情，不是說來就能隨便做到的。你先得判斷哪個是正確的。同樣一本書，這個本子作「天」，那個本子作「地」，究竟哪個對、哪個錯？這就涉及許許多多的知識甚至於常識，誰也不知道整理古書時會有多少問題冒出來。

校勘有幾個方面，第一，是大家都知道的，把甲本與乙本對照，從而講出哪個好，這是對勘。比如甲本某個字剩半拉字，乙本這個字是全的，當然是乙本好，但是這也不足為憑，乙本刻全了，是否有人發現甲本短了半拉字，就按自己的意思愣給添上了？添得對不對？比如就剩三點水，究竟三點水的右邊是什麼？也許就憑空想象以意為之給補上了，也許是有根有據地補上了，這就不知道了。所以對勘也不能完全解決問題。陳垣校長曾經校勘《元典章》，校勘完了，他提出四個例來，叫《校勘四例》。第一個是對校，即把兩個本子對着看。第二個是內校，比如頭一句發現一個字，這個字有疑問或這個字殘缺，就看本書裏別處有沒有這句話，旁的地方偶然也出現這句話，那就可以用後頭這句話補足前句殘缺的字或詞句，因為是在本書裏頭來回比較，所以叫內校。還有一種是外校。比如在這本書裏有一句話，我覺得這句話有疑問，不合理了，或者是分明有殘缺的地方了，怎麼辦？假定這篇文章是韓愈的文章，就查韓愈的集子，那裏面也有這句話，就拿它與我校的這個本子對，這是外校。之所以叫外校，是因為從書本以外的材料來對照。還有一種是理校，顧名思義就是按理來說，如陰天下雨，這是合理的，說晴天下雨，這就當特殊現象來論。說我看見一個怪現象，晴天下雨，這個「晴」和「雨」字沒錯，因為前頭我看見過這樣的怪現象，這也是合理的。如果說在雨天，我的房子漏雨了，這中間忽然太陽光都進來了，這就有問題了，這是什麼光？本來還下雨，忽然太陽光進來了，這就矛盾了，就不合理。因為它是按理來校，所以叫理校。有人說這四校還有沒包括進去的，為什麼？有兩本書不一樣，可是兩個彼此之間卻判斷不了誰是誰非，沒法判斷，最好把兩本書都平擺在那兒，讓別人有機會再解決。這樣也是一個辦法，這樣情形不是沒有，古書裏就有很多。這種把判斷留給別人，不能叫校勘。因為有校還得有勘，勘就是評論，就是對照之後，判斷出一個對錯。你只把兩個字平擺在那兒，那就不

用你擺，誰都可以擺，擺在那兒就等於沒勘，只是對照看了，這種做法並不妥當，因為它只是比較有無，沒有下斷語，是校而未勘。比如說宋版的書有一個有名的故事：謝靈運有「池塘生春草，園柳變鳴禽」兩句詩，說池塘裏生出春天的草，園子裏的柳樹在變。不是柳樹變成鳥，而是鳥兒唱出的聲音有變化，鳥的叫聲有變化。「園柳變鳴禽」，園子裏的柳樹上各種鳥換着樣地叫，這是變。有一個宋刻本叫《三謝詩》（整理者按：指謝靈運、謝朓、謝惠連），它上面就寫「池塘生春草，園柳雙鳴禽。」園子裏柳樹上有兩隻鳥。生是動詞，是生出來，「園柳變鳴禽」，指聲音有變化，有不同的鳥在叫，它與數量詞不一樣。園柳上有鳴禽，就不止是雙，也許多少隻都有，怎能叫「園柳雙鳴禽」呢。按理校，我絕不採取「雙鳴禽」，但版本家覺得這是古本，「雙鳴禽」很有意思，就寫上「宋版作『園柳雙鳴禽』」。你從趣味上講，從版本不同上說，刻本的異文也許可以列出來，但對校勘來講，需要判斷意義，那麼「雙」就遠不及「變」了。比如王維的《送東川李使君》裏說「萬壑樹參天，千山響杜鵑。山中一夜雨，樹杪百重泉。」山裏下了一夜的雨，樹梢上有百重的泉水，從樹梢上看見山上流下泉水來。這是形容山景，這是很廣闊、很巨大的景致，有一個宋版書，把「一夜雨」寫成「一半雨」，「山中一半雨，樹杪百重泉。」清朝錢遵王《讀書敏求記》就特別講，有一個宋版是「山中一半雨」，各種版本都沒有這個「半」字，其實是他刻錯了，山裏下雨怎麼能是一半呢？那時又沒有天氣預報，怎麼能知道哪個雨是全份，哪是一半呢。可見這宋版並不高明，分明是當時刻錯了或是「夜」字的底子不清楚，刻字的人就隨便刻了一個「半」字，也許是刻工馬虎了，這很難說。這種對面比較並不是最好的辦法，有校無勘是不行的。因此我想到現在的校勘，很多位從事校勘的人很費勁，校勘很有功勞，可是我們看到他在不同的字句底下有四個字或八個字，叫「擇善而從，不出校記」。怎麼「擇善而從」，比如

他認為「山中一半雨」為善，為什麼？因為它是宋版，我就根據宋版，我就擇善了，就不注明還有「山中一夜雨」這一說法，這就很危險，它的原文不合道理，那麼他是從哪個角度判斷它為善？下面半句更可怕，「不出校記」，也就是從他這裏，一切全由他定了，王維這句詩就是「山中一半雨」，這是我定的，我認為它善。這雖然也勘了，但這個勘是沒有盡到客觀的責任，客觀的用處。所以這個「擇善而從，不出校記」是很危險的。他不知道有許多問題就會由此發生。現在新出版的書裏頭有字錯的、斷句錯的、制度習慣不理解而錯的；有的同聲字聲韻不理解，古字不知是假借，而結果認為是誤字的也有。

3. 制度。

制度有許多方面，第一是歷史上大的制度，比如《戰國策》中的觸奢說趙太后的故事，馬王堆出土的帛書也記了這個故事，它寫的是「觸龍言」──觸龍跟趙太后說，而不是觸奢說，我覺得這種寫法比較好。《戰國策》裏的這篇文字說趙太后送女兒出嫁「持其踵，為之泣」，攥着她的腳跟向她哭，意思是，這回嫁出去就要跟人家好好過一輩子，不要因為什麼事情讓人家給送回來。這是怕女兒嫁出去後又被人家休回來。她的兒子給人家做人質就可以使兩國修好，太后不願意讓兒子為人質，而希望女兒好好過日子，送別公主時「持其踵，為之泣」。一般的讀者總覺得「持其踵」不合理，這成了真正的太后扯後腿了。他不知道古代的人都是席地而坐，那個人臉朝外，這個人伸手就攥住了腳後跟，假定那個人站起來，坐着的老太太揪她的手夠不着，但攥着腳腕子說話也合情合理，因為踵離送別人的手最近。後來人就把一般讀本改為「持其手，為之泣」。在今天的生活中，「持其手，為之泣」是很合禮貌的，但在古代是「攜手上河梁」，兩個朋友要分別了，到了河邊拉着手。但這個送別是「持其踵，為之泣」，若不明白古代的情形，校勘時先來個「擇善而從」，覺得握手是善，「持其踵」

是不善，於是先改「踵」為「手」，再接着「不出校記」，麻煩就更大了，流傳到後來就給人一個錯誤的版本看。所以，校勘時對當時的各項制度得了解，小的生活制度和大的國家制度，都要知道。其中有許多專有名詞，要是不理解那個專有名詞的意義，覺得這句話不合理，愣給改了，就改出錯了。比如最平常的，古代皇帝批公文，常常用幾個字：「制曰：可」，這是皇帝發命令、批准的意思。皇帝寫東西，後面加一個「制」字、「敕」字，叫「敕書」或「制書」。現在的簡化規範字裏，製造的「製」和制度的「制」是一個字，我們假定在電腦裏給它一個指令：簡體改繁體，那麼皇帝「制曰：可」，就變成了「製曰：可」，成了皇帝做了一個東西叫做「可」。這就不行了。這樣的事情還有很多。

制度包括許多方面，其中隨便一個方面，都可以成為一個問題。我們對於古代的生活、古代的制度、古代的習慣，往往有許多的誤解。我們不說遠的，不說國家大事、朝廷制度、社會習慣、家庭生活，就說書籍本身。有一個單位專印線裝書，有人拿印出來的線裝書給我看，我發現他們給線裝書上書套，結果把書籤給貼反了。在清朝，線裝書訂線在右邊，書頁是從左往右翻，第一行是從右往左這樣的形式。書套也是這樣，書放在裏頭，左邊半面先扣，右邊再往左扣，右邊外皮的左邊貼上書名的書籤，是這樣一種制度。現在我瞧用線裝訂的書，甚至於仿照線裝書的樣式印一本平裝書，在外頭做一個裝飾性的封面裝飾，畫一個訂線。清朝滿文書、蒙文書都是衝左翻，書口在右邊，頭篇向左翻，第一行是從左往右，從上往下唸。漢文書印出來了，拿給我看，我一瞧以為是滿蒙文書，打開一看是漢文書，漢文是向右翻，從右往左唸。由於對書的制度不了解，出版時就鬧出了這樣的笑話。

關於書冊制度，日本明治以後有一個叫島田翰的人做過一本書叫《書冊制度考》，對書籍裝幀裝訂制度進行了考證，後來余嘉錫先生又寫了《書

冊制度考補》。余先生認為島田翰是研究書籍制度的開端，但說得不夠，或有錯的地方，於是，他就做了《書冊制度考補》。第三就是馬衡先生的《凡將齋金石叢稿》，中華書局在他身後出的。這裏面也有一部分是講古代書冊制度的。馬衡先生這一篇講書冊制度的文章，叫《中國金石學概要》，雖然不怎麼樣，但也算一個開端。他的書出版之後，我給中華書局寫了一封信，指出其中引用材料有錯誤，現在再版，仍然沒有改正過來。書裏面提到一件事：敦煌發現的木簡《急就章》，頭一句話說：「急就奇觚與眾異」。意思是，有一個與眾不同的樣子很奇怪的觚。觚是什麼呢？觚是一個四棱的木頭棍，斜着對角剖開，就是六面。這樣，一塊四棱的木頭，用來抄寫東西，就可以多寫兩面。這是非常聰明的想法。敦煌出了一塊觚，就是《急就章》，這才知道什麼叫觚，也就是帶棱的木頭。《急就章》就寫在奇怪的特有的觚的上面，觚是三棱的，在它的上面的斜剖面上，削出一個平面，寫「第一」，在棱的角這邊有兩行，右邊一行是第一行，左邊一行是第二行，對面是個大平面，另寫一行，是第三行。觚就這麼講。法國人沙畹從伯希和那裏拿來一個實物的觚進行拍照，照成圖片，羅振玉把這些圖片翻印，編成《流沙墜簡》，在當時是很難得的本子。後來張鳳又編印了《漢晉西陲木簡匯編》，印得沒有羅振玉的好看，但數量比《流沙墜簡》的多。那時候多那麼幾個就很了不起，現在出的數量就更多了。那時候的木簡最早的是西漢天漢、五鳳年間的，而且非常難得。現在發現的木簡、竹簡最早的有春秋、戰國時代的，數量有幾千、幾萬支，多極了，整理都整理不過來。馬衡看見的這個木簡，以為是兩面，第一面兩行，第二面一行，而沒有看到它其實是三面的觚，原來四個棱，經對角劈開後就可以寫六行字。因為他是從《流沙墜簡》中看的，印刷不清楚，所以就不奇怪了。古代的制度大到國家的典章制度，小到家庭生活的起居制度，近到書冊制度，情況非常複雜，僅憑一個孤證，怎麼能說明問題呢？現在所

看到的最早的古書旋風裝，是故宮所藏的王仁煦《刊謬補缺切韻》，印出來是一篇一篇，是把許多頁粘在一個大的橫的紙上，然後從右向左一捲，捲成一卷一卷的，打開之後，每一篇的最邊上的部分就都粘在一個橫的紙上，然後一篇一篇地往下翻，這種方法是比較特別的，比如現在的洋裝，很有些像書脊訂出一條線來，現在叫洋裝，其實就是古代的蝴蝶裝。蝴蝶裝也是一種比較新的方法。書的制度就與校勘有關，哪一篇接哪一篇，都是有規定的，如果這一篇接錯了，那麼文字也就錯了。文字一錯，則整理的書的質量自然也有問題了。

（張廷銀根據一九九八年七月二十七日的講課錄音整理）

二、文字與音韻

1. 文字。

　　文字也是整理古書的重要一關。湖南郭店出土的竹簡，經過人們多方面的考證，證明是春秋時代的竹簡。馬王堆出土的雖然是西漢初年的，但其產生時代應該比西漢還早一點，甚至可能是秦朝或秦以前的寫本。銅器上的如毛公鼎上的文字，比流傳的《尚書》短篇的文字還要多，還有散氏盤上的文字，這許多的文字，要把它變為今天的文字，是非常困難的，現在它已成為一種專門的學問，有很多人在專門研究古文字相當於現代的哪一個字。比銅器上的文字即金文再早些的是甲骨文，甲骨文在國內外有許許多多，據專家說，現在被認識的可以確定的甲骨文，也只佔全部甲骨文的一半。比如王國維，就是大家公認的古代歷史研究大家，他大量參考甲骨文裏的材料，寫成了《殷卜辭中所見先公先王考》，但他也說他認識的甲骨文只佔整個的百分之五十。而且，文字這一關，它涉及的不僅是文字，它還包括訓詁。這個字在當時當什麼講，有什麼作用，就必須弄清楚。《爾雅‧釋詁》「初、哉、首、基、肇、祖、元、胎、俶、落、權、輿，始也；林、烝、天、帝、皇、王、后、辟、公、侯，君也」，一大串一大串地講了這麼多的字，結果都當一個意思講。「明明、斤斤，察也，

條條、秩秩，智也」，這些語詞、聯綿詞又當什麼講，《爾雅》的開始「釋言」、「釋訓」、「釋詁」等，就是解決這些問題的。《説文解字》是解釋一個一個字的，而《爾雅》則是解釋一個一個的詞的意義的。對這些東西如果不真正了解，僅憑「擇善而從」做判斷，你就無法確定哪個是「善」。所以整理古籍的要求第一是制度，第二便是文字。

文字裏還有一個問題。敦煌出了許多古書，其中有一些草書，也有一些當時的簡體字。對於這些簡體字，如果不認識，就不知道它的意思。比如敦煌裏的許多北朝佛經寫本和少量的南朝寫本裏，就有很多的簡體字。其中有一個字，是「家」沒有右邊的一撇一捺，這個字是什麼呢，許多人不認識。後來才搞清楚，它原來就是「寂寞」的「寂」。我們讀古書時，姑且不說翻譯它的意思，首先就需要認得它到底是什麼字。日本也有一些古字，比如一元錢的「元」，日本人就寫作如「丹」字去掉大橫兩邊伸出的部分，好像月亮的「月」字沒有下邊一橫。還有，我們所説的「藝」字，日本人則寫作「芸」等。這類情況，在日本古書裏極多。北京師範大學圖書館有一部清代後期的手稿，中文系一位老師和他的研究生一塊對它做了整理，現在已經出版。這部書的前面有一篇序，整理時就出現了問題。書的序一般都是請名人寫，而且多是行書、草書或其他手寫體。古時書鋪比如我們知道的文楷齋刻書，凡是刻書中的序，不論什麼字體，要價一律加倍。如果正文是一毛，序就是兩毛。為什麼呢？陳垣校長告訴我，這是因為序多半是手寫體，要刻成手寫體，比較困難，而且由於手寫的字跡比較特殊，辨認也很困難。他的《勵耘書屋叢刻》，就是這種情況。這樣一來，慢慢地序言不是手寫體的，也要加倍，這成了一個定例。如果我們整理一部書，碰到手寫字卻不認識，就非常困難。又比如「子謂顏淵曰」的「謂」字，在帛書、木簡以至六朝的寫本裏，很長時間都簡化成「胃」，沒有了言字邊。如此等等的情況，還有很多。和師大中文系先生一起整理古書的

那位研究生，把書中的序拿來讓我看，我一瞧，其中有許多就是行草字，他就很難認得。不認識，自然就難以翻譯成現代的大家都知道的常用的規範字。

所以，文字的問題，從古至近，從近至今，一直都很重要。繁簡字的問題，也是文字中的一個值得注意的地方。現在用電腦可以進行繁簡字的互相轉化，但是把一篇文字轉化成繁體，不定會變成什麼。還有比較特殊的簡體和繁體問題，在簡化字還沒有嚴格推行的時候，我就看見過這種情況。《唐語林》裏講到古代婦女用的「抹胸」，書中把「抹」寫成「襪子」的「襪」字。因為在南方音裏，w 當作 m，比如「微服而過宋」就是「密服而過宋」，「襪」就可以當「抹」來講。「襪」字繁體寫作「襪」，於是整理和校對的人就把「抹胸」，都當成了「襪胸」。襪子跑到胸上去了。這是規範字簡體字的問題。還有行書草書，宋朝黃庭堅寫草書字是很有名的，但他自己也坦白，有些字的草書寫法一時想不起來，就臨時現編一種寫法。可見，古代的大學者、大書法家，就存在很普遍的隨意草寫的情況。我曾經把古代的行書字、草書字複印了幾篇，拿來讓同學們辨認，大家都覺得這種鍛煉，對於辨認古字、校勘古籍，實在是非常有用，不可缺少的。

要校勘古籍，就要知道古籍所涉及的政治、生活等方面的各種規章制度，或者說就是各自的習慣，如果不了解所牽涉的制度、習慣，就會出笑話。僅僅關於文字，就有甲骨文、金文、大篆、小篆、行書、草書等方面，今天又出現了簡體規範字的問題。一般說到簡體字，似乎都是筆畫最簡單的寫法，其實不然，比如道德的「德」，在有些手寫體裏，都把「心」上那一橫去掉了，反倒比規範的寫法還要少一個筆畫。我多少年就一直這麼寫，有一天看到「德」，還以為它這個寫法不對。原來正是我寫得不規範，規範字反而多了一橫。清朝咸豐皇帝叫奕詝，當時因為嫌名（形狀相似、讀音相同）而避諱，就把「丁」字的那一豎鈎去掉，只保留了一

橫。清朝避咸豐的諱，都是這種做法，不管左邊是什麼偏旁，右邊一律寫作寶蓋頭下面一橫。不管出於什麼動機，只要是為了避諱，都統一成這樣。可是，像這簡體字的「德」字一類的問題，卻實在不好統一。我不是說規範字不好，規範字是國家規定的，就得按照它的要求來寫，到底是以簡為主，還是以繁為主，只有到時現查，是多出了一筆，還是少了一筆，才能明白。我們現在不用考慮清朝的避諱問題了，但是，如果從經驗主義出發，把貯、佇等字右邊的那一豎鉤給恢復過來，那就不對了，不合規範字的要求。草書、楷書、規範字、異體字等這些問題，如果我們只是看電視、聽錄音，就沒有必要去特別在意，可是要整理古籍，出版書，就不能不關心這些問題。

2. 音韻。

我們讀古代的詩文時，經常會碰到諧音的問題。如「東」和「中」、「同」，是同韻諧音，可以通「押」，可是，諧音的本字是「叶」音，如果把「叶」變成繁體，就是「葉」，在現代語言裏代表樹葉的意思。古詩說「白楊多悲風，蕭蕭愁殺人」，一般人多在墳地裏種楊樹，大約是因為楊樹長得比較快。樹葉都有聲音，但為什麼就把「葉」講成有諧音，這問題還有些複雜。這就涉及了聲韻問題。

聲韻對於整理古書的重要性，不要說很多的後起之秀青年人不理解，就是一些八九十歲的老教授，對此也有不同意見。曾經有一位老先生就很不理解地問我：教書就教書，只要把書教好就行了，還要做什麼科學研究？對他們的這種疑問，我實在不明白：我們要把書教好，就必須列出教案，教案符合不符合教學大綱，適應不適應學生的實際情況，需要不需要仔細地考慮？那麼這算不算研究呢？而且這位老先生他也教了一輩子書，他也做研究，他怎麼反倒說起教書不搞研究的話了。這真令人覺得奇怪。

現在有人說聲韻與校勘古書沒有關係，可是我們看到哪種書一打開

即可以聽到聲音？就像現在的一些賀卡，印得很好看，打開摺頁，裏面便發出叮叮當當的音樂，非常有趣。現在的許多書，裏面也附了光盤，就不但可以看文字，還可以聽錄音，這當然很好。但是古代的書並不能像光盤那樣，一打開就可以紛紛地說出話來。要讀懂古書，還得要弄清楚字的讀音。因此，要說古書與聲韻沒有關係，就不太合適了。清朝王念孫有一本書叫《讀書雜誌》，就專門講古書的聲韻。古代的書，不論是經書、史書，還是子書、集書，光看字的形體，就不能解決它的意義。這就需要找出與它的讀音同類的字，用同聲音的字來代替另一個同聲音的字，從而解決了古代聲訓的問題。古代的字也有自己的規律，比如古無清脣音、古無舌上音等，魚三魚四，魚母字在古代都是定母字，娘和日都歸為泥母字等，這都是近代人發現的規則，具體來說，就是錢大昕在乾隆嘉慶年間總結出了古無清脣音、古無舌上音，這就是《廣韻》後所說的類隔變音合。曾運乾發現魚母的三等、四等字變為定母字，比如由東到西、由於的「由」，加上一個走字底，就成了「迪」，讀音為「dí」，「由」是魚母的三四等，現在變成了定母字。如果不知道這個規律，就不明白這兩個字為什麼可以通用。再比如「之」和「的」，「父」和「爸」，就是清脣音和重脣音的問題。現在小孩叫父親為爸爸，好像「爸爸」比「父親」更通俗些，其實恰好相反，「爸爸」的用法比「父親」更加古雅。

還有，在《世說新語·文學》裏，王衍問阮瞻：老子和儒家，是同還是不同？阮瞻回答說「將無同」。老子跟什麼「將無同」？「將無」的注解費勁大了，除了劉孝標的注解，近代還有許多位注解，一句十分普通的話注解到這麼繁多的程度還很少見。「將無」在《世說新語》還出現了一次，「雅量篇」記載說，一次謝安和朋友、家人到東海上坐船遊覽，海面上起大風了，有人就提出回去，謝安「神情方王，吟嘯不言」。風越來越大了，大家都坐不住了，謝安才慢慢地說「如此將無歸」。什麼叫「將無」，沒有

很明確的注解，我覺得很簡單，現在還有這話，普通話還有「估摸」，估計的意思，比如說「估計要下雨」，「估摸要下雨」。「將」就是「剛」。古無舌上音，「j」由舌上出去，唸作「g」，「街」現在有的地方還唸成「gai」，「將」由「j」變為「剛」「g」。無（u）就是莫（m），「將無」就是「估摸」。古音許多在書面變成另一個字，在口語裏還是原來的音。父親在書面上寫父，小孩管父親叫爸，爸就是父的古音，小孩說的是古代相傳的音。所以「將無同」就是「估摸同」，「估摸」就是「估計」，「將無歸」即「估摸歸」，就是「估計該回去了」。宋朝秦檜殺了岳飛，韓世忠等不滿問：岳侯究竟有什麼罪，秦檜說：「莫須有。」「莫須有」有人講是「恐當有」的意思，「莫」是「估計」，不錯，「須有」，找宋朝類似字來比照。專條講這個字的一個是余嘉錫先生，一個是呂叔湘先生，都曾專條考證「莫須有」。都認為秦檜的意思是「大概有」、「恐當有」，最後講「恐怕應該有」。秦檜已殺了岳飛，別人問，他回答「恐當有」，這太含糊，他怎麼能說這樣含混的話呢？「莫」就是「總」，「須」就是「該」，「須有」就是「該有」，「莫須有」就是「總該有」，你們問不着，不該問。這才符合秦檜的口氣、身份、權力。我有權殺他，我已經殺了，總該有，要沒有，我能殺他嗎？但你問不着。對「將無同」和「莫須有」這兩個詞如上的解釋，是我的見解，是不成熟的見解。一個「將無同」，一個「莫須有」，現在不是沒人講，而是許多人講，只是覺得沒搔着癢處。

關於音韻，我想特別說說四聲的問題。

從前有人說南無平，北無入。這話不通，不確切。實際上，南有平聲，北方讀不出來入聲倒是真的，可北方的發音還是有入聲，他不把它當入聲唸。為什麼北方人發音有入聲呢？比如說父親告訴孩子，上司告訴屬員，上級告訴下級：你把這件事辦了，你到那兒去。這人隨即立刻回答：是、是。這是什麼聲調？這不就是入聲字嗎？短促，很緊，這就是入聲

字。那麼又為什麼説北方沒有入聲字？比如説，周德清《中原音韻》，他就把入聲字都配到三聲裏去，叫「入派三聲」。國家的「國」是個入聲字。「國」，北方音有人唸「國」，國家，唸平聲，陽平。還有人唸「國」，唸上聲，這是國家。還有人唸「國」，「紅豆生南國」，把它讀去聲。但真正的「國」，讀不出來。有一些語音學家常常講，原來的入聲字它有個尾音，叫「bdg」，或者吐氣的「ptk」。説入聲字把它的語尾、尾音丟了。我就想問：這個入聲字，它為什麼那麼馬虎，不留神，老把它的尾音丟了呢？比如説「國」，沒有「bdgptk」，我不也唸成「國」，為什麼北方人讀不出入聲字來，就説是因為把尾巴丟了呢？

其實，我有一個見解，一個謬見，一個錯誤的疑問，不一定正確。入聲字抻的聲音的長度，跟前面的平、上、去不能相比。它短，你要想把它抻長，它的讀音立刻就變。它只能那麼短，不能抻長，不在於它有沒有尾巴。我認為，尾巴上沒有入聲字。我寫了一本《詩文聲律論稿》，精通古文字、古音韻學的唐蘭先生，看了以後，就給我寫了封信來，還做了首詩，大意説：你以一個北方人硬談詩詞格律，這好像很難為你。我就寫了一首詩，我説自己是「傖夫談詩律」，南北朝時的南方人把北方去的人叫傖夫，説這人很「傖」，有人唸「chen」（輕讀），有人唸「cāng」，其實就是現在北方口語裏所説的「很寒磣」，説這人長得「很寒磣」，就是很難看。「傖夫談詩律，其難定若何。平平平仄仄，差差差多多。待我從頭講，憑君跺足呵」，後兩句是説：我從頭講起，讓唐先生跺着腳來罵。因為他説我這樣做很應該，麻煩的問題還得講。我又寫道：「待攜唐立老，一捅馬蜂窩」。我説有些問題，是不能講的，要講，那就是捅馬蜂窩。入聲是丟了尾巴呢，還是「入派三聲」時把音節抻長了呢？這個馬蜂窩一捅起來，就不得了。後來唐先生給我寫了許多封信，都是捅馬蜂窩的。「文化大革命」中，這些信都被我燒了，可惜了。我説「待攜唐立老」——等

到拉着唐蘭先生，「一捅馬蜂窩」。對這個問題，我一個人不敢輕易捅馬蜂窩。我寫了一本叫《詩文聲律論稿》，一共四厚本，我壓縮，又壓縮，再壓縮，最後壓縮成六萬字。就這個東西，有許多人謬讚，抬舉我，鼓勵我，稱讚我。實在是我也不敢說就怎麼樣。我只是覺得聲韻問題是很難的，是一個很大的問題。

現在講古韻，就把古韻叫上古音、中古音、近代音。上古音非常渺茫，中古音就以《切韻》《廣韻》為基礎。我說，中古音它也有地方的變化，隨着地方的不同而有不同。比如《詩經》中的《周南》《召南》，這個風那個風，共有十五國風，是十五個地方作的詩。有人把它一股腦兒都當古音來考察，那麼，那幾個國中間有差別沒有呢？很難考察。比方說《邶風》《唐風》它那幾國就那麼幾首詩，你沒法通盤地統計。所以研究古韻的人都不提地方音，我說，古代難道那個時候全一律都發這個音，事實證明不一樣。唐代有許多人用不曉得哪個少數民族的音來注解的《千字文》的音，敦煌中有這樣的本子，羅常培先生就曾經把敦煌這個本子拿來考察唐朝的口語的音，實際上就是用少數民族的讀音來印證唐朝的音，印證唐朝長安附近的音，可見又跟《唐韻》《切韻》、宋朝的《廣韻》有不同的地方。所以我就經常向音韻學家請教，我說，古代有沒有方音問題。有一位朋友說，有，我們也知道它有，但沒辦法，要追究古代某一個方音的字，我們就沒有憑藉了，只好把它認為就是那個時代的音。

陸法言等八個人做《切韻》，這八個人中，南方人也有，北方人也有，《切韻序》的開篇就說，吳楚的詩、吳越的詩尚清淺，他們說的話清而淺。又說某某地方以「上」為「去」，某某地方以「去」為「入」等，這裏頭舉了許多例，就是說明語音有地方的不同，然後他來一句，說是「我輩數人，定則定矣」，這八個人規定把這些字分為「平、上、去、入」四部。「東」屬於讀平聲，把它攔入「平聲」字的「東部」，把「董」字定為讀「上

聲」，就把「董」字列入「上聲」，「凍」列入去聲，「篤」列入入聲。「東、董、凍、篤」，這是「我輩數人」——他們八個人給規定的。你要是聽現在的地方音，山東人讀「我們東邊」，「東」就變成去聲了。《切韻》到宋朝叫《廣韻》，怎麼廣法呢？就是字數加多了。《廣韻》都是「東」在平聲韻，今天山東人讀「東」卻變成了去聲，所以劉半農先生作過一個《四聲實驗錄》，他就根據從《廣韻》一直到清朝的《佩文韻府》，拿其中的「東、董、凍、篤」這四個字，找各地人去唸，也就是從「平、上、去、入」四個韻部裏抽出來四個聲調不同的字，又如「衣、已、意、乙」，這些都是《廣韻》《切韻》裏分別歸入「平、上、去、入」四個聲調中的不同字，「東、董、凍、篤」「衣、已、意、乙」把這些字讓各地人唸，他唸出來，就各不相同。比如山東人唸「我們東邊」，「東」就變為去聲，又比如四川人讀「劉先主」，「劉」在現在的普通話裏是平聲，「先」是平聲，「主」是上聲，你讓四川人、成都人唸「劉先主」，「劉」就變成上聲，「先」就變為陽平，「主」就變為去聲了，成了「上、平、去」，而現在普通話及《切韻》系統，都唸「平、平、上」。這樣，劉半農先生就得出一個結論，各地方有各地方的「四聲」。可是，他這個實驗、測量白費了，他按照《切韻》規定的「平、上、去、入」四個聲調去挑選字，這就有先入為主的局限，其實，既然是四聲實驗，就應該不先給他規定「平、上、去、入」的字，就讓他發四種調子的音，然後填上字，再把這些字納入《切韻》《廣韻》《平水韻》那個格裏頭，就會知道廣東人把某個字讀什麼音。現在有一本全是地方字的音的調查，比如說「飽」，閩南音讀做「八」，「飽」本是撮口音，嘴縮在一起讀「飽」。「飽」在普通話裏發音口形大概也是口合攏的。可是閩南音「飽」唸成「八」，是敞着口。比如說，澳門有一個「大三巴」教堂，是明朝西洋傳教士到這兒來修的一個教堂，好講究，後半部分後來全被燒了，只有前半部分還留着。「三巴」這個詞在古詩中就出現

過，有「三春三月憶三巴」之句，「巴」指四川巴蜀的「巴」。但澳門這個「三巴」與四川沒關係，是什麼呢，是「聖保羅」，聖保羅的「聖」音譯變成「三」，「保」變成「巴」，合稱「三巴」。現在廣東人也不懂閩南話和潮汕話，福建北部不懂，廣東也不懂，汕頭屬於廣東範圍，但說的話是閩南話。閩南人把「保」唸成「巴」，把上聲字唸成入聲字或者唸成平聲字，這就很麻煩。所以有一位朋友說得很實際，他說，我們不能不把中古看成一個層。為什麼？因為它有各地區的差別很麻煩，我們沒有那麼些根據材料，就是說，四聲到現在還有許多的、不同的差別。

可是《切韻》《廣韻》等書還有它的功勞，它的功勞是，把許多音用人為的手段歸入這裏，大家作詩作文都有了依據。你看唐人作的詩，宋人作的詩，你讀起來都很合轍押韻，唸起來很好聽。李商隱是北方人，李太白是南方人，他們作的詩，我們現在看起來、讀起來都一樣，你分辨不出來有什麼區別。它的功勞使各地方的音按照書本上的讀音統一起來，這就是《切韻》裏的一句話，叫做「我輩數人，定則定矣」。近代語音、文字大師沈兼士先生有一句名言，對我啟發很深。有一天，有一個人也就是顧隨先生的弟弟，他在北大唸書，拿一個字去問沈先生，說，這個字究竟應該讀什麼音？沈先生說了一句話，我覺得這句話也是千古不磨的重要的一句話，叫做「大家讀什麼音，就讀什麼音」。我以為「我輩數人，定則定矣」，這是歸納，歸納成一定標準，它起過這個作用。在《切韻》一千多年以後，從「我輩數人，定則定矣」變為沈先生的「大家唸什麼，就唸什麼」，這中間就有了很大的差異。那到底是應該遵循古代的「我輩數人，定則定矣」呢，還是遵循今天的「大家怎麼唸，就怎麼唸」？比如說「滑稽」，現在大家都唸「huá jī」，沒有人唸「gǔ jī」，可是在古籍中，在《史記》裏，要把《滑稽列傳》唸成「gǔ jī liè zhuàn」，如果讀成「huá jī」說明你沒唸過《史記》，《史記》的注明明寫着唸「gu ji」，是入聲字。但

後來，我一看《晉書音》(這《晉書音》是唐朝人做的，沒有單行本，就在殿本《晉書》的後頭，我手頭的「二十四史」，《晉書》後頭附着這個音)，裏頭就有「滑」唸「huá」的注音，可見現在人「滑」也有根據，「滑」就唸「huá」，跟今天的普通話的音一個樣，你說到底是「gǔ jī」對還是「huá jī」對啊？看來它們都有根據：在古代，「gǔ jī」是對的，在今天，「huá jī」是對的；在古代，陸法言是對的，在今天，沈先生是對的。就是這個道理。

四聲反映的是古代的寫詩作文要求，在現代則與我們讀古書、整理古籍有關。比如《論語·述而》裏說「文莫吾猶人也」，清人普遍認為，這是一個訓詁問題，其實它也是一個音韻問題，在古代，「w」和「m」可以聲轉，「文莫」就是「黽勉」，「文莫吾猶人也」即「黽勉吾猶人也」：勤勤懇懇的我和人一個樣，其他的我有不如的。那麼像這種同音字，它本身有另一個解釋的含義，你要不懂音韻，你就沒法解釋這個字，這就是音韻對於整理古籍的作用和關係。現在，我不配說我懂得多少音韻知識，比如「國際音標」，我連怎麼畫符號都不太明白，有朋友給我做了一盤錄音帶，我學了半天，也沒記住，我腦子不好使，所以我就有些不配來談古音的專門問題。但是作為常識，作為古籍的普通東西，你要不了解它，就無法進行整理古籍這項工作，於是，不懂也得學。

王力先生是語言學的專家，是大師，他是廣西博白人，有一天，我對王力先生說：「我發現驢有四聲」，王先生說：「對，陸志韋先生就說過驢有四聲。」我問：「陸先生在什麼文章裏發表的這個觀點？」王力先生說：「陸先生他只是口頭說的，他發現驢叫有四聲。」我說：「我沒讀過他的這個觀點，我也不認識陸志韋先生，曾經見過他，但他站在台上，我在下面聽他講過話，我沒有跟他對過面。」王先生就說：「這顯然是一個暗合：你也有這個發現，他也有這個發現。」他又問我是怎麼發現這個現象的，

我說：驢叫喚時發出「嗯啊嗯啊」的聲音，「嗯」就是平聲，「啊」就是上聲，之後還要長嘶一聲，發降調的「啊」，這就是去聲，最後再打兩個響鼻，發出「特、特」的聲音，這就是入聲。我還對王力先生說，我發現在《世說新語》裏有兩個地方也講到了人學驢叫的故事。一個地方是王仲宣（王粲）死後，朋友來弔喪，大家都知道他活着時愛聽驢叫，就都對着靈堂學驢叫，學完了就走了。第二個地方是寫王武子，他是南朝人，比王粲晚了，但他活着的時候也是愛聽驢叫，有一位在弔唁他時也不寫什麼祭文，也不說什麼話，就對着靈堂學驢大叫一聲，學完了就走了。這兩個事毫無疑問在故事傳說裏是一個母題，一個故事傳說的時候名稱有點分歧，並不奇怪，奇怪的是，兩個人都姓王，可能這個事情是在一個姓王的身上發生，而傳說記下來，一個寫成王仲宣，一個寫成王武子。那麼為什麼那時候忽然就有許多人愛聽驢叫？就是他們在當時有意識地探索詩歌的聲律，最後是沈約等人發現了四聲的規律。梁武帝不懂什麼叫四聲，就問周顒，周顒告訴梁武帝說：「天子聖哲（平上去入）」，梁武帝還聽不懂，於是他始終就沒接受四聲。還有人舉一個例子，叫「燈盞柄曲」，說燈盞的把是彎的。柄，是濁聲，北方音現在一般讀上聲，可是在古代卻讀去聲。杜甫《乾元中寓居同谷縣作歌七首》有「長鑱長鑱白木柄，我生託子以為命」之句，說他自己扛着鋤頭去耕地，在長把的鋤頭上寄託他的性命。也就是他自己種出來的糧食，供他自己吃。那麼這個「柄」和「命」應同樣是去聲字，可見，唐朝人把它唸去聲。而今天北方音濁去聲變上聲，濁上聲變去聲，這已經成普通的現象。「天子聖哲」，「燈盞柄曲」，南朝人和唐朝人留下的這兩個例子，就是對平上去入的具體理解，而這與驢叫時發出的「嗯啊嗯啊」正好相合。

（張廷銀根據一九九八年七月二十八日的講課錄音整理）

三、標點與注釋

1. 標點。

陳垣校長有幾個論點，我們一直牢記在心上。他說：他寫好一篇文章，必須給三種人看，一個是給高於他的，一個跟他同等水平、同等學力的，一個是水平不如他的。所以他常把他還沒發表的論文稿子，拿給我們這些學生看，當然他也給他的一些老輩和他佩服的朋友看。他還說：做好的文章就像剛出鍋的饅頭，你不要拿起來立刻就吃，那樣吃，準會燙嘴。他說得很好，剛蒸出鍋的饅頭要涼一涼，讓它把熱氣消一消，然後再吃，這饅頭才合適，才不燙嘴。這就是說，你剛寫完的文章就發表，那樣你準後悔，拿不回來了，因為你最後發現裏頭潦草的、錯誤的、落了字的還有好多。你應該擱一擱，熱氣消失了，你再冷靜地看一看，至少在重看的時候感覺沒有錯字了，或者沒有要改的了，你再投出去。其實投出去了還得改，就是發表了之後，不見得就沒有再需要改的地方。他這話是語重心長地教導我們後學的很重要的事情，它的重點是說，一定要把寫成的文章拿給別人看。

有一次我的一位同門拿了一篇文字，說其中有幾句缺少句點，陳垣老先生聽了沒言語，而是把這篇東西又拿給我看，說某某人講有幾句應該加

句點，你認為如何。我瞧了瞧說，這是兩句詩。那位老兄把兩句詩當作散文，所以認為應該斷開。陳老師當時給我看時就說：你別告訴他，別當面駁他，你告訴我，我將來再告訴他。後來我又見着這位把兩句詩當成散文要加標點的老兄，我就說起來這件事，他說這一定是某某大哥某某先生幹的，我沒敢樂，其實出錯的就是他自己。自己出了錯，他自己居然還不知道。大概陳老師後來忘了，就一直也沒給那老兄說。

我還看到有上海出的一本陸游的《老學庵筆記》，它裏頭有一句是寫臨安藥鋪的招牌，招牌上面寫的是什麼堂什麼號專賣什麼地道生熟藥材，結果標點者給點成亂七八糟幾句話，後來我把我對這本書的修改意見，交給中華書局一位編輯看，說這個地方錯了，不知他給那個標點的人看了沒有。像這種明擺着的標點錯誤，真還不如不標點。不標點，你拿着原文讓人看，他看得懂就看，看不懂就不看，你加了標點，點錯了更麻煩，人家還不知到底是怎麼回事。還有上海出的《唐語林》裏把「抹胸」當「襪胸」，就是繁體簡體出錯，而且標點也出錯。

我還看見一本什麼書說唐朝考試，說的是作為小職員要考他的書、判、身、言。書，是寫字，看他寫得清楚不清楚；判，是判公文、批公文，看他說的話通不通，說得確切不確切；身，是這個人的身量，清朝還有大挑知縣，大挑知縣也看這個人的模樣、身材，比如這個人身材矮小，又有些殘疾，讓他做知縣，知縣要升堂審案，老百姓一瞧這個知縣先嗤笑，這個知縣就沒有威嚴了；言，是看他的言辭、談吐，如果這個人說話沒條理，或者有什麼口病、結巴，或者發音不準等，都不利於做黎民的官。唐朝要考書判身言這四門。我就看一個人標點時在「書判身」下來一槓（指人名號），成了這人叫「書判身」，「書判身言」就是叫書判身的人說。這樣標點還不如不標點。我曾經發現馬衡先生的《凡將齋金石叢稿》裏有一個地方，說：我借得一個人的書，借就用「假」字，真假的假去掉

單立人，這個字很像姓段的段，「叚」這個字就代替真假的「假」，真假的「假」又代替「借」，我跟人借了一本書，我假某人一本書。《凡將齋》裏把叚某人一本書的「叚」印成了「段」字，成了「段本書」，那就完全不是原來的意思了。後來又有一位先生點校陸游的《家世舊聞》，附錄了李盛鐸的一篇跋，其中有「門人傅沅叔從友人叚得景寫一帙見詒」這麼一句話，「叚」就是「假」，借的意思，「景」即是「影」，「叚得景寫一帙」就是借來了影印抄寫的一本，但這位先生點校時就在「叚得景」旁來一槓，成了這個人叫叚得景，這本書是叚得景的抄本。做標點的老先生是我的熟人，我告訴他您標點錯了，他趕緊表示，一定在再版時做修改。再版在今天非常方便，可在古代得多少時間才能再版一次。不過，儘管現在再版很方便，可是頭版五百本已經出去了，糾不回來了，你登報申明又有誰看，誰又會按報上申明的去改書中的標點呢？到時候後悔已經晚矣，至少那五百本沒有辦法了。就像這種字體的辨認，標點的錯誤，加人名號，有如藥鋪的招牌，搞錯了都成問題。現在說整理古籍很不容易。整理古籍得有絕對的多方面的常識，不是說專門學問你鑽研得多深多透，多有獨到見解，不是這個問題，而是要懂得常識。那些極其普通的問題，你要不懂就隨便來一槓，這就麻煩，「叚得景」、「書判身」，你到哪兒查都沒有這一條。

2. 注釋。

整理古籍頭一條是標點，第二條就是注釋。注釋比標點更難了。注釋是要把古代人說的那句話，用現代話加以注解。《史記》有三家注，集解、索隱、正義，《漢書》有顏師古注。為什麼三家注可以同時存在？為什麼有人不把幾家注合起來印在一塊兒？就像《水經注》有好幾家注，有人把它合刻。因為張三校認為甲字是乙字，李四又校丙字是丁字，第三個人又校甲字不是乙字，甲字是丙字，這樣多少家合起來校，合起來注。要說一

人一注不就行了？畢其功於一役，一次全解決了。如果一次不能解決，別人還得多次地注，這樣就很複雜了。所以說，注不是一個省事的事，像杜詩，有千家注杜，說千家有點誇張，意思是言其多。千家注杜最有意思，比如，後一個人說那一個人錯了，再看更後一個人，又說他注錯了。宋代人的注姑且不管是施顧注、黃鶴注，就是到了清朝初年，錢謙益注杜，他先委託他的老朋友朱鶴齡去注，但錢謙益看了不滿意，錢謙益又注，他覺得自己是權威，自己注解得一定很好，可他注完後，後人又駁他，說他的某某注某某注錯了。可見做學問、為人處世，是要十分謙虛謹慎的。有這麼一副對聯，孔子曾經說，「如有周公之才之美，使驕且吝，其餘不足觀也已」（《論語‧泰伯》），有人就根據這個意思，編成了一副對聯，下聯說：「才美如周公做不得半點驕」，一點驕傲心都不能有，你要知道今天我可以唬別人，唬完了後人，後人再唬我，那就無窮無盡了。我今天可以嘲笑、諷刺、駁斥別人，但我死後，別人駁我，我想回駁，都沒機會了。

你們說古代注書就十全十美嗎？恐怕不然。我聽過一位博覽古書的老師輩的老學者說，現在想找像顏師古那樣一個學者是很難的，這話一點也沒錯，在今天要找跟唐朝的顏師古一模一樣的人是不可能的，他注《漢書》，打楚漢之際的漢高祖起一直到西漢末年的事情都得解釋，這樣一個通達漢朝始末的人實在不多了。問題就在，顏師古注的有沒有錯，隨便翻看某一個問題，顏師古是怎麼注的，難道顏師古就注得十全十美，一個錯誤都沒有嗎？那為什麼《漢書》後來又有那麼多人給它作注呢？到王先謙作《漢書補注》，他把清朝人曾經對《漢書》注解發生的不同意見，不同的理解，不同的注釋，匯集到一起。這樣，王先謙《漢書補注》到今天還被認為是比較完整的東西。要是顏師古沒有一個錯字，那王先謙這個書還有什麼用呢？《史記》從前是三家注，集解、索隱、正義，要是一個人注都能解決，為什麼有三家一齊注？三家注之後，後來《史記》又有多少人

補注？到了今天，日本有一個人，這個人已故去，叫瀧川龜太郎，現在新印本叫瀧川資言，書名叫《史記會注考證》，中國也重新翻印了，可見它很實用，研究《史記》的人沒有不參考這部書的。要說《史記》三家注就叫匯注，三家注已十全十美了，那這位瀧川先生為什麼還要考證呢？在瀧川以前考證《史記》的有若干種書，他也是把它們蒐集到一塊，再下一個綜合的考證。如果某人一次注解就全解決問題，就用不着後人補注了。所以注釋對於我們今天了解古書是特別的有用，因為古代話已經過去，你怎麼能知道那麼多的詞義，如《經傳釋詞》講虛字的意義及用法，很有用，還有很多像後來的《古代語詞彙釋》等許多的書，都是專門解釋古書的語詞、虛字的。虛字到今天當什麼講，把它變成今天恰當的解釋很不容易。像王引之《經傳釋詞》，有許多的注解，我們後頭研究又增加多少？即使這樣，我們看每一條都準確無誤嗎？很難說。比如說詞、曲裏面有大量的民間口語，大家都知道《西廂記》「顛不啦見了萬千」，「顛不啦」是什麼？後來有人證明這是蒙古語，在元朝「顛不啦」就是「寶貝」，「哎呀！寶貝，我見了萬千個寶貝」，《西廂記》裏有這句話。現代人就對「顛不啦見了萬千」沒辦法。有一位叫張相的作了《詩詞曲語辭匯釋》，這個了不起，他把這種同類的詞彙比較，先看原文，看它在上下文的意義，然後再加以解釋，這個詞當什麼講，由於這個緣故，很多很多的古代詞彙在今天得到解釋，因為詩詞曲許多都是口語，古書查不到，沒處查。因此張相是很了不起的。我以前注過《紅樓夢》，跟幾個朋友一塊注，注了之後，有一句話「不當家嘩啦地」，我注時就認為，既然說不當家，那就是「不了解情況」，差不多就這個意思。後來看見明朝劉侗《帝京景物略》「不當家」就是「不應當」，「家」語尾詞，「不當家」即「你不應當這麼做啊」，就這個意思。我小時候總聽大人說「踩門檻，不好家」。我就問：「什麼叫不好家？」大人就說：「不好家就是不好家，不要問為什麼，沒理由。」現在看來，「不

好家」就跟「不當家」一樣，是「不應當」的意思。那「嘩啦地」什麼意思？有的本子是「不當家嘩啦子」，「不當家嘩啦啦」，「嘩啦」是後頭加的語氣詞餘尾，就是「不應當啊」。《紅樓夢》這一條到後來我才改了，「不當家」就是「不應當啊」。

古代的詞語不好注釋，現代的生活，現代的習慣，準都能注解得很準確嗎？現代的詞語也不好注釋。而且越是現代口語越是難注，越難找一個確切的注解。有些人學北京口音，北京的詞彙有兩個特點，一個是輕音，我的一位朋友名字叫張洵如（張德澤），他是故宮博物院文獻館的成員，後來是人民大學研究檔案的專家。張洵如先生有一本書《北京話輕聲詞彙》，專講輕音，比如喝茶，北京東城人喜歡說「茶葉」，「我買一斤茶葉」。而西城的人有一種口語習慣，把「葉」字輕讀，如西城有一個胡同叫茶葉胡同，沒有一個人說「茶葉胡同」把重音放在「葉」字上頭，而把重音放在「茶」上，「葉」是輕音。這是讀音的問題。還有一個是兒化音。我小時候是在京西易縣長大的，花的錢有銅圓，銅子，一枚代表一個錢，還有一枚大的錢代表兩枚銅圓，一個大銅圓叫「一個大子兒」，北京人說「一個大子兒」，「兒」縮到「子」裏頭，「子」成為兒化的子音，在易縣就說「一塊大銅子兒」，他把這個話坐實了，唸「一、個、銅、子、兒」。這個讀音如果換一個地方就不懂了。在成都，從明朝的蜀王住在成都，已經把北京音帶到成都一部分地區。清朝駐防成都的將軍所住的一個地方叫「少城」，六三年我在「少城博物館」鑒定文物，就知道那一帶的情形，少城已經能影響成都的語言習慣，成都的兒化音多極了，他就直接把兒化音融入前一個字裏，這種例子多得很。這就證明古今音，不用多古，就是現在離那時候百八十年的事情，就出現這麼大的區別。

我覺得整理古籍，古代語言固然不好懂，現代語言變化更快。古代語言常常可以流傳幾代人。新中國成立後，就這五十年，北京小孩說話就變

了好些，比如在解放初有一個詞，小孩們就經常互相說：一個小孩功課不好，或者某一件事情操作不好，另一個小孩過來就說：「你真柴」，「還在這兒柴呢」，又學了一句俄語，有什麼柴德洛夫斯基，於是就出現了「你真柴德洛夫斯基」，這正跟那「不當家嘩啦地」一個樣。剛才說的這話，又是口語又是諺語，諺語就是俗話。此外，還有成語，如不說你怎麼死心眼，而說你怎麼「刻舟求劍」，又如你怎麼「葉公好龍」，「真龍下世你就不認得」，諸如此類。我常跟年輕人說，最好有那麼一個時期書店裏突然出現一大批成語詞典，不是一個人編的，不是一個書局出版的，成語詞典都是四個字一句，像刻舟求劍、葉公好龍、杯弓蛇影等。我勸人經常看看成語詞典，對寫文言，讀文言都有好處，文言文裏有許多這種事情。許多成語裏都有典故，成語的來源往往就是一個故事，把這個故事壓縮了，就成一個成語，然後借用。還有一種情況是借用一句話，如果那個人不懂得借用這句話的來源，就會發生很大的誤會，現在還有很多這種情況。比如前些年，像我這樣階級、思想和行為處處受批判的人上講台講些古書，講古典文學，甚至講幾句不相干的話，下面就有人說你又在這兒「放毒」。這個「放毒」兩字是在特定的時代、特定的語境，針對特定身份的人所說的，這是已成過去時間裏的常用語，現在這個詞彙已不大用了。可是我們經過那個時候的人還常借用這個話互相開玩笑。比如，我在這講話，一個朋友進來開玩笑說：你又在這放毒。這很自然，我們兩個人同時經過什麼叫「放毒」的時間階段，說這話不奇怪。但是如果遇到沒經過那個階段的人，不知道那個情況，沒受過這種責備，對他說：「你為什麼放毒？」或者有一個人那個時候在外國，現在聽這話會覺得：我怎麼放毒？我用什麼方法？裝什麼毒藥？這就出現許多誤會。像小孩說話「你真柴」，我們知道很肥的雞叫「肉雞」，肉很老的雞叫「柴雞」。「你真柴」，小孩又不是雞，又不吃他的肉，為什麼叫「柴」呢？這就麻煩了。成語、借用語，那

時的成語現在互相借用為今天開玩笑的話。在今天的語言中就如此複雜，你用它來注解古人的書就有如此的困難。

還有一個問題，叫今譯，比如用今天的話來譯《三國演義》。《三國演義》不管誰編的誰作的，總之是根據陳壽的《三國志》及裴松之注來的，如諸葛亮空城計，就見於裴松之注引的《郭沖三事》。《三國演義》大部分是白話，是口語，是元明之間的白話，但那時的白話跟今天的白話比起來，還有點古雅的滋味。還有原封不動由《三國演義》原文中引下的白話，為什麼原文的白話不翻呢，毛宗崗覺得當時淺近的文言在口語裏可能還活着，用不着翻。我們現在還有很多口語活着。如我要錄音，「之所以錄音是因為寫字麻煩，口說方便」。「之所以」就分明是古詞古語，或「其所以」，「其所以」用得不多，現在「弘揚」在口語裏、文件裏都很常見，「弘揚」本是佛教常用語，現在還說「弘揚祖國文化」，「弘揚炎黃文化」。若問「弘揚」是文言還是口語？大家一定說是口語。現在是來源於口語，往前推它是文言詞。現在的今譯就存在着許多的問題。有朋友讓我編一套今譯書，今譯《史記》《漢書》《三國志》，這都好辦，但今譯李清照的詞，今譯唐詩，我就遇到了困難，李清照的詞怎麼譯？有的詞句不譯還好，一今譯真不知道說什麼。如唐詩「松下問童子，言師採藥去」。第一句沒主語，賓語也不全，全句不完備，誰在松樹下問童子？問什麼內容？應該是：「我在松樹下問童子，你師傅呢？」童子所說的「師傅」又有問題，是他教書的師傅，還是和尚老道的師傅，但從「言師採藥去」這個敘述可以推斷出這師傅是老道，他認得藥，到山裏採藥去了。接着又省略了這樣意思：你的師傅上哪個山，在什麼地方？你找得着嗎？然後童子才回答道：「只在此山中」，這句又沒主語，是他的師傅只在這個山裏頭。「雲深不知處」，山裏的雲霧很深，不知道師傅在哪裏，這裏又省略了「師傅」。要是詳細譯全了，這首詩沒法看了，全是廢話。「床前明月光，疑是地上

霜。舉頭望明月，低頭思故鄉。」這詩句誰都能懂，誰都可以懂。我偏說不懂，「床前明月光」，誰的床前頭有明月光，這人是在露天還是在屋裏，在屋裏，月光能照進來嗎？月光從窗戶照到我的床前，這就費事大了。看見月光幹嘛要想故鄉？這些今譯就很難了。李清照的詞「獨自怎生得黑」，好難譯。李清照獨自在屋裏沒點燈，感覺屋裏很暗，有很孤獨的感覺。「獨自怎生得黑」，我獨自一人「怎生黑」，「怎」，怎麼，「生」不是生來、天生，「怎生」是副詞，我怎麼感覺那麼黑呀，「生」又不等於「那麼」。像這種今譯是「可憐無補費精神」。現在的人縱使學富五車，才高八斗，不用說得了博士學位，就是做了幾期博士後，不管他有多大學問，今譯都不是很容易的事。今譯不容易，並且古代許多詞在今天翻譯很難恰如其分地表現說話人當時的口氣精神。在五十年代，有一位搞古代史的人，講謝安淝水之戰。謝玄在前線打了勝仗，軍報來了，謝安正跟對手下棋，軍報來到手，謝安「但攝放床上，了無喜色」，拿過軍報擱在床上，可能是寬床，就擱在手邊，了無喜色，照舊繼續下棋，這樣對手緊張了，知道前方有軍報來，但不知道勝敗，結果他輸了。平常下棋對手準贏謝安，這天他緊張，謝安贏了。然後謝安下床，穿上有兩個齒的木屐，他「過戶限」，過門檻，「不覺屐齒之折」，不由得把木屐立着的木片踢折了，為什麼？謝安真高興啊，人問到底怎麼樣，謝安說「小兒輩遂已破賊」。這位學者講成謝安接到軍報大吃一驚，過門檻時摔掉了門牙。屐齒是木屐立的木頭片，他不是嚇一跳，是高興，雖然表面很沉得住氣，還贏了棋，但走過戶限時還是踢斷了木屐齒，說明謝安按捺不住的高興。這不是今譯，只是解釋，但解釋居然能出這樣的錯誤。所以說今譯不是一件容易的事情。

今譯還要注意各個地方、各個民族的一些習慣的特殊用語。清朝把滿語用漢字寫出來，這種情形很多，比如「福晉」，在電影裏演清朝的故事片，故事是編劇編的，演清朝宮廷歷史，但他們不知「福晉」的準確讀

音。「福晉」不能讀「福晉」，當時的用語叫「夫巾」，兩字都是平聲字，不是陽平的「福」，也不是去聲的「晉」，電視裏竟然讀作「dà·fú·jìn·」。有人問：你看清朝的電視片嗎？我說「我不看」。「福晉」即漢語的「夫人」，東北的少數民族如滿族人，學漢語發不出這個音，「夫人」，滿人的發音為「夫巾」。到清朝，特別是乾隆時，想把這些字、詞彙寫得古雅一些，就把這個詞寫成「福晉」，但是從當時一直到清朝末年，凡是懂得這個詞的意思的沒有說成「福晉」的，都說「夫巾」。可編劇的人就看見書上寫這兩字，就唸成「福晉」。再比如「將軍」，這也是漢語，武官叫將軍，清朝滿族人也不會唸「將軍」，就唸成「zhāi yin」，寫成「章京」。「章京」兩字跟「將軍」差遠了，某某將軍固然是用「將軍」，不能用「章京」，一般的小官就叫「章京」，如軍機處章京。事實上這兩個詞本身是一個來源，用的時候某某將軍就寫「將軍」，軍機處中等以下的職員就叫「章京」。還有許多職員對長官自稱「章京」(zhāi yin)，這是「卑職」的意思。「將軍」兩個字的譯音有三種用法，現在電視劇裏就叫「章京」，你聽着特別不舒服。這只是讀音的問題，而且也不是古今音，不過是二百多年以來還活着的音，還沒有完全死亡的音。當時滿人不會說漢語，只好按滿語的發音來唸，結果翻譯成漢字，又寫成古雅的漢字，把古雅的漢字當作當時口語的音，這中間繞了多少彎，結果還是出錯了。現在看這些還不到二百年的文獻，就出現了這些事。

目錄、版本、校勘、文字、音韻等比較而言，版本是已經擺在那的情況，是已經出現和存在的現象。古寫本從甲骨、木簡，到宋版等，都是已經過去的產物，它已經是成品了，是死的東西擺在那兒，問題只在於後人怎麼去利用它。你現在要編輯整理，就需要知道應選擇什麼版本，哪部書今天有用，這是目錄問題；哪個本子做底本，哪個本子值得重印，重印時就需要校勘，校勘是屬於還在活動的內容。校勘涉及制度，校勘這個字

為什麼錯成那個樣，為什麼用那個字，很多都屬於制度問題，當時朝章國典有什麼意義，為什麼要用這個字，民間習慣、生活範圍，某一個地區為什麼用那個詞來表現某項生活，這個也是制度問題。古代書它為什麼那樣印，大到朝章國典，小到具體的這種書為什麼印成這個字，都值得我們重視。用字也有問題，我有一個很好的朋友，他不但是版本學家、圖書館學家，還校勘了許多古籍。古書有「衍」字、「奪」字，在古代校勘學上，「衍」「奪」是專有名詞，「衍」是多出來，「奪」是丟了、落掉了的字。我這位朋友他整個用反了，多一個字，他寫「奪」，少一個字，他反而寫「衍」。這位在專門學問上是老前輩，是在外國考察過多個圖書館的，結果就在他一部分校勘箚記裏出現了這個問題，可是他現在已經故去了，怎麼辦？看起來，沒有任何一個人在筆下、口中、行動上沒有一點失誤，這是不可能的。這就是說校勘不是那麼容易。這裏面涉及的，第一是制度，制度涉及一個字的用法。其他是古今文字的變化。甲骨上的字，金文裏的字，行、草、楷以至到今天簡化字與異體字，都有許多複雜的問題。還有聲韻問題，要研究古書與聲韻有什麼關係。古書同音同韻的字就互相假借着來用，這樣的多極了，直到今天，今天聲韻上還有許多的這樣的假借字。在規範字和異體字這個問題中，就有若干是屬於形近的、音同的、韻同的，這樣假借的情形非常的多。不是說要求整理者在語音上辨別很細微，而是說要知道這些習慣的用法。

我們誰能保證在校勘整理古書時，都那麼準確？這是不可能的。誰要說我全都知道，那就證明他全不知道。文字以及生活中的許多問題，如果不了解當時的情況，就會出錯，鬧笑話。這種情況在現在的電視劇裏也存在，清朝頭髮是腦袋中間留一個圓餅，頭髮長長了，梳一個辮子垂下來，四周圍全剃掉。這是清朝的制度和民族習慣。像遼金人是留兩邊，左右兩個圓餅，之外的頭髮全剃掉，梳下來是兩條辮子。電視劇裏滿台走的

這些人只是把前面耳朵以上的頭髮剃一個半圓形，後面全留着，我看着就感覺很彆扭，為什麼？死人躺在床上找理髮的人理髮，只把前頭剃了，因為不能把死人搬起來剃後面的頭髮，這樣美其名曰「留後」。「留後」意思雙關，既包含留下後面的頭髮，還包含留他的後代。其實這個詞古代早就有，一個節度使下台了，有一個人接着這個節度使臨時辦事，這叫「留後」，即留着辦理他走後的事情，所以，「留後」也成了唐朝的官名。這個詞到後來就成了留他的後代，讓他後代有人，這是民間口語。到清朝，人死後，把頭髮剃半圈，後頭的頭髮不能剃，也美其名曰「留後」。可是滿台都能跑的活人後頭都留着頭髮，我看這樣的情形很難受，就像滿台跑死人，很彆扭。可現在有許多人不了解清朝的歷史，把這些歷史故事影片當歷史看。有一個演劉羅鍋的電視劇《宰相劉羅鍋》，他在片前寫上「不是歷史」，怕人們認為是寫真實歷史，就告訴觀眾這不是歷史。可見編歷史劇本的人也意識到很多人把歷史故事影片當歷史看，因為影片裏面有許多浪漫主義、隨意編造的東西。這就說明和我們最接近的時代，在制度、文字、讀音上也會出現很多問題，所以整理古籍就有這些複雜問題需要注意。二百年以內的事情，一直到八十六年以前（指 1911 年）還活着的、實用着的事情尚且如此，要說對古書完全能夠了解，這是很困難的。

張相寫過《詩詞曲語辭匯釋》，就能說他對宋金元明清詩詞曲的注解都對嗎？他只是考證比較得出這個結果而已。不管任何人，他有天大的學問，也有失誤差錯的問題。那麼你今天整理古籍、注解古籍就能保證毫無錯誤嗎？你一人錯問題不大，但寫成書就不同了。著作一印就是幾千本。從前木版印刷，刷一次能刷二十部就不錯了，但在今天，第一版就印幾千本也不算多。我有一個小冊子，第一次印一萬本，第二次三萬五千本，但我的書裏有錯，不但有錯字，還有我底稿寫錯了的，這三萬五千本想收回修改，很難很難，就算我現在還是中年，我也沒這力量，不可能修改了。

前些年流行説「流毒甚廣」，這真是寫一個錯字要想不發生影響，是很難的，想收回也是很難的。

現在看來，我從前提到的「擇善而從，不出校記」這八個字非常可怕。有人刻書時，把錯的都刻上了，人家不以為是他刻錯了，反而以為原書就錯了。因為他是名人，他是學者，甚至是大官，大官刻的書怎麼會錯呢。於是把錯誤都推到原作者身上，從而降低了原書的質量和信譽。其實哪個大官有時間一個一個摳字眼，他僱一些幕僚、文人幫他做，最後署上他的名字。大夥一看，這是某某大官，他有學問，他有功名，他刻的書當然沒錯。我曾在一篇文章中說過：庸醫殺人是人都知道，你吃他的藥送命是你自找的，比起來，名醫殺人最可怕，因為他有名，他給人看病，要是吃錯了藥，送了命，就實在很冤枉——因為那個大夫非常有名啊。既然有名，就該醫術高明。事實上，哪個有名的名醫沒治錯過病呢，因為他的知識就停留在他看過的範圍，他沒遇到過的病，他不了解的不熟悉的病，甲病當乙病來開方子的事有沒有？準有。雖然我舉不出例子，這種事肯定多得很。所以庸醫殺人容易看到，而名醫殺人最可怕。在今天有若干專家，不管你承不承認，他自己也認為自己是專家，這樣的人其實有時就很危險。清代陸心源《儀顧堂題跋》卷一《六經雅言圖辨跋》中，針對明人妄改亂刻古書，說過這樣的話：「明人書帕本，大抵如是，所謂刻書而書亡者也。」他的意思是說，有些書不刻還好，一刻，這書就完了。因為那錯字沒法改，你不知道正確的字是什麼。所以現在「擇善而從，不出校記」這八個字很可怕。因為有專家校勘，都「擇」了「善」而「從」了，他選的那個字最善、最好、最正確，沒有人懷疑那個字是錯，所以就出現了在「段得景」底下來一槓和在「書判身」下面打上人名號的情況，這都很可怕。

總的說來，我講這麼多，意思就是說，古籍整理，這個題目太厲害了。古籍整理，要把古書拿來，選擇什麼版本，做什麼樣的校勘，以至於

校勘之後還得加注釋，注釋中用的語言和引的事跡，還是不是那個書裏的內容等問題，都非常重要。還有校勘，你主觀武斷地「擇善而從，不出校記」，把錯的當作善的，也是不行的。「擇善而從，不出校記」這八個字是很重要的，不能隨便下的。整理實踐有許多方面，文字的、制度的、聲韻的。比如「蘭亭已矣」——蘭亭已經完了，「梓澤丘墟」——西晉石崇的金谷園已經成為丘墟，「已矣」是雙聲字，「丘墟」也是雙聲字。再如「酒債尋常隨處有，人生七十古來稀」，「尋常」不是我們今天說的平常的意思，他借用的就是實際的數字，是八尺為尋，倍尋為常；「人生七十古來稀」，「七」和「十」也是具體的數字。都不是用不相干的字來做對仗。說聲韻，還附帶有對偶的問題。聲調有關係，對偶有關係，古書裏許多都是駢體文，有上句，有下句，都是對偶，你若不了解對偶，標點古書也能出錯誤。制度、文字、聲調、對偶，包括標點、斷句、今譯等，這些問題為什麼要講，就是告訴年輕的同學們要注意這些問題。你既然要做這方面的學問，也就預備做這方面的工作，只有誇誇其談的大堆的理論，那不行，要實際面對大量的語言，古代語言、經典語言、諺語、成語、俗語、典故語等，這很費事，真正得廣博，並且還要有恰合實際的理解。現在來解決古代文獻中的問題，要想讓它恰如其分，幾方面都得符合，雖然非常不容易，但它總有一個正確的解釋。注解古書，校勘古書，選擇哪個字，為什麼，除了它的音，它的對偶，還有虛字當實字用，就像「丘墟」對「已矣」，「尋常」對「七十」等，這些要是不了解就麻煩了。古籍整理，寫起來四個字，做起來恐怕是非常不容易的事情。

（張廷銀根據一九九八年七月三十日的講課錄音整理）

其他

一、清代學術問題私見

從歷史的記載和文獻上看，清代的統治有很成功的地方，也有不成功的地方。就清朝的政治、文化、教育來說，起初一段還是不錯的。剛剛開始時，他們對（關內）中原的情況還不是很了解，就重用了明朝降清的大臣，這些人了解明朝末年政治的措施，知道哪個有用，哪個沒用，哪個好，哪個壞。所以，清朝初年的政治是在明朝的基礎上進行的，明朝的遺民，明朝的文人、官僚、學者，都斥罵那些降清的人，對他們的行為不贊成，但清朝卻重用他們，因為他們知道明朝政治措施的好處與壞處。最初清朝都是繼續沿着明朝的路子走，當然也修改了明朝許多不利於清朝統治的地方。這樣，到了康熙年間，就達到了最佳的階段。

一般常說，清朝盛世是康雍乾三朝，其實這三朝很不一樣。清初的國家大事由多爾袞主持，後來是順治的生母孝莊文皇后主政。孝莊文皇后很有頭腦，她先輔佐順治帝，與多爾袞不和，多爾袞逃到了漠北即外蒙古，並死在了那裏。順治皇帝壽命很短，在位沒幾天[1]。他有兩個兒子，一個沒

1　編輯注，多爾袞逃到外蒙古一節，不知出自何書。依據《清史稿》本傳等慣常說法，多爾袞是死在離北京不遠的河北。而且是病死，非失勢逃亡。順治帝在位十八年，親政也有數年。此處或有疑義，請讀者稍留意。

出過痘，一個出過痘。當時對天花沒辦法，所以規定只有出了天花的人才能繼承皇位。康熙出過天花，所以就做了皇帝，但很多事情都是由其祖母幫助的。康熙的兒子很多，先立胤礽為太子，不久又廢了，廢了之後又立，於是弟兄之間為了皇位互相爭鬥，最後是雍正爭得了皇位。雍正在位也結合實際，做了一些改革的事情，比如實行養廉銀子，用銀子來培養廉潔。但該貪污的照樣貪污，該腐敗的還是腐敗。雍正很害怕他的弟兄間的結黨營私，就顧不了別的什麼，把精力用在了排擠弟兄的爭奪上，在這方面費了很大的心思。到乾隆，又是一種情況，下面再說。因此，現在回過頭來看，比較而言，康熙的統治應該是最成功的。

我們先從春秋戰國的事情說起。那時的諸侯有做得好的，有做得不好的。比如春秋五霸之一的齊桓公，就是最成功的，其中原因之一便是他重用了管仲，管仲幫他「九合諸侯，一匡天下」，大家都擁護他，服從他。管仲臨死時，齊桓公就問他，誰可以繼承，齊桓公提了易牙、豎刁（中華書局版《二十四史》作「刀」）、開方，管仲認為都不行，最後用了鮑叔。有了鮑叔，齊桓公還可維持一段。齊桓公的兒子爭奪王位，齊桓公自己則自殺了。他用一條繩子將自己勒死，屍體上的蟲子都從窗戶裏爬了出來。齊桓公那麼大的本事，結果卻落了這樣的下場。可見，他離了管仲就是不行。不過，管仲以經濟實力來使其他國家服從齊國，「九合諸侯，不以兵居」，而對於教育文化問題仍然沒能夠解決，老百姓沒有文化，無法學習，文化都掌握在上層貴族手裏。孔子教了許多學生，號稱「三千門弟子」，「七十二賢人」，可是這些學生都是高官大族的子弟，孔子甚至連自己的兒子都沒有教過，《論語·季氏》云：陳亢問於伯魚曰：「子亦有異聞乎？」對曰：「未也。嘗獨立，鯉趨而過庭。曰：『學詩乎？』曰：『未也。』曰：『不學詩，無以言。』鯉退而學詩。他日又獨立，鯉趨而過庭。曰：『學禮乎？』對曰：『未也。』『不學禮，無以立。』鯉退而學禮。聞斯二者。」

陳亢退而喜曰：「問一得三：聞詩，聞禮，又聞君子之遠其子也。」為什麼孔子連自己的兒子都沒有教過，我們不知道。君子遠其子，又有什麼可以佩服的呢？那時候，地方小，人數也少，諸侯問孔子如何搞好國家的政治，孔子回答說：「政者，正也，子帥以正，孰敢不正。」說只要你自己正直了，老百姓就自然正直了，這話跟空的一樣。那時候只有竹簡帛書，沒有書可唸，老百姓更無書可讀。孔子到底怎麼教學生，教什麼書，現在不得而知。《詩經》有 305 篇，之外又失佚了 6 篇。晉文公逃亡回來，與舅犯賦《河水》，一直以為這首詩亡佚了，但上海博物館從香港買回的古書竹簡中，就有一篇是《河水》。可見，古書遺失的很多。即便孔子給學生教過《詩經》，講了詩的意思，但是，離人的真正的生活如何，如何按照詩的本來的精神來學，也沒有交代。孔子是萬世師表，可他怎麼教學生，現在不清楚。

歷來各代的皇帝，不管他是政治清明的，還是胡作非為的，沒有一個寫出來他的文教政策應該是什麼，應該怎麼教導青年人學習。「子帥以正，孰敢不正」，這話等於沒說，後來的帝王做得正派的是那麼回事，做得不好的也是那麼回事，結果真正的文化政策、與教育有關的政策，還是沒有找出來。只有到了漢武帝，才提出了「罷黜百家，獨尊儒術」的政策。漢武帝所謂的「獨尊儒術」，當時也只有一部《論語》，中央密藏的許多圖書當時都是堆在一起的，到了西漢晚期劉向才整理出了一些，如《小戴禮記》《公羊春秋》等。《公羊春秋》有何休的注，董仲舒給它加了一些解釋，做了《春秋繁露》，書中有許多奇形怪狀的話。漢武帝讓老百姓讀《孝經》，《孝經》跟《小戴禮記》中的一些內容很像，我個人認為，它與《論語》裏曾子晚年說的話有聯繫，可以說就是由《論語》裏孔子與曾子談話演繹出來的書。而《大學》《中庸》則是《小戴禮記》裏的兩篇，與孔子沒有什麼關係，《孝經》也是這一類東西。但漢武帝卻明確說他要

用《公羊春秋》來治國教民，作為古代皇帝，明確地説用一部書來教育人民，算是一個劃時代的舉動。不過，還很不夠，因為《春秋繁露》説的許多話很渺茫。僅僅聽憑一個董仲舒，依靠《公羊傳》，那還是不行的。到了劉向、劉歆把古書重新挖掘編排出來，這就是《漢書‧藝文志》裏的那些書。劉歆在中祕古書中看到了《左傳》，認為了不起，於是就建議將《左傳》列入學官，正式給學生開一門課，並和太常博士發生爭論，寫了一篇《移書讓太常博士》，被《昭明文選》選入。劉歆認為，《左傳》比《公羊》和《穀梁》詳細多了，姑且不論《左傳》是誰做的，但它作為史料，是古代一部比較原始的書。有人認為《左傳》是《春秋》的內傳，《國語》是《春秋》的外傳，我以為並沒有什麼根據。大家都把它説得非常神祕，認為都與孔子有關，其實靠不住。

再回到本題上來。那麼，漢武帝「罷黜百家，獨尊儒術」成功了沒有？並沒有成功，因為他用《春秋繁露》那一套東西，用何休的解詁，這也不成其為有系統的理論。讓大家唸《孝經》，説「仲尼居，曾子侍」，就果然有什麼效果嗎？《孝經》中「開宗明義章第一」、「天子章第二」……這種分章節帶題目的做法，是很晚才有的事情。佛教《金剛經》中的「法慧因由分章第一」等，這是昭明太子編輯時才出現的。漢武帝「罷黜百家，獨尊儒術」實際上是很狹窄、很淺近的，「罷黜百家」倒是做到了，但「獨尊儒術」卻沒有做到，他並沒有把儒術尊到哪裏。歷代皇帝中，真正對尊重儒術做得比較好的，我認為是清朝的康熙皇帝。

1952 年，周總理在懷仁堂給各高校的知識分子作報告，他説：我們很感謝清朝康雍乾三朝，我們原來沒有這麼大的領土，西北、西藏和中央政府在以前都僅僅是維繫一種關係而已，到清朝初年，西北西藏全都歸屬中央。中國領土最大的時期，是康雍乾三朝。總理的話很有道理。（整理者按：周恩來 1961 年 6 月 10 日在接見嵯峨浩、溥傑、溥儀等人的談話中説：

「清朝是中國最後一個王朝，它做了許多壞事，所以滅亡了。但也做了幾件好事：第一件，把中國許多兄弟民族聯在一起，把中國的版圖確定下來了，九百多萬平方公里⋯⋯第三件，清朝同時採用滿文和漢文，使兩種文化逐漸融合接近，促進了中國文化的發展。清朝在確定版圖、增加人口、發展文化這三方面做了好事。康熙懂得天文、地理、數學，很有學問。俄國彼得大帝和康熙是同時代的人，因為俄國地處歐洲，手工業比較發達，他汲取了西歐的經驗，發展了工商業。中國當時封建經濟的統治比較穩固，工商業不發達，康熙只致力於發展封建文化。」）此見於《周恩來選集》（下），人民出版社 1984 年 11 月，第 320 頁；另《周恩來選集》（下）第 59～71 頁，還收錄了 1951 年 9 月 29 日在北京、天津高等學校教師學習會上講的《關於知識分子的改造問題》，但沒有涉及講座中所講的內容。清初不用武力，而使國家疆土最大，這主要是康熙的功勞[1]。

不僅如此，康熙時的文教政策也很成功。康熙並不像漢武帝那樣提倡「獨尊儒術」，他也不特別提出什麼儒術不儒術的問題。漢武帝提出「獨尊儒術」，可他自己卻最信仰方士，還是求神仙。《史記·封禪書》就記載了許多這樣的事情。有人把一部天書塞到牛肚裏，把牛宰了，就說牛肚裏出了天書。現在拿這事來哄小孩，小孩也不一定相信，漢武帝卻相信這一套。他也怕巫蠱。他的兒子戾太子詛咒他，盼他早死，他就把兒子殺了。康熙就沒有這樣的事。他那時也有宗教，但既不是佛教，也不是道教，而是薩滿教。大約是每月一次或兩次，進行一種祭祀儀式。有一本書叫《滿洲祭天祭神典禮》，記錄了清朝祭祀的具體過程。其實就是清朝在關外即後金國時期的祭祀活動。清朝初期稱後金，但由於明朝人對後金很仇恨，

1　編輯注：康熙朝平三藩、攻台灣、與準噶爾作戰，都是使用武力。此處或有疑義，請讀者稍留意。

只好改稱為「大清」。「大清」之「大」，並不是大小之「大」，就像大不列顛共和國，有「偉大」之意。大清是滿語的音譯，原來是什麼意思，我也不太明白。康熙在坤寧宮祭神，將滿漢大臣都召集來，讓他們在此吃肉。為什麼讓大家一齊來吃肉呢？就是想讓他們看看皇帝祭神並沒有什麼祕密。

清朝初年，康熙為了招攬有學問的漢人，就開科招考，這就是有名的己未詞科。清朝人秦瀛曾編過《己未詞科錄》一書，記載此事。在這次科考中，最突出的有兩人，一個是毛奇齡，一個是朱彝尊。這兩個人都曾經抗擊過清，在民間組織抗清武裝。在己未科舉中，毛奇齡考中，被授予翰林院檢討。朱彝尊抗過清，又是明朝的宗室後裔，因此他考中後，起先有人主張只授予翰林院的待詔、典史等閒職小官，康熙堅決不同意，要求一定正式收錄他，給他一個翰林院檢討的職位。朱彝尊在他的家書中，對此事有記載。後來，朱彝尊又到了南書房，離皇帝非常近。可見，康熙對朱彝尊是非常重用的，並不因為他是明朝的遺民，抗擊過清朝，就遺棄他，或加害他。李光地在「三藩之亂」時，被康熙派往福建刺探耿精忠的情況，他卻投降了耿精忠，輿論一時嘩然。可是，李光地死後，康熙卻賜他一個諡號，叫「李文貞公」，人們這才明白李光地是受康熙的指派，有意去投降耿精忠的。這說明康熙對投降的問題，自有他的看法。

宋朝的儒學有程朱理學，到明朝又發展為王陽明的心學。康熙也不管什麼程朱理學或王學，他只用朱熹注釋的「四書」來作為科考的教材。科舉的題目都是出自「四書」。有地位的人家的子弟，可以靠祖上的權勢，取得蔭生的資格，沒地位的人家的子弟只能通過科舉取得做官的資格。

金朝人很推尊孔子，唸「四書」，做八股，清朝沿用了這種做法。朱熹的理學在南宋被作為偽學而遭到禁止，他自己很害怕，在屋裏來回轉了好長時間，最後下定決心，說：自古聖人還沒有被殺的。這話說得太可笑

了，世上哪有自己稱自己為聖人的道理。其實，朱熹之所以這樣，大概是他已聽到什麼消息，知道政府對他的政策已經放鬆了。朱熹尊孔子，但給「四書」做注時卻把《論語》放到了第三篇，這是因為程頤給宋仁宗上課，宋仁宗手書《大學》和《中庸》，分賜給大臣，有了皇帝的這個舉動，朱熹就把《大學》《中庸》放到了《論語》之前。有人對康熙講王守仁如何如何，程朱又如何如何，但康熙全不理會這些，他只規定用「四書」做科舉的題目。為了表示實際上的尊孔，他還親自到孔林去祭孔，並封他為「大成至聖文宣先師」。因為古代拜師不拜王，在康熙的心目中，孔子是一個宗師，所以就完全可以接受皇帝的祭拜。後來，康熙又去拜明孝陵，明朝的遺民們於是紛紛上謝表，對康熙積極地擁護起來。康熙卻回答說：我拜明孝陵，只是崇敬他的政治功績，而你們崇拜則完全是站在比較狹隘的民族立場上。那些恭維康熙的人反倒落了個尷尬，但從心裏對康熙更信服了。

康熙腦子裏沒有什麼框框，很開通地拜了一回明孝陵，於是他的一切政策就很順利地推行開了。黃宗羲、顧炎武是明朝的遺民，黃宗羲是劉宗周（劉念台）的學生，劉念台絕食而亡，黃宗羲卻歸順了清朝；顧炎武的《日知錄》總結了明朝治國的經驗教訓，都被康熙所吸收。顧炎武的三個外甥也很受康熙的重用。顧炎武認為理學空談性理，對社會無用。理學實際上結合了道教、佛教甚至禪宗的許多東西，如朱熹所說的「半日靜坐，半日讀書」以及流傳的「程門立雪」的故事，就和禪宗很有關係，是從夷狄之學那裏借來的。顧炎武就批判這種理學，認為只有經學才是真正的儒學，他在《與施愚山書》中說：「理學之名，自宋人始有之，古之所謂理學者，經學也。」舉起了漢學的大旗，批判程朱的宋學。之後閻若璩、胡渭等研究《尚書》的學者，都是用一種經書，來表明自己是漢學或是宋學。西方的學說在明代就已經傳入中國，徐光啟翻譯了《幾何原理》等西

方著作，但明朝皇帝中信奉西教的只有崇禎皇帝，他為此把皇宮裏所有的佛教神像都撤換了。康熙不僅學習西方的學説，還寫了《幾暇格物篇》，這就是他學習西方學説的筆記。康熙學習西方學術主要是通過南懷仁，他用滿文拼外文，幫助康熙學習外語。他讓一般人讀「四書」，參加科舉，他自己則什麼都去學。

康熙對漢學和宋學的紛爭也不太在乎。清朝批朱熹最厲害的是毛奇齡。他著有《四書改錯》，第一句話就是「四書無一處不錯」，其實錯的並不是「四書」本身，而是朱熹的注解。中國有一句話，説「餓死事小，失節事大」，本來是指政治上一僕不事二主，不要投降敵人。後來變成了對於婦女的要求，婦女再嫁成了「失節」。古代公主改嫁的事太多了，怎麼能在這個問題上提出苛刻的要求呢？不過，像清朝的漢學家和宋學家那樣深鑽學術問題的事情，普通老百姓是沒有時間、精力和條件去參與的，他們只要唸「四書」，參加科舉就可以了。所以，對於漢學、宋學誰好誰壞，康熙都不太在意，顯得較為寬鬆。

康熙時也有文字獄，但這時的文字獄主要是針對破壞民族團結問題的。如果有人要提出「排除韃虜」的口號，要破壞滿漢的感情，排除少數民族，康熙就不會答應。因為如果民族的區分越細，就越不利於民族的團結，越不利於國家的發展。

相比而言，乾隆的文化政策就不是太合理。他倡議修「四庫」，表明他已經深入到漢文化裏了，比如傅恒的兒子傅康安，就被他改名為福康安，運昌被改名為法式善。但乾隆卻動輒訓斥大臣，説他們「沾染漢習」。乾隆的文字獄，搞得很沒有道理，隨便就可以以一個什麼罪名，將那人殺了或革職充軍。乾隆時，修《逆臣傳》，還修《貳臣傳》，將明朝投降清朝的文人如朱彝尊、毛奇齡等都編入其中。其實，這是由於此時朝廷的力量已經很弱，乾隆害怕他的臣下去投降敵人，於是就拚命地批判投降過敵

人的人。乾隆遠沒有康熙大膽使用前朝遺民的氣魄了。

　　毛澤東在《介紹一個合作社》裏說：一張白紙，好畫最新最美的圖畫。這話用來說清朝康雍乾三代，很適合。在這三朝中，乾隆最差，所有以前積累的財富，到他手裏全都抖摟光了。雍正則忙於爭權奪利，跟弟兄們打來殺去，沒有幹什麼實事，是一個中間的過渡階段。只有康熙是在一張白紙上畫畫，沒有什麼框框套套，於是就畫出了最新最美的圖畫。康熙所創造的比較好的局面，經過了雍正，再經過了乾隆，最後到嘉慶、道光，就徹底地被葬送了。看來，一個好的政治局勢，往往是經過幾個階段的逐漸變化，慢慢走向衰敗的。現在講歷史，有時比較籠統，比如簡單地說康雍乾三朝盛世，就不太全面，應該有更進一步的具體分析。

　　　　　　　（張廷銀根據二〇〇一年在國家圖書館的講座錄音整理）

二、漢語詩歌構成的條件

對於漢語詩歌構成的條件，我預備先從字講起，也就是講講字的平仄，然後再講由字怎樣構成句式，句式從一個字到九個字以上，有各種形式，不同的形式就有不同的要求。最後再講篇的形式，講講律句。

漢語詩歌中的仄仄平平仄是怎麼來的呢？為此我請教了各方面的專家，有專門講詩的老學者，還有心理學家、音樂學家等，我向他們請教為什麼詩歌要那麼排列？仄仄平平仄，平平仄仄平這些都是怎麼來的？始終得不到一個可以解決問題的答案。後來我坐火車，聽到「突、突、突、突」的響聲，產生了一種感覺，我就去請教我的一個鄰居，他是搞音樂的作曲家，叫喬東君。我問他：火車機器的聲音應該是勻稱的，不可能有高有低，為什麼我耳朵聽起來好像有高有低。他說，這是你憑自己的感覺來解釋聲音，事實上機器的聲音沒有高低，是一樣的高低，是人的聽覺習慣覺得它有高有低，有強有弱。我又問：是不是一強一弱、一高一低？他說：人的呼吸跟人的心臟的跳動，常常使人感覺到火車的聲音突突—突突的兩高兩低，這樣人才緩得過氣來，才適合人的心臟跳動的節奏。事實上都不是機器上原來發出的聲音，而是人根據自己的呼吸規律所感覺出的對於客觀聲音的一種感覺或者說錯覺。聽他這樣說，我立刻就得到一種啟發，回

家後很快畫出一個竹竿，按照兩平兩仄的規律把它截出來，就是「仄仄平平仄，平平仄仄平」，或者是「平平仄仄平平仄，仄仄平平仄仄平」。我將這個圖發表之後，收到了許多講詩歌的老師和研究者給我的來信，說我的這個竹竿圖很能夠說明問題，這是大約 1980 年前的事情。（按：啟功先生用截取竹竿圖形講詩詞平仄始於 1962 年為學生講課時，他的《詩文聲律論稿》最先由中華書局於 1977 年 11 月出版）

我們說漢語的古典詩歌，當然不包括五四以後的新體詩，或者說白話詩。「白話詩」這個詞不確切，因為古代的詩歌裏也有白話，李白的詩「床前明月光，疑是地上霜。舉頭望明月，低頭思故鄉」，這是白話還是文言呢？我覺得叫白話詩不確切，所以就習慣稱新體詩。胡適《文學改良芻議》裏有幾條講到廢除用典，廢除對偶。廢除之後怎麼樣先不說，就是關於用典和對偶的產生和來源也很難解釋。

為什麼中華民族用漢語寫文章以至於口頭說話，常常有對偶的現象？為什麼，我也說不出來。比如平常說話：「你上哪兒？」「我到學校」，或者說「我去看朋友」，問一句，總是有搭配的一句。「他要在家，我就在那兒談一談；他要不在家，我就上另一個地方去找第二個人」，我們生活中口頭上說的話有一個上句，就會有一個下句，更不用說書寫行文了。這樣看來，對偶就是很自然地形成的。比如說寫詩中出現的「天對地，雨對風」，這是藝術加工，詩人非常注意字面、內容、語義、詞素。不管詩歌的句式有什麼樣的形式，都很注意調整，讓它規範，變得對偶整齊。現在要推測起它的來源，就是漢語口語中互相問答時，常常出現一個上句，一個下句：一個上，一個下；一個東，一個西；一個紅，一個綠。怎麼形成的，我沒能力說清楚，這涉及心理、生理習慣，還有民族習慣。我不懂外語，不知外語裏有沒有這個現象。因為外語不是一個字一個音，它的一個字可能由好幾個音節組成，其中的某個音素卻沒有獨立的語言意義。拼音

文字是幾個音素組成為一個詞素，一個詞素是曲折的，聲音不止一個，這樣它做對偶就不太自然。

　　對偶在古典詩歌裏很多，在古代文章（散文）裏面也很自然的有這種現象。曾經有人試圖想撇開這種規律，比如說唐朝韓愈作的《柳侯廟碑》，又叫《羅池廟碑》，他說「春與猿吟兮秋鶴與飛」，意思是柳子厚雖然死了，他的神靈在春天和猿猴一塊兒吟唱，在秋天和仙鶴一起飛翔。秋天應當是秋與鶴飛，這是很自然的，可是韓愈他偏把它改過來：「秋鶴與飛」。唐朝原碑上刻的是「秋鶴與飛」，說明韓愈就是想躲開對偶。結果後來流傳的刻本都變成了「秋與鶴飛」，大夥唸的時候自然就把它改過來了。可見原來作者想改變排偶形狀，可是後人刻書的、唸書的、抄書的，都走到對偶那個道裏去了。清朝初年有幾個人作書，專教人作對偶，比如車萬育作《韻對》，李漁作《笠翁韻對》，大致都是「天對地」，「雨對風」，「大陸對長空」，「去雁對來鴻」。都押出韻來，一東、二冬、三江、四支等，都用對偶的形式編成句子，從一個字對一個字，兩個字對兩個字，以至多字對多字，讓人唸順了，唸習慣了，就容易作出對偶的句子了。可見在古典詩歌中，對偶就是它的原料。除了韻，除了平仄，就是對偶了。這一點是必需的。了解古詩的，明白古詩條件的，就一定知道它裏頭準有對偶。比如八句的律詩，它準有，有的從頭到尾四個對聯都對的，也有前後兩句不對，中間四句是兩對。杜甫《春夜喜雨》「好雨知時節，當春乃發生」和「曉看紅濕處，花重錦官城」，這前兩句和末兩句就不對，中間是「隨風潛入夜，潤物細無聲。野徑雲俱黑，江船火獨明」。中間兩句一定是對着的。也有一種用七言律詩的句調寫的長詩，它中間的任何一句都不對，李商隱有一首詩《韓碑》就是這樣的。不過仍是不對的少，對的是絕大多數。這是為什麼？誰規定的？很難說，我們看見的就是這些現象。我們現在翻出明朝人輯的上古到六朝的詩《古詩紀》，還有近代逯欽立重新編的

從古代一直到唐朝以前的詩《先秦漢魏晉南北朝詩》，這裏頭就有若干對偶的語句，更不用說唐以後的了。所以，自古到五四以前，凡是用古典形式作詩歌的都遵守這個規則。說明對偶在作漢語的古典詩歌時是很重要的一個條件。對稱的句子，東對西，南對北，這是同一類型的詞，同一類型的字詞就有對稱的必要。一個是平聲，一個是仄聲，這就是漢語的特別是漢語文學作品中常用的手法，也是應該具備的條件。所以對偶也是詩歌裏常有的現象。

平時我們所説文章的「文」，就是交叉成為圖案，這跟絞絲旁紋理的「紋」一樣。文都是有圖案性的，它的句子都是有一定的形式，特別是唸起來讓它合轍押韻，好聽好記，凡是唸得好聽的就好記，比如出一個告示貼在街上，讓人人都知道，這種告示常常都合轍押韻，幾個字一句整篇地都一樣，同時語言力求通俗，為什麼這樣？就是為了讓人好記好懂。從前教小孩唸的書，比如《三字經》説「人之初，性本善」，這是三個字一句。《千字文》説「天地玄黃，宇宙洪荒」，四個字一句，「趙錢孫李，周吳鄭王」，也是四個字一句，並且都有韻。從前小孩唸書，用來做啟蒙教育的叫「三百千」，就是《三字經》《百家姓》和《千字文》，都是有韻的，都是整齊的句子。為什麼這樣呢？就是讓小孩唸起來好記。那時的小孩在書房唸書，都是搖頭晃腦、拿腔拿調地唸，為什麼？好記。有的人口吃，你讓他唱戲，唱個曲子，他就不結巴，為什麼？他就記住那個聲調，一定要那麼唱，所以唱起來不結巴。小孩唸啟蒙書，坐在那裏搖頭晃腦、拿腔拿調地唸，就容易記住。現在有人吟誦詩歌，就像唱歌一樣，比如「好雨知時節，當春乃發生」，像唱歌一樣把它唱出來。有人把各地的人怎麼朗誦詩歌錄下來，發現各地的人吟誦的都不一樣。有一位老先生是湖北人，他唸起詩來像唱皮黃戲一樣。他們本地流行皮黃戲，他唱起來就接近皮黃戲的調，但不像皮黃戲那麼有嚴格的聲調。各地的人吟誦，因為他們是隨便

吟誦，只要唱出聲調就行。為什麼呢？就是好記，免得忘記。我們多少年前唱的流行歌曲、民間小調，到現在還可以唱，但前幾年報紙上的文章，不管它是多麼重要的文章，我們一句也背不下來，為什麼？因為它是散體的，就跟隨便說話一樣，所以背不下來。凡是拿腔拿調的，自己唸出來的自己耳朵聽見的就好記。比如，我們看見在一個商店門前卸西瓜，車上的人傳給車下的人，傳一個就唱一句「一個那，兩個那」，為什麼這樣拿腔拿調地喊？就是為了好記，旁邊的人也可以聽見，如果數錯了，落一個，接的人和數的人，都能發現。聲音的韻調在應用上就有這樣的作用。因此有人想要把詩歌用音調唱出來，雖然彼此沒有絕對統一的譜子和唱法，各地方都有自己的某種吟唱的習慣，但唱出來之後，耳朵聽見，腦子就記住了，這叫「聲入心通」。

現在再講古典詩歌的改革或者說一個變化。有人說，現在的詩歌不用韻、不用對偶、不講格律，《文學改良芻議》裏面就特別提出過，這當然很好，可以為詩歌的發展開闢一個新的境界，開創出一條新的大路。這個大路很寬，尤其是用白話來說，用白話來寫。其實古人的詩歌原來也是白話，「關關雎鳩，在河之洲」，「關關」就是「呱呱」的叫聲，「關關雎鳩」，就是「呱呱」叫的雎鳩，就像現在說「喳喳」的喜鵲叫，「哇哇」的老鴉叫，這很自然的。鳥兒「關關」地叫，在哪兒？在河邊，反過來說，就是：在河邊上有雎鳩在「關關」地叫。之所以要把它變過來，說成「關關雎鳩」，「鳩」作韻腳，然後「在河之洲」，「洲」有個韻腳，就是為了好聽，並且聽起來上下兩句還有關係。「窈窕淑女，君子好逑」，意思是「美麗的姑娘是君子的好配偶」，這句話不論怎麼翻譯，都沒有原句聽起來那麼自然。唐詩「床前明月光，疑是地上霜」，再翻就是：我的床前頭，有明亮的月亮的光輝。「月光」就是基本的詞彙，要翻更麻煩，光還是光，怎麼說也還是覺得非常嗦。「舉頭望明月」，有人說舉頭似乎不如抬頭那麼

習慣，但是各地不一樣，有的地方把抬頭就說成舉頭。比如在陝西西安一帶，我看見一個小孩進屋來，就問：「這是誰的小孩？」本地人回答說：「鄉黨娃。」「鄉黨」在《論語・鄉黨》裏就有，第一句就說「孔子於鄉黨，恂恂如也。」鄉，同鄉，一個地區幾家編排在一起為黨，「鄉黨娃」就是鄰居的孩子，小孩叫娃。「鄉黨娃」，聽起來古不可言，其實就是現在口語裏的「鄰居的孩子」。古代詩歌有許多就是當時當地的口語，你要把它變成現時的口語，還有地區和方言的限制。比如上海人說口語，北京人就有許多聽不懂。「白相白相」就是「玩一玩」，「好白相」就是「好玩」。上海人說「白相」當然是口語，北京人就不知是什麼意思。像《古詩十九首》中寫「行行重行行，與君生別離。相去萬餘里，各在天一涯。胡馬依北風，越鳥巢南枝」，這樣的詩到今天唸起來還是生動活潑、有血有肉，有感情，有內容，有思想。《古詩十九首》是活脫脫的一組詩，今天唸起來並不覺得有什麼隔閡，沒有什麼難懂的。但是，比如「粵若稽古帝堯」，這就是十分難懂的。到了宋代李清照《聲聲慢》說「獨自怎生得黑」，這是白話還是文言？「怎生得黑」，用現在的話照字面講，就是「怎麼長得那麼黑」。但在李清照的詞裏，「怎生」就是「怎麼」的意思，「生」不是生活、生長的生，是一個語詞虛字。「獨自怎生得黑」的意思是，我獨自在屋裏，感覺那麼黑暗，那麼孤獨，那麼苦悶。現在要把詩做得完全口語化容易，我剛才說的話就是詩，不管你是否承認，這就是我作的詩，未嘗不可。可是有一個問題，我是北京人，我說的是普通話，北京音的普通話，這話要講給廣東人、上海人，他們不了解普通話，就不如說他們本地方言那麼親切，那麼容易懂。所以要想推廣口語的詩歌，首先一個條件要統一語言的聲音，統一語言詞彙，這是先決條件。為什麼五四運動以後關於白話口語的詩歌到現在還在那裏爭論，我沒有參加過爭論，我不懂得到底怎麼樣，所以就沒有表示贊成誰不贊成誰，只見到現在的文學理論評論文章

中，還有許多人在論新體詩歌的語言應該是什麼樣。為什麼在五四以後新體詩歌到現在還不如舊體詩歌？舊體詩歌照舊有人作，作的質量怎樣，藝術性怎樣，內容表達得怎樣，那是另一個問題。單就說詩歌的形式，舊體詩已經形成了一整套的格式，而新體詩的格式到目前還沒有形成。大家用着很自然的、方便的、人人都能吟誦的、出口就是新詩的，我們目前還沒見到。

古典形式的詩歌為什麼遭到五四新文化運動的強烈攻擊，為什麼胡適《文學改良芻議》要提出來改革它？原因是它也有自己束縛自己的條件。凡是作古典詩歌的，都遇到過這個問題。

第一即是平仄。平仄的格局雖說是來自自然，可是大家記起來還不是那麼容易。如果有一個字不是很自然的平仄的聲音，那麼就會有人說它是「失粘」，就是位置粘錯了。這還是局部的。在民間，民間藝人唱的還有很多不完全合乎五七言詩的格律。它最大的阻礙就是韻或韻腳。自從隋朝陸法言定《切韻》，到宋朝《廣韻》，後來又刪節合併變為《禮部韻》，現在叫《平水韻》，《平水韻》就是宋朝的《禮部韻》，到清朝叫《佩文韻》，都是這一類的，用來講韻腳的。比如一東、二冬，今天普通話裏東、冬沒有區別，在隋朝，東、冬是有區別的。支、脂、之今天同音，但古代讀音是有區別的，後來被合起來了。但東、冬還分為二韻。現在作古典詩歌的人還講這個，如果東、冬押在一個韻裏，就會說你出韻了。這個錯誤觀點從哪來的？是宋朝考試出題的要限制用韻，限制用「東」的韻，應考人必須記得「東」這個韻有哪幾個字，若出了這幾個字，就算出韻了，那就不及格了。這是為難考生。南宋就有人提出反對，認為這樣不對，說我們作詩就學《詩經》《楚辭》，怎麼押韻就怎麼押。南宋楊萬里、魏了翁都提出這個問題，洪邁記錄了這件事，說明他也贊成這個觀點（按：見洪邁《容齋隨筆·容齋五筆》卷八「禮部韻略非理」）。可見這是束縛人，是為皇

帝或禮部的考官特別設的圈套。舉子如果注意這個問題，湊合押上這個韻，雖然語義不通也及格，若出了這個韻就不及格。現在還有人受這種習慣的影響，如果作詩把東、冬押在一個韻裏，就會有人說你出韻了。文人作詩就很挑剔。我作的古典形式的詩歌，有的韻腳不按韻部要求，出了範圍，我一定注上這個字押在什麼韻腳，不讓別人在這個問題上挑剔，表明我不是不知道出韻和不出韻的問題，而是不贊成出韻不出韻的約束。這是一種阻礙古典詩歌發展的因素。

還有一種束縛就是流派。常常有兩個很要好的人甚至可以因為流派問題而絕交，因為這個人是作唐朝派的，那個人是作宋朝派的，或這個人學李白的詩歌，那個人學杜甫的詩歌，我們問：李白是學誰的？杜甫又是學誰的呢？李白最佩服謝朓，李白「一生低首謝宣城」，但是李白詩有《蜀道難》，謝宣城的詩歌有一首像《蜀道難》那樣的嗎？沒有。這是後人附會的。杜甫的詩集各種體裁的形式都有。杜甫有一首詩「強戲為吳體」（按：指《題省中壁》），到現在也不知吳體是什麼，他的詩體是什麼樣，只知道是拗體的。其中寫道「掖垣竹埤梧十尋，洞門對雪常陰陰」，說明是拗體的律詩，「強戲為吳體」，勉強遊戲學姓吳的體。（整理者按：明人唐元竑《杜詩》卷三說：「《愁詩》公自注：『強戲為吳體』，今不知公所指吳體者為何等，讀之但覺拗耳，宋方萬里《瀛奎律髓》遂以拗為吳體，豈據此詩耶？強戲者，偶一為之，拗體杜集中至多，寧獨此也？當時北人皆以南音為鄙俚，公意似在半雅半俗間耳。」）民國初年，有一詩社的首領喜歡學唐派，又來了一位主張學宋派，於是前一位首領退出，因為你學宋派，我學唐派，見解不一樣。這就等於兩人絕交。學問、藝術本來是公共的，大家都來做，有什麼不能相容呢？古典流派的詩歌有韻腳的束縛，格律的束縛，流派的束縛。流派我們看起來無關緊要，可是舊時代的文人為此爭論得非常厲害，甚至拂袖而去，這就阻礙了古典詩歌的發展。

那麼，古典詩歌發展了沒有？發展了。比如詩變為詞，詞變為曲子，《鷓鴣天》就是七言律詩，中間有兩句是三個字，是七七、七七、三三、七七。中間抽掉一個字就算詞。其實古詩裏也有長短句。由詩變詞，詞有長調，像《鶯啼序》，吳夢窗詞，有四段，那就很複雜了。詞又變曲，曲又變成散曲，散曲變為劇曲，直到明朝的傳奇，這就是詩歌發展的變化。曲子裏又摻了更多的白話，語言上是很自由隨便的，但它也有自己的規律，就是詩歌發展到詞，詞到曲，曲到散曲，散曲到劇曲，劇曲到傳奇，長篇大論，比如《長生殿》《牡丹亭》裏，各種曲牌的都有，有的就跟詞牌一樣，詞牌句子多，曲牌的句子少，句子少是為了方便演唱。這就是詩歌的發展。唐末就有詞，宋朝詞更多，元曲到明朝的傳奇，到清朝的皮黃戲、地方戲，每一步都是詩歌的發展變化。

　　從前沒有明確説改革，而是自然發展，詩變詞，詞變散曲，散曲變劇曲，劇曲變傳奇，傳奇變地方戲。每一種都是詩歌發展的結果，發展的結果什麼樣都有。現在經過文學改良後，特別提出用口語。現在用口語的詩歌不押韻，不用典，還沒有形成民間大眾説出來都是朗朗上口的新體詩現象。現在也有些名家，有一些著名的新體詩詩人，但還沒有哪一個詩人有什麼很有名的新體詩歌。我讀過郭沫若的新體詩《屈原》，這首詩歌很能表現屈原這個人物形象和心情，但中間有兩句屈原説「我要爆炸呀！我要爆炸！」我當時聽了就有些疑惑：「爆炸」這個詞彙是很晚的，有了炸藥之後的，屈原那時還沒有這個詞。用現代口語就有這樣的問題，這個問題到底怎麼辦，我也不知道。現在把説出來自然成詩的叫「天籟」，也就是自然形成的聲音。老百姓出口成章就是詩歌的這種形式，現在還沒有形成。舊體詩歌的這種種束縛恐怕也不是舊體詩歌本身的罪過，是後來模擬沿用古體詩歌的古典流派的人造成的。不但做詩的如此，填詞也是這樣。清末有些人專學吳夢窗，有些人專學周邦彥。周邦彥有《清真詞》，有人

開玩笑説咱們是奉教的，奉什麼教？奉「清真」教，意思就是專門學周邦彥的。最近有個青年作詞學姜白石，有一位老詩人跟我説，那個青年簡直跟姜白石一個樣。今天的青年作的跟姜白石一樣，他以後還發展嗎？姜白石沒有現在的生活，現在有原子彈，姜白石不可能有這樣的話。民國初年王闓運專作六朝詩，作得真好，真實在，格調、韻味完全是六朝詩的。他的《湘綺樓詩》非常高明。有人説：可惜呀，他是現代人，王闓運他要是在六朝，那就好了。這其實是在挖苦。我很喜歡王闓運的詩。他的詩裏只有五言律，很少有七言律，他自己定的集子沒有七言律。我曾經得到一個刻本有七言律，不多，有人説那是編者弄錯了，把別人的詩放到他的詩集裏了。王闓運他不作七言律詩，因為六朝人沒有七言律詩。

古典形式的詩歌流傳到現在，已經發展變化了許多次，只是沒有明確地説，而我們今天應明確提出古典派詩歌應該改革，應該發展。這個目標已經提出，但還沒有見到出口成章就是新體詩的好作品。民間歌謠裏有很多就是新體詩，可它沒有這個名稱，也沒有要爭新體詩的意識。比如有子女到父母墳上掃墓，他説「哭一聲，叫一聲，為何娘不應」，這是做子女的真實心情的表現，沒有任何別的字可以代替這句話。這句話流傳了多少年，沒有人承認這是最好的新詩。現在提出作新詩、詩歌要發展的口號是很必要的，但至今還沒有把新詩和民間口語自然結合在一起，或者説民間的口語出口就是新詩，或新詩人作出的詩就和民間口語完全符合，誰唸起來都深入心中，唸起來大家就心領神會，聲入心通。要達到這個程度恐怕還要一段時間，還要經過若干的磨煉，若干的創造。現在在文學理論著作和文章中還在討論這些問題。

舊體詩從《詩經》到唐人的詩，已經有歷次的發展，從唐詩到詞、曲、劇曲一直到今天，都是在發展中，現在繼續發展，將來發展到什麼樣子，什麼程度，現在還不知道。古典詩歌的構成要素是什麼，我在前面已

經講過。比如詩歌的句子平仄、排列的次序形式等等，就是這方面的問題。排偶，對稱的詞彙，詞的意義，這都是與平仄對應着的。現在又流傳一個詞叫詞素，對此我有點修改的意見。音素是什麼？一個詞聲音的元素可以叫音素。d－o－ng 三個音構成「東」這一個字，這叫音素，幾個聲音的原料合起來構成一個詞的音，這幾個音的原料就叫音素。音素就是「東」這一個基本詞的聲音。幾個詞合起來叫詞彙。外國語中的一個詞有詞根，它是幾個詞拼起來，一個長的音合成一個詞，比如「治外法權」那個詞很長，它是許多詞根構成的一個詞。中國字拼成一個「東」，它就是一個「東」，如果「東」有另外的用處，那是「東」的詞義的變化，不是內部聲音的變化。所以「詞素」這兩個字我不願意用。

中國詩歌有沒有散文詩？我似乎覺得古代還沒見過「散文」這個詞，「散語」這個詞倒是有。對「文」來說叫「筆」，對駢文來說有古文，可是沒有散文的字樣。而在詩歌裏，我仔細比較，沒有散不散的，叫它散，只是說它不對偶。古典詩歌有兩個條件，一個是字跟字、詞跟詞中間的對偶，一個是平聲之後是仄聲，仄聲之後是平聲，這樣的平仄之間的替換。還有一條是押韻，不管韻部古代怎麼規定，但總有一個合轍押韻，耳朵聽起來它是勻稱的。「韻」字古字就是平均的均，均，均勻的意思，韻者勻也，就是讓它勻稱，這就叫韻。漢語古典詩歌一個是對偶，一個是押韻。散語就像說白話一樣。賈誼的《過秦論》本來是口語，但「秦孝公據殽函之固，擁雍州之地，君臣固守，以窺周室」這個句子唸起來它還是整齊的。我在《詩文聲律論稿》裏舉了三串人名字，人名本來是沒有平仄可言的，但《過秦論》裏的人名都是兩個字兩個字的，音節都符合詩歌語言的平仄，怎麼唱，怎麼擺齊，又齊又不齊，這在《過秦論》中是很突出的一點。也就是說，《過秦論》可以說是散文詩。它是散句子，沒有整齊對偶的句子，但它裏面暗含着許多整齊的對偶，「秦孝公據殽函之固，擁雍州

之地，君臣固守，以窺周室」，還是很整齊的。古文有許多內含的散文詩的性質。不一定說外國有散文詩，中國也要造一個散文詩，沒有必要。中國詩歌有沒有散文詩先不管，但散文裏有詩的性質，這是實際存在的，沒法否定的。中國有一種沒有對偶的詩，比如李白的《蜀道難》「噫吁戲！危乎高哉！」這不是詩歌的句子，但誰也不能說李白的《蜀道難》就不是詩。「潯陽江頭夜送客，楓葉荻花秋瑟瑟。主人下馬客在船，舉酒欲飲無管弦。醉不成歡慘將別，別時茫茫江浸月。忽聞水上琵琶聲，主人忘歸客不發。」沒有一句是對偶的，但它是合轍押韻的，聲音是勻稱的。有沒有對偶，在古典詩歌幾乎退居非常次要的地位，可是一定有平仄，一定要合韻律，韻腳總要有，不管它合不合韻書的韻，它聽起來是不是順耳，聲音是否勻稱。有對偶的詩歌，有不對偶的詩歌，但沒有平仄韻律很特別的，因為平仄是律詩的條件，古詩可以不拘泥這個。但不管古詩、律詩，都有韻腳。中國古典詩，即使民間歌謠，也都有韻腳。這很奇怪。中國詩歌的特點，它的必要的元素，一個是對偶，一個是韻腳，一個是韻律。對偶退居其次，韻律也退居次要，但韻腳還是很重要的，就是民間歌謠老百姓順口溜出來的也有韻腳。比如乞丐說的「打竹板，邁大步，眼前來到切麵鋪」。「邁大步」，「切麵鋪」，它也押韻。有沒有沒有韻的？有。古代的駢體文沒有韻。最有意思的是陸機的《演連珠》，有五十首，《演連珠》說「臣聞日薄星回，穹天所以紀物，山盈川沖，后土所以播氣，五行錯而致用，四時違而成歲」，不管句子長短，都有對偶，但是沒有韻腳。我把駢體文叫做辭賦的零件。陸機《演連珠》見於《昭明文選》，這五十首都不押韻，但都是兩句兩句對偶，句子也有一定的韻律，「日薄」、「星回」，「穹天」、「紀物」，它是仄平、平仄，仄平、平仄，有它自在的韻律。這是中國古典的文學作品。詩歌裏沒有歌詠的內容，沒有情感，沒有思想，沒有意義那還叫什麼詩歌。詩歌「床前明月光，疑是地上霜」，為什麼看見月光，

感覺像霜？這主要是他「舉頭望明月，低頭思故鄉」，他想到的是故鄉，沒有故鄉之思，看見明月，看見地上的霜，就與他沒關係。人們看見的東西，各人的感覺會不一樣，作者看見月，看見霜，是因為他思念故鄉。《演連珠》是散的，講許多內容和道理，但它不是一個問題連起來，它的句子是散的，但它有韻律，沒有韻腳，這種詩叫駢體詩也可以，叫無韻詩也可以。中國古典詩歌有不對偶的，不合格律的，但既然叫詩，就不會沒有韻腳。

（張廷銀根據一九九九年一月二十日至二十六日的講話錄音整理）

三、沈約四聲及其與印度文化的關係

中國的詩歌格律從南朝沈約開始，才有一個系統的說法。這個系統說法見於《南史》《南齊書》等書，但不知是它們抄了沈約的說法，還是都運用了同一種理論，現在都無法考證，我也不能詳細研究這個問題。

齊武帝蕭賾永明時期，他的一個臣下沈約提出了「四聲」即平上去入，後人就認為四聲是沈約創造的，後來又把詩歌的「八病」，也算作沈約的，在唐朝流傳的就有二十八種病，《文鏡祕府論》就是這樣講的，解釋得很瑣碎。我們現在看有些並不夠一個病，比如同平、同仄，就叫做同聲，此外，如果從頭至尾都押東韻，也叫同聲，或者同韻，到底指什麼呢？二十八病在當時不久就沒有人再提了，只剩了八病，算是沈約提出來的。但是，沈約提出來，也沒有明文，他自己的著作裏沒有提過八種病。到唐朝皎然《詩式》，也把八病歸於沈約。《文鏡祕府論》的作者是日本和尚空海，即遍照金剛，他是學密宗的。密宗在中國已經沒有了，密宗傳入西藏的是藏密，傳入日本的叫東密。但在藏密裏有沒有八病，我不知道；空海所傳的東密裏，也沒有人專門對八病進行研究。

在沈約撰寫的《宋書·謝靈運傳論》裏，對八病有解說。他說了兩句很重要的話：「前有浮聲，後須切響」，「浮聲」就是揚調，即平聲，「切響」

就是抑調，即仄聲。他的意思是說，前頭要是平聲，後頭一定是仄聲。這個說法我們好理解。但是，究竟這個說法是從印度傳來的，還是沈約自己理解推測出來的？不知道。他又舉了許多例句，「子建函京之作，仲宣霸岸之篇，子荊零雨之章，正長朔風之句」。但他講到的也就這麼多。可是，清朝中期以後，又出現了一種說法，說四聲不是沈約推測出來的，而是曹子建在魚山聽人做梵唄即佛教唱偈語時從中悟出有四聲。（整理者按：杭世駿《三國志補注》卷三注《三國志》「曹植傳」中「初，植登魚山，臨東阿，喟然有終焉之心」一句，引《異苑》云：「陳思王嘗登魚山，臨東阿，忽聞岩岫裏有頌經，清遒深亮，遠谷流響，肅然有靈氣，不覺斂衿祇敬，便有終焉之志，即效而則之，今梵唱皆植依擬所造。」）這種說法就值得我們思考。因為從清朝中期以後，出現了一種現象，把什麼都說成是從外國傳來的，似乎中國人什麼都不會，外國來的理論到了中國，中國接受了之後，就成了中國人的一個很特殊的文化發明。我今天在這裏說這話，也是冒了天下之大不韙。因為這很容易被人說成是狹隘的民族主義。我們過去曾經認為，凡是外國有的，中國就一定早就有了，看見飛機，就說中國早有飛機，因為我們早已會放風箏。可是，放風箏就能代替飛機嗎？這個毛病是中國人自高自大的表現，我們不能諱言。

但是，另一種現象也不好：以為中國什麼都是從外國來的，似乎中國連吃飯都是看某種動物吃東西才學會的。所以四聲是曹子建聽梵唄而來的說法我同樣不能接受。假如四聲真是曹子建聽魚山梵唄而來的，那離永明還有一大段時間。在歷史上，只有到了永明時期，沈約等人才公開講究作文章，而且還要在文章裏加上四聲的韻調，來增加文章的美感。不能說那時大家什麼都不會，全都是從印度傳來的。清朝中期之所以那麼說，是因為那時正是有人認為中國保守不行，提倡解放思想，認為應該多吸收外國的進步的科學的辦法，這個用意其實也不錯。但是，他們硬說沈約的永明

聲律也是吸收了印度的學說，就有些不太合適了。

如果把這個問題往遠些說，印度文化也存在同樣的情況。亞歷山大從希臘打到印度之後，在印度創立了一種希臘化的印度文化，叫犍陀羅。有人就說，印度的文化都是從希臘傳來的，印度人對此非常反感，對犍陀羅也非常反對。新中國成立前夕到新中國成立初，我教過幾個印度學生，他們就這樣說。印度一位講美術史的學者，寫了厚厚的一本書，就徹底地批判犍陀羅。在印度，有好多的佛像都是犍陀羅化的，是按照希臘的風格雕塑出來的，面部的肉很多。從前，北京大學有一位學者閻文儒，非常博學，他在「文化大革命」前講美術史，在講稿裏就處處講，印度文化就是犍陀羅文化。我對他說不是，印度人很反對有人說印度文化是犍陀羅文化。他還不服，我說你看你用的這個插圖就是印度本土的佛像，不是犍陀羅的肉很多的佛像。

改革開放了，思想解放了，我們哪些是學了西方的，哪些不是學西方的，這個都可以說，無須諱言。清朝中後期西太后等人，就是利用義和團，想把東交民巷的西洋人都殺了，就天下太平了，義和團的口號是「扶清滅洋」。但是，靠少數人能滅洋嗎？把洋滅了，清朝就能夠扶起來嗎？像西太后這樣的措施，能夠使清朝復興嗎？不可能的。有一次，譚延闓去看翰林院掌院大學士、軍機大臣徐桐，徐桐問譚延闓知道現在有哪些鬼子嗎？譚說不知道。徐桐說今天來的這幾個人中哪幾個是葡萄牙的，又有哪幾個是西班牙的。其實都是那麼幾個人，只不過今天穿這樣的衣服，冒充這個國家的，明天又穿那樣的衣服，冒充那個國家的。譚延闓出來以後，坐在車上大笑不止，感慨萬分地說「吾屬為虜」——早晚要完在這幫無知的人手裏。譚延闓記載此事的手卷現在就保留在我的手裏。當時朝廷真是迂腐、愚昧到了極點，以為把東交民巷裏的幾個西洋人殺了，就天下太平了。在這種形勢下，再怎麼說中國的文化都是犍陀羅文化，又有多少用處呢？那時候國家有一定的苦衷，所以有人就宣傳西方文化有什麼用處，但

當時中國人卻沒有由此就接受了它。然而沒想到，今天還有人大肆宣講說中國的詩歌格律是印度的規律。這簡直是太沒道理了。

我們知道，中國的文化屬於漢藏語系。有一位從菩提學會調到師大的深通梵文的學者俞敏就曾對我說，漢藏語系跟印歐語系很不一樣。漢語是由多少音素構成的，如「東」有三個語素，合起來組成一個音節，這個音節就是漢字。陸法言編《切韻》，都是一個一個的漢字，有 206 個韻部。宋朝《禮部韻略》刪到 100 多部，一直到金朝的平水郡劉淵刻的《禮部韻略》，還有 106 部，一個字代表一個音，一個字裏儘管有幾個音素，但寫出一個字來，就是幾個音素變成一個音節，這就是漢語的特點。《四阿含經》之「阿含」兩個字，印度原來讀作「啊—啦—干」，可見印度的梵音，拼寫一個詞彙，要把幾個音素都讀出來，漢語把它翻譯出來，幾個音素能融合在一起的，就用一個字表示，把它連起來。就算永明聲律是沈約吸收了印度語音的發音特點，也不見得就完全變成「子建函京之作，仲宣霸岸之篇，子荊零雨之章，正長朔風之句」，那是不可能的。再舉一個比較直接的例子，鳩摩羅什翻譯佛經的偈，如《金剛經》中的「一切有為法，如夢幻泡影，如露亦如電，應做如是觀」，既不合中國的韻，更不合永明聲律的韻。鳩摩羅什翻譯的這些佛經都在永明聲律之前，它是把印度的語言直接變成了漢語。沈約所謂「子建函京之作」，指曹子建的「從軍度函谷，走馬過西京」，「度函谷」是仄平仄，「過西京」是仄平平。沈約在四個人裏，每人舉兩句，一共八句，八句都是下一句是律句，上一句是配搭。現在外國有人把敦煌的殘卷配搭起來，說其中有一種是詩歌，翻譯過來叫《律詩變體》，印度哪裏有什麼律調？還有人說，印度人寫過戲曲理論。但他們也沒法講出它與中國的律詩有哪些密切聯繫的地方。沈約舉的王粲「南登霸陵岸，回首望長安」，「霸陵岸」是仄平仄，不合律調，但「望長安」是仄平平，合乎律調，於是沈約認為這首詩也是合乎律調的。孫楚

「零雨被秋草」，是仄仄平平仄，合乎律調，王瓚「邊馬有歸心」，是平仄仄平平，也合乎律調。沈約舉的這四個人的八句詩，有七句就是合乎律調的。他並沒有舉來自印度的合乎律調的句子，可見他不是受印度的影響才認識聲律的。沈約再往上《詩經》的時代，中國跟印度還沒有任何來往，但《關雎》中的「關關雎鳩，在河之洲，窈窕淑女，君子好逑」，就已經完全合韻了，「鳩」、「洲」、「逑」，為一個韻，「參差荇菜，左右流之。窈窕淑女，寤寐求之，求之不得，寤寐思服。悠哉悠哉，輾轉反側」，這些句子也是很押韻的，句子的末尾，也有合乎規律的間隔，「菜」，「之」，「女」，「之」，是平平仄平，「得」，「服」，「哉」，「側」，是仄仄平仄，很注重平仄的搭配。兩個平，一個仄，再一個平。或者是兩個仄，一個平，再一個仄。諸如此類，還有很多。春秋戰國時，印度的文化根本沒有進到中國來。現在有人不但講中國的文化是從印度傳來的，還加上一句，說是印度的犍陀羅文化傳到了中國來。講中國的詩、中國的戲劇、中國的四聲，是受印度的文化影響而來的，而且還說是受亞歷山大傳去的希臘化的印度文化影響而來的。這是更不能讓人接受的。漢朝初年賈誼有一篇《過秦論》，裏面有三串人名字：「甯越、徐尚、蘇秦、杜赫之屬為之謀，齊明、周最、陳軫、昭滑、樓緩、翟景、蘇厲、樂毅之徒通其意，吳起、孫臏、帶佗、倪良、王廖、田忌、廉頗、趙奢之朋制其兵。」每半句中末三字都是合律的。人的名字本來是最不容易合律的，但這裏卻很自然地擺在一起，非常合乎韻律。這說明漢朝初年的人，就已經比較有意識地運用韻律了。但它絕不是犍陀羅文化，也不是從印度傳來的。

這裏還有一個問題，詩歌的韻到底是怎麼回事？現在的《佩文韻府》，宋朝的《禮部韻略》，再往前的《廣韻》，都是從陸法言的《切韻》來的。陸法言為什麼編《切韻》？後來作詩的為什麼都要查裏面的韻部？清朝咸豐時有一個叫高心夔的，他是顧命大臣肅順的心腹，肅順很想讓他中舉。

不料高心夔作了一首試帖詩，把十三元裏的一個韻押成了別的韻，結果犯規了。陸法言編《切韻》，本來就是讓大家對讀音有一個統一的讀法，大家作的詩，作的韻文，不至於唸成地方的方音。他的目的不過如此。後來，考舉人，考進士，押韻都必須依照這個統一標準。高心夔在考試時，就在十三元這個韻部裏出了問題。當時考試的等級劃為四等，相當於現在的優、良、中、劣。高心夔押韻錯了，就被打到四等。兩次複試，結果仍然落了四等。王闓運寫了一副對聯，說：「平生雙四等，該死十三元」，進行挖苦。陸法言編《切韻》，指出一個字在各地的不同讀音。讀音的不統一很常見，比如現在小孩管父親叫「父親」，「父」是一個清脣音，叫爸爸的「爸」是重脣音，而重脣音是先起的音，清脣音則是後起的讀音。《切韻》就是統一這一類讀音問題的。《切韻》的序裏說：「我輩數人，定則定矣」，但《切韻》裏還有「又音」，指出一個字又讀作什麼音，這實在是他沒有辦法統一。到唐朝又加了許多的韻，成了《廣韻》，宋朝用《禮部韻略》來規定科舉，清朝康熙叫做《佩文詩韻》，明確地說是作詩的韻。高心夔到這時作詩還發生押韻的錯誤，被判為四等真是活該了。現在說詩的韻都與印度傳來的文化有關，這就差得太遠了。所以，《切韻》是統一文字讀音的，並不是規定作詩的韻。沈約當初所說的四聲，則連詩的韻都不是，只是詩句中的平仄搭配。現在的人不了解古音的發展情況，把什麼都往沈約頭上加，說《切韻》也是他編的。民間的人都知道沈約是浙江湖州人，於是有人就說《切韻》也是湖州佬編的。這些說法都非常渺茫。

沈約說出了曹子建等人作詩的四聲情況，有人說他是受印度文化影響才產生的，而且還說是受印度的犍陀羅文化影響；又說《切韻》也是沈約編的，這可見沈約確實是蒙受了許多的不白之冤。

（張廷銀根據二〇〇一年十月二十八日在國家圖書館的講座錄音整理）

四、清代時政及揚州文化

我對揚州很嚮往、很留戀，到這兒來都有些捨不得走，有幾個地方我特別去看過。去年五月二日來我住了不到一個星期，到高郵去看王念孫先生的故居。昨天又特別到了汪中先生的墓地，這都是我最敬仰、最欽佩的人，從小唸書，唸他們的著作，唸他們的文章。所以到了王氏父子的故居，就覺得有特別的情感，昨天又到了汪中先生的墓地，還恭敬地鞠了三個躬。有朋友問我，你到那兒為什麼這麼恭敬？我說那是祖師爺，是我們所學東西的祖師爺。

今天我談談清朝的事。我是民國元年生的，清朝的事我一點兒也不知道，知道的都是從書本上學來的。1971 年我從師範大學借調到中華書局，參加標點《二十四史》和《清史稿》，這樣我略微知道一點兒清朝的事情，這對我來說受益很多。但西南少數民族的姓名實在弄不清，為這個請教許多人。在某一個朝代的歷史上，不但是民族不同，地方語言和民間俗語都有許多不一樣，這是比較麻煩的。我覺得，為了解清朝的歷史、習慣、文化、武功，還是多看原書比較好。我是個滿人，是東胡人，胡人所說，豈不是地道的胡說？今天我自己就胡說一點我的一知半解。

一九五二年，周總理在懷仁堂作思想改造的啟發報告。他說康雍乾

三代是清朝最繁盛的時代。總理說我們不能不感謝清朝，因為正是康雍乾三代，把中國的疆域奠定了，所以我們感謝那三代的文治武功。假定康雍乾三代的統治者還在，能聽到周總理的話，一定很自豪。我們知道康雍乾三代是清朝最盛的時期。但據我看，這三代是不一樣的。康熙處於開國的時期，受他祖母即順治的生母、後來所謂孝莊文皇后的教導。順治死了，接下來就是康熙。順治有四個輔政大臣，他們明爭暗鬥，最後只剩下鰲拜。康熙八歲時，身邊有幾個小廝，就是陪他遊戲玩耍的小孩子。鰲拜上朝時，康熙就讓小廝們把鰲拜摔倒了，捆了起來，鰲拜以為小孩鬧着玩的。康熙命令把鰲拜交刑部。鰲拜就這樣被交刑部了。這哪能是八歲的康熙自己的主意，事實上都是祖母在後面指揮着。多爾袞當時儼然是皇帝的樣子，發佈命令，被稱為「皇叔攝政王」，太后後來下嫁多爾袞。這種事情在少數民族很平常，父親死了，父親的小太太就歸兒子管，兒子就繼承父親娶這個小太太。太后下嫁後，多爾袞又被尊為「皇父攝政王」。最後，多爾袞跑到漠北，即今外蒙古地區，死在了那兒。最後只有一個盒子被帶回來，裏面裝着他的衣服和骨灰。順治死後也是火化。那也是少數民族的習慣。康熙對漢文化很熟悉，他一邊托着程朱的理學，一邊托着天主教的教義。他有許多兒子都入了天主教，其中一個兒子有一些學術論著，思想全是天主教的。但後來康熙對教皇的許多教條不滿，覺得不應該聽羅馬教皇的意見，他這時候去祭孔子，拜孔林，同時就跟教皇斷了。不過康熙並不是完全不吸收西方的先進科學知識。現在我們都用陽曆，陽曆按的還是西洋算法，算得很精確。康熙為學西方東西而跟西方傳教士學外語。他通過用滿文譯音來了解外語。曹寅（曹雪芹的祖父）病了，發瘧疾，他批了個上諭，說你應該吃金雞納霜。「金雞納」是用滿文拼出來的，從滿文唸是「金雞納」，這樣他就用滿文寫出來外語的「金雞納」。這些傳教士每天都在這兒等着，也不能隨便走動，皇帝什麼時候有事情就叫他們。

康熙是兼收並蓄，一手托着從西方傳教士傳來的西方的常識理論，一手托着程朱的理學，最後才把西方的扔掉，拜孔林。明朝的遺民都到南京謁明孝陵，像顧炎武平生謁了七次明孝陵，就是寄託他復國的想法。康熙重用的文臣很多都是明朝遺民中最大的學者，顧炎武先生是其中的代表[1]。康熙說你們都謁明孝陵，我也去謁明孝陵。康熙去謁明孝陵時題了一個碑，說明太祖的政治高於唐宋。這一來，拜明孝陵的漢族文臣對康熙尊重得不得了，給他上了一個謝表，說皇帝肯於泯除朝代的區別，泯除皇帝的尊嚴，到明孝陵去叩頭、去拜祭，我們非常感謝。康熙就說，你們還站在明朝立場對我稱謝，幹什麼呢？你們本來就是我的大臣。弄得遞謝表的人很尷尬。所以自從康熙四十年以後，漢臣就對康熙完全相信了，完全服從了。康熙時期也有文字獄，但並不很嚴厲。到了雍正，他怕他的弟兄奪他的皇位。誰要是擁護雍正的弟兄，雍正就會遷怒於他的弟兄的這些黨羽，就要把他們除掉。不過總的來講，當時的範圍還比較小。到了乾隆就不然了。乾隆常常對滿族文臣講，你們不要沾染了漢習。其實，乾隆自己是最沾染漢習的。他在乾隆三十七年開始修《四庫全書》。最好的《四庫全書》在熱河文津閣，就是現在國家圖書館收藏的這一部是最完整的，文字是最正宗的。乾隆三十七年修《四庫全書》以後，白蓮教已經興起，所以乾隆後來越來越狠，他的文字獄超出了民族矛盾的範圍，他認為哪句話不好，就殺，並且還凌遲，不僅殺，還剮，所以清代文字獄在乾隆三十七年以後越來越厲害，因為他感覺到自己地位不穩了。康熙四十年後，他的地位特別穩，大家對他特別尊重。可是乾隆末期是很壞很壞的，很差很差的。所以，康雍乾三朝合起來算是清朝最好的時期。分開來說，康熙是一代，雍正是一代，乾隆前邊還好，後來就很庸了，完全用和珅了。康雍乾正好分

1　編輯注：此處為口誤，顧炎武先生未曾仕清。

為三個階段，時間不同，結果也不同，這也很自然。時代不同了，還用舊的辦法統治，沒有不壞的。變化是必然的，但變好變壞不一樣。

到揚州來，我覺得清朝的學術以揚州最盛。明朝以前，福建泉州是中國同東南亞往來最重要的港口，清朝以來，運河運糧運鹽，揚州又是泉州以後最大的經濟中心。乾隆後期，修《四庫全書》以後，他對漢文化很熟悉了，就提倡漢文化。當時像大學者錢大昕，他不只研究漢學，還懂蒙古文，研究元朝的歷史、元朝的書籍，是乾隆時期了不起的大學者。錢大昕發現了戴震，把他吸收到了四庫館裏，所以戴震有許多著作就是在那時候作的。在戴震同時最有名的是王念孫，高郵人。王念孫的兒子叫王引之，官至工部尚書。王念孫被派到廣東做學政。嘉慶時到廣東做學政是肥差，學生拜見老師都是要送「知敬」的，就是紅包。當時最有名的還有汪中，稍後一點兒是阮元（做到太傅）；還有焦循、江藩，都是揚州人。揚州人第一是運米運糧的，還有就是鹽商。揚州鹽商向來被認為不懂文化。當然，研究古典的東西，鹽商未必比得起那些學者。但是，鹽商中也有很優秀的人，比如個園的黃至筠是鹽商少爺，請許多文人到他家編書，叫《漢學堂叢書》。一個鹽商請若干學者在他們家坐館，即在家談論一些事情，並著作一些東西，同時幫助他兒子唸書，刻出了很多本《漢學堂叢書》，這是很不容易的。另外還有馬氏兄弟的小玲瓏山館，藏書極多，影響很大。清朝有許多人挖苦鹽商，其實是很不公道的。很多鹽商是很尊重文人的。現在有些人用乾隆嘉慶時期揚州鹽商的辦法，請許多人來寫東西，但揚州鹽商只是刻書而沒有寫上自己的名字，算自己的著作；而現在有些人等書寫完了就署上他自己的名字，算自己的著作，其實並不是他自己寫的東西。在這一點上，現在人還不如揚州的鹽商。

揚州是交通發達、經濟繁榮的地方，匯集了不少外地來的文化人。有許多畫家如「揚州八家」，他們畫得稍微放縱了一點兒，挺特別的，像金

農。鄭板橋也算一個，很高明的。其中有的是揚州人，有的不是揚州人。像鄭板橋是興化人，金農是杭州人。但他們都到揚州來活動、賣畫。他們的畫都有特殊風格，所以正統畫法的人都覺得他們比較怪，稱他們為「揚州八怪」。事實上，我們現在看，比「揚州八怪」怪得多的人不知其數。清朝乾隆以後最重要的文化全在揚州。像王念孫、汪中、焦循、江藩等人就雲集於此。

康熙盡力收羅人才，包括使用貳臣，也就是那些曾經做過明朝臣子後來又願做清朝臣子的人。而乾隆卻修《貳臣傳》《逆臣傳》，因為他已感覺到政權有波動的危險了。白蓮教已經起來了，後來又有了太平天國，清朝就已經很危險了，所以乾隆就極力鎮壓對清朝不利的人，所以他修《貳臣傳》。明朝的舉人進士又到清朝做官的都算作貳臣，逆臣就是反叛，投降了又抵抗的人，像「三藩」，孔有德、尚可喜、吳三桂等人。孔有德死了，吳三桂討平了，尚可喜還保留[1]。所以直到清朝結束，他們尚家人還把尚可喜稱為「尚王」，可見清朝對他一直是尊崇的，而實際上他已沒有實力了，什麼事都不管了。清朝到了後來，有一個最大的誤導，文人之間有些矛盾，有些人不明事理就跟着某個人走。清朝初年有個袁枚，學問、作品非常高明。他有個論斷，說《六經》都是史料，《尚書》不能說是完整歷史，但都是史料，只是沒人理。結果後來有個叫章學誠的，說「六經皆史也」。大家就說章學誠了不起，可這些話袁枚早已說過（袁枚在嘉慶初年就死了），只是當時沒人理。近代有個錢穆先生（後來死在中國台灣），他說，清朝學術三百年歷史，章學誠了不起，並把袁枚、汪中等列入附屬，說他們受了章學誠的影響。袁枚比章學誠早得很，他怎麼能受章學誠的影響？

1　編輯注：此處為口誤，孔有德非「投降了又抵抗」，也非「三藩」之一，此處應為耿仲明。耿仲明死於順治年間，耿仲明的後人耿精忠參與了「三藩之亂」。

所以袁枚就這樣被壓下去，把他壓得最厲害的就是中國台灣的錢穆。錢穆不在了，他的學生余英時尊重章學誠的說法。更奇怪的是戴震到過揚州，於是說戴震也受了章的影響。章學誠有個《章氏遺書》，木刻的，書裏可笑的錯誤多極了。余嘉錫先生，在《余嘉錫學術論文集》裏，詳細地批《章氏遺書》，說裏面的笑話多極了。

揚州是清朝的文化、經濟的一個樞紐。李斗作《揚州畫舫錄》，雖說是講坐船遊山玩水，事實上是寫揚州的經濟是什麼樣子，文化又是什麼樣子，但他寫揚州文化還不夠深入。我覺得現在應該到了寫一本《揚州對清朝文化的影響》的時候了。清朝的文化不但是書本的文化，就連寫字畫畫如「揚州八家」，都是有創新精神的。現在我們應該創新。書畫要創新，不要被古人套子圈住，不要被古人套子勒死。創新就看金農、羅聘、鄭板橋等，這些人很有創新的見解。「文化大革命」前北京有一位鄧拓，做《人民日報》總編。他喜歡書畫，說「揚州八怪」名稱很不公平，應該叫「揚州八家」。這是對的。哪一個也不能叫「怪」。我覺得現在真正需要有人鄭重地寫一回揚州的文化、揚州的傳統、揚州的經濟、揚州的建設、揚州的交通、揚州的人文歷史。揚州文化離開人是不行的。從前揚州只被認為是歌舞升平之地，其實不光是這樣子。揚州的商人也做了許多與文化有密切關係的事，直到現在我們也離不開他們刻的那幾部大書。所以現在如果在《揚州畫舫錄》框架之下，重新寫新中國成立後的揚州怎麼樣，它比以前更進一步或幾步，遠走多少里，多少路程，擴大多少範圍，是了不起的。我覺得我人微言輕，可是昨天聽我們這兒孫書記說他在規劃揚州怎麼樣地擴建，我是很興奮的。所以我想應該一邊動手建設這個地區，一邊動筆記錄這些成績。從清朝到現在，經過這麼多年，寫一本揚州人文成績，是很了不起的。

（中共揚州市委辦公室、研究室根據二〇〇二年四月二十八日的講話錄音整理）

五、少數民族與中華民族文化的關係

　　我先聲明一個問題。剛才主席介紹，說我有什麼什麼研究，當然中央下達了這個任務，我們應該熱烈地、積極地響應。說「智力支邊」這四個字，在我個人是非常不夠的，智也不夠，力更缺乏。我個人隨着九三學社到這裏來，是一個學習的好機會。在座的有許多老先生，老同志，其中一定會有老前輩，今天如果講得有不對處，請予以不客氣地指正。

　　我今天所談的內容是《少數民族與中華民族文化的關係》。這個題目本身實際的意思是說：偉大的中國共產黨領導之下的統一的中華人民共和國，是由多民族組成的，中華民族的文化已有幾千年的歷史，它不是一個民族或一兩個民族創造的，而是各兄弟民族共同創造的，對這麼大的一個中華民族的文化，各民族都有貢獻。這個文化形成之後，它的光輝、燦爛，反過來又給各個兄弟民族文化以影響，從而豐富了、提高了各兄弟民族自己的文化。在這一點上，我有一個想法和論點，對不對，今天有個求教、得到印證的機會。我的意思，好比一個銀行，有一筆存款，這一筆公積金是哪裏來的呢？是各個兄弟姊妹去存的錢，這個錢是個人自己的，分別存在一筆公積金裏，它豐富了這一筆公積金的金額和數字。但它仍然可以拿回來給每一個人去應用，它是一個相互影響、相互豐富的關係，主要

的是貢獻。貢獻是互相的、往來的，所以我認為它是一種相互的關係。

　　什麼是中華？即最古時所謂中原地區，就是現在的河南、山東、陝西、山西這一帶。陝西如果再往北、再往西，最古的時候也還算不到中原的地帶。那個時代所說的中華範圍很小很小。我們歷史上說有堯、舜。堯，《孟子》上說是「西夷之人也」；舜，《孟子》上說是「東夷之人也」。中國古代歷史中，堯和舜都是「夷」，那中華又在哪兒呢？那太小了，所以說，從前歷史上因為人少，他所寫的這個範圍就指的那一塊地方，叫中華。隨着我們這個國家的壯大，我們整個中華民族的興旺和壯大，歷經若干的歷史時期，一直到今天，這個中華的概念就絕不是商周時候的那個概念了，特別是在中國共產黨建立政權以後，這樣一個統一的、偉大的中華民族的概念，包括了各個少數民族，各個兄弟民族，所以各個少數民族在今天是誰也離不開誰的。不能因為說它少、它小，作用就小，那不然，比如我兩隻手，十個指頭，拇指大，小指小，給它砍了去，我也受不了，這是極其明顯的。

　　我自己也向各位同志報告一下我的情況。我的父親是滿族人，母親是蒙古族人，我自己學的是漢族的古典文學，我也學過一點歷史，學過一點古代文物的知識，正因為這樣，所以我心中醞釀一個想法，我覺得各民族互相的關係，即體現在「中華民族」這四個字之中。中華人民共和國的人，這是一個全稱，簡稱中國人。我說一個故事。我小的時候在一個中學裏讀書，有一個教師，他的父親是我曾祖父的學生，有一天他說他的父親的老師叫什麼什麼，是個外國人。哎！我一聽，是說我的曾祖父。我說，你看我是哪一國人？以前我還稱他為「先生」，自此以後，我見面就稱他為「外國人」。因為他稱我是外國人，我也回稱他是外國人。為什麼？你要說我不是滿人我也不怕，你說我不是蒙古人我也不怕，你就是說我是漢人也不要緊，你說我是任何一族的人，都不要緊，因為我們都是弟兄。就

是説我姓張、姓李都關係不大，要説我不是中國人呢？那我非跟他生氣不可，我會跟他絕交，這個道理我想大家都一樣。所以我覺得我們做一個中國人，是非常自豪的，特別是我們做今天的中國人，更是如此。

中華民族的文化是各民族共同創造的，各少數民族在整部的中國歷史裏頭，有着若干的思想家、政治家、軍事家，太多太多了，但是這些我研究得不夠，我只能從一些文化藝術現象上談一談這個問題。我們一提到中華文化，就很容易想到漢語、漢文、漢字等，很容易這麼聯想。我要提的藝術創作是各族人民共同的功勞，即使用漢文、漢字、漢語等，也有各族共同的貢獻，並不等於用漢文寫的就一定是漢族人寫的，這一點大家也會隨處遇到。我現在可以匯報一下我想講的幾個方面：一個是音樂，一個是雕刻，一個是繪畫，一個是語言、語言學、文學。

以前我還有一個不全面的想法。一提到少數民族的文學，我就聯想到一定是非得用少數民族的文字、少數民族的語言寫出來的，才算是少數民族的文學藝術。這個當然毫無疑問。但是，某少數民族，用兄弟民族語言寫作，如甲少數民族用乙少數民族語言文字寫的作品，這個作品就不完全屬於乙少數民族了，而有甲少數民族的功勞了，我的意思是這個。我現在先談音樂。

1. 音樂。

音樂在中原地區、在商周時代，用的是什麼樂器？是琴、瑟、笛、鐘、鼓、磬。我們現在看到殷墟出土的有大的石頭磬，還有石頭的扁磬，鼓是用石頭做的。敲打的聲音即所謂「金石之樂」。銅做的叫金，石做的叫石，用金石做的樂器，敲打起來的聲音不言而喻，一定比較簡單。琴瑟，我看到過，也遇到過。老先生有的會彈古琴，他的手來回捋着弦，捋了半天，才彈一聲，我聽着十分沒有興趣，捋的聲音之大，超過了他手彈的聲音。我想古代人是否也是這個彈法？「鐘鼓樂之，琴瑟友之」，這

好了不起！所以我就想，古代的樂譜要是存下來，就可以知道古代的雅樂多麼好聽！我非常相信這個東西。一次聽說日本保存着唐代流傳下來的雅樂，我高興極了，我想我幾時能聽見日本保留的唐代的雅樂，這可不是俗樂呀。哦！我一下子想起紀錄片中的《蘭陵王破陣曲》，這是很有名的古曲，說古代那個蘭陵王長得太秀美了，臨陣對敵，敵人不怕他，於是他就戴了一個面具來威嚇敵人，這是一個歷史故事。有人用這個故事編成一個舞劇，穿着盔甲，吹着一個短笛，打着鼓。這種雅樂，我也會吹，它就是一個直的聲，嗯嗯嗯的。這麼一來，完全跟那個木偶人傀儡動作一個樣子，看了半天，來來回回老是這個動作和聲音。哎呀！原來雅樂就是這麼個雅法！從此我產生懷疑。我想，過去我老覺得那個老先生彈的古琴是他的手法不高，後來我才明白古代的彈法也高明不了多少。所以到了漢、唐，用的是燕（或宴）樂，在平常生活裏頭飲酒作樂，音樂才繁盛起來，豐富起來。再舉一個例子，春秋戰國時代有一個曾乙侯，曾本來是中原地區的一個小國，曾侯跑到楚國，住在今天的湖北隨縣。楚國的國君送給他一套樂器——銅編鐘，從大到小，一個架子，還有一個大棍子，有些個小錘子，打起來，聲音非常好聽。用那個大木頭棍子撞鐘，聲音很渾厚的，然後拿那些小錘子錘那些小鐘，聲音很好聽，它能夠打出《東方紅》樂曲的聲音。沒想到，後來細細地考察這些音節，正如許多歷史書中記載的那樣，古代有九個音節，這個情況，是研究音樂的人意料不到的。現在有許多音樂家、樂理家、樂譜創作家、樂理研究家再分析，用它可以敲打出貝多芬的交響樂，使搞外國樂理的人大吃一驚，說為什麼這個春秋戰國時的樂器，還能奏出貝多芬的樂曲來呢！其實，貝多芬又怎麼樣呢？他只有兩隻手一個耳朵，據說晚年一個耳朵聾了，聽說第幾交響樂中有幾個地方拐不過彎來，聽着很直，可見貝多芬也有缺欠。

這個編鐘在隨縣出土，現在陳列在湖北省博物館裏，是楚國國君送給

曾侯的，這套編鐘無疑是楚國人做的。我們再翻開歷史，中原地區的人，認為楚國是夷狄，所謂「戎狄是膺，荊舒是懲」。蘇州，現在算不算腹地？可是吳人說吳的祖先是由中原地區跑到這裏來的，並說等於到了蠻夷之鄉，由此可知中原地區的觀念是多麼狹窄，眼光多麼短淺！而吳楚在春秋戰國時代，都被認為不是中原民族，那別的地方就不用說了。所以相對於中原那個小地區的文化來說，楚國的編鐘就是少數民族創造的了。春秋戰國時候，少數民族就有那麼高明的創造，恐怕是歷史學家、考古學家都意料不到的事。我們再說後來用的琴、瑟、笛，笛叫羌笛，非中原的琴叫胡琴，什麼都是胡。在中原地區的人，把凡不是這一地區的人都叫胡，像我就是胡。小時候，我就說過一次「我是胡」，我祖父就罵我說：「人家罵你是胡，你自己怎麼也罵自己是胡呢？」我說：「我自己也不知道胡是怎麼一回事。」說我們是韃子，韃子又怎麼樣呢？這個沒有關係，它是民族的名稱，你當貶義說，我當褒義聽，這有什麼不可以呢！所以我今天到這裏真是「胡說」了。

至於胡琴，外來的都叫胡琴，後來我們唱皮黃戲、唱京戲拉的那個不是也叫胡琴嗎？兩個弦的叫二胡。凡外來的叫「胡」不奇怪，後來外來的都叫「洋」，什麼都是洋的。琵琶也是一種胡琴。笛，諸位都讀過唐詩，「羌笛何須怨楊柳，春風不度玉門關」。羌笛、羌人其實我們隨處都可遇到的，「羌」這個民族我不曉得現在還用這個名稱否？反正是從西南直到西藏，有許多古代羌族的後裔。笛這個樂器，可以拿到大交響樂中去吹，但竹管做的這個笛就不同了，那是中國樂器。所以漢、唐的宴樂都是非中原民族的東西。又如舊龜茲樂譜，是最講究的一種樂譜。龜茲，是我國新疆的一個地方，那個地方的音樂好聽，《大唐西域記》中就講到龜茲地區「管弦伎樂，特善諸國」，所以唐、宋兩朝組織的大樂隊全是龜茲樂，到了清朝，朝會大宴的時候，音樂很多，各個民族的整套整套的樂隊在正月初一

的大宴饗都有，可見各族的音樂是共同演奏的。

這說明各族的音樂已滲透到樂譜、樂器、樂調和作樂的方法中了，這個影響我就分不出來了，肯定是有的。現在我們隨便唱一個唱腔，我也分不出來這個唱腔來源於哪一個地區、哪一個民族了，所以我覺得音樂有這樣明顯的證據，說明各民族的音樂豐富了我們中國的音樂，有的地方叫國樂。不管怎麼樣，整個中國的音樂是各民族共同創造的。

2. 雕刻。

我們看見殷墟（河南安陽一帶）出土的玉雕的人、石雕的人，也有立體雕的人。有一個石頭雕的人，好像一個大青蛙，在那兒瞪着眼睛，有頭、有身子、有嘴，你看不出更多的形象來，大致是一個人的模樣。到了漢朝，在武梁祠、孝堂山的那些石刻，看起來都是平面浮雕，就像我們現在看的皮影戲中的皮影人，是一個扁片，這個人臉是這樣子的，就永遠是這樣子，再翻過來沒有正面的臉，漢畫像是這樣的，偶然有一點立體的雕刻，也非常粗糙。到了北朝，我們看見了洛陽的龍門、大同的雲岡，四川的大足，非常多。北方的這些雕刻群，最早的是北魏，六世紀雕的那些立體的、有血有肉的佛像，我們知道，唐宋人在廟宇中畫的大批的壁畫，常常把當時皇帝的像畫在裏頭。特別是道教的影響，像宋徽宗等人，特別信道教，都著名了。宋朝信奉道教，是從唐朝繼承下來的，因為「老子」姓李，所以李姓的唐朝特別重視道家，因此，道教的像特別多，其實有許多是吸取了佛教的。北魏的寇謙之改造的道教，加上了許多佛教的東西。唐宋的許多壁畫中的大神仙，據記載好多都是某某皇帝的面容。所以從這個道理來看，北魏所造的那些佛像，都有真人的模特，真人的標本，是毫無疑問的。這些模特也許是當時的高級人物，或某個大師、某個和尚、某個學者等。這很難說。

那麼，北魏的像呢？你看見的都是些有血有肉的人。那早期的佛像是

垂着腿，後來叫結跏趺坐，兩條腿這麼交叉着，再就是盤起一個來，再就是兩腿全盤起來了，佛像也逐漸地在演變。有這樣一種說法：「吳帶當風，曹衣出水。」唐朝的吳道子畫的人的衣服飄帶好像能飄揚起來。至於「曹衣出水」，曹是誰？有爭議，我們且不管，據說他畫的人都像剛從水裏頭出來，衣服沾了水，全貼在身上，露出肉來。但是從他鼓的地方還可看出來他身上穿着一件紗衣，這個就難表現了。在畫裏頭，你把肉的顏色可以畫得黃一點，紗染得白一些。石刻你怎麼表現呢？我們看北魏以來的那些佛像的雕刻，極薄的紗，他能用極硬的石頭表現出來，北魏的雕刻已經能達到這個水平。越到後來水平越高，不管宗教家怎麼說，這些佛像所要表現的是偉大的英雄。可又說佛是大慈大悲的，又英雄、又慈悲，這個矛盾怎麼統一呢？我們看那些雕刻，它能統一。你看他也很威嚴，可又不是瞪着眼睛，並不是魯迅所說的「金剛怒目式」。力士有金剛怒目的，可是那個主要的佛，並不是金剛怒目式的，可是他的威嚴、他的慈悲，都在這裏頭表現出來。這種雕刻更不用說與殷墟雕刻比，就拿漢朝雕刻比，它們遠沒有這樣水平。這是什麼人創造的？我們知道北魏是拓跋氏，拓跋氏是鮮卑族，他們在洛陽那個地方雕刻，其中定有少數民族的工匠，從人物的臉面風格來看，肯定地說，是鮮卑人居多，鮮卑的勞動人民在裏邊起了主要作用，他們同其他幾個民族的勞動人民共同創造了這些雕刻。

雕塑，拿一把泥，捏一個小小的人，還要用刀雕來雕去，也不容易刻好。幾丈高的像，上去敲一下，雕一刀，下來再看看，就這樣上上下下，要費多大的力氣！我們現在上三層樓還喘，要我去雕刻，連一個耳朵都雕不出來。到了唐朝，唐人雕刻的臉就豐滿了，我們一看這個石刻，就可知道是北魏的、北朝的，或者是隋唐的。到了隋唐，臉就圓了，隋唐的人以圓臉為美，而鬍子呢，以捲起來的為美。杜甫在《八哀》詩中說，汝陽王璡虯髯似唐太宗。我們現在看到的唐太宗李世民的畫像是傳為閻立本的底

稿，叫《步輦圖》。步輦不是套着車、套着馬，而是幾個人抬着一個平的座位，他坐在上頭。輦就是車輦。這個李世民的像，鬍子也是彎的。據記載，說李世民的鬍子彎得可以掛一張弓！哎呀，這得多硬的鬍子呢？我說，我們不管李世民他自己承認他是否為涼武昭王李暠的後代，反正涼武昭王屬於西北少數民族，這是毫無疑問的。他到了中原地區，說我姓李，是老子的後代，就是李耳老聃的後代。不管你說什麼，你愛是誰的後代也不要緊，反正他的鬍子是彎的。這樣我們就可知道唐朝的文化毫無疑問是多種民族文化的合成體，他是「來者不拒」。我們知道唐朝的文化是最盛的，在封建文化裏唐朝是個高峰。唐朝的高峰是哪裏來的呢？他是「兼收並蓄」，「來者不拒」。他為什麼敢於大量吸收呢？因為他沒有那個框框，沒有說我是只限於這麼個小地區，這裏才是我的家。他不是這個想法，所以唐朝有那麼豐盛的文化，有那麼燦爛的成就，不是偶然的。他要腦子裏有那麼一個小框框，他就不可能有那麼大的成就。

我們現在再看一看漢朝人，很講究！漢成帝的妃子叫趙飛燕，據說趙飛燕能作掌上舞，腰非常細。而到唐朝呢，不管那一套了，非常健康，臉要圓，身腰要粗，所以他就健康起來了。我們說，今天我們中華民族非常強盛，擺脫了「東亞病夫」的稱號，這是我們偉大的共產黨的功勞。可是，我們民族雖然歷經帝國主義種種摧殘，而仍然能夠以各種鬥爭方式保存下來，沒有被帝國主義者壓倒，我們的民族精神是最大的支柱。這個民族精神與民族體力的健康也不能說毫無關係吧！我們是唯物論者，我們說這人只有精神，沒有體力，不把體力考慮到裏邊，恐怕不行。我們要是按照漢朝的標準，腰越來越細，我們這個民族就真正危險了。我覺得我們在唐朝以後，中華民族就起了一個很大的變化，在人的體魄上、體質上我覺得也有很大的波動，中間經過元朝，經過清朝。北方經過遼金，這是一個很重要的事情，有很大的促進作用。舉一個例子：在戰國時候的那個趙武

靈王，曾經穿上少數民族的胡服，學騎射，這是個了不起的改革，真是要強健他國家的力量了，但結果被他的兒子關起來餓死了，從中我們可以知道惰性的力量有多大。他想穿胡服學騎射，就被頑固派把他整垮了。而到了唐朝呢，乾脆穿胡服騎射了。我這是有根據的，這個趙武靈王的失敗，可以反映唐朝的勝利，也反襯出唐朝的偉大了。

3. 繪畫。

我們翻開講繪畫史的書，可以看見許許多多少數民族的姓名。姓尉遲的、姓曹的，很多很多。如尉遲乙僧就是于闐（今新疆和田）貴族，這無疑是少數民族。敦煌壁畫中，有少數民族文字記載的畫工的名字，其實也不用他寫上名字，只要看看整個的成果就很清楚了。它是北魏時開始畫的，在河西地區，毫無疑問，沒有少數民族參加，是不可能的。在絹素上做的絹軸畫也流傳下來很多。比如有一幅有名的天王像是尉遲乙僧畫的，畫的底子用些重的顏色填上去的，這是少數民族的繪畫法。有一個現象很值得我們注意。佛教是從印度來的，毫無疑問，佛是印度人，印度的佛教畫，現在還保存一個洞窟，叫阿旃陀，這個洞窟裏畫的畫，是佛在説法，他的弟子迦葉拿着一枝花，拈花微笑。我們看了這幅畫，怎麽也不相信它是佛教畫，就像油畫似的，人的形象也不是我們熟悉的佛的形象。那是印度人六世紀畫的，和我們北魏敦煌壁畫的時間相同。但是，我們拿阿旃陀壁畫和敦煌壁畫一比，截然不同。佛教的美術，從佛故事的形象、佛的理論、佛的整個宗教，全遵印度，到了中國，立刻就變成中國的佛教，佛教的美術就變成中國佛教的美術。我們新疆這裏有許多洞窟，裏面畫着佛像，和敦煌雖然略有區別，但基本的畫法仍是中國畫，這種畫一直往南到西藏。

西藏的藏密的畫，與中原地區的畫、與北方地區的畫稍有不同，但是跟印度的畫截然兩樣，東傳到日本，東方的密教所傳的畫像，和中國的畫

法完全一樣，而跟印度阿旃陀的畫法完全不一樣，這說明我們這個偉大的中華民族有多麼大的消化能力！這種融合的能力、建立的能力多麼大啊！它到了我們這裏就成為我們的營養，而它成了我們兄弟民族共同的風格，這種風格在國內各民族都適用，而和它的來源，佛教的老家藝術反倒不一樣了，這一點很值得我們細細想一想，真足以自豪！我們兄弟姊妹有多少人，不管語言文字有什麼不同，而他創造出來的是一個有統一風格的藝術品。我每次知道某地出現一個新洞窟，總願趕快看看，看不到原東西也要看看照片，一看是中國風格，中國風格就包括各民族的風格，而跟印度的、跟它的來源風格不一樣，這個真值得我們自豪啊！

再說文人畫。宋朝的文人畫有很多區別，別人都是那樣畫山，那樣畫水。出來一個人叫米芾，字元章，畫喜歡用點子點，《芥子園畫傳》甚至稱大點為大米（元章），小點為小米（友仁）。米芾是哪裏人呢？他自己說襄陽米芾。大概祖先在襄陽住下了。他有幾個特點，一天洗幾次澡，洗多少回手，看看書，看看畫兒就洗手，吃飯的時候和人不同席，你在這桌吃，他在那桌吃。拿個硯台給人看，說你看我的硯台好不好？有人蘸點口水研墨，他就不要了，說你拿去用吧！因此，大家說米元章有潔癖，我請問這是潔癖嗎？不言而喻。他是哪族人？是西北的米姓，是昭武九姓之一。唐朝在西北有九個姓是少數民族的姓。

到了元朝，有個高克恭，專畫米元章這一派的山水，也是點，他是哪裏人？他是高昌人，漢姓也就姓高了，這個人歷史上只說他是西域人，也不言而喻，他一定是維吾爾族人。而他不學別人，只學米，他的畫在歷史上很有名，故宮博物院藏的畫就有他的，很了不起。他畫的山的形勢是往裏頭伸的畫法，這種畫風改革了唐宋以來的畫風。說文人畫，要講宋元文人畫，你不能不提到米和高。

元朝還有一個叫倪瓚，這個倪也是昭武九姓之一，也是西北少數民

族。可是，他説他是無錫人，是家住在無錫。這個人一天洗幾回澡，與人不同席，不跟人家一塊吃飯，老説人家髒。大家認為他有獨癖，不跟隨大家一同生活。試問這個人是什麼民族呢？而他的畫法，在元朝屬於第一流。他畫得非常簡單。你們畫很多的樹才成一片林子，我就畫兩棵三棵就是一片樹林子，隨隨便便勾幾筆就是遠山，概括、簡練。他這個人的行為很高尚，不同流合污，不人云亦云，有很強的個性，而又好乾淨，不和人一同吃飯，我們可以判斷出他是什麼民族。而從畫風上講，有人説是江南派。後來人們以家中有沒有倪瓚的畫説明自己的高明與不高明，誰家要有一幅倪瓚的畫，説明我很高明，因為我有倪高人畫的畫。倪瓚，人稱他為高師，這並不是因姓高，而是説清高的高，大家多方面佩服他，稱他為高師。在畫派裏有那麼高的地位，被人這麼尊敬，這是很不容易的。他並不是無錫的土著，他的姓是從西北去的，是西北少數民族。

在唐朝以後，元朝這個民族的兼收並蓄氣魄更大了，一直到中亞、西亞地方的人都可以來到元朝這個區域裏做事情。那時把西域各族人都稱之為色目人。而所謂的漢人是包括遼、金人在內，南人就是江南的人。它全都兼收並蓄，這是在唐以後各民族的一次大聚會。

上面我們説了元朝的畫，還可説説字 —— 書法。倪瓚也是一個書法家，還有一個書法家，他姓康里，康里部落的人，名字叫巎巎，是音譯，字子山，他的草書寫得非常好。大家知道有個趙孟頫，是元朝大書法家。有人問趙孟頫，説你一天能寫多少？趙孟頫説我一天能寫一萬字。有人去問康里子山，你一天能寫多少字，他説我一天能寫三萬字。他寫草書快極了，維吾爾族原用竹筆，蒙古人也用，寫起來很快，他寫字這麼快，與他本民族習慣有沒有關係，現在沒有正面論據。我推論，必然是有關係的。

康里在哪裏呢？在蘇聯境內的一個部落。這些人，不但在藝術上、雕刻上、繪畫上、音樂上有貢獻，而且在寫漢字、作漢文、作詩、填詞上

也很有貢獻。我們翻開元朝人的文章、詩詞，他們寫得很多很多，而他們也同時能用本民族語言文字寫東西，如薩都剌、廼賢等。薩都剌是個大詩人，他的名字據說是阿拉伯文，翻譯出來就是「真主恩賜」的意思。我不懂阿拉伯文，在座的同志一定有知道的。他字叫天錫，「天錫崇古」，天所賜，跟名字的意思一樣，他用漢文作的詩非常好。還有一個廼賢，他是什麼地方人呢？葛邏祿，快讀是和魯，是葛邏祿部落的廼賢，作的詩是唐人的味道，唐人的音節。現在我們選元朝人的詩、講元朝的漢文學史，你能把薩都剌、廼賢取消嗎？講宋、元的繪畫史，你能把米芾、高克恭、倪瓚取消嗎？講書法史，你能把康里取消嗎？不能，他們不但不能取消，而且還是起大作用、佔重要位置的人。

4. 語言。

在漢語學上，有位絕大貢獻的人是陸法言。這個人生在北朝末期，到了隋朝，他創造了一個方法，編了一本書，是專記漢語的。他是鮮卑族人，他肯定會說鮮卑語，為什麼知道？在顏之推著的《顏氏家訓》裏記載說：現在的人能夠彈琵琶，會說鮮卑語就算是很漂亮了，在社會上就一定容易交朋友，一定受人重視。這就好比今天有許多人說：「我會外國語，不但能說第二外國語，還會說幾國外語。」大家就說他本事大。當時在中原地區的顏之推是漢族人，他就知道許多人會彈琵琶，會鮮卑語，這是當時流行的時髦東西，那麼當時的鮮卑人能夠不說鮮卑語嗎？

陸法言編的一本書叫《切韻》，大家都知道這個「切」，即「反切」。什麼叫做「切」呢？就是用兩個字拼一個字的音，比如東方的「東」，用「德紅」切。怎麼叫「切」呢？就是把上一個字的聲母、下一個字的韻母拼起來，拼出這個音，然後分部，分四聲：平、上、去、入。這是一個了不起的新方法。在以前只能用同音字來注音，如茶碗的「碗」，讀作「晚」，早晚的「晚」。這就有一個毛病，你若不認識早晚的那個「晚」，你也不

認識這個茶碗的「碗」。他發明這個切韻的方法就是拼音的方法，這個方法打從隋起到今天，大家翻翻《康熙字典》，一直到新編的許多字典，如《辭源》《辭海》裏還有什麼什麼切，這個方法到今天還在用着，而它的進步性在哪裏呢？漢語的調子有四聲，如「東董凍篤」，現在要用普通話，以北方話為基礎，以北方音為標準的普通話，都也有調號四聲，比如「灣糾碗腕」是陰陽上去；「東董凍篤」是平上去入，這很清楚的。

可是，現在呢？說是用拉丁拼音，這當然應該比陸法言高明，至少晚一千三百年，我們應該比陸法言進步了，可現在拼出來呢？一大串，沒有隔開，也沒有調號，比如說這個「茶碗」，可能讀成「叉彎」，我有一個刀叉，這個叉彎了。沒有調號，這個詞彙的意思就不明確，而現在的漢語拼音，把調號一律都取消了，讀起來就不行，如「你上哪裏去」？「我回北京」，可能讀成「悲京」、「背景」。我就問人，為什麼你們不加調號？他說那不就穿靴戴帽了嗎。啊！我說你穿靴戴帽不？看你凍的時候穿靴不穿、戴帽不戴。人都穿靴戴帽，為什麼字母不許穿靴戴帽呢？這是為什麼？總覺得因為是外國人沒有的，我們不能添上。其實呢？你拼的是漢語語言，不添也不行啊！我為什麼說這個？就是說我們一千三百年之後的人，運用拼音的注音方法還不及一千三百年前我們兄弟民族鮮卑人遺留的辦法優越。鮮卑族的陸法言遺留的這個辦法，是古代沒有的，後代不接受的，後代把它拋棄的，而現在古字典注古音還用這個。我們現在想推行普通話而不接受陸法言的這一點經驗，這一點辦法，我看推廣普通話就用漢語拼音是很難的。你們看（指講台上的擴音器）這個上就有浙江溫州無線電十二廠，等一會兒大家看看，這上面一大串字母，拼不出來，我不知道從哪裏斷。毛主席説：「有比較才有鑒別。」我經過比較，我覺得陸法言在一千三百年前是我們的前輩，少數民族研究漢語的老前輩，這個方法到現在還不能隨便一筆抹倒。

5. 文學。

最後我談談文學。少數民族用本民族語言文字所寫的文學是了不起的寶貴財富。前天拜訪新疆社會科學院，見到許多位同志給我介紹現在正在翻譯的《福樂智慧》，維吾爾語寫的古代遺留下來的長詩，也是史詩，這是寶貴的財富。我聽了聽介紹，覺得它與許多用漢文寫的詩歌詞曲，在音節上有很多關係，我是喜歡搞音節這個東西的。我寫過一本小冊子，講詩詞的聲律問題，我就想吸取一點。西洋與我們遠，因為它是印歐語系，我想阿爾泰語系對於我們漢語古典文學一定有影響。我現在很盼望將來能讀到漢語本的《福樂智慧》。現在我要找懂維吾爾語的同志好好學一學。用少數民族自己的語言文字寫的，或用漢語寫的，前邊我舉了像薩都剌、元好問，大家都知道他們是鮮卑人。元姓是拓跋氏後裔，唐朝與白居易一起的那個元稹，就是拓跋氏了。用漢文寫作，也受到若干少數民族的音律、語言、手法等多方面的影響，我們講漢朝的挽歌、鐃歌裏頭有許多字，只起到幫腔的作用，這些有音無義的字是什麼？我很懷疑是少數民族的語言，比如《鐃歌》裏的「匪乎歛」，「噫無魯支呀」，是什麼意思？不知道。「匪乎歛」，這分明是一個意思，是一個音，有人講「匪」就寫皇妃的「妃」，「乎」就寫呼叫的「呼」，「歛」就寫「豕」字旁加一個希少的「希」（「豨」），這怎麼會有一個王妃在那裏喊豬？沒有這個道理。「噫無魯支呀」，這也是糊塗，注《鐃歌》的人膽子真大，胡注，我覺得可能是古代哪一個少數民族語言隨着樂譜過來的。我們再看《漢書·西南夷傳》，西南少數民族的詩，整套地翻，翻出來給它用四個字注出來，對得很不準確，但是《後漢書》裏頭整篇整篇地把這些詩記錄下來，很不簡單，我們更不用說佛經了，佛經整個全是翻譯的。北齊有一個人叫斛律金，這個人不會寫字，該到他簽名了，他瞪眼說，我不會寫漢字。別人說你看見過蒙古包的帳篷了沒有？你的名字就按帳篷頂畫一個就行了，他光在底下畫了

一個橫道，算是帳篷。但中間的柱子呢？即金字中間那一道，於是他拿筆倒着往上畫，算是把柱子畫上了，可是從底下往上畫，你可以知道這人漢文有多高的水平了。這不是他的恥辱啊。他作的詩雖只傳下一首來，但凡是研究文學史的誰也抹不了它，就是《敕勒歌》：「敕勒川，陰山下，天似穹廬，籠蓋四野。天蒼蒼，野茫茫，風吹草低見牛羊。」「野」唸作「雅」，這首詩在當時古聲裏是押韻的，「敕勒川，陰山下，天似穹廬，籠蓋四野」。「天似」二句等於把七言句加了一個字，「天蒼蒼，野茫茫，風吹草低見牛羊」。整個調子是：三三七、三三七。這個節奏咱們今天數快板都用。大家都會數快板，究竟數快板是北方人學敕勒部落的人呢？還是學少數民族的語言呢？還是少數民族用漢語來寫的呢？到今天還糾纏不清。對這首詩有兩派意見，有說這是用鮮卑語翻譯的，有說是斛律金自己寫的，自己唱的。到底他會唱不會唱？是誰寫的？無頭案，永遠沒法兌現，因為他死了，歷史過去了，你沒法證明了。可是我可以肯定一句話，在我們燦爛的中國文學史裏頭，有這麼一位作家，偉大作家，沒作別的，就這一首詩，便流傳千古。

再說李白，他是中國的詩仙。他是哪族人？他和李世民是一家子，昭武九姓之一，西北地方人，流寓到四川做商人。歷史上沒有詳細寫他是哪一族和具體的族名，但是我們可以肯定，他是偉大的詩人，這一個偉大詩人是少數民族。其實我對少數民族有這樣一個理解，我覺得咱們一切都應該辯證地看問題。比如甲地區某族的人到乙地區來，乙地區其他民族的人多，甲就是少數民族；乙地區某族人到甲地區，那裏另外民族的人特別多，乙就是少數民族，多和少還要看具體環境來決定。總起來說，全中華人民共和國有個總數，在地區上講呢？哥哥到弟弟家，哥哥是少數，弟弟到哥哥家，弟弟也是少數，很有意思，很親切。李白肯定是少數民族，而他成為全民族的偉大詩人，這沒有什麼奇怪的。

到了清朝，有個納蘭容若，即納蘭成德，詞作很有名，他是呼倫四部的人，即舊滿洲地區的人，姓葉赫部落。他的詞很有名，為什麼？他受古典的束縛很少而創造出新穎的風格。再看曹雪芹，曹無疑是原來從關內流寓到關外的，他的祖父給康熙上的奏摺，康熙批語有滿文，這個奏摺是不許別人看的，只能皇帝和寫奏摺的人看。康熙用滿文批，肯定曹雪芹的祖父是懂滿文的。而曹雪芹呢？接受了滿文化，用漢文寫出來的《紅樓夢》，成為古今很有名的著作。《三國演義》《水滸傳》《西遊記》等都是了不起的古小說，自從《紅樓夢》出來，你看看，它的手法，它的成果，藝術水平是古代少見的。所以現在《紅樓夢》在中國文學史上地位特別突出。為什麼曹雪芹沒有受到那個框框的限制，因為他有他自己獨特的發明創造。《紅樓夢》這個偉大的作品是多數民族創作的還是少數民族創作的？我在內蒙古見過蒙文的翻譯本，大家對這很有興趣。那麼這個財富是哪一個民族獨有的財富呢？肯定是公有的財富。

上述是在文學史上，我們在曆算天文上就不說了，那更多。元代有一個撰《萬年曆》的札馬魯丁，就是回族人。元朝以後，明、清兩朝有欽天監，欽天監裏算曆法有西洋科的。用西洋算法的是南懷仁啊！還有回族科，用算回曆的辦法算曆法。明、清的欽天監就是用各種算天文曆算的辦法來求得日月運行的準確性，那麼在曆法上就有我們少數民族的貢獻，這是大家都知道的。

最後我舉個例子，大家都知道北京城，許多人都問北京城是誰修的？大家都傳說劉伯溫修建了北京城，到底劉伯溫修了北京城沒有？我也不知道。可是我知道，北京城這個城圈現在是這樣，而在元代也是這個城圈，北邊向北推了五里，現在北京北邊有個「土城」，那是元代的舊城。元朝的城南到長安街，北到土城，明朝往南展了一里多，到宣武門、崇文門，北邊縮了三里到安定門和德勝門。元朝管建築的，設一個叫查的爾局，蒙

古語，管查的爾局的人，叫乙黑的爾丁，又寫作葉黑的爾丁。這個人是回族，不但他管查的爾局，而且他子孫四代都管查的爾局，元朝北京城的規劃建造全出自葉黑的爾丁四代。大家只知道北京城是劉伯溫造的，諸位大約卻不知道出自葉黑的爾丁。這個城明朝基本上用了它，就是把牆皮加了磚。我們一提城牆，都覺得是用磚砌的。在古代城牆沒有磚皮，只有到了城樓那兒，才有磚，剩下全是巷口，有人說土城是把磚除去了，不對，就是那樣子，因為它厚，沒有風化，沒有經人損傷，於是保留下來。我有這些想法，今天有機會在這裏向諸位請教，這是我的一個好機會，希望得到批評指教。

（白應東根據一九八三年六月四日在新疆人民政府禮堂演講的錄音整理，

柴劍虹校訂）

六、《壬寅消夏錄》與尉遲乙僧畫

　　一九二九年至一九三○年間，楊鍾羲（1865—1940，原名鍾廣，字子勤、幎盦，號留坨、雪橋、聖遺居士等，滿洲正黃旗人）在西單太僕寺街開雪橋講舍，講經史、詞章之學。真正入講舍請教的，卻只有當時留學在京的兩位日本學者倉石武四郎（1897—1975）和吉川幸次郎（1904—1980），後來他們回國，成為日本中國語教學和中國文學研究方面的大師。倉石武四郎在中國兩年多的留學時期，留下了最後八月的生活實錄——《述學齋日記》。這一日記反映了他與那個年代的中國學者之間的交往，具有重要的史料價值。其中幾處提及《壬寅消夏錄》（「消」或作「銷」，前者是）這樣一本書：

　　　　3.29・二十九日。晴。

　　　　閱《會典》。匯文堂回信，要《敦煌縣志》（十五元）。楊鑒資先生來談《壬寅消夏錄》。徐森玉先生來送《秦淮海詞》十八本。是日為黃花崗紀念日，放暇（假）。

　　　　4.1・四月初一日。晴。

　　　　赴雪橋講舍課。拜觀《壬寅消夏錄》，凡四十卷，二十四本。三看封書，一無可用。到俞宅。過一二三館，見原田助教。時范

春節，校課放三天。

4.10．初十日。

楊、吳、孫三先生課。吳先生以倫、王、傅三公為反革命，課上一趣話也。抄《壬寅消夏錄》「凡例」。閱首都萃文書局目錄，有王翼鳳《舍是集》、夏燮《述均》、周濟《求志堂匯稿（存編）》。校《雪屐尋碑錄》第一本。德友堂揚送《歷代題畫詩類》（一百廿元）。

4.11．十一日。陰。

蜀丞先生告暇（假）。拜雪橋老師，奉還《壬寅消夏錄》《雪屐尋碑錄》各一本……

5.3．初三日。晴。

早起訪哲如先生於東莞會館，又不值。即赴通學齋，託還《王寬甫集》三本，並囑訂《自課文》。過直隸書局，獲海源閣仿宋《唐求詩集》（有「宋存書室」朱記）、姚文田《四聲易知錄》（一元）、《墨秋堂稿》（青浦陳琮，二元），並《北平圖書館雜誌叢書（四集）擬目》，尤快人意。來薰閣送揚州、蘇州府志，並《百衲本廿四史》樣本。收三兄信並家信。楊鑒資先生來，贈《陳石閭詩》三部，其二部即轉贈君山、湖南兩師之物也。《壬寅消夏錄》索價貳千，恐無法售出。點書……

上面提及的《雪屐尋碑錄》，也有一個重要的典籍流傳掌故：《雪屐尋碑錄》十六卷，清宗室盛昱（1850—1900，字伯熙、伯義、伯兮，號意園等，滿洲鑲白旗人）著，十六卷，收錄北京郊縣清代碑文八百八十方，是研究滿族入關前後的第一手資料，但該書在當時並未印行傳世。據倉石武四郎《雪屐尋碑錄の跋に代へて》（《支那學》7 卷 3 號，1934.8，《遼海叢書》中有金毓黻漢譯）記載：日本的中國學家內藤虎次郎（1866—1934，字炳卿，號湖南，秋田縣鹿角郡人）從《雪橋詩話》卷一二中得

知楊鍾義藏有《雪屐尋碑錄》的副本，便於一九二九年五月致信倉石武四郎，託其在京打聽，並希望得到過錄本。歲末，楊鍾義遣其子懿涷（字鑒資）攜該書至倉石武四郎寓所，同意由內藤虎次郎轉抄並印行傳世。一九三〇年一月二十三日，倉石接到內藤覆信，希望儘快得到轉錄本。因倉石居處不便，該書遂由寓居東城的吉川幸次郎請人謄錄為數冊，由兩人先後校正，並經楊鍾義校閱，歷半年而蔵事。吉川幸次郎也因此於一九三〇年將內藤虎次郎撰寫的《盛伯羲祭酒》《盛伯羲遺事》譯成中文，以《意園懷舊錄》為題，發表在《中和月刊》1 卷 7 期（1940）上，今收入《吉川幸次郎全集》第 16 卷（東京築摩書房 1970 年 7 月版）中。《雪屐尋碑錄》的正本和楊鍾義副本後來在國內均未見流傳，因此，金毓黻（1887—1962，字靜庵，遼寧遼陽人）在編輯《遼海叢書》（1936）時，又據內藤本抄回刊印，方得行世。

倉石武四郎與吉川幸次郎在中國留學期間，還擔負了幫助日本京都帝國大學文學部和東方文化學院京都研究所（今京都大學人文科學研究所）購買漢籍的任務，像陶湘（1870—1939，字蘭皋，號涉園，江蘇武進人）所藏的叢書類善本，即由二人介紹，為東方文化學院京都研究所購去。但是《壬寅消夏錄》這樣一部書，根據《述學齋日記》的記載，似乎因為開價太高，當時並未流失東瀛。而在國內所出的各種清人著述書目中，又並未有該書的一點記載。（鄭偉章《文獻家通考》〈北京：中華書局 1999.6〉「端方」條稱「繆荃孫為其撰《消夏錄》稿本四十冊，今在故宮博物院」；尚小明《學人遊幕與清代學術》〈北京：社會科學文獻出版社 1999.10〉據李葆恂的《有益無益齋讀畫詩自序》著錄為《壬寅消夏記》，均似未見原書）

非常巧合的是，該書在解放初期，曾經我手，由收藏家蘇厚如先生處售歸國家文物局，《述學齋日記》的整理者持以相詢，因將與該書相關的

故實記述如下。

1.《壬寅消夏錄》及其遞藏。

《壬寅消夏錄》是清末端方收藏的書畫目錄。端方（1861—1911），字午橋，號陶齋等，滿洲正白旗人，亦署浭陽（今河北豐潤）人，光緒八年（1882）中舉，歷官陝西按察、湖北巡撫、湖廣總督、江蘇巡撫、兩江總督、湖南巡撫等。宣統元年（1909）夏，調任直隸總督。同年底，因在東陵拍攝慈禧葬禮，被劾免官。一九一一年起用為川漢、粵漢鐵路督邊大臣。同年，四川保路運動起，由湖北率新軍赴川鎮壓，行至資州，為起義軍所殺。在今人的評述中，端方被稱為清政府幹練的官員，並認為其在地方致力於近代化事業，如設立學堂、創建圖書館、資助青年出洋留學等。

端方在公餘，好事收藏，因其官職所在和蹤跡所至，成為清代有數的收藏大家之一。舉凡甲骨青銅、碑拓錢幣、印章玉器、典籍字畫，無不在其收羅之列。他的收藏主要通過其幕府中的文士代為鑒別，並由他們撰輯成書。這樣就有了《陶齋藏石目》《陶齋吉金錄》《陶齋吉金續錄》《泰西各國金幣拓本》《陶齋藏石記》等書的刊印。因此當其收藏在身後散佚之後，這些著錄書籍便成為後世研究的重要資料。

《壬寅消夏錄》與以上收藏著作不同的是，它在端方生前並未印行流傳，因此也不像以上著作那樣經見。而它著錄的又是端方收藏品中數量最多的名家字畫，所以受到其後諸多書畫研究者的關注。據李葆恂《有益無益齋讀畫詩自序》的記載，該書畫目錄是由樊增祥、繆荃孫、李葆恂、程志和等代撰，凡四十卷、二十四冊。端方被殺之後，其遺物由端四太太抵押，至贖取日，未能取回，遂為當鋪散出。其中藏品多為恆永、景賢所有，景賢的《三虞堂書畫目》（景賢撰、蘇宗仁編，中華民國二十二年〈1933〉排印本二卷）中，許多收藏品即為《壬寅消夏錄》中物。但《壬寅消夏錄》稿本，卻不在此流失範圍內。該書在端方生前，就為楊鍾義借

觀，一九一一年端方不測後，遂為楊氏所有。從《述學齋日記》中可知，一九三〇年楊氏曾擬售與日本而未果。但此後，該書抵押給了蘇厚如。蘇宗仁，字厚如，安徽太平縣人，曾任職於浙江興業銀行，亦好收藏。解放初期，書畫鑒定家張珩（1915—1963，字蔥玉，浙江鄞縣人）前輩頗疑《壬寅消夏錄》中有重要的資料線索，遂由國家文物局從蘇氏處購得該書稿本，今則歸中國文物研究所收藏。其書在當時夾有大量出自繆荃孫等人之手的籤條，但歸諸文物局時，許多籤條已不存。今《續修四庫全書》「子部·藝術類」（上海古籍出版社 2000）第 1089 冊 255～679 頁、1090 冊 1～296 頁影印出版了該書，題作「端方撰」。

2.《壬寅消夏錄》與尉遲乙僧畫。

《壬寅消夏錄》中著錄了大量珍貴歷代名人字畫，後世評述多有歸功其幕僚之精鑒者。但應該說，正是由於端方過分相信了這些幕士的文化水平，而忽視了他們在字畫鑒別方面的專業能力，反而使其收藏魚目混珠，贗品充斥其中。今就其最為得意的壓首作尉遲乙僧畫論之。

《壬寅消夏錄》中的「壬寅」當為光緒二十八年（1902），係端方編定該書的年代。在他編就《壬寅消夏錄》之前，一直以未能有一幅稀世珍藏作為開卷而遺憾。有蒯若木者，為蒯光典（1857—1910，字理卿，亦作禮卿，號季逑，室名金粟齋，安徽合肥人）侄，光典無嗣，故遺產均歸之。一日，光典攜尉遲乙僧《天王像》往訪。尉遲乙僧為唐于闐國畫家，貞觀初入唐，授宿衛官，封郡公，與父尉遲跋質那均以畫馳名中原，號大、小尉遲。乙僧善畫外國事物與佛像，其畫尤以重於設色的表現方法而迥異於中朝畫風。流傳下來的所謂尉遲乙僧畫亦僅數幅，故彌足珍貴。所以當端方見到這幅《天王像》時，覺得《壬寅消夏錄》的壓首之作就在眼前，因而對蒯若木說：室內的藏品憑君所選，唯獨此天王像必不再出其間。傳云蒯若木亦有備而來，假作推諉之後，便取走了一幅趙孟頫的《雙松平

遠圖》。端方獲得尉遲乙僧畫的這一經過，聞諸張瑋，瑋曾娶白俄女子為妻，而任俄羅斯領事職，「文化大革命」時以裏通外國罪被繫，瘐死獄中。現在看到的《壬寅消夏錄》，因為按作品年代排列的緣故，《天王像》題作《唐尉遲乙僧刷色天王像卷》，在第一卷中，但不是第一篇，而第一篇《出師頌》也非真跡。《雙松平遠圖》題作《元趙文敏雙松平遠圖卷》，在第八卷中。

　　但無論是尉遲乙僧的《天王像》，還是趙孟頫的《雙松平遠圖》，經過民國以來的輾轉遞藏之後，現在都流傳到了海外。尉遲乙僧畫實際上是一幅贗品，現在美國華盛頓弗利爾美術館 (Freer Gallery of the Fine Arts)，推蓬裝，有項子京、張醜跋，1999 年曾親去目驗之。趙孟頫的《雙松平遠圖》卻是一幅真跡，現在美國大都會博物館。原有乾隆題詞，後被刮去，致留下白色斑點。但現在經過重裱之後，彌補了白斑，頗見裱工手段。

（朱玉麒根據二〇〇一年四月十二日及二十五日的談話錄音整理）

七、書法二講

1. 入門與須知。

　　不管從事什麼工作，都須先對它有一個正確的認識，學習書法、欣賞書法當然也如此，這似乎是一個無須多言的話題。但問題是：這裏面有許多看似簡單的問題實際並不簡單，看似不成為問題，實則大有問題。特別是有些「理論」、「觀點」是自古傳下來的，有很多還是出於權威的書法家、書法理論家之口，看似金科玉律，頗能唬人，其實大謬不然，必須正名。否則必將被這些貌似權威的理論所欺，走入歧途。

　　(1) 書法的特點和特殊功能。

　　這裏所說的書法指漢字書法。字是記錄語言的，而漢字又是由象形等的方塊字組成的，較之其他文字最具有圖畫性，因而它才能形成所謂書法這一門藝術。作為文字，它有它基本的功能，即以書面的符號形式把語言詞彙記錄下來給人看。這時文字就代表了語言，書面的功能就代表了口頭的功能。比如在古代，你要與遠方的朋友交流，就不能靠語言，因為他聽不到，所以只能通過寫信靠文字傳達。又比如古人要與後人交流，也不能靠語言，因為它不能保留，所以也只能把它們轉變為能長期保留的文字符號。這是文字的一般功能和普通功能。

但文字，特別是漢字還有它的特殊功能，即它能非常鮮明地反映書寫者的個性。比如某甲所寫的字就代表了某甲的個性、具備某甲的特點，而某乙所寫的字就代表了某乙的個性、具備某乙的特點。二者絕不會混同，即使互相仿效也絕不會完全相同。比如某乙學某甲的簽名，雖然寫的同是一個「甲」字，但寫出來的效果總與某甲寫的「甲」字不同。這是為什麼呢？因為文字只要是由人拿起筆寫出來的，而不是由統一的機器印出來的，它就必然帶有人的個性。人與人手上的習慣、特點總不會完全相同。比如結字、筆畫，以至用筆的力度等都會有所不同，再刻意地模仿也總會露出破綻，不會完全一樣。正像哲學家所説的，世界上沒有絕對相同的兩片樹葉；刑偵學家所説的，世界上沒有絕對相同的兩個指紋。所以用文字來簽字、簽押、押屬才會有法律效用。文字如果沒有這種功能，銀行絕不會憑簽字讓你領錢。否則，那豈不是亂了套嗎？當然，不認真判別，有時確能蒙蔽某些人，但這不是文字本身所具有的不可混淆的個性出了問題，而是辨別文字時出了問題，其實只要認真辨別總會發現它們之間的差別。五十年代有人妄圖冒充某領導人的簽名到銀行支取巨額現金，最終還是沒能得逞，就是一個很好的例證。同樣，契約、合同也都需簽字後才會在法律上生效，也是基於書寫的這種特殊功能。更有趣的是，對不會寫字的文盲，照樣可以讓他們簽字畫押，名字不會寫，就讓他們畫「十」字，比如連當事人、經辦人、保人一共有好幾個，但最後畫出的那些「十」字沒有一個相同。「十」字尚且如此，何況較之更複雜的文字了？所以從這個意義上説，漢字所具有的這種獨特的個性尤為鮮明。

明乎此，就可以明白臨帖時可能出現的一系列問題，臨帖的人如此，教人臨帖的亦如此。其主要表現有三：

一是常有人失望地問我：「我臨帖為什麼總臨不像？」我總這樣回答他：「這就對了。不但現在像不了，再練一輩子也像不了。不像才是正常

的；全像了，不但不可能，而且就不正常了，銀行該不答應了。你大可不必為臨得不像而失去臨帖的信心。」這絕不是安慰之語，更不是搪塞之語。試想，為什麼自古以來書法流派那麼多？字的不同寫法那麼多？同一個「天」字能寫出那麼多樣？為什麼一看便知這是這個書法家所寫，那是那個書法家所寫？為什麼不會把某乙有意師法某甲的作品就誤作為某甲的作品？其根本的原因就在於每個書法家手下都有自己獨特的習慣和個性。這些個性是永遠不能劃一的，正所謂「性相近，習相遠」也，這樣的例子非常多。

如蘇東坡的弟弟蘇轍蘇子由，及東坡的兒子都有幾件書法作品流傳下來，我們看他們的作品，雖與東坡的有若干相近之處，但總是有明顯的不同。又如米友仁，不但是著名的書法家，而且是著名的鑒定家，宋高宗特意讓他來鑒定祕閣所藏的法書，鑒定後都要在作品的後面留下正式的評語，足見其有極高的鑒賞能力，對書法流派爛熟於胸。但他寫字也未完全繼承其父米元章的風格，明眼人一看便知米元章就是米元章，米友仁就是米友仁。這正應了曹丕《典論·論文》中的那句話：「雖在父兄，不能以移子弟。」因為每個人寫文章的觀點和構思都不一樣，兄弟父子之間都很難完全傳授。寫字尤其如此。文章有時還可以偷偷地抄襲一番，但字卻無法抄襲，因為抄也抄不像。既然高明的古人想「移」都移不了，我們就大可不必為臨得不像而苦惱了。當然對老師責怪你臨得不像，你也大可不必放在心上。

二是有人常懊悔地對我說：「我寫字沒有幼功。」這就涉及如何對待教小孩子學習書法的問題了。有的人索性認為小孩子根本不必臨帖。說這種話的人都是自己已經臨過帖了，他已經知道帖上的筆畫是如何安排的了，所以他才覺得再沒必要了。但對小孩子卻不然。比如你告訴他「人」字是一撇一捺，但他不看帖就可能寫成同是一撇一捺組成的「八」字、「入」字、「乂」字。所以必須讓他看看字樣，這就是臨帖。臨帖的目的並

不是讓他從此一輩子練那些永遠模仿不像的前人的字形字體，也不是讓他通過這種辦法將來當書法家，而是讓他熟悉字的基本結構、筆順等。如寫「三」要先寫上面一橫，再寫中間一橫，最後寫下面一橫；寫「川」先寫左面的一撇，再寫中間的一豎，最後寫右面的一豎。讓他養成正確的習慣，寫得順手，寫得容易。這對剛剛接觸漢字的小孩子是必要的。我小時常遇到因寫字不對而遭到老師懲罰的時候，懲罰的辦法就是每字罰寫幾十遍，其實老師的目的不在這幾十遍，而是讓你通過反覆的練習去記住它應該怎樣寫。

於是又有些人認為習字必須從小時開始，進而認為必須天天苦練，打下「幼功」才行，這又是一種極端的認識。寫字不同於練雜技和練武術。雜技與武術確實需要有「幼功」，因為有些動作只能從小練起，大了現學根本做不出來。但書法不是這麼回事，什麼時候開始拿起筆練字都可以，不會因為你沒有「幼功」，到大了手腕僵得連筆都拿不起來。不但不需「幼功」，我認為小孩子沒有必要花過多的時間去臨帖、練字。因為一來如前所云，帖是一輩子也臨不像的，在這上面花死功夫，非要求像是沒必要的。二來書法既然是藝術，就要對它的藝術美有所體悟才行，而這種體悟是需要隨年齡的增加、隨見識的增廣來培養的。小孩子連字還認不全，基本結構還弄不太清，他是很難體會諸如風格特點這些更深層次的內涵的。如果再趕上教小孩子「幼功」的是一位庸師，那就更麻煩了，那還不如沒有「幼功」。

三是隨之而來的問題是應該用什麼帖。這裏面又有很多誤解需要辨明澄清。有人說臨帖必須先臨誰，後臨誰，比如先臨柳公權，再臨顏真卿，對這種說法我實在不敢苟同。因為所謂「帖」，不過就是寫得準確、好看的字樣子而已。只要它能達到這樣的效果即可，不在於筆畫的姿勢、特點。尤其是對小孩子更是如此，只要求其大致準確即可。相反，如果非執

著學某一家，反而容易學偏。有人學柳公權，非要在筆畫的拐彎處帶出一個疙瘩，學顏真卿非要在捺腳處帶出虛尖。出不來這樣的效果怎麼辦？就只好在拐彎處使勁地按、使勁地揉，寫出來好像是「拐捧兒骨」；在捺腳處後添上虛尖，好像是「三尾蛐蛐」。殊不知柳公權、顏真卿這樣的效果是和他們當時用的筆有關係，後人不知，強求其似，豈不可笑？

還有人認為要按照字體產生的次序練字，先學篆書，篆書學好後再學隸書，隸書學好後再學楷書（實際應叫真書，所謂「楷」本指工整，後來習慣用來代指真書），楷書學好了再學行書，行書學好了再學草書。這更是謬說。照這樣說，古人在文字產生以前靠結繩記事，難道我們在練字之前先要練好結繩才行嗎？再說什麼叫學好了？標準是什麼？這和一年級上完了再上二年級是兩碼事。以篆書為例，它又分大篆、小篆、古篆等，有人寫一輩子篆書，如清代的鄧石如，更何況有些人寫一輩子也未見能寫好一種字體，照這樣推算，什麼時候才能寫上隸書和楷書？其實，在隸書之後，唐代的顏、柳那類楷書之前，已經有了草書。漢代與隸書並行的就有草書（章草），後來在真書、行書的基礎上才有了今草。古人並沒有這樣教條，可現在有些人卻如此教條，豈不愚蠢？總而言之，字體的發展次序與我們練字的次序沒有必然的聯繫。

還有人更絕對地認為臨帖只能臨某一派，並說某派是創新，某派是保守，只能學這一派而不能學那一派，學那一派就會把手學壞了。難道不學那一派就能把手學好了嗎？這樣只能增加無謂的門戶觀。須知，臨帖只是一種入門的路徑，無須為它成為某派的信徒。你的風格喜好接近哪一派，你就可以臨摹學習哪一派，如此而已，豈有他哉？千萬不要受這些所謂「理論」的擺佈。

（2）關於寫字時用筆的方法。

其實寫字的「方法」並沒什麼一定之規，沒什麼神祕可言，不過就是

用手拿住筆在紙上寫而已。其實往什麼上寫都可以，比如移樹，人們習慣在樹幹朝南的方向寫一個「南」字，以便確定它移栽後的朝向；又比如蓋房，人們習慣在房柁上寫上「左」、「右」，以便確定它上梁後的位置。不用「毛筆」寫也可以，只要用一個工具把字寫在一個東西上都叫寫字。所以一定不要把寫字看得太神祕。當然要把字寫好也要有一定的技巧。元代大書法家趙孟頫曾說：「書法以用筆為上，而結字亦須用功。」玩其口氣，他雖然二者並提，但是把用筆的技巧放在第一位，而把結字的藝術放在第二位。這種排列是否恰當，這裏暫且不談，先談一談所謂的「用筆」，因為有些人一把用筆看得太高，就產生種種誤解，種種猜測，以此教人就會謬種流傳，貽害無窮。

第一，關於握筆的手勢。

現在我們用毛筆寫字的握筆方法一般是食指、中指在外，拇指在裏，無名指在裏，用它的外側輕輕托住筆管。但要注意這種握筆方法是以坐在高桌前、將紙鋪在水平桌面之上為前提的。古人，特別是宋以前，在沒有高桌、席地而坐（跪）寫字時，他們採用的是「三指握管法」。何謂「三指握管法」？古人雖沒有為我們特意留下清晰的圖例，但我們還是可以根據一些圖畫資料推測出來：原來「三指握管法」是特指席地而坐時書寫的方法。古人席地而坐時，左手執卷，右手執筆，卷是朝斜上方傾斜的，筆也向斜上方傾斜，這樣卷與筆恰好成垂直狀態。此時握筆最省事、最自然，也是最實用的方法就是用拇指和食指從裏外分別握住筆管，再用中指托住筆管，無名指和小指則僅向掌心彎曲而已，並不起握管的作用，這就是所謂的「三指握管法」，與今日我們握鋼筆、鉛筆的方法一樣。這樣的圖畫資料可見於宋人畫的《北齊校書圖》（現藏美國波士頓博物館），畫面上有校書者執筆的形象，即如此。另外，敦煌壁畫上也有類似的形象。日本學者根據敦煌壁畫所著的《敦煌畫之研究》就影印出敦煌畫上一隻手握

筆的形象。現在有些日本人坐（跪）在席上寫字仍如此，我親眼看到著名的書法家伊藤東海就是這樣握筆，與唐宋古畫上一樣。

但有些人不知道這種握筆方法的前提是席地而坐，左手執卷。在宋初高桌出現以後，在高桌上書寫時，紙和筆本身已經成為垂直的角度，所以這時握筆最自然的方法就是本節一開始所說的方法。如果仍堅持這種「三指握管法」，反而不利於保持這種垂直的角度，這只要看一看現在拿鋼筆和鉛筆的姿勢都是與紙面成斜角就能明白。為了使這種握筆的姿勢與紙保持垂直，就只好憑想象、憑推測，把中指也放在外面，死板地用拇指、食指、中指的三個指尖握筆。並巧立名目地把三指往掌心收，使其與掌心形成圓形稱之為「龍睛法」，把三指伸開，使其與掌心成扁形稱之為「鳳眼法」，十分荒唐可笑。最可笑的是包世臣《藝舟雙楫》所記的劉墉寫字的情景：劉墉為了在外人面前表示自己有古法，故意用「龍睛法」唬人，還要不斷地轉動筆管，以致把筆頭都轉掉了。劉墉的書法看起來非常拘謹，大概「龍睛法」握筆在其中作祟是重要的原因之一吧。

第二，關於握筆的力量。

由握筆的姿勢又引出一個相應的問題，即握筆需要多大的力量。這裏又有誤解。有人以為越用力越好，還有根有據地引用這樣的故事：說王羲之看兒子（王獻之）在寫字，便在後面突然抽他的筆，結果沒抽下來，便大大稱讚之。孫過庭的《書譜》就有這樣的記載。包世臣據此還在《藝舟雙楫》中提出「指實掌虛」的說法。這種說法本不錯，但也要正確理解，指不實怎麼握筆呢？特別是這個「掌虛」，本指無名指和小指不要太往掌心扣，否則字的右下部分寫起來很容易局促，比如宋高宗趙構的字就是如此，他的字右下角都往裏縮，就是因為這造成的。但因此又造成誤解，有人說掌應虛到什麼程度才算夠呢？要能放下一個雞蛋。「指」要「實」到什麼程度呢？包世臣說要恨不得「握碎此管」才行。這又無異於笑談。其

實王獻之的筆沒被抽出，是小孩子伶俐和專心的結果，有的人就誤認為要用力，而且力量越大越好。對此，蘇東坡有一段妙談，他說：「獻之少時學書，逸少（王羲之）從後取其筆而不可，知其長大必能名世。僕以為不然。知書不在於筆牢，浩然聽筆之所之而不失法度，乃為得之。然逸少重其不可取者，獨以其小兒子用意精至，猝然掩之，而意未始不在筆，不然，則是天下有力者莫不能書也。」蘇軾的見解可謂精闢之至。

第三，關於懸腕。

有些古人的字，儘管筆畫看起來不太穩，但並不影響它的勻稱靈活，其原因就是筆尖和紙是保持垂直的，不管是古人席地而坐的「三指握管法」，還是後來有如現在的握筆法。否則，把筆尖側躺向紙，寫出的筆畫必定是一面光而齊，一面麻而毛，或者一面濕潤，一面乾燥，不會勻稱。古人有「屋漏痕」、「折釵股」（有人稱「股釵腳」）之說，「屋漏痕」說的是筆畫要如屋漏時留在牆上的痕跡那樣自然圓潤，「折釵股」雖不知具體所指（大約指釵用得時間長了，釵腳的虛尖被磨得圓滑了），但意思也是如此。為了達到這個目的，於是有人就特意強調寫字要懸腕，並認為此也是古法。殊不知，在沒有高桌之前，古人席地而坐，直接用右手往左手所持的卷上書寫，右手本無桌面可倚，當然要懸腕，想不懸腕也不行。但在有了高桌之後，情形就不同了。不可否認，懸腕運起筆來當然活，但也帶來相應的問題，就是不穩、易顫，因此要區別對待。在寫小一點字的時候，本可以輕輕地用腕子倚着桌面，只要不死貼在上面即可。寫大字時自然要把腕子離開桌面，不離開筆畫就延伸不了那麼遠，特別是字的右下角部分簡直就無法寫，所以死貼在桌上當然不行。但也無須刻意地去懸腕，這樣只能使肩臂發僵，更沒必要想着這可是「古法」，必須遵從。一切以自然舒服為準則，能將筆隨意方便地運用開即可，即使用枕腕法——將左手輕輕地墊在右腕之下也無不可。

還有人在懸腕的同時特別講究「提按」。這也是由不理解古人是席地書寫而產生的誤解。古人席地書寫，用筆自然有提按，但改為高桌書寫之後情況又有所不同。很多人不把提按當成是一種自然的力量，而當成有意為之的手法，這就錯了，反正我個人有這樣的體會：如果想我這回要「提按」了，這字寫得一定不自然。

所以順其自然是根本原則，古代的大書法家並沒有我們今天這麼多的清規戒律，並不像我們今天這樣機械死板地非要懸腕，非要提按，都是根據個人的習慣而來。比如蘇東坡就明確地說過自己寫字並不懸腕，所以他的字顯得非常凝重穩健，字形比較扁；而黃庭堅就喜歡懸腕，所以他的字顯得很奔放，撇、捺都很長。蘇黃二人曾互相諧諷，黃譏蘇書為「石壓蛤蟆」，蘇譏黃書為「枯梢掛蛇」，但這都不妨礙他們成為大書法家。

與此相關，宋人還有這樣一種說法，叫「題壁」，比如大書法家米元章就主張練字要採取題寫牆壁的方法，認為這樣可以練習懸腕的功夫。其實，古人席地執卷書寫就類似題壁。只不過題壁的「壁」是垂直的，古人左手所執之卷是斜的，右手所執之筆也是斜的，而斜筆與斜卷之間又恰成垂直的，這種垂直是很自然的，便於書寫，即使寫很長的豎亦便於掌握；而題壁時，筆要與牆垂直，腕子就要翹起，難免僵直。特別是寫長豎時，筆就有要離開牆壁的感覺。所以這種練習方法也有問題，它帶給人的感覺與古人席地而坐的懸腕終究不太一樣。看來到了米元章時代，已經對唐和唐以前人如何寫字不甚了了，甚至有些誤解了。米元章的字有時給人以上邊重、下邊輕的感覺，如豎鉤在寫到鉤時就變細了，這可能與他平日的這種練習方法有關。

總之，千萬不要像包世臣在《藝舟雙楫》中所記的王鴻緒那樣，為了懸腕，特意從房梁上繫下一個繩套，把腕子伸到套裏邊吊起，腕子倒是懸起來了，但又被繩子限制在另一個平面上，不能隨意上下提按了，這豈不

等於不懸？這種對古人習慣的誤解，只能徒為笑談。

我在《論書箚記》中有一小段文，可作這一觀點的總結：古人席地而坐，左執紙卷，右操筆管，肘與腕俱無着處。故筆在空中，可作六面行動，即前後左右，以及提按也。逮宋世既有高桌椅，肘腕貼案，不復空靈，乃有懸肘懸腕之說。肘腕平懸，則肩臂俱僵矣。如知此理，縱自貼案，而指腕不死，亦足得佳書。第四，關於「回腕」和「平腕」。

由懸腕又引出「回腕」和「平腕」。有些人不但強調懸腕，還強調「回腕」，且又錯誤地理解回腕。其實回腕是為了強調腕子的回轉靈活，古人在席地而坐書寫時，由於自然懸腕，所以腕子可以自然回轉，有如我們現在炒菜，手都是自然離開鍋台，所以手可以隨意來回扒拉，這就是回腕。但坐在高桌椅上之後，有些人不理解回腕的真正含義，就望文生義地把「回」理解為儘量把手指往裏收，筆往懷裏捲，腕子往外拱。何紹基在他的書中還特意畫出這樣一幅示意圖。試想，這樣死板拘謹地握筆還能寫出好字嗎？如果和所謂的「龍睛法」、「鳳眼法」並列，我可以給它起一個雅號，叫「豬蹄法」。

還有人強調要「平腕」。古人席地而坐書寫，當然只能懸腕，而談不到「平腕」，改在高桌椅上書寫後，有人不但堅持要懸腕，而且還要把腕子懸平。這顯然是違反常態的。按現在正確的握筆方法，腕子是不可能平的，要想平，只能把肩臂生硬地端起來。有人教人寫字，要用手摸人的腕子平不平，更有甚者，訓練學生要在腕子上放一杯水，真是迂腐得可笑。試想，讓人手作「龍睛法」或「鳳眼法」，掌中還要握一個雞蛋；腕作「豬蹄法」，還要翻平，上放一杯水，這是寫字乎？還是練雜技乎？

隨之而來的是如何正確理解所謂的「八面玲瓏」和「筆筆中鋒」。古人席地而坐時書寫都是自然地懸腕，寫出的字不會出現一面光溜，一面乾的現象，自然是八面玲瓏。到了後來米元章仍強調寫字要「八面玲瓏」。

古人所説的「八面」本指東、西、南、北、東南、東北、西南、西北，米元章這裏是藉以形容要筆筆流轉。米元章的字也確實有這一特點，如他的《秋深帖》「秋深不審氣力復何如也」十字，一氣呵成，真可謂「八面玲瓏」。他還曾臨過王羲之的七種帖，宋高宗曾讓米元章的兒子米友仁為此作跋。米友仁跋中稱讚的「此字有雲煙捲舒翔動之氣」，亦是從這種觀點立論，而他的這些臨本確實比一般的刻本自然流暢。能達到這種效果是因為他能把筆懸起來靈活自如地使用，如果腕子死貼在桌面上自然不會有這樣的效果。要只注意懸腕，寫起來靈活倒是靈活了，但掌握不好字體的美觀也不行。

還有人認為要想達到「八面玲瓏」的效果，就要「筆筆中鋒」，這又是一種誤解。只要筆畫有肥有瘦，就絕不可能是純中鋒，瘦處是將筆提起來，只將筆的主毫着紙，這才叫「中鋒」；但只要有肥處，就説明在按筆時，主毫旁邊的副毫落在紙上了。如果要筆筆中鋒，就只能畫細道，打烏絲格，就不成為字了。這和刻字一樣，如果只拿刀刃正面刻，就只能刻細道，要想刻出粗道，只能用雙刀法。我曾看過齊白石刻字，他就是斜着一刀下去，結果是一面平，一面麻，但他名氣大，可以不管這一套。因此，對中鋒的正確理解是筆拿得正，不要讓它側躺，出現一面光、一面麻的現象，而不是只用筆尖。但由此又生出誤解。當年唐穆宗問柳公權怎樣才能筆正，柳公權説「心正才能筆正」，這其實只是對唐穆宗心不要邪的一種變相勸告，有人拿它大做文章就未免迂腐了。文天祥心最正，字未見有多好；嚴嵩心最不正，字不是寫得也很好嗎？

（3）關於書寫的工具。

書寫的主要工具不外乎筆、墨、紙、硯，即所謂的文房四寶。這其中最主要的當然是筆。

從出土文物中可知，筆產生的年代相當久遠。筆一般都用動物毫（毛）

製成，諸如兔毫，白居易有《紫毫筆》詩，描寫的就是兔子毛製成的毛筆，因此這種筆又稱紫毫筆；還有狼毫，這裏所說的狼毫指的是黃鼠狼（學名黃鼬）尾上的毛；還有鼠鬚及雞毫；最常見的是羊毫。還有兼毫，如七紫三羊、五紫五羊、三紫七羊等，書寫者可以根據自己的喜歡來選擇。另外還有用特殊材料製成的筆，如茅草和麻等。也有在羊毫中加麻（麻）的，稱「筆襯」，可以使筆更加挺括。總之，這裏面的講究很多，但好的筆工往往祕而不宣。如果寫特別大的字，大到用現在的抓筆都寫不了，那也不妨用布團蘸墨寫，寫完之後再用筆描一描即可。對筆的選擇完全要看個人的喜好和需要，什麼順手就用什麼。蘇東坡有一句名言，使人不覺得手中有筆，就是最好的筆。比如我寫小字喜歡用硬一點的狼毫，寫大字喜歡用軟一點的羊毫。我有一段時間喜歡用衡水出產的麻製筆，才七分錢一支，也很好使。用什麼筆和學習書法的過程沒什麼關係，與書法造詣的水平更沒什麼關係。對此也有誤會，比如褚遂良曾說「善書者不擇筆」，於是有人就說不能挑筆，一挑筆就是水平低。這毫無道理，不同的習慣，不同的手感當然可以選擇不同的筆。又說某某能寫純羊毫，就好像多了不起；又說蘇東坡的《寒食帖》是用雞毫寫的，所以本事大，這是沒有任何根據的。

現在我們可以根據有關的記載得知唐朝人製筆的方法：先選擇幾根最長的主毫，放在正中，然後選擇幾根稍短一點的做第一層副毫，紮在主毫周圍，再選一些稍短的做第二層副毫，再紮在周圍。在層與層之間還可以裹上一層紙。依次類推就製成了半棗核狀的筆，日本有《槿筆譜》一書，就記載了這一過程。筆的這種製造工藝直接影響到字的書寫效果。有人特意學顏真卿寫捺時的「三尾蚰蚰」式的虛尖，其實他的這種虛尖是與他所用之筆的主毫比較長有關，有的人不明白這個道理，故意地去添虛尖，很可笑。有人對泡筆時，是否全發開也定下講究，認為哪種就算高級的，哪

種就算低級的。這也毫無根據，完全由個人習慣而定。

古代沒有現成的墨汁，所以很講究用墨。現在有了墨汁還有人非要堅持磨墨，這似乎沒必要。但墨汁的好壞直接影響到裝裱時是否洇紙，所以要有所選擇。現在北京出的一得閣墨汁，安徽出的曹素功墨汁都很好用。

紙的種類當然很多，難以一一列舉。用什麼紙與書法水平也沒有關係。我是得什麼紙用什麼紙，有時覺得在包裝紙上寫似乎更順手，因為沒負擔；越用好紙越緊張。我這種感覺和很多古人一樣，當年很多人都不敢在名貴的印有烏絲格的蜀縑上寫，只有米元章照寫不誤，看來還是他的本領大。

至於硯就更無所謂了，如果用墨汁，它簡直就可有可無。硯對現在書法而言大約工藝價值遠遠超過使用價值。

總而言之，這講講的問題雖多，但中心思想卻是一個，即不要被那些穿鑿附會、貌似神祕的說法所蒙蔽，不管這些說法是古人所說，還是權威所說。這些說法很多都是不了解古代的實際情況而想當然，然後又以訛傳訛，謬種流傳。不破除這些迷信，就會被它們蒙住而無法學好書法。

2. 碑帖樣本。

上講說過寫字不見得都需有幼功，臨帖也不必都求其全似，因為本來就不可能全似，但對學習書法的人來說，臨帖是非常必要的。它是一種最基本的方法的練習。正像練鋼琴，沒有一個不是從基本曲目開始的，總是隨手亂彈，一輩子也成不了鋼琴家；寫字也一樣，總是隨手寫來，即使號稱這是「創新」，也成不了書法家。書法中的橫、豎、點、撇、捺、挑、折，就相當於西洋音樂中的 1、2、3、4、5、6、7，中國音樂中的合、四、一、上、尺、工、凡、六、五，只有把每個音節都唱得很準了，音節與音節之間的組合變化掌握得都很熟練了，才能唱出優美的樂章；同樣，只有把基本筆畫的基本形狀及其組合掌握得都十分準確、十分自如，才能

寫出好字。這就需要臨帖，因為帖就是好的字樣子。小孩子臨帖，並不是讓他三天成為王羲之，也不能奢求他對書法藝術有多高的理解，而是讓他熟悉筆畫的基本形狀、方向，以及字的結構佈局，從而打好基本功。大人也需要時時臨帖，即使達到了相當的水平也如此，正像鋼琴演奏家在演出之前也需練習一樣，它可以使你越練越熟。更何況它是一項很好的文化娛樂活動，是一項很好的審美創作練習，當你把寫出的字掛起來欣賞的時候，你會從中發現很多樂趣。

那麼臨帖需先搞清哪些問題呢？大概有以下幾點：

（1）先要認清碑帖上的字相對原來的墨跡有失真之處。因為碑帖上的字是我們模仿的字樣子，所以很多人就認為它是最準確的了，認為當時書法家寫到石碑或木版上的就是那樣，因而對碑帖上呈現出的每一細微處都覺得是必須效法的。其實並非如此。刻出來的字與手寫的字不但有誤差、有失真，而且有好幾層誤差與失真。這只需搞清碑帖的製作過程就能明了。

第一道工序是用筆蘸朱砂寫在石頭上，稱「書丹」。因為朱砂比墨在石頭上更顯眼，便於雕刻。

第二道工序是刻。刻的時候就以紅道為據。我曾在河南的「關林」看到很多出土的碑，因為「書丹」時有的筆道很肥，刻完之後，刀口的外面還殘留着朱砂的顏色。可見刀刻的痕跡與第一道工序 ——「書丹」的痕跡已不完全相符了，有的可能沒到位，有的可能過頭了，這是第一次失真。再好的刻工也不能與「書丹」時完全一樣。在流傳下來的碑刻中，刻得最好的是唐太宗的《溫泉銘》，現在見到的敦煌的《溫泉銘》，筆鋒及其轉折簡直就和用筆寫的一樣，我在《論書絕句》中曾這樣稱讚它：「細處入於毫芒，肥處彌見濃鬱，展觀之際，但覺一方黑漆版上用白粉書寫而水跡未乾也。」但這樣的精品終究是極少數，從道理上講，刀刻的效果總不

能把筆寫的效果全部表現出來，比如不管是蘸墨也好，蘸朱砂也好，色澤的濃淡、筆畫的乾濕，以至筆勢的頓挫淋漓就是刀工所不能表現的。用筆寫的時候可能會出現「燥鋒」和「飛白」，即墨色比較乾時，筆道會隨運筆的方向出現空白，這就不好刻了。沒辦法，所以定武本的《蘭亭序》就只好在這地方刻兩條細道，表明此處是由「燥鋒」所出現的飛白，其實原字的飛白並不止兩道。我曾拿唐人寫經中的精品來和唐碑加以比較，明顯感到寫經的筆毫使轉，墨痕濃淡，一一可按，但碑經刻拓，則鋒穎無存。兩相比較，才悟出古人筆法、墨法的奧妙。又曾看到智永的《千字文》真跡，其墨跡的光亮至今還非常鮮明，這是碑帖無論如何也表現不出的。

第三道工序是拓碑。拓時先用濕紙鋪在碑上，然後墊上氈子往下按，這樣，碑上凹下的筆畫就在紙背上被按成凸出的筆畫了，再在上面刷上墨，凹下的地方因沾不上墨，所以就成為黑紙白字了。但按的時候力量不會絕對均勻，力量不到、按得不瓷實的地方就會使拓出來的筆道變細，這是第二次失真。刷墨的時候也不會絕對的均勻，再加上墨如果比較濕，或者紙比較濕，就會洇到凹下去的部分，這樣筆畫的粗細與形狀也會與原字不同，這是第三次失真。

第四道工序是把紙揭下來裝裱。裱時要將紙抻平，這樣一來筆道又會被抻開，這是第四次失真。碑帖流傳的時間過長會破舊損壞，需要重裱，這是第五次失真。

而更糟糕的是有的碑也會損壞，如毀於戰火、毀於雷電，或者被拓的次數過多而將碑面損壞，於是只好根據現有的拓片重新翻刻。拓片已經失真，根據失真的東西翻刻豈能不再次失真？這是第六次失真。當然，好的翻刻本也有。如乾隆年間無錫秦家，根據宋拓本翻刻《九成宮》，在當時可以賣到一百兩銀子一本。因為當時的科舉考試非常重視書法，當時書法的標準為「黑大光圓」，於是人們就不惜重金來買好碑帖。

試想，輪到你手中的碑帖不知已失真多少次。最好刻的真書尚且如此，不用說更富於使轉變化的行書與草書了。如果你還認為古人最初寫的真書、行書、草書本來就如此，甚至把走形失真之處也揣測成是古人力求毫鋒飽滿、中畫堅實，於是一味地亦步亦趨、死板模仿，以致有意求拙，以充古趣，豈不過於膠柱鼓瑟？

　　碑如此，帖亦如此。好的帖講究用棗木版，硬，不易走形損壞。帖刻的工藝也有好有壞。如著名的宋代的淳化閣帖，本身刻得很粗糙，但宋徽宗的以淳化閣帖為底本的大觀帖卻刻得十分精緻，幾乎和寫的一樣。但它們的製作工藝與碑大致相同，故而再好也無法表現墨色的濃淡、乾濕，並存在多次失真的情況。總而言之，不管碑也好，帖也好，我們千萬別以為古人最初的墨跡即如此，否則就會把失真與差誤的地方也當成真諦與優長加以學習了。其結果只能像我在《論書絕句》中所云：「傳習但憑石刻，學人模擬，如為桃梗土偶寫照，舉動毫無，何論神態？」

　　這裏需順便指出的是，有人對碑與帖的關係又產生了一些無意或有意的誤解，如認為碑上的字是高級的，帖上的字是低級的；寫碑是根底，寫帖是補充。比如康有為就特別提倡「尊碑」。他所著的《廣藝舟雙楫》中就專有一章談這方面的內容。他寫字也專學《石門銘》。還有人從而又生發出所謂的「碑學」與「帖學」，好像加上一個「學」字，就成為一種專門的學問了。這是無稽之談。對於初學寫字的人來說，碑由於字比較大而清楚，且楷書居多，學起來容易掌握；帖行草居多，經常有連筆和乾筆帶來的空白，對連字的基本形狀結構都還不很分明的人來說，自然更難掌握。就這層關係而言，臨碑確實是根底，但有了一定的基礎後，二者就無所謂誰高誰低了。究竟是臨碑還是臨帖，全看自己的愛好了。再說，碑裏面因刻工技術的高低、拓工水平的好壞也有優劣之分。如柳公權的《神策軍碑》刻得非常好，雖然乾濕濃淡無法表現，但筆畫字形刻得極其精緻周

到；但同是柳公權的《玄祕塔碑》就刻得相對粗糙。又如顏真卿，楷書大字首推《告身帖》，所謂「告身」就相當於今日的委任狀，按情理說，顏真卿不可能為自己寫委任狀，故此帖肯定是學他書法且學得極其神似的人所寫，但此帖的風格與顏真卿的《顏家廟碑》《郭家廟碑》等都屬一類，但我們隨便拿一本宋拓的碑，遠遠不如《告身帖》看得這樣分明真切。所以真假暫且不論，但從學習寫法來看，《告身帖》要優於一般的碑。又如古代有所謂的「嚮（向）拓本」，所謂「嚮（向）拓」是指用透明的油紙或蠟紙蒙在原跡上向着光亮處，將它用雙勾法將原跡的字勾出來，再填上墨。唐人已有這種方法，宋人也用這種方法，但不如唐摹得精細。有的唐摹本相當的好，如《萬歲通天帖》和神龍本的《蘭亭序》，連碑中不能表現的墨色的濃淡乾濕都能有所表現。但這都屬於「帖」類，誰又能說它比碑低級呢？

我雖然始終強調「師筆不師刀」——強調臨摹墨跡比臨摹碑帖要好，並在上文列舉了碑帖的那麼多問題，但並不是一概地反對臨摹碑帖。因為一來好的墨跡原件終究不是所有人都能見到的，當年乾隆皇帝曾拿出過一次祕藏的王羲之的《快雪時晴帖》給大臣看，大臣無不感到受寵若驚。大臣尚且如此，何況一般的平民百姓？二來即使有了好的墨本真跡，誰又捨得成天的摩挲把玩？三來好的刻本終究能表現出原跡的基本面貌，尤其是字樣的美觀，結構的美觀，終不可被某些局部的失真所掩。但我們一定先要明白碑帖與原跡的區別。正如我在《論書絕句》中所云：「余非謂石刻必不可臨，唯心目能辨刀與毫者，始足以言臨刻本。否則見口技演員學百禽之語，遂謂其人之語言本來如此，不亦堪發大噱乎？」如果你看過一些好的墨跡本，並能在臨碑帖時發揮想象，「透過刀鋒看筆鋒」——透過碑板上的刀鋒依稀想見那使轉淋漓的筆鋒，那就更好了。那就如我在《論書絕句》中所說：「如現燈影中之李夫人，竟可破幃而出矣」——當年漢武帝非

常思念死去的李夫人，方士云能將李夫人的魂魄招來，屆時漢武帝果然在幃帳的燈影中見到李夫人——只要我們能將本來死板的碑帖藉助感性的想象，把它看活了，將它儘量變成一幅活的墨跡就成了。

以上所說都是以現代影印術尚未出現為前提的。古時人們得不到真跡做範本，怎麼辦呢？最好的辦法是找勾摹的拓本。但這也很難得，所以對一般人來說只好憑藉好的刻本，再等而下之，就只好憑藉翻刻本了。有的人稱好的刻本為「下真跡一等」，這已是誇獎的話了，陶祖光甚至更誇張地說好的拓本可「上真跡一等」，因為真跡已死無對證，無從查找了。但在現代精良的影印術發明之後，好的影印本確實可「上真跡一等」，因為一來它確和原跡一模一樣，包括墨色的濃淡乾濕、枯筆的飛白效果與原件毫無二致，這一點是「響（向）拓本」無法比擬的。二來便於使用，你可以將它置於案頭隨時把玩，不必擔心它的損壞，因此它的收藏價值雖不如真跡，但實用價值確實大於真跡。我家長年掛着影印的米元章和王鐸的作品，要是真跡我捨得隨便掛嗎？因此現代影印術的發明，真是書法愛好者的一大福音，它為我們輕而易舉地提供了最理想的範本，這可是古人夢寐難求的啊。

（2）何謂碑、何謂帖。「碑」字從「石」、從「卑」，原指墳前的矮石樁，最初上面還有一個窟窿，原用於下葬時繫棺槨用，也可以用來繫葬禮時的犧牲品，如豬羊之類。後來在上面刻上墓主的名字，碑石也變得越來越大，碑文也變得越來越多，內容也越來越豐富，不但可以用來記載死者的有關情況，而且凡紀念功德的紀念性文字都可以書碑。漢代就有著名的《石門頌》，北魏時有《石門銘》，記載褒斜一帶的有關情況。到唐代，開始多求名人書寫，甚至皇帝自己寫。唐太宗就寫過兩個碑，一為《溫泉銘》，歌頌他洗澡的溫泉如何好，如何有利於健康，此碑早已不存，現有敦煌的孤本殘帖；一為《晉祠銘》，紀念周成王分封其幼弟叔虞於唐之事，

晉祠即指叔虞的廟。後來李唐王朝之所以稱「唐」，是因為他們自視為叔虞的後代，所以《晉祠銘》兼有歌頌大唐王朝立國之意。唐高宗效法其父，寫過《李碑》；武則天則為其面首張昌宗寫過《升仙太子碑》，硬說他是仙人王喬王子晉的後身，立於河南緱山。此碑現在還有，碑旁已砌上磚牆加以保護。

碑的歌頌紀念性質決定它多以鄭重的字體來書寫，這樣也便於讀碑的人都看得清。漢時多用隸書，唐時多用楷書。我們今天見到的虞世南、歐陽詢、柳公權、顏真卿的碑無一例外，全是用楷書來寫，字又大，又清楚，所以便於成為後來學習楷書的範本。只有皇帝例外，他們至高無上的地位可以不受這一限制，愛怎麼寫就怎麼寫，所以唐太宗、唐高宗就用行書寫，武則天甚至用草書寫，草得有些字都很難辨認。

帖，最初指古人隨手寫的「字帖子」，也稱「帖子」，實際上就相當於今天所說的便條、字條、條子，所以寫起來比較隨便，字往往很少，有的就一兩行，如著名的《快雪時晴帖》就三行。淳化閣帖中有很多這樣的作品。用於拜見主人時，稱「名帖」、「投名帖」。最初是摺起來的，因而也稱「摺子」，裏面就寫一行字，說明自己的姓名、身份，後來變成單片的，稱「單帖」。我見過清朝人的單帖，官越大、頭銜越多的，字反而越小，官越小的字反而越大。外邊還可以用一個皮夾子裝着，稱「護書」，由跟班的拿着。到了被拜訪人的家，由跟班的拿出來，交給門房，門房收下後，舉着到二門，朝上房喊「某大人（或某老爺）到」，主人聽到後說聲「請」，然後門房回來也向客人說聲「請」，便可以領着他去見主人了。如果是下級呈遞上級的公文，則稱「手本」，按一定寬度摺成一小本。還有信，其實也屬於帖，比如現在流傳的王羲之的幾種帖，大部分都是他當時寫的信，《快雪時晴帖》實際上也是信。有時寫給大官的信，大官可能在信後隨手批幾句批語，有如皇帝在大臣的奏摺上批上「知道了」云云，那

也屬於帖。《書譜》曾記載，王獻之曾鄭重其事地給謝安寫過一封信，並自認謝安「想必存錄」，但沒想到謝安只是於原信上「批尾答之」，令王獻之大為失望。在古人看來，這些都屬於帖。《蘭亭序》雖然比較長，但它仍屬帖，因為它是文稿子，上面還有改動塗抹的痕跡。因此我們可以給帖下一個廣泛的定義：凡碑之外的、隨手寫的都可稱帖。後來這些帖不管用勾摹的辦法，還是刻版的辦法保留、流傳下來，人們仍然稱它為「帖」。有人說豎石叫碑，橫石叫帖，這並不準確，其實，墓前的橫石也叫碑。

既然是便條的性質，所以寫起來就比較隨便，文辭既很簡單，所用的字體也大多屬行書或草書。當然，帖中也有用較正規的字體的，如王羲之的《快雪時晴帖》，正像碑中也偶爾有用行草的。因此，碑與帖的區別主要是當初用途的不同與由此而來的所選用的字體的不同。碑是樹立在醒目的地方供人看的，它唯恐別人看不清，所以字往往選用又大又清楚的楷書、隸書；帖多數是一個人寫給另一個人的，只要兩人之間能看懂即可，所以字體可以隨便。在祕而不宣時（這種情況是很多的，如有人在信中附上一句「閱後付丙」——閱後請燒掉，就是明證），恨不得寫出的字除對方外，誰也看不懂，像密碼一樣才好。

現在有人從碑中和帖中字體的不同引出「碑學」、「帖學」這一概念，這其實並不準確。如果我們把研究碑和帖是怎樣來的，又是怎樣發展變化的，裏面有多少種類，漢碑是怎麼回事，魏碑是怎麼回事，稱為「碑學」、「帖學」尚可，但如果把研究碑上的字稱為「碑學」，把研究帖上的字稱為「帖學」，就不準確了。還有人把研究「寫經」上的字稱為「經學」、「經體」，這就更不準確了，經學哪裏是指這個。不管是研究碑上的字，還是研究帖上的字，或是研究寫經上的字，都是書法學。我們不能把碑上的字與帖上的字，或寫經上的字截然分開，然後一個稱「碑學」，一個稱「帖學」，一個稱「經學」，這容易引起歧義。

（3）對碑帖及臨寫碑帖時的一些誤解。

在第一講中我已指出由握筆等書寫方法的誤解而造成的書寫時的一些錯誤，這裏我想再着重談談由對碑帖的誤解而造成的錯誤。這些錯誤大致又分兩類。

第一類是由於不知道碑帖的失真而造成的對碑帖死板機械的臨摹。

比如，你如果不知道墨跡本來是很圓潤的筆畫，只是經刀刻以後才變成方筆，於是不加分辨地機械模仿，把筆畫都寫成「方頭體」，甚至把它當成古意和高雅來刻意追求，這就錯了。有人還因此把沒拓禿的魏碑稱為「方筆派」，把拓禿了的魏碑稱「圓筆派」，這就更屬無稽之談了，他們不知道像龍門造像中的那些方筆其實都是刀刻的結果。龍門那裏的石頭很硬，不好刻，比如要刻一橫，只能兩頭各一刀，上下各一刀，它自然成為方的了，古人用毛錐筆是寫不出來那麼方的筆畫的。清末的陶濬宣（心耘）就專寫這種方筆字。還有張裕釗（廉卿）寫橫折時，都讓它成為外方內圓的，真難為他怎麼轉的筆，我把它戲稱為「煙灰缸體」。碑帖中確實有這樣的字體，但外邊的方是刀刻所致，裏邊的圓可能是刀口旁剝落所致。他不知道這一點而去機械地模仿就很無謂了。更令人遺憾的是，有些人還專門學張裕釗的這種寫法，他的很多學生，有中國的，也有日本的，專跟他學這種寫法，至今已流傳兩三代了。我還曾遇到過這樣一件事。一天，一位自稱老書法愛好者的人駕臨寒舍，稱他收藏有最好的歐帖，並終生臨摹不已。邊說邊打開一摞什襲包裹的碑帖，我一看真為惋惜，他自認為最好的這些碑帖，實際不過是專出《三字經》《百家姓》《千字文》（合稱「三、百、千」）之類的「打磨廠」（北京的一個地名，內有一些印製碑帖、年畫、紅模子的小作坊）一級的東西，粗糙得很，筆道都是明顯的刀刻方頭，字形都已明顯變形。試想，以此為範本用功一生，還自謂得到了歐體的精華，豈不可惜？

又比如有的碑上的字，字口旁有缺損剝落，於是拓下來的字便會在字口旁出現一些多餘的部分。有的人不明白這是怎麼回事，便在臨摹時在筆道旁故意出一些刺狀的虛道，我戲稱它為「海參體」。又如碑上的細筆道在拓時因用力不勻或用墨過濃，都容易拓斷，有人認為古人在寫時原本如此，在臨摹時也跟着故意斷。這種斷筆、殘筆在小楷的碑帖中更易出現。因為原本字刻得就小，筆道就淺，拓多了自然更易模糊。如宋人刻過很多附會為王羲之的小楷帖，像《黃庭經》《樂毅論》《東方（朔）畫贊》等。這些帖中，「人」字一捺的上尖往往拓不上，於是變成了「八」字，「十」字一橫的左半部分拓不上，於是變成了「卜」字。我小時曾看到兄弟倆一起面對面地坐在桌子的兩旁認真臨帖，都用我前邊說過的自認為頗具古意的「豬蹄法」握筆，而且每寫到碑上出現拓殘的斷筆時，哥兒倆就互相提醒，嘴裏還唸唸有詞：「斷，斷」，顯然是把它當成一種古人有意為之的特殊筆法加以模仿。當時我還小，不知怎麼回事，只覺得很奇怪，後來弄清楚怎麼回事後，覺得這兄弟倆真可笑。其實，不用說一般人了，就連很多書法家亦如此，比如明代的祝允明、王寵等就有意這樣寫，因此他們的字往往有這樣的斷筆。

第二類是概念上的錯誤。有些人因看到碑上的字多是方筆，為了刻意仿效它，就製造出一些莫名其妙的書寫理論和書寫方法，以期達到這樣的效果。還有人因看到碑上的字多是方筆，便誤認為所有的字都應如此，不如此就連是否是真的都值得懷疑了。如清朝的包世臣在其所著的《藝舟雙楫》中記載他曾從黃小仲（黃景仁之子）那裏聽說過一個關於用筆的很高深的理論，叫「始艮終乾」，當他想進一步向他請教何謂「始艮終乾」時，他則笑而不答，以示高深。其實這是一種想把筆畫寫成方筆的用筆方法。如果我們把一橫看成是三間坐北朝南的大北房（古人的地圖是上南下北），那麼按照八卦的排列它的西北角叫乾，正北叫坎，東北角叫艮，正東叫

震，東南角叫巽，正南叫離，西南角叫坤，正西叫兌。所謂「始艮終乾」指從東北角艮位下筆，往上一提，然後描到東南角的巽位，然後平着從中間拉到西邊，把筆提到西南角的坤位，最後將筆落到西北角的乾位，這樣一來就能把筆畫描成方的了。這不叫寫字，這叫描方塊兒，比「海參體」更等而下之了。總之想要硬用毛錐筆寫方筆字，必定會出現很多怪現象。

又如清朝還有一個叫李文田的人，專門學寫碑。他曾在浙江做考官，在回來路過揚州時，為汪中所藏的《蘭亭序》作了一大段跋。其中心觀點是，《蘭亭序》不是王羲之所寫，理由是晉朝人的碑中沒有這樣的字。他不知道晉朝的碑本來就不可能有這樣的行書字，因為那時碑上的字都是工工整整的，一直到唐朝歐、柳等人莫不如此，只有皇帝老兒的碑才偶爾有行書字。不用說古人的碑了，就是現在人在門口上貼一個「閒人免進」的條，也要寫得工工整整的才行，才能達到讓人看清從而不進的目的，否則，寫得太潦草，豈不是還要在旁邊加上釋文？換言之，他們不懂得書寫的形狀和書寫的用途是有密切關係的。我們知道漢朝鄭重的字都用隸書，而現在看到的出土的漢代永元年間的兵器簿全是草書，敦煌發現的漢簡中，有關軍事的也全是草書。為什麼？因為軍中講究快，為了這個目的，所以就要選用與之相適應的字體。直到今天亦如此，比如報頭為了美觀醒目，可以用各種字體，但到了裏面的正文，必定還用最易辨認的宋體或楷體。《蘭亭序》本來是書稿，它當然會選用行書字，而不用當時工工整整的正體。正像我們今天隨便寫一個便條，誰會把它描成通行於書報上的宋體字呢？因而豈能因碑中沒有這樣的字就說《蘭亭序》是假的呢？他還用《世說新語》所引的注與《蘭亭序》有出入為據，來論證《蘭亭序》為假，殊不知古人以引文作注本來可以撮其原文之大意，他不說所引簡略，而反過來懷疑原文，更是無知。

這種觀點後來又得到某些人的發揮，他們看到南京出土的晉朝的《王

興之墓志》等都是方塊筆，認為《蘭亭序》也應該是這樣的才對。還說如果真有《蘭亭序》，其筆法必定帶有「隸意」才對。如果沒有「隸意」必定是假的。殊不知這些碑的方筆畫都是刀刻出來的效果，當然會是刀斬斧齊，但拿毛錐筆去寫，無論如何是寫不出這樣的效果的。再說唐人管楷書就叫「今體隸書」，《唐六典》中就有這樣的記載。唐朝的《舍利函銘》的跋中就有「趙超越隸書」之語，而所用之字，全是標準的楷書。雖然都叫隸書，但漢隸和唐楷是名同實異的，李文田要求晉朝的行書要有漢碑的隸書的筆意，這也是一種誤解。我們不能死板地理解這些名詞，應該根據具體情況去正確理解。比如張芝曾寫過這樣的話：「草草不及草書」，這裏的「草書」實際應是起草的意思，如果把它理解為草體書，說我來不及了，不能寫草書了，只能一筆一畫給你工整地寫楷書，這合邏輯嗎？又比如某人小時挺胖，大家都管他叫「胖子」，但到大了，他不胖了，我們能說他不是那個人了嗎？同樣的道理，如果還把這裏「隸」理解為蠶頭燕尾式的筆畫，硬要從《九成宮》，甚至《蘭亭序》中去找這種隸意，找不到就瞎附會，看到那一筆比較平，就說那就是隸意，豈不可笑？

（趙仁珪根據二〇〇一年八月的錄音整理）

八、破除迷信 ── 和學習書法的青年朋友談心

書法一向有論著，包括從古以來的，到了近代包世臣的《藝舟雙楫》，還有康有為的《廣藝舟雙楫》。這些看來都比較神祕，比較文雅，用的詞都比較古奧。按照那些詞句來實際用筆，練習寫字，就會產生許多的問題，感到詞不達意，表現不出真實情況來。我現在講的，是我平常的一些理解，現在就分十幾個方面來談一談。我的總題目叫做「破除迷信」。書法書上有許多的詞，有修養的人，讀過許多古書的人，對於所用的詞彙，所用的解釋都可以體會得出來，但到了實踐中未必能表現出來。那麼就有人將其穿鑿附會，就走上了岔路，就得越來越神祕，那麼操作也越來越神祕。因此，我所謂要破除的迷信，就是指古代人解釋書法上重要問題時產生出的誤解。事實上人家原來的話都是比較明白的，只是被後人誤解了。我這裏有個副標題即小標題，是我想與學習書法的朋友談談心，就是談我的體會、我的理解是什麼。這是我要講的目的和內容。

1. 迷信由於誤解。

第一點，文字是語言的符號，寫字是要把語言記錄下來。但是由於種種的緣故，寫成了書面的語言，寫成書面語言組成的文章，它的作用是表達語言。那我們寫書法，學習寫書法所寫的字就要人們共同都認識。我寫

完長篇大論，讀的人全不認識，那就失去了文字溝通語言的作用了，文字總要和語言相結合，總要讓讀的人懂得你寫的是什麼，寫完之後人都不認識，那麼水平再高也只能是一種「天書」，人們不懂。

第二點，就是書法是藝術又是技術。講起藝術兩個字來，又很玄妙。但是它總需要有書寫的方法，怎麼樣寫出來既在字義上讓人們認識理解，寫法上也很美觀。在這種情況下，書法的技術是不能不講的。當然技術並不等於藝術，技術表現不出書法特點的時候，那也就提不到藝術了。但是我覺得書法的技術，還是很重要的。儘管理論家認為技術是藝術裏頭的低層次，是入門的東西。不過我覺得由低到高，上多少層樓，你也得從第一層邁起。

第三點，文字本來就是語言的符號。中國古代第一部純粹講文字的書《說文解字》，說的是哪個「文」，解的是哪個「字」？但是它有一個目的，一個原則，那就是為了講經學，不用管他是孔孟還是誰，反正是古代聖人留下的經書。《說文解字》這本書，就是為人讀經書、解釋經書服務的。《說文解字》我們說應該就是解釋人間日常用的語言的那個符號，可是它給解釋成全是講經學所用的詞和所用的字了。這就一下子把文字提高得非常之高。文字本來是記錄我們發出的聲音的符號。一提至經書，那就不得了了，被認為是日常用語不足以表達、不夠資格表達的理論。這樣，文字以至於寫字的技術就是書法，就與經學拉上了關係，於是文字與書法的地位一下子就提高了，這是第一步。漢朝那個時候，寫字都得提到文字是表達聖人的思想意識的高度來認識的。這樣文字的價值就不是記載普通語言的，而是解釋經學的了。

第四點，除了講經學之外，後來又把書寫文字跟科舉結合起來了。科舉是什麼呢？「科」，說這個人有什麼特殊的學問，有什麼特殊的品德，給他定出一個名目來，這叫「科」；「舉」，是由地方上薦舉出來，提出來，

某某人、某某學者夠這個資格，然後朝廷再考試，定出來這個人夠做什麼官的資格。古代我們就不說了，到明代、清朝就是這樣的。從小時候進學當秀才，再高一層當舉人，再高一層當進士，都要考試。進士裏頭又分兩類：一類專入翰林，一類分到各部各縣去做官。這種科舉制度，原本應該是皇帝出了題目（當然也是文臣出題目），讓這些人做，看這些人對政治解釋得清楚不清楚。後來就要看他寫的字整齊不整齊。所以科舉的卷面要有四個字：黑，大，光，圓。墨色要黑，字要飽滿，要撐滿了格，筆畫要光溜圓滿，這個圓又講筆道的效果。這樣，書法又抬高了一步，幾乎與經學，與政治思想、政治才能都不相干了，就看成一種敲門的技術。我到那兒打打門，人家出來了，我能進去了，就是這麼個手段。

　　這種影響一直到了今天，還有許多家長對孩子提出不切實際的要求。孩子怎麼有出息，怎麼叫他們將來成為社會有用的人才不去多考慮，不讓小孩去學德、智、體、美，很多應該打基礎的東西。他讓小孩子幹嘛呢？許多家長讓孩子寫字。我不反對讓小孩子去寫字，小孩寫字可以鞏固對文字的認識，拿筆寫一寫印象會更牢固，讓小孩學寫字並沒有錯處。但是要孩子寫出來與某某科的翰林、某個文人寫的字一個樣，我覺得這個距離就差得比較遠了。甚至於許多小孩得過一次獎，就給小孩加上一個包袱，說我的書法得了一個頭等獎。他那個獎在他那個年齡裏頭，是在那個年齡程度裏頭選拔出來的，他算第一等獎。過了幾年小孩大了，由小學到初中，由高中到大學，他那個標準就不夠了。大學生要是寫出小學生的字來，甭說得頭等獎了，我看應該罰他了。有的家長就是要把這個包袱給小孩加上。我在一個地方遇到一個人，這個人讓小孩下學回來得寫十篇大字，短一篇不給飯吃。我拍着桌子跟他嚷起來，我說：「孩子是你的不是我的，你讓他餓死我也不管。那你一天要孩子寫十篇大字，你的目的是要幹什麼呢？」我現在跟朋友談心，談書法，但是我首先要破除這個做家長的錯誤

認識。從前科舉時代，從小時候就練字，寫得了之後，科舉那些卷摺寫的那個字都跟印刷體一個樣。某個字，哪一撇兒長一點兒都不行，哪一筆應該斷開沒斷開也不行。這種苛求的弊病就不言而喻了。所以我覺得這第四點是説明書法被無限地抬到了非常高的檔次，這個不太適宜。書法是藝術，這與它是不是經學，與它夠不夠翰林是兩回事，跟得不得大獎賽的頭等獎也是兩回事。明白了這一點，家長對書法的認識，對小孩學書法的目的，就不一樣了。

第五點，是説藝術理論家把書法和其他藝術相結合，因而書法的境界也就高起來。我不懂這個書法怎麼是藝術。我就知道書法同是一個人寫，這篇寫得掛起來很好看，那篇寫得掛起來不好看，説它怎麼就好看了，我覺得並不是沒有方法解剖的。但是要提高到藝術理論上解釋，還有待後人研究吧。

第六點，封建士大夫把書法的地位抬高，拿來對別的藝術貶低，或者輕視，説書法是最高的藝術。這句話要是作為藝術理論家來看，那我不知道對不對；要是作為書法家來看，説我這個就比你那個高，我覺得首先説這句話的人，他這個想法就有問題。孔子説：「如有周公之才之美，使驕且吝，其餘不足觀也已。」(《論語‧泰伯》)説是像周公那樣高明的聖人，假如他做人方面，思想方面又驕傲又吝嗇，這樣其餘再有什麼本事也不足觀了。如果説一個書法家，自稱我的書法是最高的藝術，我覺得這樣對他自己並沒有什麼抬高的作用，而使人覺得這個人太淺了。

第七點，是説最近書法有一種思潮，就是革新派，想超越習慣。我認為一切事情你不革新它也革新。今天是幾月幾號，到了明天就不是這號了。一切事情都是往前進的，都是改變的。我這個人今年多大歲數，到明年我長了一歲了，這也是個記號，不過是拿年齡來記錄罷了。事實上我們每一個人，過了一天，我們這個身體的機能、健康各方面，都有變化。小

孩是日見成長，老年人是日見衰退，這是自然的規律。書法自古至今變化了多少種形式，所以書法的革新是毫不待言的，你不革它也新。問題是現在國外有這麼幾派思想，最近也影響到我們國內來，是什麼呢？有一種少字派，寫字不多寫，就寫一個字，最多寫兩個字，這叫少字派。他的目的是什麼？怎麼來的呢？他是説書法總跟詩文聯繫着，我要寫篇《蘭亭序》，寫首唐詩，這總跟詩文聯着。我想把書法跟詩文脱離關係，怎麼辦呢？我就寫一個「天」，寫個「地」，寫個「山」，寫個「樹」，這不就脱離文句了嗎？不是一首詩了，也不是一篇文章了。這個人的想法是對的，是脱離長篇大論的文章了。但是一個字也仍然有一個意思，我寫個「山」，説這個你在書裏找不着，也不知這「山」説的是什麼？我想沒那事，只要一寫底下一橫上頭三根岔，誰都知像個山。那麼人的腦子裏就立刻聯想起山的形象，所以這還是白費勁。這是一個。還有一派呢想擺脱字形，又是一個變化了。這個變化是什麼呢？就乾脆不要字形了，有的人寫這個「字」呀，他就拿顏色什麼的在一張不乾的紙上畫出一個圓圈來，或畫出一個直道來，然後把水汪在這個紙上，水不滲下去，把顏色往裏灌，一個筆道裏灌一段紅，灌一段綠，灌一段黃，灌一段白，灌一段什麼。這樣一個圈裏有各種顏色，變成這麼一個花環，這樣就擺脱了字形了。我見過一本這樣的著作，這樣的作品，是印刷品。還有把這個筆畫一排，很匀的一排，全是道兒，不管橫道還是豎道，它也是各種顏色都有，還説這東西古代也有，就是所謂「折釵股」、「屋漏痕」。雨水從房頂上流下來，在牆上形成黃顏色的那麼一道痕跡，這本來是古代人所用的一種比喻，是説寫字不要把筆毛起止的痕跡都給人看得那麼清楚，你下筆怎麼描怎麼圈，怎麼轉折，讓人看着很自然就那麼一道下來，仿佛你都看不見開始那筆道是怎麼寫的，收筆的時候是怎麼收，就是自然的那麼一道，像舊房子漏了雨，在牆上留下水的痕跡一樣。這古代的「屋漏痕」只不過是個比喻，説寫字

的筆畫要純出自然，沒有描摹的痕跡。滿牆潑下來那水也不一定有那麼聽話，一道道的都是直流下來的。擺脫字的形體而成為另一種的筆畫，這就與字形脫離，脫離倒是脫離了，你這是幹什麼呢？那有什麼用處呢？在紙上橫七豎八畫了許多道兒，反正我絕不在牆上掛那麼一張畫，我也不知道是什麼。我最近頭暈，我要看這個呢，那會增加我的頭暈，有什麼好處呢？所以我覺得創新、革新是有它的自然規律的。革新儘管革新，革新是人有意去「革」，是一種自然的進步改革，這又是一種。有意的總不如無意的，有意的裏頭總有使人覺得是有意造作的地方。這是第一章講的這些個小點，就是我認為寫字首先要破除迷信。破除迷信這個想法將貫穿在我這十幾章裏頭。

2. 字形構造應該尊重習慣。

字形是大家公認的，不是哪一個人創造出來的。古代傳說，倉頡造字，倉頡一個人閉門造車，讓天下人都認得，這都是哪兒的事情呢？並且說「倉頡四目」，拿眼睛四下看，看天下山川草木、人物鳥獸，看見什麼東西然後就創作出什麼文字來。事實上是沒有一個人能創作出大家公認的東西來的，必定是經過多少年的考驗，經過多少人共同的認識、共同的理解才成為一個定論。說倉頡拿眼睛四處看，可見倉頡也不只是只看一點兒就成為倉頡，他必定把社會各方面都看到了，他才能造出、編出初步的字形。那麼後來畫倉頡像也罷，塑造倉頡的泥像也罷，都長着四隻眼，這實在是挖苦倉頡。古書上說倉頡四下裏看變成了四隻眼看，你就知道人們對倉頡理解到了什麼程度，又把倉頡挖苦到什麼程度。所以我覺得文字不可能是一個人關門造出來的。這是第一點。

字形從古到今有幾大類，最古是像大汶口等這些地方出土的瓦器上那些個刻畫的符號，有人說這就是文字最早的初期的符號，那我們就不管了。後來到了甲骨文，還有手寫的。殷也罷，商也罷，只是稱謂那個時代

的代號吧。甲骨上刻那些個字，現在我們考證出來前期、中期、後期，它的風格也有所不同，但是畢竟是一個總的殷商時期的文字。那麼殷商這個時代，後來和周又有搭上的部分，就是金文（銅器上的文字），跟獸骨龜甲上的不一樣。在今天看來，甲骨、金文，都缺一個統一的寫法，它有極其近似的各種寫法，可沒有像後來的各類楷書、草書那樣一定要怎麼寫，還缺少那麼一個絕對的規定。但是現在研究甲骨金文的人，也考證出來，它在這種不穩定的範圍裏頭，還有一個相對穩定的「例譜」可以尋找，這個是我們請教那些古文字學家，他們都可以說得清楚的，這個東西是有共同之處的。甲骨文是先用筆寫在甲骨上，然後拿刀子刻，有的刻完了還填上朱砂，為好看好認識；還有拿朱筆拿墨寫出來的字沒刻的。這些你問古文字學家，他們也都能找出在不穩定的範圍裏頭所存在的共同的相對穩定的部分。為什麼呢？要是一點兒都不穩定，那後人就沒法子認識這些個文字到底是什麼字了，甲骨文現在有許許多多的考證，有許多認識了的字，還有許多字好多專家還在「存疑」，還有爭論，可絕大部分現在都考證出來了。又比如金文，像容庚先生的《金文編》，那也是個很大的工程，金文裏頭絕大多數的字基本上認識得了。至於說他那裏頭一點兒失誤、一點兒討論的餘地都沒有了嗎？那誰也不敢說，可總算是在不穩定的範圍裏頭還仍然有它使人共同認識的地方。這些共同可認識的地方緣何而來呢？就是由於習慣而來。所以我說字形構造，它有一個幾千年傳下來的習慣。那麼我們現在要寫字，人家都用那麼幾筆代表這個意思，代表這個內容，代表這個物體，我偏不那麼寫，那是自己找麻煩。你寫出來人家都不認識，你要幹什麼呢？我在門口貼個條兒，請人幹個什麼事情或者說我不在家，我出門了，請你下午來，我寫的字人家一個也不認識。我約人下午來，人家下午沒來。我寫個條讓人家辦個什麼事情，人家都不認得，那又有什麼必要寫這個條呢？我講這中心的用意，就是說字形構造應該尊重習慣。不

管你寫哪一種字形，寫篆書你可以找《説文解字》，後來的《説文古籀補》《續補》，三補幾補，後來還有篆書大字典、隸書大字典等，現在越編，印刷技術越高明，編輯體例也越完備，都可以查找。草書、真書、行書這些個印刷的東西很多。你不能認為我們遵從了這些習慣的寫法，我們就是「書奴」，寫的就是「奴書」，説這就是奴隸性質的，盲從的，跟着人家後頭走的，恐怕不然。為什麼呢？因為我們都穿衣裳，上面穿衣裳，下面穿褲子。你説偏要倒過來，褲腿當袖筒，那腦袋從哪出來呢？這個事就麻煩了。無論如何你得褲子當褲子穿，衣服當衣服穿，帽子當帽子戴，鞋當鞋來穿。所以我覺得這個不是什麼書奴不書奴的問題。從前有人説寫得不好是書奴，是只做古人的奴隸，其實應用文字不存在這個問題。我寫字就讓你們不認得，那好了，你一個人孤家寡人，你愛怎麼寫就怎麼寫，與我沒關係。那你就永遠不用想跟別人溝通意識了，溝通思想了。所以我覺得寫出字來要使看者認識，這是第二點。

第三點，長期以來，在不少人的頭腦中有一種根深蒂固的想法，就是古的篆書一定高於隸書，真書一定低於隸書，草書章草古，今草狂草就低、就今、就近，這就又形成一個高的古的就雅，近的低的就俗的觀念。這個觀念如不破除，你永遠也寫不好字。為什麼有人把同是漢碑，就因為甲碑比乙碑晚，就説你要先學乙碑，寫完了才能夠得上去學甲碑呢？那甲碑比乙碑晚，他的意思到底是先學那個晚的呢，還是先學早的呢？他的意思是由淺入深，由低到高，先寫淺近的，寫那個俗的，再寫那個高雅的。我先問他同是漢碑，誰給定出高或低的呢？誰給定出雅的俗的呢？這個思想是説王羲之是爸爸，王獻之是兒子，你要學王獻之就不如學王羲之，因為他是爸爸。我愛學誰學誰，你管得着嗎？王羲之要是復活了，他也沒法來討伐我，説你怎麼先學我的兒子呀？真是莫名其妙。從前有一個朋友會畫馬，他説他和他的學生一塊開一個展覽，説是學生只能畫趙孟頫，

再高一點的學生只能畫李公麟，他只能畫韓幹、曹霸。韓幹的畫還留下來幾個摹本，那個曹霸一個也沒有了。那他說，我應該學曹霸，你查不出那個曹霸什麼樣來，那我就是最高的了。如果有個學生說，我要學韓幹，這個師傅就說你不能學韓幹，我配學韓幹，你只配學任仁發、趙孟頫。真是莫名其妙。那個曹霸他學得究竟像不像，誰也不知道。如果說你是初中的學生，不能唸高中的課本，這我知道，因為你沒到那個文化程度、教育的程度。但是這不一樣，藝術你愛學誰學誰，愛臨誰臨誰，我就臨那個王獻之，你管得着嗎，是不是？所以這種事情，這種思想，一直到了今天，我不敢說一點都沒有了。我開頭所說的破除迷信，這也是一條。

第四點，還有一個文字書，就是古代的字書，比如說《說文解字》，裏頭有哪個字是古文，哪個字是籀文，哪個字是小篆，哪個字是小篆的別體，哪個字是新附新加上去的，這本書裏有很多。到了唐朝有一個人叫顏元孫的，他寫了一部書，叫《干祿字書》，干祿就是求俸祿，做官去寫字要按那個書的標準，哪個字是正體，哪個字是通用，哪個字是俗體，它每一個字都給列出這麼幾個等級來。顏元孫是顏真卿的長一輩的人，拿顏真卿的一個個字跟他上輩的書來對照，可以看出顏真卿寫的那些碑，並不完全按他那個規範的雅的寫，一點沒有通用字，也沒有那個俗字，並不然。可見他家的人，他的子侄輩也沒有完全按照他那個寫法。像六朝人，有許多別字，比方像造像，造像一軀的「軀」，後來身子沒了，只作「區」。六朝別字裏真奇怪，這個區字的寫法就有十幾種，有的寫成「[illegible]」，有的寫成「區」。那麼這區字到底是什麼呢？不過它還是有個大概輪廓，人一看見這區字，或許會說這個寫字的人大概眼睛迷糊了，花了。多寫了一個口字，少寫兩個口字，還可以蒙出來，猜出來，仍然是區。這種字有人單編成書叫《碑別字》，在清朝後期有趙之謙的《六朝別字記》，現在有秦公同志寫的兩本書叫《增補碑別字》，他就看古代石刻碑上的別字，但是

他怎麼還認得它是那個字寫法呢？可見在不一樣的寫法裏頭，還可以使人理解、猜想，認識它是什麼字，可見最脫離標準寫法的時候，它還有一個遵守習慣範圍的寫法。還有篆書，有人說篆書一定要查《說文解字》，有本書叫《六書通》，它把許多漢印上的字都收進來了。有人說《六書通》裏的字不能信，因為許多字不合《說文》，他沒想到《說文解字》序裏頭就有一條叫繆篆這樣一種字體，「繆篆所以摹印也」，繆篆是不合規範的小篆，拿它幹什麼呢，是為了摹印的。可見摹印又是一體，就是許可它有變化的。你拿《說文解字》裏的字都刻到印裏頭來，未必都好看。說《六書通》的字不合說文，那是沒有讀懂這句話。還有後來《草字匯》，草字的許多寫法，比如說「天」是三筆，「之」也是三筆，「與」也是，不過稍微有點不同，可是那點不同它就說明問題。「之」字上頭那一點，寫時可以不完全離開，上頭一點，下面兩個轉彎，有的人也帶一點兒牽絲連貫下來。你說它一定不是之，你從語言環境可以看出來，所謂呼出來，蒙出來，猜出來，你不用管怎麼出來，它也是語言環境裏應該用的字。既然這樣，可見那個語言環境也證明是習慣。現在寫字不管這個，說「我這是藝術」，那不行！別的藝術，比如我畫個人他總得有鼻子有眼睛。如果你畫一隻眼，畫幾隻眼，那是神是鬼我不管，問題你要畫人像總得畫兩隻眼，即使是側面你也是眼睛是眼睛的位置，不能眼睛在嘴底下。字還是得遵從書寫的習慣，那麼別人也會有個共同的認識，這樣才能通行。要不然你一個人閉門造車，那我們就管不了。這是第二章。

3. 碑和帖。

這兩個字需要解釋一下。什麼叫碑？碑本來是一個矮的石頭，在什麼上用呢？是墳墓前面立這麼一塊石頭，原來是為拴繩索好把棺材放到坑裏去，這個用途先不管它了。這塊石頭樁子上刻上字，說明這是誰的墳，就是這麼一個意思。後來又擴大了，這人活着給他立個碑，因為他在這兒

做過官，拍這個官的馬屁，歌頌他這個官怎麼怎麼有德政，然後是又怎麼樣，這麼一個紀念性質的碑，這上面刻着的字就是碑文。為什麼在這上刻字，就是為讓過路的人看明白，這是為誰立的碑。這樣碑上的字盡力要寫得讓大家都認得，都是當時通行的大家公認的字。在最初寫這碑的人並不一定是什麼名家，什麼書法家，什麼學者，什麼官，把它寫清楚了，就行了。如果寫出來人都不認識，那就麻煩了，就會發生誤會，所以碑上的字呢，都是當時正規的字體。到了唐朝初年，唐太宗愛寫字，學王羲之，他就寫行書字，他可能不大會寫楷書字，或者他寫楷書字不是他的拿手好戲。他寫了兩個碑，一個叫做《溫泉銘》，一個叫《晉祠銘》，就用行書字書寫。他的兒子李治也用他這個字體給許多大臣寫碑，也都是行書字體。唐朝初年，李世民父子都用行書寫碑，這是用行書入碑的一個開始。武則天為她的面首（什麼叫面首呢？就是她的情人吧）張昌宗立碑，說張昌宗是王子晉的靈魂託生的，就在東山這地方把傳說是王子晉的墳給挖出來了，挖出來一瞧，也不能證明是王子晉，就在那兒立了個碑，叫《升仙太子碑》，是完全用草書寫的，被稱為草書寫碑的開端。從這以後，抄寫書，抄寫文章，抄寫佛經的論，都用草書來寫。孫過庭的《書譜》是草書寫的，慈恩宗的那些個論都是草書。雖然有這麼一個時代，有這麼一個風氣，就影響一段時間裏的字體。但是，碑還是以楷書為主要的。為什麼？他要寫了行書草書，就失去了廣大讀者認識的作用。後來趙孟頫寫楷書總帶點行書味道，他不是一筆一畫死貓瞪眼的那種楷書字，就是六朝的造像那種方頭方腦的字。再後來特別是清朝末年，就特別提倡寫碑，這個碑就是方頭方腦的字。把寫碑的叫碑學。打阮元起，就是道光年間，就有這種提法了。後來像葉昌熾，像楊守敬，一直到康有為，都是講碑字好，是至高無上的，完美無缺的。其實碑字本身的歷史也有變化。原來是楷書字，後來有行書字，有草書字，那碑字並不能純代表六朝的那些字體。可是他

們這些講碑的，難道碑上字都是標準的嗎？那麼武則天的《升仙太子碑》他怎麼看？《溫泉銘》《晉祠銘》又怎麼看呢？所以他叫碑學，這種說法本身就不完備，邏輯就不周密。

我們現在講帖，什麼叫帖？帖本來是一個「字條」，北京話叫便條，隨便寫的小紙條。我給某人寫一個簡單的小便條，說我什麼時候有工夫，咱們什麼時候見個面，就這麼幾句話，這種東西的名稱叫「帖兒」，原是給朋友看的，不是鄭重其事的，是很隨便的。六朝時，流傳下來許多王羲之的字條，三行兩行，甚至一行也有。有的「帖兒」甚至是給某人寫一封信送去了，他要是個大官呢，就在那信的尾上給你批回話，比如人家說請你來一趟，他批「即刻去」三個字，也就是答覆那個意見。這種東西叫「字帖兒」。這種東西本來和碑不是一回事，碑本來是讓人認識，起告訴別人作用的。字帖呢，無所謂。咱倆你寫給我，我寫給你，兩個人心裏明白，心照不宣。多草的字，只要這兩人認識不就完了嗎？那麼帖流傳下來就一張紙片，很容易丟失。唐太宗喜歡王羲之的字，就蒐集王羲之的字。其實打梁武帝那兒已經就喜歡蒐集了。零七八碎的條給他裱成這麼一個卷兒。由於有這麼一個帖，一丈多長，是王羲之寫給四川一個地方官叫周甫的信，開篇有「十七日」，寫的是日子，今兒個幾號，後來管它叫《十七帖》，這就不通了。不是十七張字帖，而是十七日寫的帖兒，起頭一個名就叫做「十七帖」。這東西是許多小字條兒，兩行也有，三行也有，就打那兒起就有好些帖了。到宋朝有《淳化閣帖》，就是把許多的六朝人的字，漢朝人的字，還有倉頡的字編在一起。有的是假的，胡給你湊上的。這個東西原來是淳化年間刻在閣（皇帝祕密藏書的書館）裏的，叫《淳化閣法帖》，後來簡稱為《閣帖》。這裏摹刻了許許多多連真帶假的古代人的字跡。《淳化閣帖》刻得既潦草，翻刻的又很多，越來越多，後來就說它沒有一個刻得好的、逼真的、表現很美的那種字，都是大路貨。所以這個碑

和帖的問題，並不是說帖就是低的，碑就是高的；也並不是說王羲之那個時候一定都得寫成那個方頭方腦的字才是王羲之。說《蘭亭序》是假的，前一段時間不是有過辯論嗎？有人說它是假的，就是因為它的字不是方頭方腦的。這個咱就不談了。

　　碑和帖的作用就是這樣的。並不一定寫碑就是高尚的，就是正統的。有人把碑上字拿來寫信，寫便條，那非常可笑，一筆一畫地寫，寫了半天，人說你怎麼這麼費勁呀？還有清朝有個人叫江聲，他乾脆給人寫信都用篆書。給他的一個聽差寫個條，讓聽差的買東西去，他用隸書來寫，讓大師傅去買菜，開個菜單，大師傅說你這是什麼菜呀，我不認識。他說隸書呀，就是給你們奴隸們看的字，你們連隸書都不認得，那你不配給我做奴隸、做大師傅。江聲就有這樣一個笑話。你說我寫個便條「請你來一趟」，這五個字都要寫得跟六朝造像碑一個樣，那算幹什麼呢？帖本來就是兩個人認識，朋友之間，熟人之間互相寫，我寫得再草，寫成密碼，只要他認識不就完了嗎。當然，寫這種帖的草書便條也還有一個共同認識的標準、習慣。所以碑和帖沒有誰低誰高的不同，只有用途上的不同。說是我要喝湯，拿着調羹拿着勺。我要夾個菜，我拿着兩根筷子夾。那不能說湯勺是高，筷子就低，問題是你吃飯時，是勺和筷子都要用的。這種事情多了。服裝上，用具上，下雨我打傘，不下雨我就不打傘，那麼說打傘就是高明的，不打傘就是俗人，沒有這個道理。這裏只是一個工具、符號、用途的不同，比如說，記音樂的譜子，有簡譜，1、2、3、4，還有五線譜，那麼後來有留聲盤，再後有錄音帶，再後有光盤，有光碟，你說這誰古？可以說最早的是工尺譜，一個字旁邊注明唱工尺……就代表這個字唱的時候是這個音。那麼工尺譜、簡譜、五線譜、留聲盤、錄音帶、光盤，你說誰古誰雅？工尺譜最古，是不是最雅？那麼現在唱古調，已經有光盤了，你非得回過去，用工尺譜給它記下來，就雅了嗎？我認為這個高雅與

低俗完全不能這樣往上套。

藝術風格是隨人的愛好而定的。我不反對已有的藝術風格，比如説，我們現在住在一個磚瓦房的四合院，上邊有瓦，底下有門窗，有柱子，跟洋樓不一樣。你説讓我住洋樓我也沒意見。讓我住四合院，我也沒意見。或者有人偏重愛好某種建築物，那也可以。説我穿個中式的小褂，中式的褲子，跟穿着西裝也沒有什麼不同。看什麼時候用什麼服裝，沒有什麼高低之分，沒有什麼雅俗之分。有人喜歡看造像石刻，看那武梁祠，那很笨、很原始的刻法。有人特別喜歡木版畫，這本來無所謂。還有人喜歡戲劇人物的服裝、臉譜，我覺得還是平常人的臉好看一點，化妝自然可以美觀一點兒，可在臉上畫得花裏胡哨的，畫得亂七八糟的，紅的綠的一道道的，包公臉上還畫個太極圖，畫上許多圖案，是什麼意思呢？可有人對這特別喜歡，那我也不反對，他愛喜歡就喜歡，反正我不能畫個花臉上街。今兒個開個會，我畫出個逗哏的臉，《白水灘》那個花臉包公，你塗上滿臉墨，那人家不准你進來了，説這人幹嘛呢？問題是你喜歡我不反對，你有自由，但是我沒法按那個辦。實用跟個人愛好，跟個人偏好，那是兩回事。比如字，我們現在説寫美術字，寫招牌，我寫美術字，那更有自由了，你愛什麼寫什麼，但是寫美術字我得先拿尺子、鉛筆畫出道道來，哪一筆怎樣，得畫出美術字體的效果。反正我給別人寫個信，寫個便條，我不能用美術字，用美術字太費時間了。我不反對個人對藝術風格的愛好，我也不反對對於某個古代的某種不成熟的，或者在成熟過程中所經過的某種字體的偏愛，但是我們不能拿我所愛好的一種東西強加於人，説你必須這樣才高級，那樣就低級。

4. 文房四寶。

只要一提書法，就必定連上文房四寶。這種連法也不知是誰規定的。這四寶是什麼東西呢？這是紙、筆、墨、硯。

先說這頭一個紙。練字根本不存在一定要用什麼樣的紙的問題。我們現在拿報紙、包裝紙，或者硬紙殼都可以練字。有人還在練字也買成刀的宣紙來練，我說你好闊呀，練字還使那好講究的宣紙，那是不是太高級了。有人說練字一定要用元書紙，這也有點教條，什麼紙不能練呀！報紙已經看過了，如果沒有存留的必要，那你就拿來寫，一個已經過時的刊物，你拿來作練習不也一樣嗎？我的意思就是說，紙不一定要什麼樣的紙，才算是練書法的紙。

筆，說是書法一定要用毛筆。現在又提出硬筆書法。硬筆指的是什麼呢？指的是鋼筆、圓珠筆之類的筆。硬筆書法這是一個流派，好像是很新。其實呢，古代少數民族用的寫字的工具，就是一個竹子籤，竹子棍，拿刀削成一個斜坡，成為鴨嘴形，中間拿刀劈開一個縫兒，它就吸取墨，然後再用人的頭髮捆成那麼一撮，給它剪齊了，擱在一個罐裏頭，把竹筆往裏頭那麼一插，然後提出來就寫，跟現在西方用的鵝翎管是一個樣的辦法。現在的鋼筆頭也是用這個辦法演變過來的。這是一種。歐陽修的母親拿一個荻子棍，在土上畫字，教給歐陽修認字，那也是硬筆書法。我並不是「古已有之論」，而是說我們現在有也不必大驚小怪。說你們使毛筆，我就使硬筆，那也不一定，中國地方大，民族多，用什麼筆都有。鋼筆、圓珠筆、鉛筆都是硬筆；毛筆裏頭有紫毫、狼毫、羊毫，還有麻（把麻捆上）。還有一種叫做茅龍的筆，就是茅草梗子紮成的，明朝人陳白沙（獻章）就是愛使這種茅龍筆。所以這筆也不一定要什麼樣才算書法專用筆。

墨，古代是拿製成的固體墨塊擱在石頭硯上研。與其現寫現研，不如現在的墨汁，現在有許多墨汁，一得閣的墨汁、曹素功墨汁都已很平常。把墨汁倒在硯台裏，往裏頭加點兒水，讓濃度適當，就行了。寫鋼筆字還有鋼筆墨水，藍黑墨水、黑墨水等。

硯，硯台更不用説了。當然什麼石頭都可以。古人講究，是因為拿它當個玩賞的工具，一邊研墨一邊觀賞，像一塊古玉似的，摸着又很光溜，上頭又刻着什麼字，比如什麼銘，是哪年買的，誰送的。硯台也有各種硯材，端石、歙石、古瓦古磚也行。容庚先生有塊大硯台，他會刻印，在硯台背面刻字，他作一部書，就刻上一行字：某年月日，某部書編成了，又某年月日這部書又修改了。打開那一尺多大的大硯台，背後一行行字縱橫交錯。可惜當時沒拓下來。那個東西很有意思，那是記功碑，曾經編過什麼什麼書，怎麼怎麼樣，這等於一個很有意思的紀念品。

紙筆墨硯在今天，不是説沒有用，是用處遠遠不夠了。比如説紙，必定得使宣紙，如果有人給我個金箋，上面壓着金子，或是某種有名的花箋，我準寫不好，我説你拿回去吧，還不如我這白紙，寫壞了我還可以另換一張，要拿一張好紙我準寫不好。他説你試試。我説試試，你的紙寫壞了你負責，我負不起這個責，我不寫。有人把整刀的宣紙拿來練字，我説實在是太浪費了。古人有幾種辦法，有把磚拿來，用濕筆蘸上香灰，或把香灰用水和好，用筆蘸上往磚上面寫，等乾了你看好不好，或者擦上再寫，或者都寫上，等於有灰的那一面，把筆蘸白水在上寫，也可以練習，這是一種。還有呢，古代懷素院子裏種的有芭蕉，他把芭蕉葉子拉下來，當紙在上面寫字。這些足以説明什麼樣的紙都可以用。筆呢，也不一定是什麼毫，狼毫、紫毫、羊毫都可以。當然筆呀，有點關係，筆要是寫得不合手，還是不好受。蘇東坡説過，好受的筆，寫着讓人手裏拿着不覺着有筆，説明這筆很適合自己的習慣。紙也有這個問題，墨也有這個問題，墨稠了稀了，紙是生了是熟了，有的紙拿濕筆往上一擱，欻那麼一洇，這樣寫着也會使人興趣敗壞。怎麼樣寫適合自己的習慣，這只有個人的習慣問題，沒有絕對的標準，一定得用什麼樣的紙，什麼樣的筆，什麼樣的墨，硯台更不用説了。所以我覺得所謂四寶，沒有一個絕對的好壞標準，只要

你使得習慣，寫起來特別有精神的那一種，就是最好的。

5. 入門練習。

學寫字有次序，怎樣入門，從前有許多的説法。有些個説法，我覺得是最耽誤事情的。首先説是筆得怎麼拿，怎麼拿就對了，怎麼拿就錯了；腕子和肘又怎麼安放，又怎麼懸起來。再説是臨什麼帖，學什麼體，用什麼紙，用什麼格等的説法都是非常的束縛人。寫字為什麼？我把字寫出來，我寫的字我認得，給人看人家認得，讓旁人看説寫得好看，這不就得了嗎！你還要怎麼樣才算合「法」呢？關於用筆的説法，我們下一章再解剖、再分析。現在我們先從入門得用什麼紙説起。從前有一種粗紙，竹料多，叫元書紙，又叫金羔紙。小時候用這種紙寫字非常毀筆。寫了沒幾天，那筆就禿了、壞了。是紙上的渣子磨壞的。還有一種，是會寫字的人，把字寫在木板上，書店的人按照這字樣子，把它刻成版，用紅顏色印出來，讓小孩子按着紅顏色的筆道描成墨字，這樣小孩子就可以容易記住這個字都是什麼筆畫，什麼偏旁，都用幾筆幾畫。這種東西打從宋朝就有。這些字樣大都是「上大人、孔乙己、化三千……」我小時候還描過這種紅模子。還有的寫着「一去二三里，煙村四五家」這類的詞語。都是用紅顏色印在白紙上，讓孩子用墨筆描。詞兒是先選那些個筆畫少的，再逐漸筆畫加多。這除了讓小孩子練習寫字之外，還幫助小孩熟記這些字都共有哪些個筆畫，這是一種。再大一點的小孩就用黑顏色印出來的白底墨字，把它擱在一種薄紙底下，也就是用薄紙蒙在上頭，拓着寫。這是比描紅高一點的範本。這種辦法無可非議，因為小孩不但要練習筆畫，練習書寫的方法，還要幫助他認識這個字，鞏固對這個字的記憶。

再進一步就是給他一個字帖，有有名的人寫的，或者是老師寫的，或者家長寫的，或者是當代某些個名人寫出的字樣子，也有木版刻印出來的，也有從古代的碑上拓下來的。比方説歐陽詢《九成宮碑》、褚遂良《雁

塔聖教序碑》，又比如像顏真卿《顏家廟碑》《多寶塔碑》，柳公權《玄祕塔碑》等，這種字多半不能仿影，因為比較高級、珍貴，如果用紙蒙着描，容易把墨漏下去，把帖弄髒了，多半是對着帖看着它描，仿着它的字樣子來寫。這辦法人人都用。我們現在隨便來練字，也都離不開臨帖。比如我們得到一本好帖，或某一個人寫的我很喜歡，不妨把它擺在旁邊，仿效他的筆法來寫，可以提高我們的書法水平。但是這種辦法有一個毛病，總不能寫得太像，因為眼睛看的時候，感覺上覺得是這樣，比如「天」兩橫，我覺得這兩橫的距離是多寬，頭一筆短一點兒，第二筆橫長一點兒，第三筆這個撇兒撇出去從哪兒到哪個地方才拐彎，這個捺的捺腳又怎麼樣了，擺在什麼地方，這都是看起來容易，寫起來難。趕到都寫完了，拿起來一比，甚至於把我寫的這個字與帖上那個字擺起來，對着光亮一照，那毛病就露出來了，相差太多了，幾乎完全不一樣了。這樣就有些人越寫越灰心，沒有興趣了。說我怎麼寫得老不像呢？它總是不能夠那麼逼真的。因此就有許多的說法。清朝有一個人特別主張讀帖，他說「臨帖不如讀帖」。臨帖是用眼睛看着效仿它的樣子來學，讀帖是拿眼睛看這個帖，理解這個帖，心裏想着這個帖，然後拿筆不一定照這個帖就能夠寫出來。也許說這個話的人出這個招的人他能做到，但是他做到的時候是多大歲數，是他到什麼程度的時候才做到這樣的，這個誰也不知道。也許已經寫了多少年，自己成熟了，然後就說我就是這麼看一看就理解了這個字，那就是程度不同了。我們也有這個時候，比如說，我是在街上看到某一個牌匾，某個名人寫的一個牌匾，看着很好看，自己心裏也很想仿效他用筆的那個意味來寫，可是他那個匾掛在鋪子上頭，我不能說給人家摘下來，那個時候照相又不那麼方便，像現在拿個小照相機，老遠你都可以把它照下來，那時候不容易。那麼這個時候仿效，就等於讀帖之後背着來臨這個帖。這是不得已的事情，還要看什麼程度。你想小學生你就讓他去讀那個帖，這

話都是不實際的。說這個話的人叫梁同書，是清朝乾隆時候的人。他寫的字你看不出來是有意臨哪一家哪一派，他就那麼寫，他有一個論書的文章，有兩句話，說「帖是讓你看的，不是讓你臨的」。這句話我給他改一個字，這個帖是讓「他」看的。他要看我管不了，他已經死了，他愛看不看我管不着，但是我只憑着看腦子記不住，我不拿手實踐一下，沒法子印證這帖是怎麼回事情。

還有一個臨碑臨帖存在的問題。在從前印刷術還沒有現在這麼普及的時候，不管多大的名家的筆跡，都仗着把它刻在木板或石頭上，然後椎拓下來，這就變成了黑底白筆畫的字，這時不管刻工刻得多麼逼真，一絲都不走、一絲都不損失、不差樣子，但是多高明的刻工、多講究的拓本，它也只有那個字的外部輪廓，裏邊墨色的濃淡，也就是用筆的輕重，墨的乾濕就無法看到了。拿筆一寫，拉下來之後筆就破開了。開始墨還多的時候，筆毛還攏在一起，到了筆畫末端筆頭就散開了，這種地方特有名稱管它叫「飛白」，因為它不全是黑顏色了。乾筆破鋒所謂「飛白」的地方是最容易表現出（被學的人看出）寫字的人用力的輕重、墨蘸的多少（這一筆蘸的墨寫到什麼地方墨就沒有了、少了）。這種地方是很有關係的。你要是照相製版，看起來就明白得多了。這一筆所用的力，是哪一點最重、哪一點輕，可以看得清清楚楚，但是在刻本上，你多大本領的人，你也沒法子看出這些過程來。

不同的碑、帖，筆畫有刻得精緻，有刻得粗糙的。我們看唐朝刻的碑，就非常的仔細，後來石頭磨光了、筆畫磨淺了，這樣的不在少數。看唐朝的碑最早的拓本，刻出不久時候的拓本那是比較精緻的。魏碑，北魏的碑特別像龍門造像，那些造像記，在牆上在石洞裏頭刻的時候，是用力氣在上錘、鑿，這樣就費事很大。結果刻出來的筆道，現在我們看龍門造像，每一筆都是方方整整的，兩頭齊，都是很方很方的，一個一個筆畫都

是方槽。這樣寫字的人就糊塗了，怎麼回事呢？他不知這個下筆究竟怎麼就能那麼方呢？我們用的筆都是毛錐（筆有個別名叫毛錐子，像個錐形，是毛做的），用毛錐寫不管怎樣，總不同於用板刷。用排筆、板刷寫字下筆之後就是齊的，打前到後這一橫，打上到下這一豎，全是方的。但是寫小字，一寸大的字，他不可能用那麼點兒的板刷，像畫油畫的那種小的油畫筆來寫，若都用那種筆來寫，也太累得慌，太費事。所以就有人瞎猜，於是用圓錐寫方筆字又有說了，說是筆必須練得非常的方。我已經見過好幾個人，他們認為這些個字必須寫得方了又方，像刀子刻的那麼齊。我心裏說，你愛那麼方着寫我也管不了，與我也沒關係。別人每分鐘可以寫五個字，他是三分鐘也寫不了一個字，因為他每一筆都得描多少次。這種事情我覺得都是誤解。碑上的字，給人幾種誤解，以為墨色會一個樣，完全都是一般黑，沒有乾濕濃淡，也沒有輕重，筆畫從頭到尾都是那麼寫的。還有一種就要求方，追求刀刻的痕跡。清朝有個叫包世臣的，他就創造出一種說法來，說是看古代的碑帖，你把筆畫的兩端（一個橫畫下筆的地方與收筆的地方）都摁上，就看它中間那一段，都「中畫堅實」，筆畫走到中間那一段，都是堅硬而實在。沒有人這樣用筆。凡是寫字，下筆重一點，收筆重一點，中間走得總要快一點，總要輕一點，比兩頭要輕得多，兩頭比中間重一些。在這個中段你要讓它又堅又實怎麼辦呢？就得平均用力，下筆時候是多大勁兒，壓力多大，一直到末尾，特別走到中間，你一點不能夠輕，一直給它拉到頭，「中畫堅實」這東西呀，我有時開玩笑跟人談，我說火車的鐵軌，我們的門檻，我們的板凳，我們的門框，長條木頭棍子，沒有一個不是中間堅實的，不堅實中間就折了。這樣子要求寫字，就完全跟說夢話一個樣。我說這是用筆的問題，而為什麼會出現這樣胡造出來的一種謬論、不切實際的說法呢？都是因為看見那刀刻出來的碑帖上的字，拓的石刻上的字，由於這個緣故發生一種誤解。這種誤解就使

學寫字的人有無窮的流弊，也就是說所臨的那個帖它本身就不完備，這不完備是什麼呢，就是它不能告訴人們點畫是怎麼寫成的，只給人看見刀刻出來的效果，沒有筆寫出來的效果，或者說筆寫出來的效果被用刀刻出來的效果所掩蓋。碑和帖是入門學習的必經之路，必定的範本，但是碑帖給人的誤解也在這裏。現在有了影印的方法就好多了。古代的碑帖是不可不參考的，但是我們要有批判的、有分析的去看這個碑帖。入門的時候不能不臨碑帖，而臨碑帖不至於被碑帖所誤，這是很重要的。

6. 學書「循序」說。

學習書法應該有次序，由淺入深，由近及遠，不管什麼學問都是這樣的。這個特別值得說一說。學寫字應該有個循序漸進的次序。這沒問題。但是什麼是次序？什麼是淺，到什麼程度是提高、是深？說法就很不一樣了。許多人看見古代的字是先有篆，到漢朝有隸，魏晉以後有楷、有草、有行，於是有兩種誤說：一種認為凡是古代的字的風格、形體就是高的，就是雅的。後來發展的那個字就是低的、俗的，就是近的，甚至不高的、不雅的、沒價值的。有人就說學寫字你必須先有根底，先學篆，篆字好看了再學隸，隸學好了再學楷。我這一輩子總共才活幾十年，有人一輩子寫篆也還沒寫好，那這個人一輩子到了臨死也還沒有寫隸書的資格，為什麼？篆書還沒寫好。按這種胡說八道的說法那只能說，沒有文字之前是結繩記事（今天我辦了個什麼事就在繩子上結個扣，明兒又一個什麼事再結一個扣，這是還沒有文字之前的初民用的辦法），那麼我們請問，什麼時候有的篆？比篆還早的時候是結繩記事，那你學篆還得先學結扣，結成一個疙瘩一個疙瘩的然後你才能寫篆？說疙瘩都結好了才能學篆學隸。我請問他一句話：就是「好」，怎麼樣才算好？恐怕說這話的人也沒法回答。因此篆和隸就難說有什麼高低、古今、雅俗等差別了。

同是篆這一種字體，又有人給它定出來差別了，說你要學篆書，得先

學某一個銅器。周朝的銅器，比如毛公鼎、散氏盤。其實在銅器裏頭，那個散氏盤的字是最不規範、最不規則的。那個毛公鼎字數最多，是周朝銅器裏頭很有價值的，問題是價值並不在字的樣子，而在於它記錄了許多古代的歷史。散氏盤更是某一個部落（部族）記載它的事情的，那個字並不是周朝正規的那種字樣。我小時候有一位老先生，他專寫篆隸，寫得好。他自己發憤宣佈，說我要臨一百遍毛公鼎、散氏盤。因為它是鑄出來的，這樣子再寫二百遍它也像不了。他為什麼要寫一百遍毛公鼎、散氏盤呢？他認為這是基礎，熟悉了毛公鼎再寫其他篆書就都可以通了。這個事情，我看見同是這位老先生，讓他寫秦朝的秦刻石就不如他臨毛公鼎的好。可見認為臨某一個帖、某一個碑作基礎，就可以提高到寫一切碑、一切的字，這是不正確的說法。比如古代篆書的石刻石鼓文，確實是很正規，也很整齊，筆道都很勻實。但是你寫石鼓文，石鼓文裏的字是很有限的，石鼓文之前的字，比如《說文解字》裏的九千多字，那絕不是石鼓文所包括得了的。並且《說文解字》是小篆，石鼓文與《說文》中的籀書很相似，所以也不能是寫了石鼓文別的就都懂得了。

篆書是這樣，隸書呢，也這樣。說你寫漢碑，你必須先寫《張遷碑》，《張遷碑》寫好了，再寫其他的碑就行了。據我知道，有人寫《張遷碑》，像清朝後期的何紹基，就專臨《張遷碑》。他臨《張遷碑》就為湊數，他自己臨過多少本《張遷碑》，我看是越到後來的，比如他記錄第五十遍，那越寫越不好，為什麼呢？他自己也膩了，他是自己給自己交差事。我有一個老同學，跟一個老師唸書，這個人他已經工作了好幾年，他父親有錢，三十多歲了回頭再跟老師來學，我也跟那個老師學。他在家每天要臨《張遷碑》幾張字，我到他屋裏去看，他寫的字用繩子捆了在屋角摞起來，跟書架子一般高，兩大摞，都臨的是《張遷碑》，每次用紙寫完之後拿繩子捆一下摞起來。我是熟人了，我把上頭的拿下來看，是最近臨的，我越

往下翻越比上頭的好，越新的越壞，因為他已經厭倦了。他自己給自己交差事：今天我可點了多少卷的書。也不用問他那個字點得對不對，我也不知道，也沒法細看。這樣寫只是為給自己交差事，並不是去研究這個碑書法的高低呀，筆法呀，結體呀，與這些個毫不相干了。我看過商務印書館印的何紹基臨的十種漢碑，那真有好的，臨的《史晨碑》《禮器碑》，為什麼那樣便宜呢？已經沒有賣了，一大摞一大摞的。我還看過翁同龢臨的《張遷碑》，梁啟超臨的《張遷碑》，就是在琉璃廠那些字畫鋪裏看見的。都是他們自己用功的窗課，當時都很便宜。當時有一度我也想，這總算是名人用的功，為什麼不買一本？後來回想我當時為什麼沒買，我瞧實在是一點意思也沒有，所以我沒買。後來追想，幸虧沒買，買了也是廢物，擱那白擱着。

現在想來，有人說你臨某一個碑，把這個碑寫好了，打下基礎，然後再臨別的碑。我想這個人臨這個碑還沒臨好呢，他腦子裏已經厭煩寫字了，一點兒興趣也沒有了，你讓他再寫別的，他永遠也寫不好。比如說，何紹基後來晚年寫的字，那真叫不知是什麼，哆裏哆嗦的全都是畫圈，那個時候他已經手也脹了，腫了，也沒有精力再往好裏寫了。所以他那些個《張遷碑》的基礎究竟起了正面作用還是起了反面作用，我真是很懷疑。可見說哪一個碑、哪一個帖作基礎，你這個基礎會了別的都會了，這是不可能的。

這一章裏我還有一點兒補充。就是有人對於這個字體也有說法，說是歐陽詢在唐初，虞世南更早一些，顏真卿和柳公權晚一些，說你應該先學歐，再學褚，再學顏，再學柳。這個次序是他們這幾人（歐陽詢、褚遂良、顏真卿、柳公權）生存時間的先後，但是我們學他們，沒有法子按他們生活年代、生活年齡來學。因為我們畢竟比他們差一千多年。也不可能按這個次序去學。從前還有人說，柳字出於歐，「出於」兩個字實在可怕

得很。説歐陽通出於歐陽詢這我信，歐陽通是歐陽詢的兒子，他兒子出於父親那是真的；説顏真卿的字、柳公權的字就出於歐陽詢，他出不來，他離歐陽詢遠得很哪！歐陽詢想要生出柳公權來，他夠不着，中間差着很多年，不能歐陽詢先生一個歐陽通，過了多少百年又生出一個柳公權來，沒有這個事情。所以凡是這種説法，誰在先，誰在後，誰出於誰，你要先學會誰然後你才能再學誰，這種理論我覺得都是胡説八道！

7.「用筆」説。

本來筆是一種工具，就是畫道的棍，你拿這個棍前頭綁一撮毛，拿這蘸上墨或別的顏色往紙上畫道就完了，這有什麼神祕的講法呢？後來許多的書把用筆這個事情説得非常神祕，並且説只要是你會用筆呀什麼都解決了，用不着提字怎麼寫，什麼體，全都是説你只要會用筆就行了。你甭説用筆，你給我個樹枝，在地上畫不也可成字嗎？我寫的你也認得，那麼這有什麼可神祕的呢？這樣的議論，在許多古代講書法的書裏都可以見到。越往後這個問題講得越神祕。你比如像我前邊剛説過的包世臣，講用筆怎麼講，康有為又怎麼講。還有奇怪的，像包世臣這類的書法理論家，他就講王羲之為什麼愛鵝。説這鵝脖子是長的，腦袋上頭還有一個包兒，説王羲之手裏拿着筆呀，這個食指往上拱着，食指往上拱着很像鵝的腦袋那個包兒，王羲之寫字為什麼愛鵝呀，就是愛鵝頭上那個包兒。到這份上他就不是講寫字了，那就是造謠了。王羲之愛鵝就是愛那個包兒，我愛鴨子沒包兒，怎麼辦呢？這完全是越説越神。還有説王羲之愛鵝，他給人家寫《道德經》，寫完就把道士養的一群鵝用筐子拿回去了。拿回去王羲之究竟是吃了呢，還是養着下蛋呢？這歷史上也沒交代。可是這個東西打這兒就越説越多了。説王羲之什麼都與寫字有關係，我看講這些事情的書是越看越生氣，恨不得把那些書都撕了。這些説法完全是造謠生事，完全是穿鑿附會。

我們就知道元朝趙孟頫寫字寫得真漂亮，寫得真講究，他也學王羲之，特別是學王羲之的《蘭亭序》。他得到一本刻本的《蘭亭》，後頭呢，作過十三段的跋，這裏頭提到過：「書法以用筆為上，而結字亦需用功」這句話。我就說，書法以用筆為上，當然你筆是要會用的，運用得好，筆毛聽話，當然寫出來效果是好。可是這個不是什麼神祕的事。你把筆蘸上墨，在硯台上片得不出紕叉，寫起來這個筆畫就是圓的。這不很自然嗎？他認為書法以用筆為上，而加一個轉語，結字亦需用功，就把用筆放在第一位，把結字放在第二位。那麼我們稍微冷靜想一下就可以知道，比如說，我寫一個「三」字，寫一個「士」、寫一個「王」、寫一個「土」，這樣的字筆畫最簡單，「三」和「王」的筆畫有三橫，我們普通寫法至少三橫讓它勻，距離差不多，事實上前兩橫靠近一點兒，後一橫稍遠一點兒，這樣它就好看。如果你故意把前兩橫拉得寬，後一橫跟第二橫離得窄，你這樣寫出來就不大好看。為什麼不好看？它就是從來有這麼個習慣，大家就都這麼寫。這個「王」字，中間這一橫要短一點兒，上下兩橫要長一點兒，這樣這個字就好看了。你假定我偏把中間這個橫寫長了，兩邊寬出了頭，這個就不是「王」，而是「壬」字了。「土」字和「士」字，「土」字底下這橫長，「士」字底下這橫短，那我故意把底下這橫寫長了呢，它就不是「士」而是「土」字了。諸如此類。這個結字呢我覺得關係到這個字唸什麼，代表什麼意思。甲音字跟乙音字的差別，在這點兒上至關重要。我光把點畫寫得非常好，而點畫的位置長短高矮全錯了，那我寫得再好，用筆十分的好，也不是那個字。這個道理是非常明白的。我們把王羲之的帖拿過來，拿剪刀把它鉸下來，每一個筆畫鉸成一個紙條，我把它攔在手裏，比如這個王字四筆，我把這四筆描出來，把它拿剪刀剪下來，剪成一筆一筆的單個筆畫，放在手裏頭搖一搖讓它亂了，往紙上那麼一扔。你再看這個字，這筆畫全是王羲之帖上的，用筆形狀一點兒都沒有錯，都是王

義之的原樣，可是我這一扔在紙上，你再看絕對不是王義之寫的「王」字了，甚至這字唸什麼我們也不認識了，因為已經完全變了。這個道理淺近極了。那麼究竟用筆為主呢，還是結字為主呢？這是不待言的了。可是你看許多講書法理論的書，沒有不是把用筆兩字說得那麼神祕，那麼了不起，那麼難辦的，甚至這人寫了一輩子，你也不會用筆，如果你寫的字給人家專家看，他就說，你的字寫得還湊合，就是用筆不對。這樣的事我碰見過很多了。我把筆給他，說你就給我寫一個，用筆怎麼才對呢？結果他寫出來比我還不對。現在我就把這個道理在這裏交代一下，想學字的朋友首先要破除迷信就是所謂用筆論。把這個用筆說得神祕得不得了，別人都不會，就是他一人會。王義之死了，就他是唯一的會用筆的。至於結字的重要，隨後我們再說。

現在專說工具 —— 筆。我們看到出土的，古代有三類的筆，到我們現在製造的筆，已經是第四階段了。可以說從殷商甲骨文一直到了戰國時期竹木簡、盟書，那時用的筆都比較簡單，一撮小細毛，綁在一個小細的竹棍上，然後蘸着墨往上寫很小的字。那時候大概做筆的工藝、辦法還比較簡單。漢朝又是一段。居延出土的文物中有一支筆，這支筆是一個竹棍的一端劈成四瓣，把一撮毛拴成一個毛錐子，然後把毛錐子嵌在四瓣的中間，拿一根細線把它捆起來。這種筆頭是靈活的，很像現在可以換筆頭的蘸水鋼筆。這樣筆尖寫禿了，可以把筆毛揪下來，再換一撮毛。居延出土的這種筆，後來還有人仿做過一個模型。我們知道漢朝的隸書，它有頓、挫，所謂蠶頭燕尾，開頭下筆時重一些，末尾像一個燕子的尾巴，像是後來寫楷書的捺腳一樣。漢朝碑裏、木簡裏頭出現這種筆畫的姿態，就因為它的工具有了進步。六朝到唐又是一階段。我們現在看見唐人的筆，日本人在唐代帶回國去藏在他們的正倉院有這樣的筆。那個筆頭呢肚子大，筆尖尖長，看起來像一個棗核那樣，可是半個棗核。棗核不是兩頭尖嗎？它

是套在筆管裏邊的那頭尖看不見了，就是筆管底下的這頭。肚子大筆頭尖，所以寫出來就有六朝、唐人寫字的那種風格。這種筆在日本也有仿製的模型。這種樣子的筆，比漢朝人的筆又進了一步。到了宋元明以後這一段就不再費這麼大事了。這時的筆多半是跟現代的一樣，就是筆根裏頭襯上一點兒短毛，是做的時候襯在裏頭的，前邊的毛一般是齊的。這種筆叫做「散卓筆」。這種筆你蘸了墨水前頭就攏起來了，也算有一點兒尖兒，可是筆根上很有力量。這種筆製作起來費事。現在買的筆特別好使的、帶有這樣講究做法的，也就不太多了。現在都講長鋒，那是誤解，從前講筆鋒長，鋒呀是指筆尖兒的部分，那個地方長一點兒，為什麼呢？下筆的時候好有尖度。現在把這鋒呀理解為從筆毛塞在筆管裏的那地方起始到筆尖這一段，都要很長很長，這越長它越沒有力量。那麼蘸上水呀，這個筆就像一個拖地板的墩布，一個大木頭棍兒前頭拴着一堆布條子，你蘸上水之後，它完全垂着來回晃，只能拖地，不能寫字。現在新做的筆，往往只在筆杆上下很大工夫，或者給它畫上花刻上花，筆毛就是越來越長，全都是那麼一個細長條的筆毛，沒有根，拿起筆來東倒西歪。這樣的筆就是會寫字的人恐怕也難寫出好字來。從前人有這麼一句俗話，善書者不擇筆，就是說會寫字的人拿起什麼筆都能寫。這話用在鼓勵人，說這人本事大，那也可以。比如拿刀切菜，有人善於切菜，不講究刀，也可以這麼講。但是你給他刀沒有刃，就是一個鐵片，我看他也切不出什麼菜的樣子來，更不用說切這個肉片了。這完全是一種鼓勵的話，善書者不擇筆，這是一個有目的的、有策略的鼓勵人的話，而事實上，你給他沒毛的筆，他不也不會寫字嗎？看來筆這工具還是很重要的。蘇東坡說過一句話，說好的筆是什麼？好的筆是在你寫字時，手裏不覺得有筆，這種筆就是最好的，就是他選筆要合他的手，合他的習慣，合他手的力量，不管是什麼毛的筆。從前有人喜歡使紫毫（兔子毛），或者是狼毫（黃鼠狼毛），或者是羊毫。其

實呢，沒有裏頭不摻麻的。有這麼一句話「無麻不成筆」。筆裏頭總要墊上襯，襯這個筆毛，從筆頭中間裏頭的芯一層層往外裏。所裏的是各種毛，裏頭總要襯墊一點兒麻，它就挺脫。關於筆工的做法有很多說法，我們只能夠懂得一點兒大意，自己沒有去實際做過筆，我在這裏只是說一個大概。所以說用筆，你要看是什麼樣子的筆，什麼材料的筆，就剛才我說的拖地板的墩布形狀的筆，你給多麼善於用筆的人，他也寫不了字。你給他一個大墩布，說你給我寫個黃庭經小楷，你要寫不上來，那你就不善於用筆。你這樣說：如果你寫不來我就懲罰你。恐怕就是王羲之來了，他也只得認罰，沒辦法。這是我第七章特別要講的道理。我特別強調這個道理，也就是想和想學書法的朋友們談一談，千萬別被用筆萬能論、用筆至上論、用筆決定論這些個說法所迷惑。若是非要這樣，你乾脆放棄，我不寫了。要是聽這樣的話你永遠寫不成。

8. 真書結字的黃金律。

楷書又叫真書。結字有個規律，規律就是合乎黃金分割即黃金律，這是我偶然發現的。我曾經看唐人和北朝著名碑版上的楷書字，我拿一個畫畫放大用的塑膠片（這種塑膠片現在街上有賣的，是為畫畫放大用的，它分成兩部分，一部分是比較小的方格，一部分是長方片），我用那部分比較小的方格，就把這種坐標格罩在字帖上。比如一個字，我把它每一個筆畫都給延伸了，延長了。好比說左邊是個三點水，江、河、湖、海之類的字，頭一筆從左上往右下來點兒，我把它當做一個歪斜的道兒，第二筆又延長，第三筆從下往上去又延長，它們交叉的地方有一個交叉點。右半的字，比如「海」字每一筆都延長，又有幾個交叉點（這些個交叉點，我們在這裏沒法說了，只有在紙上畫出來才明白，這裏不妨簡單地口頭說一下），我發現這些個交叉點中主要的有四個。或許有的字沒有這些個筆畫，並不全都佔有每個交叉點，可如果佔有的話，總是這四個交叉點最要

緊。這四個交叉點在哪兒呢？假定是一尺三寸這麼大的一個正方形，我每隔一寸就給它畫一條直線，橫豎都一樣，就成了 169 個小方格。這樣在中心的部分，左邊的空格是五個，中間的空格是三個，右邊的空格又是五個，這是橫着的；上下也是，上頭五個空格，中間三個空格，底下五個空格。這樣那個從左往右數第五個空格的右下角，那是一個交叉點，從這再往右數第三個空格的相同犄角又是一個交叉點。從上往下也是這樣。結果中間部分是九個小空格。於是上邊橫着數是五、三、五，豎着往下數也是五、三、五。要是左上邊的交叉點我們管它叫 A 點，右上邊的交叉點我們管它叫 B 點，左下邊這點叫 C 點，右下邊這點叫 D 點，那麼這四個交叉點就是古代字的結構所注重的地方。有的字不完全那麼準確，不那麼機械，但是它重要的結構以這四個點為重點，是最要緊的地方。在從前有米字格，有九宮格，還特別說寫字要講中宮，中間那一宮，那結果呢，把米字格都給畫出來了，斜着對角兩道線，橫着豎着兩道線，中心最多的交叉點把那當做中心。把這個中心當做字的重心來寫，那麼寫完之後，每一個字的末尾準侵佔到下一格的頭上來，總要往下推。假定這一片紙是三行九個格，那麼我寫三個字，第三個字的下半拉，準到那格子底下外邊來。我以前不知這是怎麼回事，自從我發現了這結字的黃金律，在下筆開始寫的時候，起首時注意左上角的 A 點，收尾時注意右下角的 D 點。這樣就絕不會出這個格了，它準都在格子裏頭。寫行書也是這樣。你對楷書字結體的重點要是理解了，寫行書也容易做到行氣貫通。行書字常常有左右搖擺的情形，寫出來龍飛鳳舞的，為什麼有行氣？細看，它那個 A 點都在一行裏頭。這一行不管多少字，你把每個字中 A 的交叉點都給它畫出來，它基本上是一條垂直線，雖然搖擺，也差不了太多。所以這一行行字叫氣貫。這氣在哪兒，你也摸不着，也感覺不出來，事實上就是這字的連貫性。那麼我們就看出來了，這一行字，它的 A 交叉點都在一條線上。這個字不管

左右搖擺到多厲害的程度，它的氣還是連貫的。

關於這個問題，還有些個筆畫的「副作用」的問題，就是說左緊右鬆，上緊下鬆。比如寫「川」字，三筆。第一筆第二筆靠得近。第三筆跟第二筆離開可以遠一點兒。剛才說「三」字，第一橫跟第二橫挨得要緊。第二橫跟第三橫距離可以鬆一點兒，這樣就好看。總之，凡是緊的密的要靠左邊靠上邊，可以鬆一點兒、可以寬一點兒的要靠在下邊，靠在右邊。這樣子寫出來就好看。

還有一種，是橫筆，一定要寫起來自然向右上微微的斜一點兒。最害人的一句話叫「橫平豎直」。你要寫字真正按這個橫平豎直去寫是怎麼看怎麼難看。我小時候寫字，大人在旁邊拿個棍兒，拿個筆桿瞧着，我的筆往上歪一點兒，就地給我手指頭打一棍兒：「你橫不平！」於是我就注意橫平，結果怎麼寫怎麼不好看。其實這個橫所謂的「平」是有條件的。我們若是把現在的報紙拿過來，頭版頭條大字，我們拿起來對着燈光反過來照，它的橫畫還是有往右上走的一種趨勢。你正面感覺不到，再仔細瞧，每個橫畫右邊總有一個小三角。你是不是想過那個三角為什麼不畫在底下，為什麼畫在橫的上邊？它與毛筆寫字有什麼關係呢？平時我們寫字，停筆的時候總要駐一下，上頭就冒出一個尖來。給這個冒出的尖絕對化圖案化，就是這個橫上邊畫着的三角。這個橫畫，原本就微微向右往上抬一點兒，再加上一個三角，這樣子，這筆畫自然就形成了從左往右往上去的趨勢。再說豎，現在所謂宋體字。一個豎本來就是一個豎方條，上邊右上角斜着去一點兒，右下角斜着又去一點兒，上邊右半缺個角，底下右半缺個角。這使人感覺這種豎不是直的，它是彎的，微微的有一點兒彎。兩端右邊去個角，就讓人感覺像有一個弧度。這個弧度衝左，鼓的那部分向右。我問過人，你們製這個字模的時候為什麼要這麼做，他也說不上來。我覺得這正是我們要打破橫平豎直這個謬論的一個證明。以上說明我們在

寫字時，第一，不要注意中宮，而要注意四個五比八的交叉點；第二，就是不要真正的橫平豎直。凡是注意中宮這個觀念和一定要橫平豎直觀念的，他再寫一輩子也寫不好。我敢下這個斷語。我鄭重地勸告想練字的朋友，要特別注意這個問題。我這個說法曾發表在香港一個叫《書譜》的雜誌上。我們學校的秦永龍同志他編的一本書，叫《楷書指要》，他這書裏頭有一章，就完全引錄了我的這些說法。我跟他提出來，請他就把我這一段我自己的一得之見，納入到他講楷書的這本專著裏。現在我不曉得還有哪位注意過這問題，大概還有別位的著作裏頭也引用過這些話。剛才我又說了這個事情，我在這裏是強調它的重要性，並不是因為這是我說的它才重要，是經過實踐證明它是重要的，所以「實踐是檢驗真理的唯一標準」。我現在引用這句話，是想說明我的這些個說法，是經過實踐，受過檢驗的。

9. 如何選臨碑帖。

現在談一談如何選臨碑帖的問題。我常常遇到人說，你給我講講，我學哪個碑、哪個帖好啊。這使我很為難。我說你手邊有哪個，你喜歡哪個就學哪個。往大裏說，好比我要找對象，我問人：你看我找胖子好，還是瘦子好？我找一個多大年紀、找哪一個省份的、找學什麼的好？你想要問人家這個，就是多麼有經驗的人也沒法子給你解決這個問題。寫字也一樣，你看我學什麼好？我就碰見很多的人這樣說：啊，你要先寫篆書，篆書寫好了再寫隸書，隸書學好了再學楷書。我以前已經苦口婆心地說了若干回這個問題。我實在對這種說法深惡痛絕。我就問，我什麼時候才算學好了篆書？我又什麼時候才算寫好了隸書呢？我篆書得完全寫好了，老師判分及格、過關了，然後我再寫隸書，誰給我判分呢？有人寫了一輩子，也不算寫得多麼好。那這個人永遠一輩子也不能學第二種碑帖，這可怎麼辦呢？我認為沒有一定標準。那你要學寫字，先學結繩技術，學結扣，扣

結好了，然後再學寫字。還有一種，有人拿着畫板不管是到哪去寫生，就比如說到公園裏去畫牡丹、畫芍藥。他問你過路的人，你看我是畫牡丹好，還是畫芍藥好？那碰到的回答一定是你愛畫什麼畫什麼，我管得着嗎？還有人到飯館去問服務員：你說我今天吃什麼？這服務員一定沒法回答你。你想吃雞、吃魚、吃牛肉、吃豬肉、吃羊肉，你自己想再要菜，我只能告訴你我這兒有什麼菜，我不能管你想吃什麼，就是這個道理。諸位是不是在聽了我這句話之後，你也回想一下，是不是咱們也曾拿這話問過別人，說：先生您看我臨什麼帖好啊？現在有一個最方便的條件。比如說我們到書店看，開架擺在上頭有各種各樣的碑帖，各種各樣的教人入門的東西。在各種字體的各種名家的碑帖中，歐體的也有好幾種，柳體的也有好幾種，我們可以去翻，去選擇。

人哪，苦於不自信，特別對於寫字，我遇到些人，多半不自信。為什麼不自信？就因為他覺得神祕。為什麼他覺得神祕？是被某些個特別講得神祕的人，打開始就把他唬下去了，給他一個吹得絕對神祕的印象，說這可了不得，你可不能隨便寫，必須問人怎麼怎麼樣，說了許多神祕的話，使你根本就不敢下筆，也不敢自信。我說那麼你自己喜歡什麼呢？「依我看那個好。」我說你覺得好就是對了，為什麼還要問別人呢？就如同說吃飯要菜，你覺得好吃的你就要。搞對象你覺得哪個好，覺得這人好，就可以跟他搞。那麼這也是很平常的。你到這時你偏不自信，為什麼？就因為許多講書法的，特別是著名的人，特別是他講要用什麼方法來學來寫，把你唬住了。實在說這些人有功勞（指導人當然算是功勞），當然他的罪過也不小。

我還碰見這樣的人，比如說不管年輕的，多大歲數的，他一進門對我畢恭畢敬，恨不得給我跪下，說是你得接受我這誠懇的要求，請你指點我怎麼寫。怎麼指點呢？這不像神仙，說有一個神仙拿手這麼一指，拿手一

摸他腦袋，打這兒這人就完全頓悟了，這完全行了。有人點石成金，就拿手指一指，石頭就變成金塊了。他就是這樣想法。我只好說你太可憐了，你讓這樣的謬論給迷惑住了，以為寫字簡直是神祕得不得了。你得先把這些個全給擺脫了。你到書店去看，桌上擺的，書架上陳列的，你拿過來，你夠不着，就讓售貨員拿過來看看。不合我的胃口的我還給人家：勞您駕，再拿一本我看看。有什麼不可以呢？現在的碑帖比古代那個翻刻了多少遍的碑帖保持原樣太多了，它是照相製版印的，連這黑色，乾筆濕筆都看得出來，看起來和寫的原跡一樣，看上去心明眼亮，寫起來也有趣味。過一陣子覺得不滿意了，再買一本，價錢都不貴。你與其花很多錢買很多宣紙來練習，你不如拿那個錢買兩本帖，在手邊常常看，常常臨，常常寫，比看那些理論書要強得多，收到的效果快得多。我認為選擇碑帖，哪個好、你最喜歡哪個就選哪個。也允許趣味變，我昨天喜歡這個，寫一段時間覺得不對路，那我再換一個，有什麼不可以呢。這是一種。可有的人說，你不要見異思遷，即便非常不願意寫，你也得硬着頭皮往下寫。如果我換一個帖，那豈不是見異思遷了嗎？有人就跟我說這話，我就拍桌子：我就見異思遷又怎樣呢？又有什麼原則、有什麼了不起呢？只不過是換一本帖，換一本書，有什麼不可以換着瞧呢？這是一種，帖可以由自己來選擇，可以換。

選帖來臨，又有一個新的問題出現。我臨了半天它怎麼老不像？我回答他，你永遠也像不了。我學我父親寫的字，怎麼也學不了；學我哥哥弟弟寫的字，也學不了；學我老師的字，我也學不了。可能有點兒像，旁人看了覺得有點兒像他老師的字，或者真有點兒像他父親的字，可你細分析起來，它畢竟還有點兒不同，為什麼？因為簽字畫押在法律上生效。就是張三簽的字，在契約上，在公文上，在什麼上簽的字，這個到法律上生效。有人仿造他的簽字，也會被法律專家辨認出來。你冒充別人簽字絕對

不行，為什麼？就是因為某甲的字某乙學不像，學不了。也正因為如此，對於古代的書畫，這是真跡，那是仿本，那是臨摹的，還可以看出來。為什麼？因為它有它的特殊規律。那我學不像，我幹嘛還學呢？這是又一問題。你學的是那種方法，照他那樣寫，我們看着就好看；違反那樣的規律來寫，我們看着就彆扭。這是寫某一名家、某一流派是這樣的，換一流派呢，又有第二流派的特點。我們要明白，每個流派不同，每個古代書法家的特點不同，他們的書寫方法也有他們的規律。我們學的是他們的方法，怎麼樣寫就好看。不過是這樣罷了，並不是說要一定寫得完全和他們一樣。

從前的人得不到好的碑帖。趙孟頫在跋蘭亭序後頭有兩句，說：「昔人得古刻數行，專心學之，便可名世。」從前人得到古的石刻，他沒有影印本呀，只有摹刻下來的碑或帖，就剩下那麼幾行字。「專心學之」，一字一字都得細細地理解，要緊的是專心學之。「便可名世」，就可以得到社會的稱讚，社會承認他好。這兩句話呀，實在很重要。可見古人得到好的碑帖的困難。得到幾行字，專心學習，也可以出名，我們姑且甭管，說我幾兒出名也先甭管。我們現在容易買到的絕不是古刻數行，就是古人親自寫的墨跡，那個照片，那個影印本，與原樣一絲不差的，我們現在就可以完全拿到手。那寫得好寫不好，就看我們專心不專心了。

我現在要說的選臨帖，還有最後一條，有人拿來碑帖，把它攔在前邊或左邊，拿眼睛瞧一眼，這是「天」，拿筆就寫一個「天」，又一個「人」，拿筆寫一個「人」，有個「地」就寫個「地」。寫完了一瞧，一點也不像，那麼就很灰心，甚至於很惱火：我為什麼寫不像？我覺得你缺乏一個調查研究。你可以拿透明的紙，或者塑料薄膜（筆蘸上墨，它不粘那薄膜，稍微刷一點兒肥皂，墨在薄膜上就粘了），你把帖放在底下，拿薄膜給它描一下，這有什麼好處呢？你就調查研究，看這個的「天」，兩橫距離是多

長多寬；這一撇下去，從兩橫哪個位置到哪個地方往左往下，到哪個地方拐；然後這捺又到哪兒拐。這樣子你就調查明白了，原來這個「天」寫的時候是要這樣。我們為什麼必須描着它那樣子呢？那我反過來問你，你為什麼要臨這本帖呢？你拿筆愛怎麼寫怎麼寫，那就錯在你先要臨帖了。你不會不臨帖嗎？我就永遠自個兒闖，隨便這麼寫。我的「天」這兩橫差一尺，左右一撇一捺差一寸，我偏這麼寫，你管得着嗎？那你愛怎麼寫怎麼寫，咱不抬槓。你既承認要學這個碑帖，那咱就說要過臨帖這頭一關。你拿眼睛看了就覺得印象準對，那不一定。你拿筆在紙上寫出來跟那帖不一樣。我曾經說最好你把帖擱在左邊。拿筆仿效它寫一回，第二回拿薄膜描一回，調查研究它這幾筆，究竟那一筆在什麼位置？這兩筆這四筆，它們是什麼關係，距離多寬，拉着多長，這樣實際調查。經過第二次調查，第三次再拿眼睛看一回這字再寫。第一次寫跟第三次寫是一樣的辦法，中間經過一個確確實實的調查研究，經過這樣一個階段，這樣子你每一個字都經過這三遍，假定限定一百字，你每一個字都這樣寫三回。你再寫第二遍，就截然不一樣了。所以我覺得你要臨碑帖就要明白：第一我為什麼老臨不像？第二我又幹嘛要臨它？我覺得選碑帖臨碑帖可以有自己的創造性，也可以按照古代已有的方法去做，吸取其中最有效的成分，為我們所用，為我們創作做借鑒。

10. 執筆法。

剛才不是說，你不會用筆等，先拿「用筆」的大帽子一砍，這人就悶了。底下就全不會，我不會執筆，我不會用筆。打這就心灰意冷，那乾脆就退出這學習班，退出這練習班。我們就甭寫了，就放棄了，就完了。要知道執筆拿筆的辦法並不難。古代人拿筆跟現代人拿筆不同在哪兒？古代，就是打五代往上，唐朝還這樣子。唐以前，都是席地而坐，跟現在日本人的生活一樣。席地的「席」是什麼呢？為什麼吃飯又叫擺席？這個

席，就是地下鋪的涼席的席。一大塊席，幾個人坐，一小塊席一人坐。那麼這古人寫字席地而坐，筆硯也擱在席上。左手拿一紙卷，或者一竹簡（漢朝人用竹簡、木簡），右手拿毛筆，就這麼寫。隨寫左手就往下放這個紙卷，越寫越往後，所以中國的手卷是從右邊往左一行行寫的。這紙卷原來是捲緊的，寫完頭一行就鬆一點。一行垂下去就再寫第二行，再寫第三行，再寫第四行。這樣子寫，拿筆就像現在拿鉛筆、鋼筆一樣，用三個手指就這麼拿這個筆。這三個手指只能這樣拿，筆是斜着的，左手拿着紙卷或是木頭片，也是斜着的，筆對着紙卷是垂直的。就這麼寫下來，很靈活，要練熟了，筆畫靈活而不呆板。這是沒有高桌子以前，拿筆寫字的情況。

到宋初以後有了高桌子、高椅子，人就坐在高椅子上趴在桌上來寫字。這樣就不可能也用不着左手拿紙卷了，這紙鋪在桌兒上。這筆也不能用三個手指斜着拿了，那不行了，這筆得立起來，才能跟紙垂直，怎麼辦呢？就得變為前四個指頭拿筆，食指中指在管外頭，無名指貼在管裏頭，拇指在管裏頭，這樣就拿住這個筆了。筆與紙面（桌面）垂直，這麼寫。這樣高桌把腕子托起來了，腕子在桌面上，紙也是平放着。這樣就出現一個問題，看古代人寫的字為什麼筆畫那麼靈，那麼活動，而現在我們平鋪在桌上寫，這筆畫爬在紙上很呆板，於是有人就想到像古代人那樣把手腕子、胳膊都懸空起來。可他這是有意的懸，胳膊也不自然，不能像真正的席地而坐的那麼靈活地寫。這時，就有人拿根繩子拴在房梁上，把右胳膊吊起來。把胳膊吊起來，這腕子、胳膊懸倒是懸起來了，可古代人懸呢可以上下左右四面動，他這個懸呢是平面的，他要有上下活動，就跟繩套脫離了。雖然這個「懸」字用對了，可是提按卻沒有了，因為他已經不是那麼靈活的用法了。所謂的懸腕是宋朝人才給它想出來的說法，而古代沒有懸不懸的說法。他們無所謂懸，他就是全空着。腕沒處擱，肘也沒處擱。

他不想懸，手也得在半空中，在半空中操作。比如說，我們現在切菜，我們熬湯，拿一個勺子在鍋裏和弄，這個腕，你說這還用懸嗎？大師傅早已練會了。這胳膊沒處擱，腕肘沒處擱，懸是很自然的。切菜，右手攥着刀把切，這肘也沒處擱，這腕子也沒有東西托起來，那只有懸腕懸肘切。這時我要偏這菜是橫着走，切這菜是豎着走，我再想給它挖一個窟窿，還轉着走，這刀的走向是隨便的，那還要說得拿個繩子把肘和腕子懸起來嗎？自從有了高桌，才有了懸腕的說法。有了懸腕的說法，這個右臂完全僵澀，並沒有真正發揮臂力自然地行使的力量。自從有懸腕說，這字就沒有了自然的藝術效果。這是我的感覺。又比如說回腕，回腕就是這腕子來回轉，熬湯熬粥，拿勺子在鍋裏和弄，人人都會回腕。清朝有個何紹基，他的書前頭還刻着一個圖，這手拿起筆來呀，腕子回過來往懷裏這麼鈎着，像個豬蹄。三個指尖捏筆管。拇指與食指中間形成一個圓洞，這叫龍睛法，像龍眼睛。若是捏扁了一點，中間並不是一個圓洞，這樣又叫鳳眼法。看何紹基那個圖，拿起筆來向懷裏拳起來，轉這麼一個圈，然後對着胸口。這樣一看就是豬蹄。在廣東，豬的前蹄叫豬手，豬的後蹄叫豬腳。這完全是豬手法。這些都是由於不明白大眾生活方式、用筆方法、書寫工具等的變化，而產生的誤解，跟着誤解又造出許多不切實際的說法。這樣只能使人越發迷惑，並不能指導人真正地去探討這門藝術是怎麼形成的，所以我覺得這些說法都是故神其說，故作驚人之筆，故作驚人之說。

11. 求人指教。

《論語》有句話：「就有道而正焉」，找到一個有道之士，這個人對事情的研究有修養。找這些個人給指正，這本來是一個很好的辦法，也是求學人應該辦的事情。可是學寫字呀，我可是碰了許多的釘子。我也想求，人家因為歲數比我大，名氣也很大，我總是畢恭畢敬地請人指教，請教人家我想入門應該學什麼帖，怎麼學等問題，向人說明我的希望，而得到的

結果是各種樣子都有。有人他愛寫篆書，他就說，你要學寫字，你必須好好的先學篆書。他說了一套，什麼什麼碑，什麼什麼帖，應該怎麼學。又碰上一個人，他是學隸書的，他告訴你隸書應該怎麼怎麼寫。還有人專講究執筆的，說你的手長得都不合適，這手必須怎麼怎麼拿這個筆。還有說你這腕子懸不起來。怎麼辦呢，拿手摸摸我的腕子，究竟離開桌子沒有，懸得多高了，諸如此類，真是什麼樣情況都有，我聽起來就很難一一照辦了。比如我請教過五個人，這五個人我拼湊起來，他們結論並不一樣，有的說你應該先往東，再往西，有人說你先往北，後往南，各種各樣的說法。我寫得了字請人看，又一個樣了，說你這一筆呀應該粗一點，那一筆應該細一點兒，那一筆應該長一點，那一筆應該短一點兒。那我趕緊就記呀，用腦子記。當時他也沒拿筆給我畫在紙上。我聽了之後，回家再寫的時候，有時，我也忘了哪點兒粗，哪點兒細。還有呢，說了許多虛無縹緲的話，比如說你的字呀得其形，沒得其神。哎呀，怎麼才得神呢？我真是沒法子知道這神怎麼就得。我覺得形還好辦，它寫得肥一點兒，寫得瘦一點兒，形還有辦法，神呢，沒有形，光有神。這樣說得我就十分渺茫了，一點辦法沒有了。後來我就因為得到的指教全不一樣，我也沒辦法了。我聽多了有一個好處，我發現多少名家，他們都沒有共同的一個標準，是都要怎麼樣。我覺得每個人有每個人的愛好，每個人有每個人的習慣。他都是以他的習慣來指導我，並且說得非常玄妙。那我就更迷糊了。

後來，我得到一個辦法，我把我寫的字貼在牆上。當時貼的時候，我總找，今天寫十張字，裏頭有一兩張自己得意的自己滿意的把它貼在牆上。過了幾天再瞧就很慚愧了，我這筆寫得非常難看、不得勁。我假定這筆往下或者抬一點，粗一點或者細一點，我就覺得滿意了。我就拿筆在牆上把這字糾正了，描粗了或改細了，這樣子自己就明白了。後來，我就一篇一篇地看，這一篇假定有十個字，我覺得不好，這裏頭可取的只有一兩

個字，我就把這一篇上我認為滿意的那一兩個字剪下來貼牆上。看了看，過了幾天，就偷偷地把這兩字撤下來了。過些天，又有滿意的又貼上。再過些天又偷偷地撤下來。這個辦法比問誰都強。假定王羲之復活了，顏真卿也沒死，我比問他們還強呢。那怎麼講呢？他們按照他們的標準要求我，不如我按照我的眼光來看，我滿意或者我不滿意。從前有這麼兩句話：「文章千古事，得失寸心知。」做文章是千古的事情。有得有失，別人不知道，我自己心裏明白。那我套用這兩句話，寫字也是千古事，好壞自家知。這個東西呀，你問人家是沒有用的，不如自己，求人不如求己。臨帖也是一樣，我臨完這個帖，我寫的這個字是臨帖出來的，我就把我這臨的這本帖，跟牆上我寫的那個字對着看，可以看出來許許多多的毛病。那麼，我再按照在牆上改正字的毛病的經驗，哪兒好哪兒壞，重新寫一遍。這個時候，我所收獲的要比多少老師對面指導所得到益處多得多。這個事情是我自己得到的一個經驗，我也很有把握，經過實踐是有益處的、有效果的。

想學習書法，想練習書法，不管你是多大年紀都可以。有的人說你沒有幼功，這個寫字呀不是耍雜技，不是練習科班，練武戲，踢腿彎腰，不是這個東西。要練武功，那你非得從小時練不可，寫字沒有那一套。因為什麼？小時有小時的好處，他腦子記憶強，說一遍記一遍，寫了之後進步快。但是老年學寫字，他又有比小孩高明的地方。為什麼？他理解力強，他雖然沒有臨過帖，但是他寫了一輩子字呀。他年老了，雖然沒用過寫毛筆字的功，但他寫過，「人」字是一撇一捺，「王」字是三橫一豎，他總寫過。那麼這樣，老年人學寫字有老年人的長處。他認字多，寫字多，小孩寫字有記憶力強的長處，但是究竟小孩寫字算總數，他沒有歲數大的、年長年老的每天寫的那麼多。比如這人是寫文章的人，這人是坐辦公室的人，是給人做祕書起草文稿的人，甚至於是大夫整天要給人開藥方的人，

全一樣。他寫的字總數比小孩要多。他手拿筆寫這個字在紙上怎麼處理，讓它好看，這個經驗比小孩多。所以我覺得，第一，不要自卑，説我沒有幼功。你要踢腿彎腰，那非幼功不可，你老年人勉強彎腰，彎完之後進醫院了。為什麼呢，腰椎錯位了。練字這個事情呢跟那個不一樣，跟練武功不一樣。我們現在説的是實際的，有實際用處的，也方便的這個事情。這是我的不算經驗有得之談，但至少是我經過（不是經驗，而是經過）、用過這番工夫，也吃過這番苦頭，上過這些個當，然後現在得出這結論。第二，不要亂問人。你問多了反倒迷糊了。我不是説，名家或者高明的教師他所説的經驗一點沒有可取，我剛才説的不是這個意思。可取，但是我們應該怎樣理解他的可取。你要是盲目、教條地照抄，不但沒有好處，而且會有毛病。向人請教，求人指導，這東西不是不應該，而是很應該，但是應該有所選擇，十個人説的話，我們不能每個人的都聽，聽了之後你就沒法辦了。

12. 參考書。

關於參考書，有人問我説：我學寫字，看什麼參考書好？求學看參考書，這是天經地義的，毫無問題。但是學書法，看參考書，從我的經驗來説，多半文不對題。我們看參考書，他告訴你拿筆該怎樣，甚至給你畫出圖來。我的手跟他畫的圖不一回事。按他畫的圖那樣拿筆能拿住了，但是我動彈不了，我在紙上寫，手就不聽話了。還有許多書，他都是文章寫得很高明，寫得文言的，辭藻很漂亮，這是古代的書。瞧了半天，姑且不管懂不懂這個古代漢語確切的講法，就算是我懂，他的比擬也非常玄妙。再看現代的，講書法美學的，這我也看過些，有許多新的理論、新的見解，可是實際拿來，在我們寫字的時候，我看的那些個理論一句也用不上。我是個笨人。有人説：你沒看懂那些個高妙的哲學理論，我就能看懂。那你就請他表演，看他怎麼寫。反正要讓我把書法美學的理論，一樣一樣落實

在我的手寫在紙上的字上，我是很困難的。我不曉得諸位朋友是不是也曾做過這種試驗。看古書，講書法理論，古代的像六朝、隋唐的關於書法理論的文章，我看他們都是很好的文學作品，更直接説是美文的作品，寫得漂亮，文采非常豐富。怎樣就能夠實用到我手上，在紙上發揮直接的作用，我現在還沒發現，沒寫出來。就比如説「折釵股」、「屋漏痕」，這裏説法多得很。「折釵股」是把這個釵（銀釵、金釵）給掰折了，它那個劈茬的地方很硬，很脆。可是這句話呢，有的本子有的書上變成「古釵腳」，就跟「折釵股」不是一個概念。「古釵腳」就是磨禿的金簪銀簪子，它磨得那個尖都不尖了，這個跟那個折了的劈茬兒的概念不一樣。那麼究竟應該是「古釵腳」對呀，還是「折釵股」對呀？字還不一樣，寫出來，一是折了的「折釵股」，一是磨禿了的「古釵腳」，我到底應該寫成什麼樣呢？我反問他，恐怕他也沒法回答。「屋漏痕」，我們前邊已説過一些個。房頂上漏了雨，牆上留下漏雨的痕跡，是説寫字看不見起筆駐筆的痕跡，就是很圓的這麼一個道，這個意思我們可以理解。可有人説「屋漏痕」就是寫字這筆畫呀，就是沒頭沒尾這麼一個圓棍。若這樣子，我可以把墨滴在紙上，把紙提起來往下一斜，這墨點上的墨它就流下來了。這不就是「屋漏痕」嗎？但是我拿筆去寫這「屋漏痕」，我寫不出來。

　　六朝、隋唐的論文都是比較典雅的美文。唐朝孫過庭的《書譜》講得比較接近實際，説「帶燥方潤，將濃遂枯」，這話很辯證，很有用。有意要全都是濃墨、都是汪着水寫，這樣寫出來是死的。但是筆蘸飽了，注意筆畫全是勻的，有水分，沒有任何一個字平均的都有那麼多水，那麼飽滿，「帶燥方潤」也有輕有重，先有濃墨，再有淡墨，甚至筆的末尾還帶着枯筆、乾筆。這樣它很自然。出於自然，它就比較潤澤。這個話，拿我們理解的來解釋並不難懂。可是他又説「古不乖時，今不同弊」，這就難了，寫古代字、學古代字體的風格，又不乖於現實時代，我寫出來又是當今的

時代，這就讓我為難了。我們今天已經不用篆書了，我寫篆書，寫完了，就像今天人的篆書。這我先要問問孫過庭「不乖時」的古字什麼樣呢？「今不同弊」，現在要寫現在風格的字，跟同時的人不同一個弊病。我現在要是寫的字不好，我寫的跟同班同學寫的你看都差不多，我要寫歪了，那些同班的同學寫得也不正。那麼還要「不同弊」，我寫的又合乎現在，可又跟現代的不同一個弊病。這話只有孫過庭說得出來。你讓孫過庭給我們表演一個，怎麼就「古不乖時」，怎麼就「今不同弊」，恐怕他也沒辦法。諸如此類。「觀夫懸針垂露之異，奔雷墜石之奇，鴻飛獸駭之姿，鸞舞蛇驚之態，絕岸頹峰之勢，臨危據槁之形」。這些話比擬得都很有意思。但是，寫字奔雷墜石，我寫字在紙上，人聽像轟隆轟隆打雷一樣，又像一塊石頭掉下來。我真要拽一塊石頭在紙上，紙都破了，怎麼還能有字？所以像這種事情都是比喻。你善於理解，你可以理解他所要說的是比喻什麼，不然的話，他說得天花亂墜，等於廢紙一篇。我們要是用六朝駢體文做一篇《飛機賦》，然後我把這《飛機賦》拿來給學開飛機的人。「夫飛機者」如何如何，讓他背得爛熟，然後說你拿着我這篇《飛機賦》去開飛機去吧，那是要連他一塊墜機身亡的。這東西沒用呀，它不解決問題。我們說的是一個開飛機的教科書，使用一個機器的說明書，不要用六朝駢體的賦的形式，更不要用像長篇翻譯的文章。翻譯美學的文章（我不是說他內容不對），要是翻譯得不好，我還是看不懂。現在有許多翻譯的文章是懂外文的人看着很理解，要是不懂外文的人，就跟看用中國的筆畫寫的外文差不多。宋朝以來，論書的文章有比較接近現時的實用的片語隻詞。不過總不免與深入淺出的指導作用有一定距離。

蘇東坡有篇文章說到王獻之小時幾歲，他在那兒寫字，他父親從背後抽他的筆，沒抽掉。這個事情蘇東坡就解釋說，沒抽掉不過是說這個小孩警惕性高，專心致志，他忽然抬頭看，你為什麼揪我的筆呀？並不是說

拿筆捏得很緊，讓人抽不掉。蘇東坡用這段話來解釋，我覺得他不愧為一個文豪，是一個通達事理的人。這個話到現在還仍然有人迷信，說要寫字先學執筆，先學執筆看你拿得怎麼樣。你拿得好了，老師從後邊一個個去抽，沒揪出去的你算及格，揪出去的就算不及格。包世臣是清朝中期的人，他就說我們拿這個筆呀，要有意地想「握碎此管」，使勁捏碎筆杆。這筆杆跟他有什麼仇哇，他非把筆杆捏碎了，捏碎了還寫什麼字呀！想必包世臣小時一定想逃學，老師讓寫字，他上來一捏，「我要握碎此管」！他把筆管捏碎了，老師說你捏碎了，就甭寫了。除了這，還有一個故事，說小孩拿一本蒙書《三字經》上學來了，瞧着旁邊一個驢，驢叫張着嘴，他把他這本《三字經》塞在驢嘴裏了，到時候老師說：「你的書呢？」他說：「讓驢給嚼了。」驢嚼《三字經》，這是小時候聽的故事，感到非常有趣。老師怎麼說呢？「你那本讓驢嚼了，我這還有一本，你再去唸去。」聽到這兒非常掃興。好容易讓驢把《三字經》嚼了，今兒個可以不唸了，老師又拿出一本來，你還得給我唸。包世臣捏碎筆管，老師可以說，你那管捏碎了，我這兒還有一管呢，你再捏。諸如此類，連包世臣都有這樣的荒謬的言論，那麼你說他那《藝舟雙楫》的書還值得參考嗎？還有參考價值沒有？我覺得蘇東坡說這個話是很有道理的。而現在這句話的流毒，還仍然流傳於教書法的老師的頭腦裏，他還要小孩捏住了筆管不要被人拔了去。總而言之，古代講書法的文章，不是沒有有用的議論，但是你看越寫得華麗的文章，越寫得多的成篇大套的，你越要留神。他是為了表示我的文章好，不是為了讓你怎麼寫。

我們寫字是一種用手操作的技術。理論是口頭或紙上說的道理。多麼高明的辭賦也不能指導開飛機。我現在說的這句話，就算我強詞奪理，恐怕也不會被人隨便就給我駁倒。清代有幾本論書法的書，清朝前期，在康熙年間，有一個馮班，一家人做了一本書，叫《書法正傳》，這本書也較

為踏實一點，但終究是寫出來的文章，跟實際來操作畢竟隔着一層。到了中期，流行一時的是《藝舟雙楫》。《藝舟雙楫》本來是分成兩部分，一部分講作文章，一部分講的是寫字，所以叫雙楫，兩個划船的槳。後來到了光緒年間，康有為寫了一部書叫《廣藝舟雙楫》。《藝舟雙楫》說雙楫是兩個撥船的工具，「雙」是指一個文一個字。《廣藝舟雙楫》光擴大了書法部分，他沒論到文章，這樣子應叫《藝舟單櫓》，這個櫓就是船尾巴上搖的櫓，就是一個。所以有人說，《廣藝舟雙楫》就該改成《藝舟單櫓》。後來康有為知道書的題目有語病，就改為《書鏡》，書法的一面鏡子。他的文辭流暢得很，離實用卻遠得很。他隨便指，一看這個碑寫的字有點像那個，他就說這個出於那個，太可笑了。比如說，他說趙孟頫是學《景教碑》。《景教碑》在唐朝刻得之後，也不知怎麼，大概是宗教教派不同，就給埋在地下了，根本沒有人拓，到了明朝中期才出土。出土時一個字不壞，這說明是剛刻得就埋起來了。趙孟頫是元朝人，這碑是唐朝刻完就埋起來，到明朝才出土。說趙孟頫學它。趙孟頫什麼時候學它？是趙孟頫活到明朝中時，《景教碑》出土以後才學寫字的話，那趙孟頫得活三百多歲。如果說，趙孟頫學那個碑，唐朝刻得了就學，那唐朝刻得了就埋起來了，怎知道趙孟頫學過呢？他就是這樣，隨便看哪個像哪個，就瞎給它搭配。清朝有個阮元也有這毛病，他有個「南北書派論」，也是隨便說這是學那個，那個是那一派。我有一段文章，我就寫這阮元的「南北書派論」，好像一個人坐在路邊上，看見過往的人：一個胖子，說這人姓趙，那個瘦子就姓錢，一個高個的就姓孫，一個矮個的就姓李。他也不管人家真姓這個不姓這個，他就隨便一指，你看那胖子就姓趙，趙錢孫李，周吳鄭王往下排，人在路上走，他都能叫上姓什麼來。這不是很可笑嗎？實際這個毛病見於南朝的鍾嶸《詩品》。《詩品》也是張三出於從前哪一家，李四出於哪一家，他怎麼知道，也毫無理由，毫無證據。整個鍾嶸的《詩品》裏全

是這一套。第一抄《詩品》辦法的是阮元，第二抄阮元辦法的是康有為。這樣我就勸諸位，你要是想學寫字，就是少看這些書，看這些書，就是越看越迷糊。那麼有人說我應該看什麼參考書呢？我曾經說，你有錢可以買帖。現在的書多啦，到書店，琉璃廠好幾家書店他擺出攤開了，在桌上、櫃上，許許多多的成本成本的帖。你拿過來翻，我喜歡哪個（我前邊已經說過了），我喜歡這一家筆法，喜歡那一家流派的，我就買來瞧。有錢就買帖，有興趣就臨帖，再有富餘時間就看帖，那麼再看看人家介紹這個帖的特點，也可以從旁得一點啟發。可是成本大套的，特別是古代書法理論的書，現在我不知道哪個好，我看得很少。古代書法理論的書，頭一個，他的文辭美妙，但是翻成口語，很難找出恰當的詞句來表達。

那麼我什麼時候看那參考書呢？當你要寫書的時候，你再看參考書。那不就晚了嗎？我說不晚。為什麼？你寫參考書，你不能憑空就這麼寫呀，總得抄點呀，你好拿古書東摘一句，西抄兩句。現在很多的書，你給他找一找，都有來源。從前說「無一字無來歷」，這是講韓文杜詩無一字無來歷。現在有許多講書法的書，我細看，這句話怎麼很眼熟呀，大概總是古代某些名家的議論，就更不用說抄現代人的了。這樣子，你如果要是寫文章、寫書，你不妨借鑑旁人作的書，豐富自己的著作。我這不是奚落，不是挖苦，不是告訴人你要抄襲，更不是這樣子。你總要有的可說，有的可比較，有一點趣味，有點兒引經據典（有點根據）吧。這個時候你再看古代的書，也增加自己對他句子的理解，也可以豐富自己的著作。

你要拿筆寫字時，你的腦子千萬別想那個「握碎此管」，或者說回腕法。要是那樣子，瞧何紹基書前頭那個插圖，我管他叫豬蹄法，我覺得那自己也太欺騙自己了，自己拿古人的東西欺騙自己了。昨天有一個人來問我，說這個書上教人寫字，畫許多箭頭，這一筆畫畫許多箭頭，打後邊繞到前邊繞一個圓球，再往後寫，你說是不是應該這樣？我就拿過古代墨跡

的照片給他看，我說你看他揉的球在哪兒呢？「沒有揉的球，那為什麼畫出那樣揉球的形狀呢？」我說：「誰讓你相信揉球的辦法呢？」這樣子，就可見真正的拿筆寫出來的圓的墨跡，不是後人給你畫出那許多箭頭，繞了八個彎，再拉出去那種所謂的藏鋒。藏鋒者是那個鋒不能露出很尖很尖的東西，有很長一個虛尖，那個不行。但是不是讓你把筆的尖都揉在筆塊裏頭，要那樣寫，這人也累壞了。所以我覺得參考書值得看，是要看在什麼時候看，怎麼去看。要是自己拿出筆來在紙上寫字時，腦子裏有參考書上畫的箭頭，照它去寫，我保證你這個字一定寫不好。

13. 如何才能寫好字。

有人說：你說了半天應該怎麼寫字，破除那些個迷信的說法，不切實際的說法，那麼你說怎麼才算寫好了呢？我認為這個「好」的標準又有又沒有。有人看，說那個筆畫是方的，刀斬斧齊的那就是好；有人說，揉了多少球然後描出來的圓疙瘩這就是好。那都是誤解，是碑帖上刻出來的效果，誤解為那些個現象。怎麼叫好，你寫的這篇字掛在牆上，你自己先看得過去，不至於自己先看着不敢給人家看，人家拿眼睛看，我自己捂着眼睛躲在一邊，這個就行了。尤其是要人家認得，我也認得，這樣子就是好。

宋朝有個人叫張商英。他做到丞相的官（這官很大了），他起草寫了文稿，讓家裏的子、侄去抄或者讓祕書幫他抄寫謄清。誰知抄寫的人第二天拿來問他，說這個字唸什麼？他瞧了半天，一拍桌子：「早不來問，你要早來問我，我還沒忘，我寫完了，交給你們抄去了，我也忘了是什麼字了。」「早來問我，我還沒忘」。這樣的情況現在也不是沒有。有一位老前輩，我也不提是誰了，寫出字來就是不大好認。他的稿子有人就怕認。他寫一條幅給人，我們看了不認得是什麼，據說有時候他也不大認得。這樣的事情也有。總而言之，我們寫出字來，第一先要自己能認識，讓抄寫的

人過一天再來問你也不算太晚，自己也還認得，別人也還認得，這是最好的、最起碼的條件。第二如果再加上有特殊的美感，使人看起來，説怎麼那麼好看呀，這個就是好。

這好比我們看見一個人，不管是男的是女的，是老的是少的，老年人也有很美的，比如説，鬍子頭髮都白了，挺長的白鬍子，可很精神。那你會説這老頭兒很漂亮。説一個婦女年輕的時候怎麼怎麼樣，就是老太太了她精神十足，不管是多大歲數，你看這老太太慈眉善目的，也讓人尊敬，讓人覺得可親近。你要問，説這個人美觀，他美觀在哪點上，恐怕不大好説。

我們看梅蘭芳演戲，演旦角，大家都説他演得好。你説他這人長相好不好看？你説他眼睛好，我就專門畫他這兩隻眼睛，與他的鼻子嘴全不配合，你説這眼睛好不好看？那也不好看。説這個鼻子好，就單畫他的鼻子，説這鼻子怎麼好法，我得照這樣找別人的鼻子去。要是這樣，不就成了笑談嗎？那麼好在哪，某一個人的美觀、好看，不管這人是雄偉的好看，還是柔媚的好看，他總有他相配合的整體，有一個好看的整體。絕不能挖出個局部來，説這眼睛好，這鼻子好，那嘴好看。説梅蘭芳好看，據説，他兩個耳朵比較衝前（我見過梅蘭芳，可我沒注意）。耳朵比較往前扇，俗稱扇風耳，我也沒注意。那麼梅蘭芳什麼都好，就是耳朵不太好，往前扇着，這可怎麼看？先看鼻子眼睛，注意到耳朵的還是很少。所以我覺得美不美、好不好，是在整體。我把每一個帖上的字，一筆一筆地挖下來。這是一個「天」，我從王羲之那兒拉下一橫，從顏真卿那兒拉下第二橫，從褚遂良那兒挖下一撇，然後從柳公權那兒挖下一個捺。這四筆我都給它貼在一起，組合個天字，你看這個字還像個什麼樣？好看不好看就不言而喻了。你要是明白這個道理，就可以理解我所認為寫字的好，它是整體的，尤其是要讓人認識的。不管寫草書、寫行書，草書有草書的法度、

規則。有個《草字匯》，還有編草書的許多書；你看合乎那個大家公認的標準的寫法，那就是大家公認的好的。如果偏寫那隨便造出來的字，也不管《草字匯》還是《草韻辨體》，是怎麼講草書的書，說我跟他們完全不一樣，那你也甭想讓人認得。

還有一個問題，是沒有百分之百的好作品。王羲之寫的字，我們要給他對比起來看，也有這個帖上這個字，比那個帖上那個字（同是那個字）寫得好看。那麼可見甲帖王羲之寫的這一個字就不如他乙帖上寫的那個同一個字好。所以名家、書聖，他也有寫糟了的時候。米元章寫過一個帖，他在夾縫裏，自己批上「三四次寫，間有一兩字好，信書亦一難事」。這是米元章親自寫的一個帖。這個帖呢，寫了三四次，是一首七言絕句，四七二十八個字。就算他寫四次，二十八個字乘以四，一百一十二個字，米元章總算是高手，你寫一百一十二個字之後自己看起來，間或有一兩字好，可信寫字也是一件難事。那麼你就知道，我們不是說自卑，不如米元章，但是我也不相信自己準比米元章寫得好。你也寫三四次，看你有沒有慚愧的心哪。所以說，自己寫的字好不好，還是用這個辦法，你把它貼在牆上對比一下，就可以看出來了。

曹丕說過：「雖在父兄，不能以移子弟。」可見在魏（漢朝末年），曹操的兒子，他都說過，有許多事，寫文章父兄寫得好，兒子不一定能夠都跟父兄寫得一樣的好。我們也不能太著急，說我幾兒就超過我的父親，超過我的哥哥，超過我的老師。志向不可沒有，可我今天拿起筆來一寫就可以比老師比父兄寫得都好嗎？恐怕沒有功夫不行。從前說鐵杵磨成針，功到自然成。你功夫不到，如何就想一寫就好？我聽過一個青年說，說起來誰誰誰寫得好，那算什麼！我寫三天就比他好。那好，這話我覺得他有志向。這個志向是好，只這個性子太急了。他三天，咱們一塊寫完三天，我看你好在哪兒，你寫得之後怎麼樣子就高於那一個人。這是說急性子，想

我一句話就超過某個高明的人，這是不容易的。

有這麼一個故事，說這鳥呀，在烏鴉喜鵲的窩裏頭都有一根草。它有這根草，別人就看不見它窩裏有鳥沒有鳥了。說在樹上人看不見，也掏不着它。這都是哄小孩的。因為小孩他想爬到樹上夠那鳥，到窩裏掏那鳥。大人告訴說不成，你看不見鳥，鳥都有一根隱身的草，所以你爬上去看不見窩裏有鳥沒鳥。有這麼一個傻子，他就拆了許多鳥窩，拿着一根根草挨個讓家裏人看，說你看得見我看不見我？人人都說看得見。這個人呢，挺有耐心換着個試。有一天這個人問他的妻子，你看見我沒有？他的妻子真膩煩了，就說看不見了。這人以為真看不見了，就拿着這根草，以為街上人也看不見他，走到街上鋪子裏、攤子上搶東西，拿東西，結果就讓人給捉住了，送到衙門裏去治罪了。他說你們都看不見我。看不見你怎麼逮着你呢？這種東西，要是自己騙自己，說我寫的這個一學就像，那你就等於是拿着那個隱身草。想學誰的字，其實誰也寫不像，張三寫不了李四的字。

在舊社會，不會寫字的人他怎麼辦呢？他畫個十字。你瞧那些個舊的契約，多少人作保，每個人都畫個十字。這是一般農民、市民不認字，就畫個十字。這畫個十字也有區別。說我跟人訂個契約，請你擔保，人人都得畫上。在公堂上辦案，辦完找來證人簽字。那不容他一人畫，每個人都得畫。所以我們一看就知道不是一個人畫的十字。仔細看，用筆的輕重長短，這一豎搭在橫上是偏左，是偏右，這豎是上頭長，還是底下長，不一樣；有的下筆輕，駐筆重，有的下筆駐筆都輕；有的斜度不一樣；細看總是不一樣。所以我就說不要自欺。自己說大志可以，大志不能沒有，可也別自己真信：說我三天就出精品，比那人好多了。那就跟拿一根隱身草到街上去拿東西一個樣，自己騙自己。

還有一種，寫得老不像怎麼辦。不一定要像，要學的是他的方法。

他的辦法，我們吸取了沒有，借鑒了沒有？我們要借鑒要按他的辦法，就省事；我們不按他的辦法，就費事。就是這麼點東西。寫出來不就是自己看着比較滿意，然後再請別人來看，自己把好的貼在牆上，然後有客人來了，請你看我這怎麼樣。從前我有一個同學，他自己愛畫畫。畫得之後給人看：「你看總有一點進步吧？」我告訴他：「你沒有一點進步。」他說：「為什麼？」我說：「你自己覺得進步了，這個想法就是退步。」

有一回我住醫院，有一個年輕人到醫院看望我，他拿一張字讓我看，問寫得好不好。我說「不好」。為什麼我要這樣說，你要告訴他好了，他就特別驕傲，所以我就給他潑冷水。這是成全他，我說不好，你還得努力。他挺不服氣地說：「某某老先生說自愧不如。」我說：「我看這位老先生是恭維你呢，還是說反話呢？什麼叫反話，你明白不？他都不如你寫得好，這不是挖苦你嗎？你連人家說反話都聽不出來，你還問什麼叫好壞呢。」這個人走了，同病房的人說：「哪有你這樣說話的？」我說：「我們教書的人哪，職業病，對學生就得負責。你恭維他，對他沒好處。」所以我現在鄭重其事地奉告諸位，要學就有四個字：「破除迷信。」別把那些個玄妙的、神奇的、造謠的、胡說八道的、捏造的、故神其說的話拿來當做教條、當做聖人的指導，否則那就真的上當了。

我這次所談的這些題目還沒有想得很好。我的意思，是想敬告想學書法的朋友不要聽那些故神其說的話，我是和想學書法的朋友談談心，談我個人的看法、個人的理解，也可以說個人的經驗吧。我已經被那些故神其說的話迷惑了多半輩子。我今年已經八十四周歲了，就算再活也是一與九之比了，今天讓那些個迷惑的神奇說法蒙了大半輩子的我說些良心話。現在說完了，就是這一共十三章。

（秦永龍根據一九九六年七月一日的錄音資料整理）

九、秦書八體與書法

　　我什麼都想摸索摸索，結果哪樣也沒摸索透。幸好孔子説過「吾少也賤，故多能鄙事」（《論語‧子罕》）。我們可以藉着這句話來遮醜，就是説，什麼都得摸索摸索。你沒有切實深入地研究過，表面的也應該知道一些。例如，我天天接到信，這信很有意思。比如説「敬啟者」是我，恭恭敬敬地向你稟告，這個啟是我要説我的意思。那麼，人家收信的是台啟，家信説安啟。台啟就是人家尊敬對方，對方在台上，我們請台上的對方來打開這封信。這個啟不是稟告的意思，而是打開信的意思。我現在接到十分之幾的信，都是寫「啟功先生敬啟」，這跟「敬啟者」就不一樣了，意思是讓我恭恭敬敬地打開這封信。我教過的一個研究生，現在正在國外講課。有一次和他説起台啟、敬啟這件事。他説：「敬啟我瞧過，日本人寫信，頭一條就寫敬啟者。」我説：「不是日本人寫敬啟者，這是跟中國人學的。」中國人頭一條就是敬啟者，敬，恭敬的敬，還有寫直接的那個「逕」，什麼意思呢？就是我不説客氣話了，我直接告訴你吧。熟人用那個「逕」，意思是我直接説。我這個學生成績很好，但對於這種常識性的知識他卻不知道。

　　我覺得豬跑學實在是有必要，有人能誇誇其談，講很多的大道理，卻

不知道對聯是怎麼回事，不知道平仄是怎麼回事……比如，從六朝碑別字到後來有一種很平常的俗語說叫帖寫，碑帖上常有的別體字，寫得之後是新的帖寫，不是規範字，也不是現在規定的簡體字。那到底是什麼呢？是他自造的俗體字。有一個同學拿一本講《紅樓夢》的稿子給我看，我一看全篇都不認識，我說「你認識嗎？」他說「認識。」教過他的一個老師跟他說：「這個字不行，你拿到出版單位，別人不認得，只有自己認得，那成密碼了。」像這樣的自造簡體字，自造密碼，是很麻煩的。所以我覺得至少要能夠分辨出來，哪個是正體，哪個是俗體，哪個是規範體，哪個是民間的簡體。這些都得了解，尤其避諱字。清朝，咸豐帝名字叫奕詝。後來作了皇帝後，「詝」字右邊「宁」的丁的鉤去掉了。沒想到現在我們的規範字，鉤也沒了，變成「貯藏」的「貯」。這個也不要緊，我們事在人為，像玄字，宋朝宋真宗說他的祖先叫趙玄囊，把玄字就改為圓字，天地圓皇。清朝也是把玄皇改為了圓皇，因為康熙叫玄燁。我記得，規範字有一段時間「玄」字也缺一點的，現在好像不缺那一點了，這不缺一點是對的。不能因為凡是缺筆的就是規範的。「玄」字兩次被避諱，「詝」字那個鉤是為了避諱咸豐皇帝。你看現在有必要嗎？替咸豐皇帝，替康熙皇帝避諱嗎？我遇到的學員有過這種情況，所以我說豬跑還真得看一看，沒吃過豬肉，還真得看看豬跑。

我寫了一個題目叫做「我對秦書八體的認識」，這也印出來了，但現在覺得這題目太不妥，我對秦書八體不認識。因為什麼呢？現在人家拿出一個大篆的字，不用說大篆，就是小篆我也認不全啊。小篆的偏僻字，我也要猜。寫成大篆，長篇大論的隸古定我就不認識了。秦朝末年，有一段時間，大家都願意寫隸古定。有人給他的祖先刻了一本文章，裏面有一篇八股文，八股文是很晚很晚的，結果用隸古定寫，這個隸古定寫八股文太特別了。實際上拿一個隸古定的字我就不認識，「我對秦書八體的認識」

這話糟透了。若一位先生拿一個字，說：「你認識不認識，這是秦書八體之一。」我一個字不認識。所以應該說是「我對秦書八體的看法」。

為什麼提秦書八體。大汶口的符號，有的人說是字，有的人說是符號。要知道文字就是符號，還有什麼非符號性的字嗎？問題就是像大汶口出土的那些東西，還有《周易》經文裏頭有四個爻的就是卦畫，上經、下經這都去掉就中間四爻來回翻成兩個卦，這現在也破譯了。張正烺先生講這個東西講得很好，但是也沒有名稱，秦書八體以前沒有文字的名稱。到秦書八體才有大篆、小篆等八種名稱。所以從秦書八體來了解一下文字的發展。秦書八體是基礎，是一個開始，第二步就是王莽，建國號新，這新莽有六體。東漢以來，沿襲新莽的辦法，開始是考學童的六種，看來這都有名稱，這名稱都是從秦書八體開始的。

秦書八體提出來許多名稱，大家由名稱推想字體是什麼樣子，因為字體形狀後世流傳很少。現在，尤其是近幾十年來出土的東西實在是太豐富了，讓我們看到了古人寫的字是什麼形狀。可是出土的東西並沒有一個寫有字體名字的，說這個叫小篆，那個叫什麼書。秦法是焚燒詩書，與秦法和秦的政治無關的書都燒了。都燒的話，大家要學文字，現在說是學文化，要想唸書，要想知道記錄當時什麼事情，是以吏為書，以秦朝的掌管法律的法官為書。還有人說隸書，就是現在我們所說的隸，我們沒看過，就以為漢碑那樣子的是隸書，現在我們直接看到秦朝時期一個官吏，一個獄隸，在他的棺材裏有秦律，還有一些記事的文字，這些東西才真正是秦朝的隸書，是以官吏為書。其實以前一個機關的中下級的小官員也叫吏。所以說以吏為書，就是以程邈作隸。

說某一種字體都是某一個人發明的，是很不科學的說法。天下事沒有一個人能夠獨立發明的，說是某一個人創造一個字體，立刻天下都通用了，這是不可能的。根據廖季平的說法，他認為是古文字都是劉歆造的。

《左傳》也是劉歆造的，這本事太大了。劉歆關着門造一部《左傳》還可以，但是他到天下各處幫助人們製造銅器，在鼎上面鑄造銘文，那都是劉歆一個人造的？某種文字是某某個人創造的，這個說法說明從前人科學觀點不夠，研究資料不夠。沒法子。我們現在就覺得，有了名稱，字的名稱叫篆，或者叫籀。找到一個古字，說這就是籀，不對。說《詩經》裏頭有好多個寫出來的籀文，說秦朝的石鼓文，那麼真正的秦朝石鼓文是什麼呢？石鼓文裏頭有的字跟《詩經》裏的籀文對不上，到底是不是籀文呢，這先不管。許多都是名稱跟形狀對不起來。其實，這個名稱只是一個涵蓋或者代表了很多樣式。比如說現在的簡體字，一些字的簡體是很複雜的，有各種各樣的寫法。那麼，怎麼能夠拿這兩個字的名稱概括許許多多的現象？這是很不科學的。

還有籀文，《說文》裏頭有很多的籀文，注上說這是籀文，可是我們看起來，許許多多的出土的文獻，甲骨文、金文上的，還有圖章上奇形怪狀的字，不認得，查都沒處查。許多古銅印上的字不認得，剛入門的學生不認識，就是專家也有不認識的。在古文字方面有一個老前輩，那是深有研究。可是，問他那個玉璽上的古字，他也不認得。所以這種情況不是怨今天某一個人，古代的人手寫是有差別的，張三寫跟李四寫有差別，地區也有差別。

由於地區的差別、個人的書寫習慣，形體跟已有的名稱對不上。比如說，我們知道古鼎文上許多的注，先有個模子，再澆鑄出來，那是很費事的，那麼它是鑄出來的。但是甲骨上的某些個字是刻出來的。像秦詔版，那都是刻出來的字，秦朝時統一文字，書同文，行同輪。秦文有些字還是不一樣的。書同文是沒法同的。它的面積太大了，不可能全同。所以秦很嚴格地來推行書同文，可結果還是有不同的在。當時是不可能這樣子。每一個人書寫風格不一樣，每一個地方的習慣也不一樣。還有比如說《史籀

篇》，我很懷疑它是不是真就如此，周朝的太師叫籀，史籀作的這個書，《史籀篇》上的字，代表一種字體，這種說法，是很危險的。有人以為《倉頡篇》裏的字就是倉頡造的。現在真正它的原文，我們在漢木簡裏也看到了，頭四個字是「倉頡作書」，倉頡造字是把歷史述說一下，這個書絕不是倉頡作的。《史籀篇》也不是周朝的籀造的。這書名成為字體名，人名也成了字體名。

對這種情況我們要有一個總的認識，即古代的字體秦書八體的名稱是使我們方便了解古代字體。但是，它有的名稱跟形狀亦有對不上的地方。就說「蝌蚪文」，用現在我們的語言講，就是手寫體。拿筆一畫，這個東西像什麼呢？蝌蚪。其實，《三體石經》的頭一個字是籀文，說是孔子家的牆內出的籀文，其實是古代手寫字樣子。像一個蟲子，又像一個蝌蚪，又像鳥的腦袋，種種的說法，都是後人隨便給它起的名字。字的名稱不一樣，都是由於方法不一樣。由名稱不一樣就看見不同的材料，不同的形狀，不同的形體，就給它瞎猜。另外還有楚書、隸書，楚書就是個兒大。有一個和尚叫道一，他寫佛經，應該寫某個人書這個經。但是他寫署經。為什麼？因為署經就是特別大的字，《泰山金剛經》就是這種。

山東有四座山，都有摩崖，現在的資料又詳細了很多。這個書的樣子跟別的書的樣子不一樣。他寫署書就是字大，可見秦朝的署書是專門寫大匾額的。底下有殳書，殳書就是手寫體的書。殳書是帳子上寫的字，還有叫摹印，也是用這種。漢印鑄得方方正正的，秦璽邊寬、字細，樣子很特殊。字也有許多簡化了。那個簡化不是我們現在缺筆的簡化，它就是減少。「趙」就寫「肖」，那個走之就省略了。這種趙字只寫一半，這叫什麼體啊？其實，秦書裏頭，趙字只寫一半，它好寫。所以，秦書八體，相較大篆我們就給它叫個小篆，其實它本身叫篆。篆以前的東西叫大篆，然後刻符，然後是摹印、署書、殳書。殳書也是手寫體，然後是隸書。現在說

到隸書，這個含義很有關係。因為我們知道，漢碑都是東漢的，西漢的很少。出土一兩個西漢的，就被大家認成是假的。西漢年代有年號的金石刻碑都受過攻擊，都被認為是假的。其實，那是少見多怪。這個漢隸，比如像《禮器碑》《曹全碑》。這種字都叫漢隸，是漢朝的隸。秦隸是什麼樣？不知道。《淳化閣帖》說是程邈寫的，那是完全不懂。現在出來的才真正是秦朝獄吏用的字體。又像篆，又像隸，是偷工減料的篆，又不是像漢隸那樣清楚，直來直去的筆畫。為什麼？隸是下級官吏所用的，不登大雅之堂，這種東西叫隸。這些隸，是一個俗書，就是俗體，是世俗上常用的，而不是官用的。所以像《泰山刻石》，像福山的《琅邪台》，這些刻石是鄭重其事的。

字體體現出來不容易，《石門頌》就是硬鑿，直去直來，每一個筆畫跟直棍子一樣，沒有頭沒有尾。後來宋朝管楷書叫隸，管真書叫今隸，今體隸書。唐朝也管楷書叫隸書。不過，有的為明確一點，加個「今體」兩字，就是今天字體的隸書，那麼隸書者，俗書也。就是普通的不是官方的，不是鄭重的、高文典冊裏用的，是民間通行的，就改隸。漢朝的字寫得比秦朝的字稍微鄭重一點，更規範，更清楚，寫得更清晰了。這種叫漢隸。後來的俗字，也就叫今隸，由於有今隸這一說，隸就混了。隸到底是漢碑樣子呢，還是隋唐楷書的樣子呢？隋唐人管楷書字也叫隸，漢碑的字被擠得沒處待了。它再叫隸，跟唐朝的楷書怎麼分呢？就改為叫八分。什麼叫八分呢？我的推測，八分者，就是八成。打折扣的漢隸，打折扣的秦隸。為什麼呢？它不夠完全，比起篆書來，它打折扣，比起秦書來，也打折扣，就因為它是八成隸。這個說法，就有很多了。說八分字，不是真正的打八折，八成，不是這個東西。有人堅持說八分就是八字分開。我說那麼五字怎麼講？還能是交叉線嗎？「五」本來就交織、交叉，你八分書，是左右分開，可八分書也有豎道啊，那川字怎麼辦啊？都衝下，它一點兒

也不分開。八分其實就是八成。給古隸、秦隸、小篆打八折。不夠那麼標準的通俗體，篆也是這樣的。篆的筆是「引而上行之為進，引而下行之為退」，就是勻圓的道，就是很勻實的道。有人說吏就是俗，比吏高點，篆書就是高級官、中級官寫的字，隸就是低級官寫的字。

篆書到後來出現了新的字體草隸，草字寫的隸，說王羲之善草隸，有人說，這是隸書的寫法，卻是草書的結構。急字，這些東西都是隸字的點畫，而是草字的結構，這種就叫章草。六朝人管行書字叫草隸，行書字就是潦草寫的真書，隸書，潦草寫的隸書就是草隸。那麼，真正的草書呢，又加上一個字，隸書點畫的叫做章草，楷書點畫的叫今草。其實這個說得很明白，什麼樣子的是章草，什麼樣的是今草。後來字的形狀跟被用的名稱混亂得厲害，由於這種混亂，造成很多分歧，這就有了漢隸跟楷書的矛盾，章草和草隸的矛盾，草書和章草的矛盾，漢興有草書，分明就還是用隸書的點畫寫的草書。像漢木簡裏有許多的字是草書。

用在詔令上的都是楷書，用在政事上的都是規範的正寫的漢隸。我們看到河北出土的一大部分，都成黑炭了，閃着光才見有墨寫的筆畫，那個字真跟漢碑那樣的字一樣，非常規矩。可惜太黑了，不知道印出來沒有。有一位朋友，從四川博物館調來的，他就天天照着太陽，應着日光來釋文。這是一篇詔令，所以說詔令都是很規矩的字樣，軍書都是很潦草的，都說「草草不及草書」。這話是有矛盾的，你草草，怎麼會不及草書呢？其實，他不是指的字體的草書，他是指草稿，說遠一點，到了宋朝還這樣。後來到了元朝，記事頓首，就說我這是備忘錄，寫個條，怕你忘了，正事前後有名帖。現在呢，更省事了。我要幹什麼。就像草草不及草書，匆匆不及草書，因為時間匆促了，我來不及打草稿了，我就直接給你寫去了。所以篆書、隸書、草書，同是這個東西，糾纏很多，像蝌蚪文、鳥蟲書，都是這個東西。手寫體，我們現在在插圖裏頭有。第二個是小篆體，

第三個是漢隸。真正的打甲骨就開始有，甲骨上沒刻的就有筆寫的，有朱筆寫的，有瓦片上寫一個祀，這點殘了。其實這都有，這個是祀，到底是怎麼回事呢？全文是什麼不知道，可是這是商朝的，跟甲骨一塊兒出土的。證明商朝已經有毛筆字寫在骨頭和龜甲上了。

這些東西最容易使我們在思想上和認識上混亂，名稱跟實際混亂，現在看來，各方面的混亂都有，最大的混亂就是書體名和實際的形狀怎麼分呢？我們現在要有一個總的看法就比較好辦了，一種是寫法上的變化，個人的習慣不同、個人手法不同，寫法輕重不同，比如同是鳥蟲書，象形又叫蝌蚪文，《侯馬盟書》全上頭齊的釘頭書尾，全摁齊了下來，這是那種用途上大概表示鄭重，表示鄭重只能是頭齊不能是尾齊，它沒法子，筆是尖的，《侯馬盟書》是上頭齊下邊尖，就是説書體的名稱是一種情形，寫法是一種情形，寫法裏又有不同的用途，用途不同。盟書這種東西它相當鄭重，和寫得潦草的相比，就比較整齊了，還有個人的手法習慣，比如那個肚，像蝌蚪的肚有的肥、有的瘦，有的很尖，很細，那肥的地方不太明顯，可是銅器上也有，那《智君子鑒》裏頭就有，智君子之弄器，它是玩具，自己玩的這麼一個東西，一個鑒，一個水盆，拿來洗手或者拿來照鏡子，其實説是古人沒有以水為鏡子，沒有銅鏡這是不對的，可以由水盆當鏡子使，一個富豪墓裏就出了一個銅鏡子，水銀的，富豪墓已經有銅鏡子，那麼可以用水盆照，銅鏡子一般人不能人人都有，所以智君子還有弄鑒，那上面字的筆畫也兩頭尖，是柱子，這個字體形狀、用途，用途裏頭又分。比如不太主要的，不太鄭重的地方就可以用手寫，鄭重的地方就寫得比較規矩一點，這個差別很多。還有一種叫做用某一個書上寫着什麼樣的字體，比如説周太史籀做史籀，這話就説得不太對，史籀什麼樣子？沒看見過，真正的太史籀做的這個書，不一定是那種字體全是太史籀一個人造的。

某種用途、某個人的手法、某個人的習慣、某個地區的不同、某個刻的、澆鑄的或雕刻的，這些個製造方法的不同，用途的不同等，都可以造成許多的差別，因為這樣子就造成許多的混亂。後來漢朝就把古代的字當做正宗，當時通用體都當做次要的，比如漢碑，漢碑的碑額上都是鄭重的，不管它寫得合不合撰法，比如《張遷碑》，碑頭意思是要寫篆字，可是寫得很不像篆字，有人就專學這個，寫字的人專學漢碑額。為什麼？清朝寫篆隸的鄧石如，他就專門寫這個漢碑額，他覺得這樣是一般人所沒有參考的。《韓仁銘》的碑頭是兩頭尖的碑頭，當時覺得兩頭尖的比漢隸不鄭重了嗎？他說兩頭尖的筆漢朝就不大用了，完全把他看作是古體了，所以在《韓仁銘》的上頭那個碑額還是兩頭尖的字。從前人有一種信古的思想，覺得古的都是正宗的，今的都不是正宗的，所以碑額用早於當時字體做碑額，當時字體不做碑額。到後來，唐朝一直到明朝，墓志是某人撰文某人撰額、某人書丹。為什麼撰額沒有立額呢？有人專寫墓志銘，書丹是用朱墨在石頭上寫，某人是撰文，先有撰文後有書丹，有人撰蓋，撰蓋或撰額，要是碑寫撰額，墓志銘寫撰蓋。清朝一直到乾隆年。我收到過有劉墉寫的墓志銘，撰額署董誥，董誥當然是宰相了，看字不是董誥，也不知道是誰，董誥不可寫示鄭重的篆書，這種是某個大官給題上的。後來到民國，抗戰之前都還有。人死了有冥經，一個大的東西，這樣一個座，上頭有一個蓋，那彩綢編的東西，中間一層沙子，走起路來是透風的，不阻礙他往前走，出殯的時候，把這個東西放到前頭，這個死人，什麼官，什麼名字，什麼號，在棺材前頭頭一個抬的是這個，這個東西底下找一下名人，某某人蹲守外體，那個就是大家看那個章學誠那個冥經，總得拉上大名頭的人做他冥經的招牌，就這樣，這個字都寫哪個官大，寫哪個，根本就不認識都寫上了，結果字什麼樣，就想棺材頭上寫頌辭，哪個大官也不可能去給人寫那個字，可是都找一個大官題名表示好看、體面。

我們現在是研究字體的源流，必然要涉及古代字體，要涉及古代字體，必然要將名稱跟實際現象相印證，要相印證了就會遇到許多糾纏。這就費勁了，會有許多分歧，這個人說這個，那個人說那個。我覺得這些我們現在最方便，現在出土的材料相當豐富，我們要自己真正獨立思考，拿來看看，別聽那一套。特別像清朝人，比如說孫星衍自寫小篆，他先蒐集一本《倉頡篇》，現在出土的目前四字一句，就跟《千字文》一樣倉頡作書開始，他找了一本。王靜安先生算是近代很通達的了，有科學頭腦的，那絕不是迂腐的，謹守家法的乾嘉學派，可是他有一個問題，他說《急就章》都是倉頡正字，所以即《急就章》的字，都是《倉頡篇》裏的字，細想《倉頡篇》不可能是倉頡自己的，因為頭幾個字叫倉頡作書。《千字文》的頭一句叫天地玄黃，那麼不能管《千字文》叫天地篇。其實漢朝人，管《急就章》「急就奇觚與眾異，羅列諸物名姓字」。《倉頡篇》呢，就是因為頭兩個字是倉頡，並不是說明《倉頡篇》就是倉頡造的，那麼，孫星衍把這單個的字，湊了一本，說這就是《倉頡篇》裏的字。《倉頡篇》就沒那些字，就是有也不說明《倉頡篇》的作用，《倉頡篇》是串起文字，串起詞句來教導學童，不是單純地教導學哪個字。王靜安把《急就章》打碎了，認為這都是咱《倉頡篇》裏的字，這都是被古代的書名，字體名，寫法，裏在一起，就造成許多失誤。

前面所談是書體的名稱和實際的形狀。形狀，字體的樣子，這是屬於體的問題，下面談一點用的問題。怎麼叫體和用呢？清朝末年，張之洞提出來，「中學為體，西學為用」，我也說「體」和「用」。形體跟名稱，比如叫大篆，叫小篆、隸書，七書八體。這是體，名稱和主要形狀糾纏了很久。

現在我想談談用。文字是表達記錄語言的記錄語詞的工具。那麼，什麼名稱，什麼詞彙，用哪個字來表現。要說文字就純粹記憶語言還不行，

語言它有語音的問題，還有詞組的問題，關於這個文字只能代表一個詞，這個問題我們現在不討論。

今天就談談有關這個字的寫法。字的寫法大家一想就一定聯繫到書法，什麼軟筆書法，硬筆書法，什麼體，什麼派。書法好像一提就是這個，那是藝術的書法。我們另外再談。

現在先談談文字的本身它是怎麼構成的，它怎麼樣設想的。還有，它附帶的，跟着它並行的標點符號，注音等問題，今天談不了，我也不會談全面。

陸宗達先生是黃侃先生的高足，最得黃侃先生之學的老先生。他說黃先生說過，這個造字筆畫、點畫，有代表筆式的，有代表筆義的。什麼叫筆義呢？比方說「馬」，這麼幾筆下來，那個代表腿，一筆彎着，是代表尾巴，馬現在的楷書是橫平豎直，橫着寫，篆書的馬的三大橫，都是形容馬的鬃往下斜着。比如說「犬」，一個「大」字，一個點，這是楷書字，真正的篆書，總是彎着，連着一個橫，像一個狗的尾巴翹起來。狼很陰險，它的尾巴不翹，而狗的尾巴常常是翹起來，越高興，尾巴越翹，越是搖，所以這個「犬」，代表筆義。寫這個字、造這個字是什麼意思。還有筆式，比如「彪」，三個撇，就是代表風力。像馬、虎跑起來，像有風帶着來，這個東西是筆的式，形式的式。「雨」，許多點往下點，形容雨點往下落的樣子，這種都是筆的式。

還有一點就是句逗、點畫。字的點畫是字的組成部分，語言要寫出文字來，是代表語言的、表現語言的。這個句逗要是不清楚的話，是很妨礙語言明了的。甲骨裏頭沒有句逗，竹木簡牘裏頭有句逗，這個句逗不是點在句子旁邊，它用一個像我們現在畫對鉤，說這個字對了，就用一個對鉤在這個字的旁邊。這個在竹簡裏頭有符號，是最早句逗的開始。後來呢，就有許多的形式了。一種是扁點，就是現在的頓號，一種是圈，表示句

號。咱們現在的標點符號，是引進西洋的。引進西方的就是頓號、逗號、句號，還有分號、冒號、問號、歎號。這些個都是引進西方的。問題在這個句逗，不是說碰見一句都要用這麼樣固定的符號。這樣也不行，它這個語言短句，有斷語意，有斷語氣的，這是很重要的。斷語意，是這句話說完了，就斷開了。還有斷語氣，這個語氣又斷又連，語氣到這兒一口氣唸不斷，在中間頓一頓。「子曰，學而時習之，不亦說乎。」你說這句話，而字以上必須斷開。粘連呢，必須是粘連，而又得分開，應該用相反的兩個，還是兩句「學而時習之」，學了又時常去習，那不是喜事嗎？到了這個之字斷不斷，還有這個而字的作用很微妙，又有連接，又有隔開。它又黏在一塊兒，可以說，學了又時常習，然後又「學而不思則罔，思而不學則殆」，這又是相反的。它這個而是中間的黏合劑，又是中間的分解劑。連和分都是這個字，你說這個字，應該是怎麼個標點法呢？我們現在規定的新式標點，而字叫連接詞，但也有問題。「學而不思」這個「而」，倒是更不是連着的，是相反的分開。學應該學，而不思，學跟不思，是相反的。然後中間有一個「而」，你說這個「而」，是連着呢，是分着呢？

從前，有一個人考八股，「而」字用錯了，考官就批了：「當而而不而，不當而而而，而今而後，已而已而。」說你應該用「而」的時候，你沒有用「而」，不該用「而」的時候，你用了「而」，而今而後，從今以後，已而已而，你完了，完了，就不及格，完了。

這麼多的「而」，有當連接的，有當分開的，有當專指那個字的，有當「完了」的。作用很多。現在的標點就是，「而」是連詞，遇到「而」字以上，必須斷開，這是標點的規則。必須按這個斷，所以苦了編輯先生。有人點了逗號，把逗號去了。因為這是連詞，不能斷開。我就問，比如說，陶淵明的詩「結廬在人境，而無車馬喧」，雖然我蓋了房子，在人的環境裏頭，但是這個環境很安靜，沒有車馬的聲音，這個「而」呢，又

是粘連的意思。但是「而無車馬喧」的「而」，又得分開，是相反的兩個，相反的兩個就應該斷，是粘連的又應該粘連。這個東西呢，編輯要看，「而」是連詞，竟是看粘連的一面，沒有看它相反的一面，「結廬在人境，而無車馬喧」，是相反的兩方。所以陶淵明，十個字，中間不斷開，成什麼了？成十言詩了。這陶淵明的五言詩，成了十個字的詩了。這不是沒辦法了嗎？那麼，不能單純把「而」字看成粘連的，還有相反的、隔離開的作用，到這個時候，是語意相反的時候，它可是又有粘連，又有分割的意思，所以有點語意的，還有點語氣的。這個都是很精闢的，對於文字跟它密切相結合的標點、斷句的作用是不能忽視的，值得探討。

所以《禮記》說，唸書要先懂得離經辨志。離開了古書的句，辨句是看他的意思，這個句子是什麼意思，是怎麼點法，可見離經跟辨別志向。這個志，可以說是學的人腦子的想法，也可以說是古書的原來的意思是什麼。辨別哪個志，離哪個經，當然未必是那個經了。小孩兒先唸經書了，所以離經辨志。

那麼，如果兩個名詞擱在一塊兒，一定要用一個頓號頓開，這個就麻煩了。比如我買個東西，說你上哪兒，我上大街上買個東西。這個東和西，是兩個，那麼我是買東，一個頓號，我買東、西。這個不行，東西是一個詞。那麼，《千字文》「天地玄皇」，這四個字是一個詞，天、地、玄、皇，三個頓號，一個逗號，那麼這還成《千字文》嗎？你唸「天地玄皇」，我絕不能唸「天、地、玄、皇」。然後「寒來暑往」，那就又一個了，寒來一個頓號，暑往又一個逗號。這樣子，不但不能使人了解明白詞句，反而增加了許多的糊塗。所以我總想，現在的標點符號，對於現代的口語，完全可以用。但是，說我買東西，就不可以用。我們現在說整理古籍，標點古籍，這個逗號就不夠用，不是不能用，而是不完全夠用，如例如「天地玄皇」，例如「而無車馬喧」怎麼辦呢？這些都值得進一步研究，這些

都是文字附屬的，跟文字緊密相關聯的。而現在討論文字，討論語言，還討論注音，這個東西也是一個很大的問題。現在我們看到很多的文章，很少有人討論這個標點符號。一方面是不應該隨便討論，因為這是國家的法令，要這麼定，我沒有任何意見。但是這個夠不夠，有沒有補充的必要，這是另一個問題，補充還是應該的。

還有注音的問題。古代注音有許多種，直音，反切，有不夠的地方，現在用國際音標。可是這注音也有一個商量的餘地，究竟怎麼注。漢語拼音先是預備改為拼音文字，後來改了，說明漢語拼音符號，只作拼音用，只作注音用，幫助唸這個音，而不是把拼音作字用。

那麼這個拼音，現在推行我也用。即一個音，實在是用拼音方便。可是有一樣，拼音是要拼漢語，漢語有一個特點，有四聲，漢語要是沒有四聲，就像外國人剛學中國話，沒有調號不行。有一位我們的專家，就說，他發明了編碼辦法，然後他也創造許多的軟件，然後我說，為什麼沒有調號，他說有調號不就穿靴戴帽了嗎？我說你戴帽不戴帽，天冷你也光頭出去嗎？你穿靴不穿靴啊？他也得穿靴。我說，那麼用拉丁字母說，i上面有點沒點，j上面有點沒點，連h、k都有一個套，甩出一個套去，j、g底下也都有一個套，這不是靴跟帽嗎？這個靴子還很長，帽子還很小。不穿靴戴帽了，唸起來都得唸音平聲。我對這個不理解。現在我不是說批評現代標點注音符號不好或者不對，我是覺得不夠，還值得補充。拾遺補闕，是不是？這個拾遺，是群眾貢獻意見的一個意思。不是批評現在這個政策不對，法令不對。

這是關於文字形狀之外，還跟它緊密附帶的一個注音，一個標點。下面再說一說關於再進一步的書寫之法，這就由語言文字這個角度走向了藝術的範圍，走入藝術的一部分了，這就是書法問題。

書法，我們中國人叫它書法，這個話也不是很標準。古代正確的寫得

好的，值得夠人取法的叫法書，表示夠人效法。其次也有稱它為書道的。什麼道？比如說研究什麼方法的，叫什麼道，這也可以叫書道。也可以叫書法，書寫的方法就是書法。而現在日本人用了一個詞，叫書道，它的書道就是指的我們現在的書法。說書法也不太準確。為什麼呢？書的方法。那麼，我們已經寫得了，我寫了一張紙掛在那兒，說這是某某人的書法，不是，這是某某人的筆跡，書跡，筆的痕跡。不能說筆的方法。筆的方法，我真在那兒寫，可以算書寫的方法，在操作這個工程時叫做什麼法，他已經做得了，恐怕就不能叫法了。宋朝有一個官署（將作監），叫李誠（將作監少監），（編撰了）《營造法式》，有法還有式。營造這個房子，怎麼蓋，用多少材，怎麼做法，都有一定的規矩，這種叫法和式，方法和式樣。我覺得寫的字，寫的一張，在那兒擺着，只能算字的痕跡，字跡，不能說筆跡。看看筆跡是不是這個人寫的，不也叫筆跡嗎？已經寫成了，管它叫書法，這已經約定俗成，大家都習慣這麼用，但是細想，這個也不太周密，也不太完全合理。

我就遇到這樣的情形，比如說，用毛筆寫字。古代人用三指握管，大家不明白，後來就講出許多說法來。說三指握管，就是三個指頭尖，捏這個筆。他不知道，古代人拿三只手指頭握管跟現在拿鋼筆一個樣，還給它起個名，這樣叫龍睛法，龍的眼睛似的，圓的。這樣的三指握筆，叫鳳眼法。這叫胡說八道法。拿筆，說要怎麼樣，人家是回環，要靈活，回轉，有一個人叫何紹基，清朝後期的人，他有書，他前頭刻着一個畫的圖，手腕子拿着筆這樣寫字，那還能寫嗎？這叫龍睛法，這叫鳳睛法，我說他這叫豬蹄法。這是誰這麼拿筆寫啊。《東洲草堂集》都有記載這種東西。包括的就更新鮮了。要人拿起筆來，要想握碎此管，跟這筆管有什麼仇啊？他要一捏就碎，你還寫什麼字啊？真憑實據不是我造謠，書裏寫着呢。所以有幾個朋友來問我，說是我想寫字，看什麼書？我說你要寫字，你就寫

字，你要臨帖，就臨帖，你要自己隨便寫，你自己隨便寫，你不要看書。他說那我什麼時候看書，我說等到你要著書立說的時候，你再看書，他說怎麼講，我說你好抄。自己純粹的心得有多少？還不是左抄右抄。嘉慶時候的包世臣做《藝舟雙楫》。到康有為做《廣藝舟雙楫》。這種書是越說越懸，越說越迷糊，真要按這個做去就沒法辦了。所以我說要想研究，不用說學，就是我要探討探討。這個書法，是寫字的一個部分。由實用到藝術，在這個之間就是書法。

所以我現在說，首先要把這些個胡說八道的，這些個玄妙的，故弄玄虛的說法一掃而光，我們直接去寫去就完了。

從前人沒法子，沒有現在的照相、印刷這些個技術，只有把它刻出來，拿刀刻在石頭上、木板上，刻出個字樣子，照它來寫。這個是沒法子。但是有的人，看古代的筆畫，兩邊剝落的痕跡，他寫字就哆嗦。在筆道的旁邊都成鋸齒了。我說這是怎麼回事啊？他就學古代碑刻剝落的樣子。

還有刻圖章。我們看秦印、漢印都是光光光溜溜的一筆。古代的銅埋在土裏頭，年代久了，脫落了。所以某派的刻印就在刻完之後，邊上故意讓他剝落，成了許多鋸齒。他錯誤的理解了。

看墨跡。沒有法看墨跡，沒有好的辦法看墨跡，沒有好的表達墨跡的印刷版，那也沒法子。現在我們有，不但這個字的筆畫清楚，連紙的印色，花章的顏色，都印上，那太方便了。我們要多學看詩跡、墨跡，這還不夠。我們看詩跡、墨跡的行書、草書居多，楷書比較少。真正楷書字，還得參考碑版。這也是不得已。但是碑版我們心裏要明白，哪個是刀刻的，哪個是筆寫的。心中有數就比較好辦了。

元朝的趙孟頫說過一句話，說「書法以用筆為上」，它要加一個「而」，而皆自依序用功。次要的才是諧字的問題。

所以說，文字的名稱跟形狀，與寫的方法，跟到藝術範圍裏頭怎麼才叫寫得好？有人說：「你看，你評論評論，我這字夠多少分？」我說沒法評分。那真的沒法評論。還有人說過，為什麼我學得老不像，我說你不但不像，誰也像不了，要是一寫就像，那簽字在法律上就不能生效了。為什麼呢？簽字代表他個人。那麼，我學張三，我學李四，他怎麼老不像，我說，不但你不像，就是讓張三李四再寫一次，可以表現他的規律、寫的手法，可是要他寫出跟原來完全一樣的字，也是不可能的。大家可以作個實驗，自己寫一篇字，挖去一個字，自己再寫上那個字。人家一看就知道這個字是後來補上的。因為它不是一氣寫成的。如果諸位要是願意可拿它消遣消遣，拿它做業餘文娛活動。下棋還得倆人，這寫字一個人就可以練習了，就可以在那些寫了。毛筆可以練筆法，鉛筆、鋼筆都一樣，挺有意思，寫完了自己掛那些欣賞欣賞也挺好的。

　　我覺得要是想研究，想拿它做文娛活動，我們姑且不說這個東西多神祕，多高尚，多麼的重要，就是說隨便拿它做自己的文娛活動也是很好的一個活動，但是呢，自己不要被那些個神祕的理論給套進玄虛的境界裏去。我今天只談到這裏。

（章正根據一九九五年在鐵道部黨校的錄音整理）

十、四聲和文言文

　　以北方話為基礎，以北京音為標準的普通話，從前叫北方官話或者說叫北京官話，我們不能把官話改為民話，是不是？就叫普通話，北方的普通話為基礎，以北京發音為標準的普通話，這樣一來，就是古代平、上、去、入這個四聲，就變為沒有入聲了，入聲字變為了平聲、上聲、去聲。這樣一來，前面陰平、陽平、上、去變為四聲，第一聲陰平，第二聲陽平，第三聲上，第四聲去，入聲沒有了。比如拿耳朵「聽」這是陰平，停留的「停」這是陽平，挺拔的「挺」這是上聲，「聽」（tìng）不常用，這個土話裏頭說打就說「聽」（tìng），其實這個字很土，就是打字，是一個提手旁，那半是個「丁」字，這個字在元朝以前的宋朝人還唸「聽」（tìng），說我「聽」（tìng）他，就是我打他，這個「聽」（tìng）就是這麼一個字。

　　入聲字在北方沒有了，比如說國家的「國」，北方音普通話讀「guó」，有人讀「guǒ」或「guò」，某些地區把「國」讀成「guǐ」。姓氏的「郭」，有人讀「guō」，有人讀作「guò」，不管怎麼樣，這個「國」跟「郭」都是入聲字，入聲字尾音都有一個 b、d、k 或 p、t、k、b、d、g，都有一個尾音，後來有人就問：北方音怎麼會把入聲都丟了呢？據研

究語音的專家說，原來入聲字都有 b、t、k，這個音到後來丟了，所以北方就沒入聲了。

　　入聲在什麼地方有呢？在廣東、福建還有，比如說以一個尾音 m，北方說麥子，就是磨麵的那個麥子 m，它有一個尾音叫 k，k 他不說出來，所以廣東人對英文字，比如符號叫 mark，這個字就 m，就寫一個麥子的麥，為什麼呢？它就有入聲了，有那個 mark 的音；穿的這個襯衫 shirt，那個 t 就沒了，就唸「恤」，就寫流血的血，有的左邊攔一個豎心旁，有的右邊攔一個耳旁，都是一個「恤」，讀起這個入聲字來，自然那個尾音就有了。比如孫中山先生叫孫逸仙，「逸」那個兔子的兔，加一個「走之兒」，就是「逸」，孫逸仙，「逸」就是「yet」，它那個 t 沒有了，就寫孫逸仙，在廣東話唸起來，「逸」這個字有尾音 t，可是有人讀這個字，就沒有尾音，說是北方人沒有入聲字是為什麼呢？是那尾巴丟了，丟了尾巴所以前頭也沒了，這個是倒果為因，它因為前頭沒了，後頭也不能有了。

　　入聲短而急促，立刻就縮回來，後頭要拉長了就不是入聲了，所以這個聲音一拉長了，入聲就該沒了。例如「果」（guǒ），聲音一拉長了，這個入聲的特點——急促就沒了。這是我的一個謬見，為什麼入聲北方人就沒有了，大概是要跟前四音都拉平了，拉一般長它就沒了，北方音就什麼都說得慢、說得長，這是北方音沒有入聲的緣故。可是有一點，入聲都變為平聲了，還有讀書音和非讀書音，讀書音比如說國家的「國」（guó），它還可以在詩裏、歌謠裏頭把這個音讀成去聲。入聲字都變為上、去聲沒關係，變為平聲就麻煩了，比如「紅豆生南……」什麼？這個紅豆生南國，我唸成它讀書音，唸成「紅豆生南國（guó），春來發幾枝。勸君休採擷，此物最相思。」後來一般本子都印成「勸君多採擷」，應該是勸你少採擷，因為它相思。你要說勸君多採擷，你專門拆散兩個人，專門拆散兩顆豆，這個是很殘忍的。「勸君休採擷」就合情合理。「紅豆生南國，春

來發幾枝。勸君多採擷，此物最相思」，我不曉得別人聽着怎麼樣，我聽着不太對勁兒，是不是？

現在，對於四聲有許多的猜測，有人猜説這個四聲哪兒來的？古代記錄都是用「宮、商、角、徵、羽」，後來就變「平、上、去、入」，大夥兒想，説中國都講「宮、商、角、徵、羽」，那麼這個「平、上、去、入」一定是印度來的，是外國來的。多少人考證這個東西都説這絕不是國產物，「宮、商、角、徵、羽」是五個，「平、上、去、入」是四個，中國古代只有「宮、商、角、徵、羽」，沒有「平、上、去、入」，所以一定是外來的。

《世説新語》裏有兩段故事，一個説一個人叫王仲宣，説他就愛聽驢叫，他死了之後，人家去給他弔喪，對着棺材説什麼呢？哭他也聽不見，就學了一回驢叫，死人當然聽不到了。活的人覺得很可笑，對着棺材學驢叫。還有一條也是《世説新語》裏的，卷數記不得了，説王武子平生就愛聽驢叫，有人去弔喪也對着棺材學了一回驢叫，這個特別就把他記在《世説新語》裏頭，為什麼那人那麼愛聽驢叫呢？這就很奇怪了，原來我感覺到驢有四聲，驢有平、上、去、入。

「四聲是外來的」？持個説法的人你不要理他。我請問他，他聽過驢叫沒有，那驢難道都是外國的嗎？我也不是國粹主義，我也不是説什麼都是中國的好，這是事實，驢是哪國來的，驢要是印度來的？也許是從希臘來的，希臘亞歷山大帶到印度，然後再來中國，驢是那樣來的嗎？我不知道，也沒有記載，所以要考四聲是外來的，最好先考考驢是哪兒來的。大家留點兒神聽聽，驢叫的聲音確實有這四個高低不同的，一個是平的，一個是低而高的，一個是全低的，一個是短促的。

比如，我們現在説「暫 (zhǎn) 時」，字典上一定唸「暫 (zàn) 時」，使着力。北京話我説得也不地道，小時候會説北京話，可是不許説那些土

話，在北京住的人也未必全聽到過。所以北京話裏頭要是說些個市面上、行幫語，或者是許多年老的老太太們說的話，我們就很不容易懂。可是播音員有時候唸出那個字，「暫（zàn）時」很費力，我聽着很奇怪，其實呢，暫（zhǎn）就是暫，暫時，暫且，臨時的暫時的，必得憋足了氣唸「暫（zàn）時」，聽着也很彆扭。

第二個問題，談談「之乎者也」。為什麼談「之乎者也」？「之乎者也」是個什麼東西呢？「之」就是「的」，「乎」就是「嗎」，「者」就是「這」，「也」就是「呀」。北京師範大學就是北京的師範大學，如果用文言寫就是「師大者」，師大這個名詞就是「北京之師範大學」，那麼這個「之」用口語一唸就是「的」，後來這個「之」變為唸為 zhi 了，這個「的」的音沒有了，就用一個「的」代替。「乎」就是「嗎」或者「嘛」。「者」就是「這」，古代人說阿堵，阿堵是阿者，「者個」就是「這個」，「者」就是「這」。「也」就是「呀」，「呀」用在問話也可以，用在答話也可以，所以要知道一點，古代語言用詞這個詞彙，那麼要知道它現代的意思就容易了，可是有的人，一看「之乎者也」這就是文言，一看「呀嗎呢的」，就是白話，這個就有點太專門固執，一定按照文言白話來區分，就未免有的時候自己也找麻煩，我不是勸中文系的同志，都要一定唸文言文，但一定要懂得文言文，懂得一點至少少出麻煩。

有一個教授看這個翻譯的古典書、古典文章，有一個句子叫「罪不容誅」說這人罪惡太大了，不能等着用法律判決把他殺掉，那立刻就得殺，罪不容得誅，用不着等到按照手續把他殺了。這個翻譯的人翻譯成什麼了呢？說是這個罪沒做大，用不着誅。這就相反的，差到哪兒去了。還有人做《通鑑》的標點，有人給他挑了若干條標點錯誤給中華書局，現在新版的都改了。我正在那標點《二十四史・清史稿》的時候，有人拿這麼一摞紙，給管標點工作的這個人，當然標點有很多人在做，他說，原文是

説「在打仗，殺掉了某個人，然後殺掉了甲，乙丙丁戊就跑了」，應該殺掉甲，那兒斷句，乙丙丁戊跑了，他一瞧，殺掉甲乙丙丁戊，一「點」，那麼誰跑了？沒有。這壞了，所以糾正這個錯誤的人，他寫得有點挖苦了，他說這一個點一錯，使多少人無辜的，沒死的就人頭落地了，這個結果弄得很不好，趕緊就改，還不一定有什麼錯誤呢，這麼厚一本呢，太多太多了。

這是為什麼呢？由於對於語法、習慣，他不理解，我們中國這個文章講究，比如說，甲和乙丙丁戊，可是外國習慣是甲乙丙丁和戊是這樣，現在我們也這樣子，那麼，古代叫甲和乙丙丁戊都改成甲乙丙丁和戊，就這樣，這個叫什麼呢？語言的結構習慣，這還不是語法的結構問題，是習慣問題。

現在還流行如「這是最好的一種植物」。最好的一種植物，現在講究是「最好的植物之一」。

最好的什麼什麼之一，那麼這個最好就不只是一個了，最好也許是千個百個，不過我舉出這是那最好的一個。可見這甲等絕不是多數人，一定就不是一個人，甲等的一定是多少人。可是我們現在知道，金牌不是一大串的，在體育評獎的時候，三個高台，最中間的是最高的，第二是次高，第三個是最低，一、二、三都這樣是不是？那麼要是最，就是中間一個，中間一個一大片，底下就剩一兩個，沒有這個道理。

現在的語言裏頭有許多這樣的矛盾，就是剛才我所說，「罪不容誅」就是罪用不着誅，這就未免有點兒把意思全弄顛倒了。既然這樣，所以我原來想跟中文系說，多看一看，就是成語詞典，成語詞典裏頭有許多，既然已經固定成一個成語了，它就不完全都是那個翻成白話的意思，比如說「刻舟求劍」，刻那個船刻出痕跡來找掉在水裏的那把寶劍，這個要翻成白話，就是刻船幫，找沉水的劍，四個字就不稱為成語了，就是一串了。

怎麼樣讀文言文呢？多看看成語詞典，看明白它為什麼把那麼些字壓縮在四個字裏頭，這裏頭必定有古今的字義用法不同的。其次，勸大家多看看《三國演義》，《三國演義》裏是半文言、半白話。胡適先生專門分析如果人家要有文有詩，不用說舊體詩，新體詩，他也說這些你做得不好，這裏頭含有文言的句子，文言的詞彙，純白話才及格。那我不曉得胡適先生是不是也讀《三國演義》。《三國演義》算一本好作品，還是不算好作品？他也考過《紅樓夢》，《紅樓夢》裏頭什麼芙蓉誄，這些東西都是整套的文言的詩，那麼他考證不考證？後來據說，他到晚年是完全否定了《紅樓夢》，他說《紅樓夢》沒有什麼文學價值。這《三國演義》的作者為什麼那幾句文言文，他不都把它變成白話？我有一個想法，我覺得就是他沒有把它細緻翻成白話的，那部分就使人可以讀懂，可以不必給它一個字一個字翻成白話他也懂的。

好比一鍋粥，煮的豆子，煮的米，豆子不容易爛，它有一個皮，有人把豆子的皮摁破了，再煮，但是煮粥的人，實際知道這個粥已經爛了，那個豆子也可以嚼動了，可以就不再把它壓碎了，大概這個羅貫中是懂得這個粥裏的豆子已經爛了，可以不一定給它碾碎了，所以他也就可以那麼寫下去了，就那麼抄下去了。

所以多看看《三國演義》，多看看成語詞典，也有好處，不是為我們現在還做文言文，就是理解至少不再出「罪不容誅」的笑柄，就比較好辦一點了嗎？

（章正根據一九九八年在北京師範大學的講課錄音整理）

十一、碑帖研究

關於這個題目，我準備分五個部分來講。

1. 墨跡、碑志和拓帖。

先講頭一段，就是前言，從總的角度來談一談碑帖研究。我之前談中國書法，主要講怎麼樣寫字。現在談一談寫字所用的範本或樣本。所謂的碑帖，就是我們臨學的、模仿的字的樣本。我們首先就要了解碑帖裏邊存在什麼問題，都有哪些大致的重要流派。

古代的名人、名書家所留下的優秀的作品，往往存於現在傳世的碑帖裏頭，因為墨跡，一張紙或一張卷常常是不容易保存下來，許多好的字都保存於古代的碑或帖裏邊。那麼，現在我就介紹這些文物上流傳下來的古代優秀書法作品。保存這些書法作品的材料，就是古代的碑、墓志這些石刻以及相關的拓本。碑和墓志上的文字都是經過刀刻的。刀刻有精，有粗，我們研究、探討和臨摹學習這些碑刻時，如果對它了解得不夠全面，就會把假象當作真實的現象。因此，我首先要重點談一談刀刻出的效果和筆寫的效果的不同，知道哪些是可以用刀表現出來的，哪些是刀表現不出來的。也就是辨別石刻和墨跡的異同。以此為一個中心的問題，再橫着看一些各家的作品，也就是探討各家流派。

墨跡是什麼呢？墨跡就是白紙上寫的字，不管朱筆墨筆，凡是紙上寫的字，都叫墨跡，這個大家都知道。碑指的是什麼？就指的立在古跡名勝和某人墳前的石頭。還有一種墓志，通常是方形的石頭，有的時候是兩塊合起來扣上一個蓋，其中一個是墓志的本文，一個是墓志的蓋。最有趣味的是墓志蓋，常常是飛白書。飛白書在唐初很盛行，像《升仙太子碑額》《尉遲敬德碑額》，還有許多的別的碑也是飛白書。《尉遲敬德碑》的墓志本文，修改了許多字，挖改了許多字，都是當時挖的。我們看它的局部就可以看到。

　　帖，本來指的是字帖。在紙條上隨便寫上幾行字，這些字寫得也比較隨便，偶然流傳下來，被後人摹刻在石頭上。古代沒有現代先進的影印技術，只好憑摹寫，勾摹下來刻在石頭上。碑和墓志在宋元以前，多半是直接把字寫在石頭上，拿紅筆直接寫在石頭上就刻。這樣做的好處就是直接把字的形狀不失真地保留下來，但缺點是刻寫完了，這一片墨跡的字也不存在了，紅筆寫在石頭上的字被刻沒了。那麼，究竟刻得精或刻得不精，是否表現了原作的樣子或者是失真了多少，就很難說了。到宋元以後，就逐漸地用勾摹的辦法，勾下來把它搨在石頭上再刻，這張原紙還可以保留。帖尤其是宋朝以後刻帖，多半用後一種手法。

　　我們看一看西安碑林保存的一個橫的石頭帖，叫做《爭座位帖》，是顏真卿寫給郭英的一封信。宋朝人把這封信的底稿、墨跡刻在石頭上。這塊石頭是一個碑的背面，所以刻的時候，就立起來，橫着，因此有人管豎的石頭叫碑，方的石頭叫墓志，橫的石頭叫帖，這其實並不全面、不準確。有許多的帖，它刻在一個豎石頭上，橫段分段來刻，你光看石頭是豎着的或橫着的，不足以說明問題。有人看見石刻上的字因為年久風化或者拓久了，字口有了剝落，就覺着有種古樸的感覺，因此覺得寫字也得寫出那種迷迷糊糊的感覺。其實，這都是當初字被刻走了樣，又由於年久，石

面受到損傷。後人被這些假象所迷惑，誤認為當時寫的就是這樣子。

還有人非常推崇碑，覺得碑是直接寫在石頭上的，應該是字的原形真相。帖是經過摹刻的，所以就失真。這種説法，也不全面。碑也有刻得不精的，帖也有刻得精的。清朝人把研究碑的、臨學碑那種風格的叫碑學，把臨寫行書、寫草書、寫帖上字樣的，叫帖學，其實這也都是很片面的。我覺得，我們必須明白，凡是石刻，必定有石刻的局限，為什麼？因為它是經過刀來摹刻的，和直接寫在紙上的墨跡畢竟有所不同。因此，需要分析碑刻的材料。

2. 刻石和拓法。

現在就談一談刻石和拓法。刻石，我前面已經説了，古代的碑和志是直接拿朱筆寫在石頭上刻，至於刻得像與不像，我們沒法知道了。我們這裏主要説把紙上的字轉移到石頭上再經過拓這個過程。我在紙上寫兩個字「啟功」，這是一張宣紙，墨在上面有洇的痕跡，洇出來一些小邊紋，我們怎麼把它轉移在石頭上？怎麼把它刻在這個硯背上？我們把紙上的字拿一個薄紙給它勾出來，雙勾，按照每個筆畫的周圍勾出一個圈來。在背後按照雙勾的筆跡，拿銀珠，紅色的筆，把它勾出來，這是反的字。然後把反的字摁在石頭上，壓在石頭上，再拿下來，石頭上就有紅細道，出現了雙勾的「啟功」兩個字。根據石面上的細線，再拿刀子去刻。那麼，刀刻在這個石頭上必然出現、起碼出現一個現象：墨寫在紙上它有一種墨洇出來的痕跡，或者是濃淡的痕跡，或者是枯筆、乾筆的痕跡，而石刻、刀刻，在石頭面上就不容易表現出洇的地方或出現濃淡。然後，把一張白紙蘸過水，貼在石面上，再拿一個軟的包貼在紙上使勁往下摁。也許還有別的種種辦法，總之是把紙捶到筆道凹進去的溝裏去，然後在上面加墨，墨鋪完了，再拓出，就成了黑底白字的拓本。拿黑底白字的拓本和墨跡對照，可以清楚地看得出來，原來有洇的地方比較自然的樣子，經過刀刻就感覺到

死板，不論多麼精緻的刻手，總有它不能表現的地方。這還是説比較精緻的拓本。

如果拓的時候墨加得比較濕，墨的分量加得很重，結果就出現了這種現象：拓的字看起來瘦得多，字的筆畫比較窄。

有時候，為了保存，在拓本背面刷上水，刷上漿糊，加上一張紙，把它裱起來。可是，那些字的背面本來是鼓的，正面的筆畫本來是凹進去的，經過這一裱，它就撐開了，筆畫就撐開了，就成了這種比較肥大的樣子。

我們來比較一下：拓得最精緻的那個，可以説比較多地保留或表達了石刻上的字最真實的樣子，筆畫粗細均勻；粗拓的，墨比較重，筆畫就顯得潦草一些，筆畫非常瘦；經過裱的，筆畫就顯得特別肥。同一個石頭上的三個拓本，筆畫的寬窄、肥瘦各不相同，我們能夠説它們就是三塊石頭上刻的字嗎？絕對不是。同是一塊石頭上刻的，拓出來的效果就有這樣的不同。

再拿這三個拓本和墨跡來比呢，就更不同了。

我們懂得了拓本的程序，就可以知道，古代的名家的作品經過石刻，它比起原樣要發生幾次走樣，再從石頭上經過多次傳拓，失真的可能性就更增加了。這個事如果不明了，我們就沒法子研究碑和帖的關係。而且，這裏説的還是精心細刻的，要是粗刻的呢。比如字的每一個筆道本來是圓的，我們的筆沒有刷子樣的，像圓錐形的刷子，不可能出現偏方的或很方很正的筆跡，那麼刻的人呢，為快，為省事，一個橫道就給它刻四面，上下左右各來一刀，就成了一個方條。（有「太守護軍」等字）我們現在看到的那些方條的筆道，就這是這麼來的。我們還以為是拿一個方刀子來刻的。另一種呢，也是一個粗刻的，拿刀子在石頭上就這麼粗粗地一劃，筆畫很歪斜，旁邊還剝剝落落的，這分明就是當初粗刀子劃出來的，我們不

相信當初筆寫的就是那樣子。

這是一個梁代的碑，由於掉在水裏了，年代很久，被水沖刷，字跡變得非常模糊，拓出來就這樣子。有人就覺得這古樸得很。可是你要臨摹，怎麼樣下手呢？這筆畫究竟從哪兒到哪兒呢？沒有法子捉摸確切的筆畫痕跡。

這是一個勾摹的小楷帖（有「事江浙行省左」等字），墨很濃，洇過了字口，看起來模模糊糊的，有渾樸的感覺。清代的翁方綱，是一個大臣，也是著名的書家，他有一個觀點，就是看見模模糊糊的字，就認為是古代的渾樸的作品，表現了渾樸的風格。他曾給一個帖題了一首詩，最末一句說：「渾樸常居用筆先。」還沒有用筆，就先得渾樸！這個錯覺，這個錯誤的理論，就是由於他們看到而且只看到那些字跡剝落的拓本，是不得真相。

3. 例說漢魏南北朝碑刻。

關於唐以前的碑刻，我們舉幾個例子來看看。

中國保存下來最早的石刻，要推石鼓文了。這是十個圓形的像墩子樣的石頭。上頭刻的都是古代的詩，這在中國碑刻裏頭要算留傳下來最早的。

這是西漢五鳳年間的刻石。以前，西漢的石刻流傳下來很少，有人得到一個五鳳年刻石的拓本，就覺得很難得了。現在有大量出土的，而且是筆寫的，墨跡直接寫在竹片、木片上，這種竹木簡上的字，多得很。因此，五鳳刻石也就不算什麼最稀罕的東西了。

東漢末年，熹平年間，有人把經書刻在石頭上，這可以說是中國最早的刻板印刷，最早的書。雖不是印刷，但刻在石頭上，就可以拓出來了。這些字傳說是蔡邕寫的，也靠不住。可能是很多人一起寫的。用的是東漢末年標準的隸書。

漢碑裏刻得比較精緻的不亞於《熹平石經》的，有《史晨碑》。東漢時候的《曹全碑》，刻得最精緻，非常精緻，保存得也很好，沒有那些剝落的痕跡，在漢碑裏藝術效果算最秀美的。《張遷碑》在漢碑裏也算很有名的一塊。它看起來好像是氣魄雄偉，而事實上再細看，刀刻的方槽很多，筆畫是一個方條的很多，就是說，刻工是比較粗的，才有這種效果。這種效果往往是毛筆描摹不出來的。漢代的竹簡、木簡，這是（有「奉護從軍」等字）木簡裏頭最精緻的，寫的。我們要把它放大了，放到和碑上的字一般大的話，那就可以比出來筆寫的效果和經過刀刻的效果差別之大。

漢碑、漢木簡是拿什麼筆寫的呢？在西北居延所出的漢簡、木簡裏夾着一支漢筆。這支漢筆，是把一個木頭棍劈成四瓣，中間插錐形的筆頭，然後拿一個東西給他箍上。筆頭可以換。這個就是居延筆。這種筆做法雖然已經比較細緻了，畢竟和後來的有所不同，還有它粗糙的一面。所以啊，我們從漢朝人拿毛筆寫在竹木片上那些字可以看得出來，他們用筆時是怎樣的費勁，做了多少努力。古代人其實常常把用筆當作一件很難的事情，如果筆做得非常精細，就省寫字人許多的力氣。筆做得粗，寫的人就不能不考慮如何使用。

《受禪表》，講曹丕所謂接受漢朝的禪讓，其實就是取代了漢朝政權。這個時候寫的這個字，從用筆可以看出來，很像是用一個扁的片來寫的，筆的做法和漢筆又不同。這是晉朝的《爨寶子碑》。拿晉代出土的墨跡來對照，明顯有按筆和收筆。但是，在石刻上是表達不出來的。南朝宋，給一個叫爨龍顏立的碑，叫《爨龍顏碑》。它的字是方的，筆更是方的。什麼緣故呢，就是刀刻的效果比筆寫的效果比重要佔得多。

南朝梁代的《南康王碑》，刻得比較粗糙，我們現在只能看見字形，筆畫的頓挫就看不出來了。南朝也有刻得比較精緻的碑，比如《始興王碑》。書寫的人叫貝義淵，吳興人。他的字就寫得很精，能夠看得出用筆

的動作，起筆收筆都可以看得很清楚。

北魏《張猛龍碑》，是很有名的。我們看它的字的風格是很挺拔的，筆畫也是方的居多，偶然可以看到刀刻的痕跡，因為年久了，磨得比較禿。越早的拓本，就越可以看出來刀刻的痕跡。北魏的墓志中，很有一些刻得很精的。比如《魏輕車將軍太尉中兵參軍元玼妻穆夫人墓志銘》，是北魏人元玼和他的妻子穆玉容的墓志。這個墓志就刻得很精。精緻的程度從拓本上就可以看得出來。兩個墓志的寫手很相似，不過，元玼夫人的這個志刻得比元玼的還要精。

在高昌地區出土了比北魏稍微晚一些的一些石頭，字寫好了但還沒有刻。就是用朱筆寫在石頭上，寫在一塊磚上，因為西北地區氣候乾燥，寫的墨跡在石頭上還沒有掉，很清楚地保存了下來。可以看出來筆的痕跡，甚至連筆畫的彈性都可以表現出來（如「延和九年庚壬」磚志）。這可以叫做寫本石刻或石刻的寫本。

北魏齊郡王妃的墓志，寫得很精緻，刻得也很精緻。其中還有一個很有趣的事情。大約是由於葬埋的日子非常迫近，一個人刻不下來，就另找一個刻手幫他刻。於是，全碑的字體就不一致，風格也不一樣。其中一個圓潤秀美，而另一個就顯得很粗的，筆畫的效果不如另一個那麼好。其中「如實可已」等字就是一個粗手刻的，可以看出那個刀痕在拐彎的地方，筆轉折地方都很粗糙的，那麼可以知道，同是這一塊石刻，兩個刻手來刻，它的效果就不一樣。我們就不能說某一個碑的風格就完全是一個樣子。還比如龍門造像裏頭最精的、很有名的一塊造像記，它的字就鼓起來了。碑常常是凹下的筆畫，這個卻被雕得鼓起來了，像浮雕的樣子。

《始平公碑》，刻得很精，拓得也很早。當時石工鑿字的時候，搭起很高的架子，鑿得非常辛苦，能刻出這麼精緻的字，很不容易。可是其中也有刻得比較粗糙的字，比如說「勒像一軀」等字，就是拿刀子從上下左右

這麼一鏟，就成了一個一個地方條子。這個也難免，要在那麼高的地方，拿錘子在石壁上鑿，還要刻得那麼精，那是很難了。還有比這刻得更粗的，是什麼呢？是要刻的字更小，連四面捉刀都不容易了，那就一鑿下去就是一筆。

龍門石窟裏有許多石刻精華，很多優秀的造像都在裏頭。尤其是古陽洞，就更是龍門造像、石刻精華薈萃的一個洞。它從北魏開始開鑿，一直延續到唐代。北魏《始平公造像》就在雲陽洞的最高處。大家共選出龍門石窟造像精華有二十品，差不多也都在這個洞裏。其實全龍門的造像遠不止這二十品。包括這個《始平公造像》，還有魏林臧等，很多很多。人們從書法的角度，針對造像的題字，進行了選擇。開始選出了四品，十品，最後才選到二十品。其中，真正記載下來的選十品的就是德林，號硯香，是同治年間的人。

4. 唐朝碑刻。

唐碑也有各種字體，絕大部分是楷書，又叫真書。碑刻碑板主要是要告訴人某人有什麼事跡，因此用正規的正楷字，就可以使人看得清楚。這種正楷字，基本到了唐朝才可以說有了定型，楷書的美化在唐朝也算是一個高峰了。楷書最早始於三國的吳，留存下來的叫做《古朗碑》。晉朝南渡東晉永嘉時的字，還略微有一些隸書的成分，但已經進入了楷書的階段。我們說唐前面這一段，就是為了證明唐朝的楷書才算是非常成熟了，並且也非常美化了。

唐朝最早的楷書的碑，是虞世南寫的《孔子廟堂碑》。這個碑的原石，早已不在了。留存下來的石頭，都是五代和宋摹刻的。我們看到的這塊是一塊殘石。虞世南的字體和他的先生的字體非常像。他的老師是一個和尚，名叫智永。智永的《千字文》墨跡現在還有保存。另一個墨跡本被宋朝人得到後，把它刻在石頭上，就是現在保存西安碑林裏的這個石頭，拓

得已經模糊了。摹刻的比起墨跡，已經差遠了：石刻的拓本比較瘦，比較模糊；墨跡本則比較飽滿豐厚。

唐代初年第二個大書法家叫歐陽詢。他寫的《化度寺碑》，在敦煌出土了殘缺的石頭。《溫大雅碑》也是歐陽詢寫的，這塊碑又稱《虞恭公碑》，碑石保存在西安碑林。歐陽詢還寫過《皇甫碑》，這個比起前面兩個，風格又有不同，刻得比較瘦。一個人寫不同的碑的時候，他會出現不同的風格。後人專門說學某一家，學某一體，這個話說得又對又不對，因為體可以模擬，但是不可能完完全全跟哪一個書法家風格完全一樣，這是不可能的。還有，一個書法家自己前後所寫的也不一樣。這是歐陽詢的兒子歐陽通寫的《道因碑》，這個碑也在西安碑林，很完整。他們父子倆的風格有相同的部分，也有不同的部分。有一種說法，學某一個人要學得逼真，一點兒都不差，這是不可能的。

唐初還有一個著名的書家叫褚遂良，他寫了《聖教序碑》。原碑石就在現在西安大雁塔底下，這個碑是褚遂良精心用意寫的，筆道比較細，彈力比較多，這是他個人的風格，是一種很優美的風格。大雁塔裏嵌着的褚遂良寫的兩塊碑，是唐太宗和唐高宗做的《聖教序碑》和《聖教記碑》。兩塊碑完完整整地在這裏保存着。其中《聖教序碑》的字是從右往左一行寫的。唐高宗做太子時候撰的褚遂良書寫的《聖教記碑》，是從左到右一行行寫的。這兩塊碑，是褚遂良的代表作品。褚遂良寫的另一塊碑，叫《伊闕佛龕記》。這個碑現在還在龍門石窟的外邊，隨着山岩的磨平的一塊石頭刻的字很大，褚遂良他習慣於寫比較柔和的字，要寫一寸以外那麼大的字，還要表現出很方整的姿態，就很不自然，很吃力了。

跟褚遂良齊名的，是薛曜。他寫的《石淙河摩崖題記》很有名。石淙河在洛陽郊外，風景很好。石淙河口處有幾塊大石頭，其中兩塊最有名的橫沿的碑上頭，刻的都是唐人的一些詩。還有詩序。書寫的人是薛曜。薛

曜、薛稷這都是唐初著名的書法家。薛曜寫的這兩塊碑特別有名。由於這個地方底下有水，不好拓。所以，從前要想得到它的拓本是非常的難得。他的字和褚遂良的相比有相近的地方，但也有不一樣的地方，更挺拔，有頓挫，有節奏，比那個《三一佛龕記》又叫《三龕記》的字要挺拔而美觀，也不感覺到如何的吃力。這是唐朝初期褚派裏頭很著名的一個作品。

接着看顏真卿。在西安碑林裏同時陳列了好幾塊顏真卿寫的碑。顏真卿寫的碑，按他的年齡，比較早的一個就是《多寶塔碑》，年齡比較晚一些的是《顏勤禮碑》。《顏勤禮碑》裏的人都是他們顏家的，是顏真卿為他的上代刻的石碑。這是顏真卿書寫的碑裏很好的一塊，自宋朝就埋在地裏，一直到 20 世紀 80 年代才出土。雖然已經有些殘缺，但是，寫的字卻是顏碑裏頭是很好的一塊。

請看這種碑（中有「司馬參軍允南工詩」等句），它的筆畫裏有些個圓的地方，趯出來呢，就有些細的筆，許多人不了解為什麼這個捺角會出一個小尖，像一個疙瘩似的，然後拖出了一個尖，為什麼呢？不了解情況的人，就用普通的筆，先頓一下再拉出一個細尖來，這是很不自然的。我們看流傳的墨跡（「天下之……之教將……」），這號稱是顏真卿寫的，其實是唐朝人學顏真卿的風格寫的。墨跡裏的字，看起來也有那個尖的地方，為什麼？大家都覺得顏字有這個特點。這個是顏真卿寫的《顏氏家廟碑》，是他父親的碑，上頭那個碑額「顏氏家廟之碑」幾個字，為當時最有名的篆字大書法家李陽冰撰寫。《顏氏家廟碑》是顏真卿很用力寫的，可事實上，我們看客觀上的效果還不及《顏勤禮碑》那麼好。《爭座位帖》，是顏真卿寫給郭英的一封信。宋朝人把信的稿子即墨跡刻在了石頭上。這石頭是借用了一個碑的背面，立起來就像是橫着的。

柳公權寫的字，也有這樣一個圓的疙瘩，再拉出去一個尖。很多寫柳體的人也多一半在那兒要揉些個疙瘩，然後再拉出一個尖來。柳字的一個

很舊的拓本，叫《玄祕塔碑》，是柳公權寫得極其有名的一塊碑，內容是關於一個名字叫端甫的和尚的事跡。和顏真卿的那個字很相近，比它還要瘦。柳公權這個字大，刻得深，到現在還完完整整的。除了石頭表面禿了一些，碑上的字可以說到現在一個都沒有變化。有些舊拓本看起來效果比原石要好一點，但是整個的碑文是沒有差別的。

凡是模仿柳公權的人，都把那個特點擺得很突出，要寫一個疙瘩帶一個尖。這裏面其實有一個書寫工具的問題，我們看一看唐朝人的筆是什麼樣子的，就知道他為什麼寫出那樣的效果來。

這是唐朝的筆的仿品，原筆保存在日本正倉院。日本人細井廣澤做了一個筆譜，其中記錄了製筆的方法。這個筆譜很重要，可以證明筆是怎麼做成的。我們由此就知道了唐筆的做法。從它的剖面看，中間是一個細柱，一個尖，旁邊的毛一層一層地裏起來。這樣，細柱的頭部就露出了一個細尖，中部和尾部則成了一個大肚子。用這種筆來寫字，只要筆停住了，就是一個圓疙瘩，筆往起一抬，就出現一個細。如果用一種齊頭的筆來寫，用再大的力也不可能出來這個效果。所以，我們要研究古代的書法的特徵，必須要知道他用什麼樣的書寫工具，如果這兩者的關係不了解，拿一種工具去要求另一種工具寫的字，是絕對不可能的。我有一支仿唐法做的日本筆，小筆，我曾經把它發開了寫字，寫出來很像唐朝人那個筆法風格。工具相合，效果也就相近。

我們上面舉到的這些人，官都比較大。官大，名氣高，他寫出來的字就被人認為好，出名很容易。唐朝寫佛經的人，多半是些沒有名氣的人。但是這些無名的一個個抄手寫的佛經也是非常精美的，如果把它這個東西刻在碑上，那也是很了不起的藝術品。不過，這些東西卻不如虞世南等人的作品那麼受人重視。我這裏有一小塊敦煌出的唐人寫經，紙很結實，黃麻紙、字、墨都泛出亮光。這種字，你要放大了刻在碑上，就和那些有名

的碑板沒有什麼差別。我曾經把一塊寫經上的字拿到照相館放大，再跟碑板上的字對看，發現它比碑上的字精彩得多，因為它的筆毫、墨彩、濃淡等，全是非常自然的。這個紙光滑得很，上頭墨的濃淡的痕跡完全可以看得出。

碑以楷書為主就是正書，因為它要明白告訴人這是什麼東西，什麼內容。可是，也有一種變例，是唐太宗李世民學習王羲之束帖上的字寫的行書字，並且還把這種的行書字刻在碑上，就是《溫泉銘》。這是因為他是皇帝，他就愣這麼寫，別人不敢說他，也不敢說他不對。可自從他用行書寫，唐朝人也陸續有人用行書寫字了。我們看唐朝人刻在碑上的行書字，就知道當時的石工是很有特殊技能的。比如西安碑林裏《孔穎達碑》的座子，這完全是刻工在上頭練功夫，練刀子。這裏刻的有楷書，有草書，有行書，我們就看隨便的一刻，刻出來也很有筆的意味，有筆寫的意味。這說明到了唐朝，不但寫碑的人的書法藝術高明了，就刻碑人刻石的技術也達到了一個很高的水平了。自從唐太宗用行書寫碑以後，唐朝陸續出現用行書寫碑。《孔穎達碑》是其中最有名的一塊。碑上的字，風格很特殊。唐初碑，學各個流派的都有，但是，學虞世南流派的卻很少。《孔穎達碑》就是虞世南那一風格的人寫的，但沒有留款，有人說就是虞世南寫的，不一定。另外一個變態的、變體的例子，就是武則天的《升仙太子碑》。《升仙太子碑》在洛陽附近的緱山上邊。傳說緱山有一個古代神仙叫王子晉，他在山上修煉，後來就成了神仙，後人便在這裏修了一個廟，立了一個碑。武則天就是根據這個傳說寫這個《升仙太子碑》。這個碑文更特別了，用草書寫，更難辨認，比行書還要難認，她就愣用草書寫，因為她的勢力大，誰也不敢說她寫得不應該。但是因為草書寫的碑實在無法認，所以自從武則天用草書寫碑以後，再也沒有人用草書寫碑。但是，還有用草書寫的佛經，它的字小，如果我們把這種草書寫的字放大，和武則天寫的這個

《升仙太子碑》來對照，就完全了然《升仙太子碑》的筆法。

唐朝的碑裏也有刻得很潦草、很不精緻的。比如詩人王之渙的墓志，從筆畫看，就很像拿一刀刻下去就是一筆，完全沒有寫字時那個筆畫的動作和意味。大概他請不起什麼高手來刻碑，所以就潦草得很。還有比更這潦草的。

所以，唐朝的碑刻不管是碑林，是墓志，好的、達到很高水平的很多，潦草的、非常潦草的也有。因此，不能說唐碑一律都好，也不是說唐碑都不好。清朝末年康有為的《廣藝舟雙楫》就貶低唐朝人的字，裏面單立一章叫《卑唐》，把唐朝的都貶下去，這是不公道的，也是不正確的。

5. 帖和墨跡。

前邊已經說過，碑是直接寫在石頭上的居多，而帖則是先寫在紙上，再摹刻。因為中間至少經過了兩層工序，因此說帖刻的字一點沒有損失、一點沒有失真地方，那是很不然的。說帖上的字形都不可信，那也是不對的。我們必須從兩方面來辯證地看。現在就再着重講講墨跡和刻本的對照，尤其要看看帖和墨跡的差別。因為帖一翻再翻，翻後再重刻，翻版太多了，就更容易失真。

在東晉王羲之之前，最有名的書法家算是曹魏時候的鍾繇了，歷史上鍾王並稱。行書字體到王羲之，達到了一個最高的美好的境地。在他之前，鍾繇寫的行書字如《魏太傅賀捷表》就是這個樣子。這種字已經摹刻得走樣很多，我們拿樓蘭出土的殘文書來印證、來比較，就可以理解這種字是怎麼寫出來的。樓蘭的殘紙文書大部分是在東西晉之間的。《七月廿六日》是索靖的帖，很有名的章草體的帖，被刻在《淳化閣帖》裏。它的墨跡應該是什麼樣子呢，原件早已沒有了，我們只好拿它跟相近的字來比較。樓蘭出土的殘紙第一行「五月二日訖……」等字特別大，後頭逐漸收小。這種習慣都一樣。我們看這兩個類似不類似呢？這是王羲之的《十七

帖》，我們之所以叫「十七帖」，並不是十七段帖或十七章帖，而是文章的開始有「十七日」幾個字。有人說它是唐朝刻的。其實，也是宋朝另外刻的。我們看它的墨跡，看它的用筆，就好像拿一支禿筆愣這麼在紙上戳。這完全可以證明「十七帖」的時候並沒有石刻所體現的這種風格。後來，唐朝人臨摹「十七帖」，旁邊還注上釋文，左邊一行草書，右邊注上一行楷書。這是唐朝人臨摹的《講堂帖》（「知有漢時講堂在」），原文是王羲之給人寫的信。王羲之最有名的一篇文章是《蘭亭序》，宋朝人刻在石頭上，刻在定武郡中的一塊石頭上，所以就稱為《定武蘭亭》。但《定武蘭亭》有刻得和拓得比較瘦的，有拓得比較肥的，再經過裝裱，字口完全肥出來了，全成模糊的了。還有《神龍蘭亭》，因為上面有唐朝神龍年的半印。它是唐朝人用蠟紙給它描下來的，不是刻的，是描下來填墨的一個本子。這個本子就叫唐摹本。唐摹本的《蘭亭》很多，這個算是摹得最精緻的一個。我們要把它們對照起來看，就完全可以知道它們已經失真到什麼程度了。

《蘭亭》帖由於傳下來的本子太少了，偶然有一個，還燒殘了，還拓裱得樣子很模糊，樣子很潦草，有人就說《蘭亭》根本是假的。前些年有人寫過文章，提出這樣一個論點，認為王羲之的字根本不應該是《蘭亭》那樣子的，可是也沒有正面的根據，都是想象的。我們且看王羲之的下一輩人他的侄子王徽之的字，跟《蘭亭》也相似。你能說這不是王羲之寫的，而是他的侄子王徽之寫的，能有這個道理嗎？王羲之兒子王獻之寫的字如《廿九日帖》中「廿九日所之白」也和《蘭亭》那種字有相似之處。唐朝有一個王羲之的後代，家裏藏了許多王家遺留下來的墨跡，有人把它勾摹下來的，這是其中的一個。這個人比較晚，可是也是他們王家的人，摹也是同時摹在一個卷子裏頭的。

唐朝有一個和尚懷仁，把王羲之的字一個一個地集出來，按照唐太宗

寫的《聖教序》的原文一個字一個字地集出來，就叫集王字的《聖教序》。按照集字，刻成一個大碑，就叫《聖教序碑》。這個碑在書法藝術上有很高的位置，有很大的價值。歷代都很珍重這個碑，有很多的人來保存它，考證它，臨學它。這個碑現在在西安碑林，還很完整。上面的字比宋朝拓本上的字還要清楚。這雖然是個碑，但它的摹刻的辦法也是屬於從紙上勾下來，再把它印在石頭上，然後再刻，要經過幾層手續，很費事。刻出來的雖然是碑的形狀，但是是帖的作用。另一個集王字的碑，剩了半截，被稱為《半截碑》。保存在興福寺，又叫做《興福寺碑》。《興福寺碑》明朝出土時候就剩半截了，所以就俗稱《半截碑》。因為這是集王羲之的字刻的，所以特別有名。

《淳化閣帖》是北宋宋太宗淳化年間，把許多內府所藏的古代的法書刻成帖，用木頭板子，用棗木板刻的。這種帖刻得就粗。同一個帖，同樣的內容，到了宋徽宗大觀時候重新刻了一回，刻得要比淳化時的細緻得多，更要真。怎麼知道是真還是不真，我們只有看它的用筆，看它的筆畫像是筆寫出來的樣子，所以就說它是合乎情理的。大觀年的題頭是蔡京寫的。淳化閣裏頭刻的王羲之的帖，單看還不錯。但要拿大觀帖一比，就知道大觀的精細得多，它上面的字就像拿白粉在黑紙上寫出來的，而淳化閣上的字，連轉折不自然的地方都表現出來了，所以就是一個很粗，一個很精。我們看有「四月廿三」這幾個字的部分，尤其能夠看出來大觀刻得很精，淳化刻得較粗。

從前墨跡沒發現，這個勾摹的唐摹本沒發現的時候，得到一個大觀帖就覺得是很精緻了，後來終於發現它的墨跡還存在。這個墨跡是在一張蠟紙上勾下來的，唐朝人從王羲之的原帖上用蠟紙勾下來填上墨，看起來像筆寫的，這是最精緻的王羲之的字的摹本，看起來跟筆寫的一樣的效果。

這兩個草書的帖，也是唐朝人摹本。它們的底本現在在遼寧省博物

館。這是唐朝時傳到日本去的一個王羲之的帖。本來它的後頭還有兩段，不知道在什麼時候分散了，一段在這一處，另一段在另一處。這個帖叫《喪亂帖》，就是「喪亂之極，先墓再離荼毒」。還有兩個，一個叫《哀禍帖》，一個叫《孔侍中帖》，這都是唐朝人精緻摹刻的，都是流傳下來的王羲之的最有名摹本。摹本雖然沒有原筆那麼真實，相對於碑刻來說，最沒有矜持，是最能夠表現王羲之的筆墨的精彩的東西。

後來出土的兩晉人的墨跡比如西域長史李柏給人的信稿子等，雖然寫的方法和藝術水平不如王羲之的，但由於它是直接寫的，拿起筆很痛痛快快寫，沒有多少矜持和拘謹的地方，顯得氣魄雄厚、理直氣壯，所以要看晉人的真實的風度，應該是看這種東西。比這再次一級的，就是唐朝人的摹寫。它們的筆畫，我們想象也是很豪放的。

這是王獻之寫的《十二月帖》，從筆跡看，就是米芾元章臨的，後人誤以為它就是真正的王獻之寫的字，可是它並沒有臨全，末尾「慶等大軍」以下「十二月」幾個字就沒寫。這兩個互有短長，一個文全，字樣子應該是表現了原樣。米芾臨的這個呢，有他自己的意思在裏頭，而且給我們許多的啟發，用筆的頓挫地方，比看這個容易明白，比看刻本就更容易了然。這是傳說的王獻之寫的《鴨頭丸》，墨跡現在上海博物館，就卷這麼兩行，有的宋帖把它也列入王羲之的字裏頭，究竟是誰的說不清楚，不過可以肯定地說是唐朝人摹的晉朝人的墨跡。這是顏真卿的行書《祭侄文稿》，他侄子被敵人殺害了，他來祭奠。這一個是顏真卿的《爭座位帖》，也是塗塗改改的。這種塗改的字，顏真卿留傳下來的還不止一件。這個是宋朝人刻的石頭，也在西安碑林。拿墨跡來和這個拓本刻本互相印證，我們就得到很多的啟發。墨跡裏有乾墨，筆已經很乾時寫的，這個在石刻裏無論如何也表現不出來，怎麼費事也不能把那乾筆一點點都表現出來。所以說要看帖，應當盡可能拿墨跡來對照。

到唐朝中期，出現了一種狂草。狂草據説是從張旭開始的，或者以張旭為代表。他的《肚痛帖》雖然狂，繞的彎子比較多了，但是字的基本形狀還沒有變。到了懷素，就有了幾種情況。一種是小草的《千字文》，雖然筆畫比較懶散，不太精練，但還是很有規矩的。和它接近的是《苦筍帖》，是懷素現存的最可信的真跡，也在上海博物館。這兩條字是寫在給人的一封信上。《自序帖》，就是狂草了，完全畫大圈了。不過，儘管是畫大圈，筆還是很能夠收斂得住的，他用的筆大概筆尖短，筆根子近，能夠較為得心應手，所以即使畫這麼大圈，還很挺拔。

到了晚唐五代，就出現了一種完全亂寫的草書。寫的字恐怕就只有寫者自己認得，別人碰着這人寫的幾個字，就要拿有這幾個字的詩來回推測，才可以判定到底寫的是什麼。到了這個程度的草書，就完全到了一個頹唐的地步了，已經沒有精彩了，完全就是隨意來摹了。然而這幾個狂草的帖的刻石，從北宋年以來刻的，都保存在碑林裏頭。它的特點是有些細的枯筆的細絲，也都還有保存。論刻功，刻得很好；論寫的，實在太潦草了。這個是五代時一個和尚叫彥休寫的草書。他寫的這種狂草，很像張旭那一派。在它的背面，還有千字文的殘本。傳説中曾經把它算作張旭寫的，其實都是彥休寫的。

關於帖，我想強調説明的是，我們在看帖的刻本時，必須理解古人他隨便寫的時候，他那種自然的精神在什麼上可以體會得出來，如果以為石刻上的字樣子就是古人當時寫字的樣子，那就很吃虧了。必須拿出土的墨跡或者唐朝的摹本來對照印證，才可以得到古代人隨便寫個信札寫個説帖那種字的真正精神原貌。

（張廷銀根據一九八三年在北京師範大學的講課錄像整理）

講稿

一、常識及練習

1. 目錄知識。

目錄是書籍的賬簿，它的用處有兩方面，一、是了解存書多少，什麼名目。是為管書的人用的；二、是了解書的內容，是為讀書的人用的。

藏書編定目錄，起於漢代；把書的內容寫出大略要點，供讀者了解，也起於漢朝，編排分類，也自漢朝開始。

編排分類，隨着歷代的編目人的觀點不同，而各有差異，這屬於目錄學的歷史，現在不去管它。

現在我們要講的，是為了我們應用方便，而需掌握的幾個目錄書，是我們的工具。（是怎樣用目錄書，不是「目錄學」，更非「目錄學史」）

（1）《書目答問補正》叢書書目匯編叢書子目索引

（2）《四庫簡明目錄》叢書綜繫

（3）《四庫全書總目提要》（四庫提要辨證）

至於專講「目錄學」的書，現在出版的有些種，大都從劉歆七略、劉向別錄說起。為了了解圖書分類史、編目史等，當然要談。作為常識之一，學古典文學、整理古籍，連有一門目錄學都不知道，當然不行，但如非專門研究這門學問，我覺得可以先分緩急。

四部、四庫是指經史子集，今日分類已不夠用，但了解古書，還須熟悉。按類尋找，較為方便，從前有人讀書，按書目每種略看原書，可以知道各書的情況（即使僅看到外表大概，也是有用的），現在做不到，能隨手查閱，即收到很大效果。

《書目答問》中時常注出一些評語，雖然簡短，但很扼要。

《補正》部分，補注了一些版本，但今日已又過時，范希曾時常見的，今日已成難得的了。

《提要》有評價，有介紹，但更過時了，太老了，不合我們今日的要求和需要，但不得已，還得硬看。看些就發生趣味了。

目錄學的書：

《目錄學發微》（最重要）

張世祿

姚名達

來新夏

新出《目錄學概論》

梁啟超：一個最低限度的國學書目　　要籍解題及其讀法

前一書雖說最低限度，但今日看來，已是望洋興歎，還有胡適同名一書，非常可笑。

次一種很好，也簡便易讀。

工具書使用法

現在也出了一些工具書，以吳小如的一種較好，字典、類書等，當然屬於工具書，但其他書要看怎樣利用，會用了，都成我們的工具書。

《佩文韻府》	《廣韻》	字典辭典《大漢》和《中華》
《駢字類編》	《集韻》	
《淵鑒類函》	《玉篇》	

《圖書集成》《子史精華》（繹史）、《太平御覽》 ^{上 古}

《九通》《事類統編》

（各）會要　　尚友錄

《一統志》《史姓韻編》《歷代地理志韻編》

《人名大辭典》（地名……）

人名索引

版本的用處。

書籍有版本的區別，早晚的時間，南北的地區，甲乙的店鋪，張李的個人，刻出的書，便有多少的異同。

講版本也是一門「學」，有人是玩古董，不管什麼書，只要早、少、好。時代早、品種少見、書品（印刷、裝訂、紙質、題跋……）好看，真正好版本，不一定是宋元版，宋版錯字也很多，重要的是比較，所以又有校勘學。又有「善本」問題。

校勘的問題

書籍從傳抄到刻木板到今天的排印，都有錯字漏字等問題，所以自古藏書讀書都附帶一個校勘問題，甚至出現校勘專家和「校勘學」。

自己寫的手稿，似乎沒有傳抄的錯字問題了，其實依然不可盡信。我自己手寫的稿，影印出來，現在第四次印刷，雖附加過三次勘誤表，這第三次勘誤表上就還有兩個錯誤。

影印書似乎不存在錯誤了，但四部叢刊、百衲本廿四史，原書中都有不同程度的模糊不清、殘缺不全的部分。宋元明版原有的誤字姑且不談，那些模糊殘缺處，都曾經「描潤」，描的人現在還活着，八十歲了。他說張菊生如何優待他，怎樣教他去描，根據什麼描。結果這些影印古書，是一種半古半今的本子。

古本當然距離原書出現時比今天近些，但每見到一種古本，裏邊好的

字、句，固然有比現在普通本子會多些，而同時不好的字、句，也不少。那麼今本何以還有比古本好的地方，這不奇怪，因為今本也曾經許多校勘改正過。孟子説「盡信書不如無書」，我説唸書校書是「盡信古本書，不如無古本書」。

張菊生校史隨筆，校了西北出土的晉人寫《三國志·吳志》的幾篇傳，其中最突出的一個字是「大構於丕」的丕字，今本都錯寫成「本」，晉人寫本原作「平」，是丕字的古寫，後人不認識而錯成「本」。又《周書》中有一「挨」字，殿本的考證提出是疑字，但不識，其實是六朝俗字的「族」字，像這些就不僅是對校所能簡單解決的了。

章式之校《資治通鑒》，最多的異文，是淝水之戰苻堅敗了，晉人獲秦王堅所乘雲母車及衣服、器、軍資、畜產不可勝紀，比今本《通鑒》及《晉書》載記多十幾個字。

陳垣先生校《元典章》，校完了，得出四條「例」（原則），一是對校，二是內校，三是外校，四是理校。對校是指兩本對校，內校是本書內此處作甲，其他處或上下文如都作乙，則甲必為乙之誤。外校也可稱他校，本書作甲，他書引此文或説此事，卻作乙，則須再作考查判斷，理校是字雖如此，而於事理不通，《荀子》説蟹六跪二螯，世人皆知蟹八條腿，則六必為八之誤。

補充：工具、指導之類

《輶軒語》《枝巢四述》

2. 文體知識。

（1）何謂文體。

即文章（文學作品）的形式，不僅外形、又包括外形與內容及表達方法的辯證關係，或説綜合關係。

（2）在中國古典文學領域中，可先分兩大類：韻文，非韻文。

韻文中又分詩、賦，非韻文中又分散體、駢體。

(3) 詩以詩三百篇為首，下至五言、七言、雜言。

賦從前有人說是「古詩之流」，這是詩的廣義範圍。

下至詞、曲，外形雖與詩不同，如從廣義來說，仍是詩的範疇。

外國有散文詩，中國沒有，有人將饒有詩境的文章來補填，其實任何文學作品（甚至史學作品）如果毫無詩意，也就全無藝術性，便可開除文學之籍，更無論散不散了。

(4) 賦實是中國的「文之詩」（中國沒有真正的散文，下邊講），或說「駢文詩」。從離騷以下的賦，都是一種「活動句式的詩」。

兩漢六朝至唐的賦，都是這種東西，又被稱為古賦，這是對唐代律賦而言的。唐代考試，為了限制應考人，規定韻字，作者必按所定韻部來逐段用韻。

(5) 形與體，所謂「體」，這裏不是說形式，而是說前談的綜合義。

古代某形式流行之後；此一段時期都用此形，本不奇怪。但其時之生活、情調、語言……都有其特色。此特色並非此形所必具。但後人用此形，必求所寫之生活情調，以及語言，都須與古代那個時期的作品一樣，不一樣時，即被說為不夠那一體。

例如：同是作五言詩，有人擬漢魏，有人擬六朝，有人擬初唐、盛唐，又有唐派、宋派之分。（王闓運、何大復……）七言擬杜擬韓擬白擬蘇……等等，甚至留下笑柄。

駢文，唐宋時在作應用文使用時，被叫做「四六」，唐人四六多用典故堆砌。到了宋代進步了，巧妙地在辭藻典故中來說理。所用典故可以援據他們本朝代的事例，因此有唐四六、宋四六之稱。

詞、曲本是同類東西，詞在唐朝叫做曲子詞，過了一些時候，又不能適應通俗的要求，於是散曲、南北曲出來。後人填詞，必按《花間》、北

宋、南宋作家的風格來填，便叫正宗，稍為通俗，便說不是詞而是曲。

3. 音韻常識

（1）大家都學過音韻學，這裏不是重複講那些基本知識。

（2）已知者學溫習，未知者從新學。

①四聲　平上去入

　　　　清濁，發聲問題

　　　　陰陽，調式問題

　　　　四聲各有陰陽，入有中入

　　　　入聲尾音，何以失去，拖長，失尾

　　　　北入派進三聲，何故，（南北不確，西北東南地勢）

　　　　北濁上變去

　　　　北陰陽上去

②切音　何謂聲，何謂韻

　　　　勻、均、韻

　　　　切韻非某一人創造，古人音緩，自然形成，字母（讀法，類
　　　　隔，查反切）

③韻書　《切韻》的形成

　　　　切韻音系問題（李榮　邵榮芬）

　　　　廣韻（必備）

　　　　禮部、平水、佩文，中原音韻，十三轍

④韻部　六、七、十七、廿二、廿四……韻部由後向前

　　　　韻攝與轍

　　　　等韻（定音，練音）等由後向前

　　　　古韻通轉（成韻圖）

　　　　古韻部之考證（合韻）

⑤參考書音學五書，古代漢語中音韻部分

⑥平仄（平仄大類為最基本之高矮）

⑦古典詩詞用古韻，元曲用北韻，唐代北人詩或用入為平

　今用何韻問題

⑧試劃杜詩《秋興》前幾首的四聲，再劃兩首平仄。

（章正根據二十世紀九十年代的講課提綱手稿整理）

二、南北朝文學概況

1. 今日不是講文學史

（1）史從古為官修，私史是違禁的。文學的史亦須以論帶（或代），觀點稍不正確，必會發生大錯。

（2）我既不懂史，也不懂文學的發展的什麼規律，現在講些作品，只是翻譯一些古漢語，是一種技術性的東西。

（3）同志叫我講講南北朝的文學情況，我手邊沒有文學史課本，也不知講的錯不錯，撞車與否？如果有不同點，以課本為準。

（4）我所講的部分，都是參考品，不在裏邊出題。

2. 談南北朝文學，必須先回顧兩漢。

（1）大家讀過兩漢部分，由於時代早、語言「古」（古是今人的感覺，當時愈說當時的話，後人愈不易懂），篇幅大，似大硬塊。

（2）《史記》最富有文學味（性），它是故事，先具備一個優越條件，作者有意刻畫人物，語言較易懂（易懂有兩原因：一是多用共同標準語；二是後代人常讀他，成為後人熟悉的語言）。（《陳涉世家》，即不全懂。）

（3）至於漢賦，漢人拿手戲，但今讀不親切。此如故宮太和殿不如養心殿，養心殿又不如招待所，招待所不如自己家。

（4）建安文學是稀釋了的漢文學。

曹操的《短歌行》，信手拈來，雜引詩經句，滿不在乎。

曹植的《洛神賦》，只是「美人贊」。與漢賦相比，即見其流暢輕鬆。

王粲《七哀》，詠歎中有餘不盡之致。有言外之意，即有詩外之詩。

（5）建安文學所以重要，即是它有承前啟後的作用。

3. 這才能說到南北朝

（1）南北朝的時間：自西晉東晉到隋

西晉統一，但極短暫，即此短時，南北文人聚於洛下，此從其有別到融合。如從另一面講，人俱人，文俱文，所讀之書俱書，表現於作品文風，又必有其同處。

（2）此時期背景：西晉統一不久，即有五胡之亂，以漢族為中心的中原地區，胡人來，必定影響政治經濟，漢族地位，不平等待遇，種族歧視，種族壓迫，階級矛盾隨之加深……

從文學上講，發展受限制，是合乎邏輯的，是必然的。

但歷史證明，凡非漢族人掌握中原地區政權的，無不漢化，也有漢化不深的，但不深不透的必然短暫即亡。化了的，又不成其為胡了，既然漢化，就與漢文學沒有阻礙了。

「民族矛盾（問題）就是階級矛盾（問題）」這一論點，經過證明，見於中央明文，見於楊靜仁同志的報告，如甲族信佛教，乙族信伊斯蘭教，丙族信基督教等等，乃至生活習慣，地理環境，所用語言，必有不同，也極易有矛盾，這些矛盾，並非全屬階級的，更不全屬鬥爭的，歸到階級，即歸到階級鬥爭，就得對立對抗，那麼我們多民族的統一的祖國中，各族人民就只有天天互相鬥爭了。

歷史上少數民族掌握中原政權，與帝國主義侵略不同，帝國主義侵略，敲骨吸髓，奴役中國人，殘殺無辜人民，消滅對方語言，不准讀本國歷史。

少數民族政權，是用中原制度、文化、衣服、語言，結果融合在大家庭中。反之，漢族的階級敵人，殘暴的統治階級，難道就不殺無辜的人，不禁止讀歷史了嗎？「知識越多越反動」的口號，交白卷的張鐵生，是外族人提出的嗎？

歸根結底，南北朝有地區差別，生活風俗有某些差異，文風有某些特點，但絕非中美、中日、中德、中非之類的不同。

4.（1）南朝文風，重華麗，有文筆之說，既叫「文」，必須妝飾，所以《文選》中只收文，很少筆。不只不收《蘭亭序》，也不收陶淵明《五柳先生傳》等，並非南朝無好散文。

（2）就詩賦說：

南朝小賦早有創造性（像已讀過的）

詩也有特點：舉二謝、陶、鮑、沈為例

大謝多寫山水，對偶造句多僵硬，小謝輕鬆靈活，陶直說己話，鮑寫胸襟抑鬱，沈開格律之先。

總之，這些詩，都是幼蟲，到唐代才是成蟲。

5.北朝文學：

（1）北朝詩少，不是沒有，流傳下來的少。

庾信自南到北，大部時間在北，有許多詩，北朝碑志的韻語銘文，也是詩，民族傳的較多，並不比南朝差，南朝多寫愛情，北朝也寫愛情，南朝在水鄉談愛，北朝在馬上談愛。

（2）北朝有四部著名作品：①《水經注》；②《洛陽伽藍記》；③《顏氏家訓》；④《魏書》。

北朝碑志也有大量好文章，卻很少人注意。

（章正根據二十世紀九十年代的講課提綱手稿整理）

三、用典

1. 什麼是典故。

典故即書上的舊事（從字面講法）

其作用：①辭藻的點綴（即語言的裝飾）

　　　　②語句的調節

　　　　③語義的壓縮

　　　　④喚起聯想

杜詩為例：

千家山郭　群山萬壑，荊門明妃村　紫台　青塚　黃昏　畫圖　琵琶

匡衡　劉向　五陵　衣馬輕肥

今日語言中例：

①《松樹的風格》

②距離十萬八千里（遠死了）牛郎織女

包括歇後語，《西望長安》

③女排的精神

④瘦成白骨精（「白骨精」有三項內容，美女、瘦骨、妖精，用者可
重在一項至三項）

2. 查典故的書。

《辭源》等新書，清代的《淵鑒類函》《駢字類編》《佩文韻府》

圖書集成

唐宋的《太平御覽》《初學記》《永樂大典》最初的編法和目的。

《廣韻》《玉篇》等。

古注　古經書的注疏，《文選》注。

3. 怎樣理解典故。

最重要，亦最難。

須通古語言習慣

　　　　　　　　　　　須知作者環境

/ 歸去來兮 /　 / 不求甚解 /

須知作者句中重點所在。（如前舉白骨精）

顏回（德高、命短、最窮、不違如愚）

4. 古注有幾類側重點。

出處，找最先出處，典故事件，辭藻出處（拾人牙慧）

解釋用意，主觀去取（如經書中之典不注）

有串講無串講，語辭之解否

5. 古注於今用處多少。

舉《演連珠》「祿放於寵」一條。

（章正根據二十世紀九十年代的講課提綱手稿整理）

四、唐代文學

1. 總説。

(1) 文學史不可不讀，不可太讀。

(2) 居高臨下。

(3) 背景與文藝成就。

(4) 題材與背景相合不是融化後的反映（題材內容的反映與開花結果不同，花開時肥料在土中已不見了）。如杜以初唐的果，寫安史之事；韓、白是中興後果。

(5)「切段」的不科學。政治與文藝的微妙關係（動盪破壞的反映易，繁榮昌盛的反映遲）。

2. 唐代。

(1) 初盛中晚説的問題（恰當又不恰當：初是隋統一的反映，盛是安史之亂後才成熟，中晚精美是中興後的結果）。

(2) 駢文的作用（文，非筆；裝飾性）。

(3) 古文運動的前後（先驅、成熟；補駢文之不足、古文之不足；駢散統一之公文體；唐代之八股；《史通》，孫過庭，陸贄）。

(4) 傳奇的作用（溫卷等説之非）。碑、傳、志等官樣文章之解放，

史筆之真傳在於寫生活之真實。

（5）外來影響說（傳統中國文學影響了佛經翻譯，非倒置的；禪宗與清談。變文亦無印度影響；敦煌俗文學非只變文）（佛教思想於文學中有影響、反映，但未變革了文學本身。文學是以語言為主，佛思想不能變革語言。圖畫、雕刻以形狀為主，故能生吞，但亦尚未全吞而反遭華化）。

3. 唐詩初盛略論。

（1）唐詩是詩的成熟壯盛時期。

「詩」的廣義概念，永無止境。但就其形式範圍言，則有發展過程及盛衰之變。既變之後，不得不變，故有宋詞、元曲諸體，知「詩」（狹義的）以唐為最成熟時期也。

袁宏道（中郎）云「唐人之詩無論工不工，第取讀之，其色鮮妍如旦晚脫筆研者，今人之詩雖工，然句句字字，拾人飣餖，才離筆研已成陳言死句矣」。

唐人詩何以熟、何以新？請與其前者比較之。

（2）漢魏六朝詩的成就程度。

《詩經》如小兒學語，樸實天真，但不是「長歌詠歎」。毛主席說「沒有詩味」，拆穿了說，未免煞風景，但亦不可避免。「窈窕淑女，君子好逑」與「郎才女貌」、「門當戶對」諸俗語有何區別？略有風致如「昔我往矣，楊柳依依，今我來思，雨雪霏霏」。稍有風致，惜不多。《世說新語》推「訐謨定命，遠猷辰告」，等於唸西番神咒。

漢魏、西晉人詩，直說目前事物，直吐自己思想，是好事，但太實。如「左眄澄江湘，右盼定羌胡，功成不受爵，長揖歸田廬」。此表達思想之淺薄者。又如「言論準宣尼，辭賦擬相如」，「著論準《過秦》，作賦擬《子虛》。」今日考卷中應得幾分？

只有曹操「對酒當歌」一首有滿不在乎之氣派，《西洲曲》有纏綿的情調，同其超脫，同是民間色彩。藝術品來自生活，又要高於生活。此的（類）詩，能來自生活，未能完全高於生活。

陶淵明，能把憤慨說得平淡（辭彭澤令說為奔妹喪，離開彭澤，卻回到家門。公然說謊，卻那麼天真。非必如此，此舉其例），把貧困說得富有。不說盡，使讀者有思考餘地。如畫牡丹富麗堂皇，但全幅無空地則是錦緞圖案。

> 王粲：南登灞陵岸，回首望長安。出門無所見，白骨蔽平
> 原⋯⋯
> 杜甫：夔府孤城落日斜，每依南斗望京華。
> 回首可憐歌舞地，秦中自古帝王州。
> 張舜民：醉袖撫危欄，天淡雲閒。何人此路得生還，回首夕
> 陽紅盡處，應是長安。
> 辛棄疾：西北望長安，可憐無數山。
> 《詩經‧衛風‧碩人》：膚如凝脂，領如蝤蠐，齒如瓠犀。
> 曹植：丹脣外朗，皓齒內鮮。延頸秀項，皓質呈露。
> 李商隱：巧笑知堪敵萬機，傾城最在著戎衣。晉陽已失休回
> 首，更請君王獵一圍。

總之，唐以前詩，如動植物生長，緩慢不易察覺，但仍有其幼稚狀。以手法論，有不消化的硬塊。

(3) 唐前期詩比其前的（漢魏六朝）進步，但仍有餘波。例如：

> 倦採蘼蕪葉，貪憐照膽明。兩邊俱拭淚，一處有啼聲。（張
> 文恭《佳人照鏡》）

弄巧成拙。略可見唐初人想超出平實舊套。

張九齡:《奉和聖製過王濬墓》:

漢王思鉅鹿,晉將在弘農。入蜀舉長算,平吳成大功。

與渾雖不協,歸皓實為雄。孤績淪千載,流名感聖衷。

萬乘度荒隴,一顧凜生風。古節猶不棄,今人爭效忠。

試與劉禹錫《王濬樓船》一首相比則知其工拙如何。

唐初有二類詩值得注意:

A. 五言抒情説理,變自阮籍派,皮兒薄易解。

B. 七言長古。長慶之先驅。

C. 律詩格調成熟。

D. 表達技巧進步。如送別。

4. 李白與杜甫。

(1) 二人有不同,應肯定;優劣,亦各有之。但不能簡單分。

(2) 自元稹作杜甫墓係銘,即有抑揚,揚杜抑李;聽説郭老有書,揚李抑杜。郭書我未看。我只談我的看法。

(3) 今日如何具體看二家,不能先從「優劣」觀念着眼、立論。不要存主見。

(4) 應先從二家作品特點來看:

①二家風格(包括採取的形式和手法)方面:

李多古體,多古樂府題,有贈答,有專詠題。在體裁、格局方面比較不脱離前代的程式。杜不作樂府古題,亦不作舊格式。也有專詠題,但只是借題發揮感情,沒有真詠物詩。體格上:古詩任意抒發,不拘六朝規格。律詩調子精熟,內容隨手、任意,沒有受格律約束處,而有豐富了格律處。

②思想表達方面：

二家俱有愛國憂民之心，不成問題，但表達方法不同。李好談求仙、超世的思想，少有直接議論時政國事的，有之，亦是在某一舊有詩格、舊有詩題中露出此類內容，如《蜀道難》，不管是指何人何事，總是關心國事。但必在樂府題材之中，借以發揮。又如《永王東巡歌》，亦以歌頌永王而使人看到其背景。杜不談幻想，不吹大氣（「竊比稷與契」之下說「許身一何愚」），無古題，「三吏」「三別」即直接揭露，諸將即直接議論。

③這並非抑李揚杜。事實上，風格方面，李是繼承的多，杜是創造的多。思想方面，在政治上李是曲折的，杜是直率的。在理論上，李是直率的，杜又是曲折的。

李是繼往的終結，杜是開新的起始。李之繼往，非無創新，此已於上次講唐人與唐以前之比較中說過。杜之創新，非無繼承，這更明顯不待言。

所謂「往」，即是漢魏六朝直到初唐，表達方面有一重要情況，即是詩不能超脫於事物之上，不能不受事物的始末的約束。不敢或不能不顧事物的本來面目。例如說桌子，必要說四條腿，說一平面。即六朝玄言詩，亦必將玄理抬出，唯恐人不理解，譬如不肯把桌子當床，而實正淺薄。即如李之《蜀道難》，必先說蜀道，極力描寫其難，歸結為憂慮割據。此是「往」的特點之一。

「新」是事物為我用，以詩人主旨、情感為主，事物都是表達這種情感的手段。是火的燃料，桌子可以當床，即可以當木筏、當船。如「吳楚東南坼，乾坤日夜浮」，後人只驚其用字之奇，不知其重要處是能把吳楚乾坤當作自己情感的反映。六朝人「大江流日夜，客心悲未央」，已稱名句，但與此相較，靈與實立可判斷。「草無忘憂之意，花無長樂之心。鳥

何事而逐酒，魚何情而聽琴？」（庾信）「感時花濺淚，恨別鳥驚心」，多少人評論、解釋，辯論是人見花而濺淚，還是花如人之濺淚。實不必辯，此時花與人是一體的，十字包括極豐富而又複雜的內容，既非詠花，亦非詠淚。此種境界，是李和李以前所沒有的。

此非評優劣，而是論詩歌文學發展的階段。

5. 豐富多彩的中晚唐詩人。

（1）詩歌異於演說，異於辯論，異於罵陣，異於批判鬥爭發言。因其為一種有韻的語言，形象的手段，是一種藝術品。

（2）文學藝術應該反映現實，這是馬列主義毛澤東思想的在文藝上的主要論點之一，也是首要的一條。但如何理解這個原理，卻有不同的表現。有些文學史和作品選本，只談、只選作品中談當時的階級矛盾、人民生活的一面，不錯，是應該的，但所謂「反映現實」，是否即專指這一種手法？是否專指這方面的題材？毛主席說《紅樓夢》是封建社會的一面鏡子，但在從前也曾有人批判《紅樓夢》曾把女學生引向林黛玉，當然可以理解，毛主席的話是在十年以後說的，而《紅樓夢》中又確實寫了些含含糊糊的男女愛情。由於其不純粹，不明快，也沒有交代明白這是階級矛盾，就覺得不夠條件了。要知道批判用的大字報，當然是篇篇刀劍，字字風霜，但所用的紙，還是五顏六色的。

（3）唐代詩歌，直接批判現實，反映現實的，要推杜甫、白居易，但他們的內容，畢竟是用詩歌形式表達的，如果專從內容論，一篇篇的調查報告，哪裏有什麼矛盾、什麼痛苦，什麼流亡，都比杜、白詳盡，豈不都是杜、白？

（4）唐代中期，再次統一，在文化教養上，有以前一段的基礎，有前邊若干詩人、詩作的借鑒。在生活上，有當時一段相對的安定。在矛盾上，也有一些藩鎮割據和皇帝的奢靡。但比起天寶時代的大動亂，究竟是

好得多了。

（5）在這時詩歌的創作上，便有幾種不同的現象：不論何種題材，其手段都趨向精緻。不知是有意是無意，各家採取的風格道路有互相避讓而又競爭情況，出現專用或多用一類體格的詩人，最明顯的如韋應物、孟郊、李賀、許渾……

（6）大曆詩人，不僅止「十才子」，幾子幾子之說，是封建時代互相標榜的一套無聊的說法。其實不但不能以「十子」概括，即「大曆」也不能概括前後一段的風格。「十子」的名字又互有出入。

（7）現在要談的有：韋應物、孟郊、李賀、劉禹錫、盧綸、趙嘏、李商隱、溫庭筠。中唐，詩路前已極富，不標奇，不足以自立而勝人。加細加精，因而加弱。內容由於生活較平定而平庸，既無動盪鬥爭，又無出色題材，即此即是其時代現實，亦其階級生活的現實反映。

○中唐詩人首推韋應物。陶派，五言為主，精細。（整理者按：以下所舉詩例，啟功先生往往只寫出句首二字，現予補全）

古詩（十九首之一）：行行重行行，與君生別離。相去萬餘里，各在天一涯。道路阻且長，會面安可知？胡馬依北風，越鳥巢南枝。相去日已遠，衣帶日已緩。浮雲蔽白日，遊子不顧返。思君令人老，歲月忽已晚。棄捐勿復道，努力加餐飯。

擬古（韋，十二首之一）：辭君遠行邁，飲此長恨端。已謂道里遠，如何中險艱。流水赴大壑，孤雲還暮山。無情尚有歸，行子何獨難？驅車背鄉園，朔風捲行跡。嚴冬霜斷肌，日入不遑息。憂歡容發變，寒暑人事易。中心君詎知，冰玉徒貞白。

○孟郊。苦澀。士人出路艱難。橄欖。五言。「慈母手中線」。閨怨：「妾恨比斑竹，下盤煩怨根。有筍未出土，中已含淚痕。」遊子：「萱草生堂階，遊子行天涯。慈親倚門望，不見萱草花。」

○李賀。擬古樂府。語言生造風氣。新路。讀之費思考。孟（郊）如綠橄欖，李（賀）如紅橄欖。

○盧（綸）。「雲開遠見漢陽城，猶是孤帆一日程。估客晝眠知浪靜，舟人夜語覺潮生。三湘衰鬢逢秋色，萬里歸心對月明。舊業已隨征戰盡，更堪江上鼓鼙聲。」（《晚次鄂州》）又：「鷲翎金僕姑，燕尾繡蝥弧。獨立揚新令，千營共一呼。」（《和張僕射塞下曲》之一）又：「菖蒲翻葉柳交枝，暗上蓮舟鳥不知。更到無花最深處，玉樓金殿影參差。」（《曲江春望》之一）

○劉禹錫。「王濬樓船下益州，金陵王氣黯然收……故壘蕭蕭蘆荻秋。」（《西塞山懷古》）又：「紫陌紅塵拂面來，無人不道看花回。玄都觀裏桃千樹，盡是劉郎去後栽。」（《遊玄都觀》）又：「百畝庭中半是苔，桃花淨盡菜花開。種桃道士歸何處？前度劉郎今又來。」（《再遊玄都觀》）又：「唱得涼州意外聲，舊人惟數米嘉榮。近來時世輕先輩，好染髭鬚事後生。」（《與歌者米嘉榮》）

○趙嘏。「雲物淒涼拂曙流，漢家宮闕動高秋。殘星幾點雁橫塞，長笛一聲人倚樓。紫豔半開籬菊靜，紅衣落盡渚蓮愁。鱸魚正美不歸去，空戴南冠學楚囚。」（《長安晚秋》）又「兩見梨花歸不得，每逢寒食一潸然。」（《東望》）「楊柳風多潮未落，蒹葭霜冷雁初飛。」（《長安月夜》）「高鳥過時秋色動，征帆落處暮雲平。」（《齊安早秋》）「征車自入紅塵去，遠水長穿綠樹來。」（《登安陸西樓》）

（陸游：「芳草有情皆礙事，好雲無處不遮樓。」）

○李商隱。（有）「韓碑」。又有以典故喻當時政治，今只讀其精細之作。（即「韓碑」貌似粗豪，比韓《石鼓歌》仍細膩。）「颯颯東風細雨來，芙蓉塘外有輕雷。金蟾齧鎖燒香入，玉虎牽絲汲井回。賈氏窺簾韓掾少，宓妃留枕魏王才。春心莫共花爭發，一寸相思一寸灰。」（《無題》）又同

題：「劉郎已恨蓬山遠，更隔蓬山一萬重。」（「繫春情短柳絲長，隔花人遠天涯近。」）

〇溫（庭筠）。長篇五律。杜法，加細。「昔年曾伴玉真遊，每到仙宮即是秋。曼倩不歸花落盡，滿叢煙露月當樓。」（《題河中紫極宮》）

〇司空圖《詩品》。

6. 韓與白。

（1）韓（愈）

①中唐以後韓、白為大家。

②時代為唐代再統一之後的時期。

③文化呈新氣象，由蓬勃而粗糙到強壯而精密。

④在藝術水平上，出現進一步的提高；在各家風格上，出現競爭的局面。

⑤提韓文，聯想到「周誥殷盤，佶屈聱牙」，實則不然，更口語化。韓詩亦然。

⑥韓詩比杜詩精密句整。

⑦《秋懷》,《石鼓歌》,絕句。

⑧比孟郊、李賀清楚明白，至理名言都能懂。特點過於突出的都是不知之處。在李、杜之後要自立門戶，自走新路。

⑨韓「以詩為文，以文為詩」。文、詩、詞、曲之分（文如講演，詩如交響樂，詞是流行小唱，曲即戲）。

（2）白（居易）

①白所處時代稍晚於韓，唐政治由盛向衰。

②提出合為時為事而作的主張，（是）對的，但提出宣言，已是恐人不理解（這是悲劇）。

③白自己不全是諷諫詩。當皇帝求諫，以納諫自稱時，白作諷諫詩；

當統治者收了，白就（作）閒適（詩）了。

④從表面看，諷諫是反映現實，閒適是個人情緒，但在今日讀時，應看：「作諷諫詩」是現實之一，也是官僚（地主階級文人）特點之一，閒適詩亦如此，在今日讀者眼中，都是唐代歷史現實之一。

⑤杜作「三吏」「三別」，不必標「諷諫」字樣，以在野人士，看到就說；白則以朝官論時政，如不標明「諷諫」，則成「訕謗」。

⑥白亦未能完全為事而作。

⑦白與杜比較——

a. 杜直說，白有安排，杜只是為自己見到的不平事，白須表示明白是為規諫朝政。

b. 杜不安排，是順事件的發展，不管自己的地位；白則安排，以一結見意。從藝術上論，杜任自然，白費經營。

⑧白與元（稹）比較。元詩中有不融化處，白全無痕跡；元白同一題、同一韻，互看自知。

⑨老嫗求解說。

7. 韓與古文。

（1）何謂古文？對駢文而言。駢為文，散為筆。

（2）駢的弊，古代利。

（3）駢易作，古難作，如文言易，白話難。

（4）韓、柳之前，陳子昂、獨孤及、權德輿……俱有摹古痕跡。

（5）所謂古，古語匯、古語法，有其當然，無其所以然。

（6）韓、柳的特點，在古的外貌，通用的語言。

（7）當書（面）、口語俱難懂，公文則好懂。六朝奏彈，《漢書》外戚傳、趙飛燕傳等皆口語，皆難懂。

（8）口語的規範化。

（9）傳奇是《戰國策》《史記》的延續與發展，《聊齋》確有繼承和發展。

（10）與其說古文運動，不如說標準規範化的運動。

（11）唐宋八家都是些線索。

（12）所謂書面話，如報紙體，今日報紙並非如實的口語。

（13）唐宋八家的規格與八股。《古文觀止》是八股的零件。

（14）八家以來至桐城（派）的功過，五四（運動）「打倒桐城謬種、選學妖孽」，但「古文」之功，不在其為桐城陽湖，而在其為通行書面語。生活豐富了，詞彙多了，變成新民叢報體，再變為五四以後的白話。實則韓、柳即當時的改良派，非復古，非革新，而是創造通行書面語。

8. 八股。

（1）來源於經文。

①正反面人物問題，不能以標籤看形象，不能以名稱看文章。

②內容與形式問題，為內容選用形式，非內容能變為形式。

③「臨去秋波那一轉！」

（2）八股之反動有三方面：①形式公式化；②內容為統治者所需要，使思想深入於教條，無中生有（「答曰」）；③一切束縛。

（3）八股基本形式：ａ 各部分名稱；ｂ 各種禁忌，犯上、犯下等；ｃ 割裂（聖人語，雖一字亦有大道理）、截搭等。

（4）八股為何能通行？各種條件和因素。

①邏輯性強，說事理深入透闢。

②從習慣中提煉而來，說事理，分點，分方面，有起結。

③文章駢、散的運用。

④義理、辭章、考據。

⑤代古人立言，有聲、色、形象、感情，如戲劇中人，「入口氣」。

⑥利祿途徑。

⑦清康熙時曾廢二事：纏足、八股，王士禎等請求恢復，習慣勢力，願走熟路（科學與孔孟、八股）。

⑧漢人灌輸標準思想有力工具。朱（熹）注。廉價的漏斗。

（柴劍虹根據一九七九年的講課提綱手稿整理）

五、杜甫詩講解

　　原說鄧魁英先生另有任務出差，此段課由我代替；現鄧改期，因已排了課，就上一小段，以後仍由鄧上。

　　怎看作家作品？

　　1. 杜的生平，從生卒年到官職；時代背景，由唐代社會到安史之亂；杜的詩歌特點，現實主義的創作精神，著名的反映現實的詩篇，以及前代許多人對他的評價；在文學史和詩歌選的課本中都已經寫得清清楚楚。講義上有的，比我知道的多得很，即以杜甫是哪個地方（省、縣、村鎮）人，我確實說不清，而講義上都有。現講義大家已先看過，不必再拿來唸，或重述一遍。現在我擬從以下幾方面來提出幾個問題，先請大家想想！

　　（1）時代背景固然是產生作品的因素，但那一時代為什麼即產生那個人和那些作品，而別人不都是杜甫，其他詩人也和杜甫不同？又同時有兩三個大詩人，如李白與杜甫，既同時代，同遭遇，為什麼二人不同？

　　（2）現實主義，浪漫主義，以及現實、浪漫結合等主義在此人如此，在彼人如此，如果抽去或蓋上作品，有何不同；看着作品，又如何理解？

　　（3）對某一作品，是否都已字字句句理解了？作者為什麼從這個角度寫這首詩？

（4）學一些作家作品，怎樣才算懂得了？是否能分出現實（主義）、浪漫（主義）、批判現實（主義）、反映現實、人民性、局限性，……即為懂全了呢？

（5）向民間學習，向民歌吸取，是否即是古代任何詩人的最高藝術營養？怎麼吸收，民歌有無糟粕，詩人又怎樣消化的，是直接，是間接？

2. 有關杜甫的幾個問題。

（1）杜詩中有若干體裁（形式），其實不止杜詩，古今各代詩、杜同時代的各家詩中都如此。某一題材內容，為什麼選用那一形式？內容決定形式，當然無疑，但形式是否也制約了內容的剪裁？考慮過沒有？

（2）「三吏」「三別」，揭露了剝削壓迫，是否杜甫（是）有意識地、自覺地？封建地主階級的文人，不管他這地主大小，既然剝削別人，為什麼他還揭露剝削？他這種行為，有什麼動力？同樣階級的文人，為什麼張三這樣，李四那樣？為什麼杜甫的兄弟們（杜甫稱「杜二」，詩云「有弟皆分散」），沒有另一個或另半個寫出杜甫那樣詩歌的呢？即（便）孿生兄弟也少見二人同樣成就的呢？

（3）杜甫詩中有沒有糟粕（這當然指封建性的思想內容），這不待言，也不待看全集，就可立時答出「有」！另外有沒有糟糕的呢？（「糟糕」一詞是我借用的，指他藝術上的拙劣。）請指出一些。從評價中和舉例中、選本中看到的偉大詩人，他的全集（未必是一生全部作品）中有沒有糟糕的呢？比重多少？怎樣衡量的？

（4）李杜優劣，自唐代即有人提出（元稹的杜墓志銘），後來歷代不斷有人繼續評論。當然上層建築為基礎服務，文學藝術為政治服務，文藝批評也為政治服務，但服務有「態度」，有「方式方法」。我也曾看見張秉貴的服務態度和方法，總沒見他隔着櫃台為顧客擦鼻涕，當然他更不是因為給經理擦鼻涕而被評為勞模的。所以文學評論，以至李杜評論，都是

從認真讀作品、讀懂作品、明白作品出發的。

（附帶說一下）解放初，有人愛把「文化水平」一詞簡稱為「文化水」，例如說「我的文化水不高」。有人笑這話不通，我卻認為極對。現在套用這句說「我的理論水不高」，這才有水平。連水都沒有，哪來的平？現在提出這一串的問題，先請同志們思考一下。誰先想出解釋來，誰先告訴我，我就按他的講。

3. 技巧問題。研究、講讀古代文學，當然包括詩歌，主要有兩方面：思想性、藝術性。比較少談形式和技術，也許把技術包括在藝術之內，但看到許多文學史的書，講藝術部分中，分析它的形式和技巧的究竟不多。形式和技巧對於作者、作品有無關係呢？

某人喜作某體，慣作某體（律調古調）；某種思想感情適宜用某體，或相反不宜；某種思（想）感（情）宜用某種韻，或相反不宜（古今韻調的分別，以今音讀古詩）；遣詞造句對思感到效果；說全與不說全的效果，或說淺深的效果；拗句的效果與思感（吳體）；朗讀對理解的幫助等。

4. 杜甫詩在文學史特別在詩歌史上的地位。唐詩的最近父輩是南朝詩；內容的範疇；生活面、情調、「入詩」的題材內容；初唐四傑為舊體。李白的題材，神仙，以出世為出路，古風借喻為正規，當前生活少入詩的原因（詩是唱的，山水、日月、男女、盛衰、花草、離合、酒宴、軍旅、神仙……看《文選》詩部分的題目）；措辭也有一定套子。杜甫的最大突破（我好喜啊，喜從何來……上得堂去……你可曉得……）。詩的題材不受拘束；眼前所見所聞都可說，都可入詩；何等語調都曾用（我有一匹……）。（崑、黃之與評戲、話劇，後來舊詩五七言不能表達，遂出了詞曲，又不夠，出了新詩）如說杜甫是新體，李白不免仍存舊體。試作比較來看，便知杜詩題材之廣闊，語言之靈活，都不受舊套的拘束。

5. 杜詩在思想藝術方面的落後面。

【杜詩選講提綱】

望嶽

岱宗夫如何？齊魯青未了。

造化鍾神秀，陰陽割昏曉。

蕩胸生層雲，決眥入歸鳥。

會當凌絕頂，一覽眾山小。

（1）嶽指東嶽泰山，作者年輕時生活在山東，所謂「東郡趨庭日，南樓縱目初」，是隨他父親在做官的任上。

（2）詩的題目在本首也就是詩的主題，「望」泰山，句句合乎邏輯。

「詩無達詁」，就是詩的語言沒有固定的講解。為何沒有？因其要形象。但在特定的條件下（即在詩情中有特殊需要，或在表現手法上必需的作用時），或要邏輯嚴格，或可以不合情理。這首是做足了「望」字和「嶽」字。（是扣得嚴。）

「夫（彼）如何」是不知其究竟。「齊魯青未了」，是已上了半截。鍾（種、其），割（分界，有力的分割）。誇張明暗，是襯托山高（蜀道難，黃鵠之飛尚不得過）。蕩（飄蕩於胸，蕩動胸懷），往上。決眥（瞪裂眼角），往下。生入，亦上下方向。（練字，詩眼、句眼問題。）會當（總要），尚未到。凌（陵），超過，侵犯，壓倒。眾山小，更高於生雲入鳥。登泰山小天下，暗用典，又不重複典故。如作「天下小」，是笨詩，便似他也許沒上去過，只抄故事。為何用典（如「趨庭」），幫助、豐富所說的問題。「無一字無來歷」，怎講？不硬造人所不常用的生詞。

詩歌頌了泰山，寫了自己對泰山的認識，全用比襯，不用直寫，也不能直寫。「長城長呀，真他媽的長，蓋了！」（1978 年市政協會）相比（之下），（優劣）自見。

（3）一詩，總有先得某句。選擇韻腳，或與先得之句有關，隨着往下沿用。也或考慮某韻可表某種情感、形象、效果（即先得某句，亦由其條件符合）。此詩「了韻」，上聲。

前出塞

挽弓當挽強，用箭當用長。
射人先射馬，擒賊先擒王。
殺人亦有限，列國自有疆。
苟能制侵陵，豈在多殺傷？

（1）本選本按時間選編各作品。

（2）前出塞（共九首）。

（3）議論入詩的問題（詩貴形象，論貴邏輯。地圖與山水畫的不同）。

（4）世謂宋人詩入議論，非正格。其實只要不損詩形象，議論亦何嘗不可入詩。「兄弟鬩於牆，非禦其侮」，即是議論。此首全是議論，表達這組詩的主要思想。

（5）議論說理，句法不易整齊。強求整齊，又易上言不搭下語。形象中忽插入邏輯，似山水風景畫中加注上東南西北的方向，或畫上一個指南針，便不協調，破壞了藝術的統一。

（6）此首八句，說的都是真理。凝練的句法，周密的邏輯，深刻的政治思想；表達的手法，又極顯豁，使人「聲入心通」，不待曲折思考，如待自注說明。意義、詞彙、語言、句式，輕鬆透徹的統一體。前四句是賓，是鋪下明路，是大前提。「殺人」二句，是小前提。末二句是結論。

（7）「出塞」是樂府古題。什麼叫「樂府古題」？如這個「行」、那個「曲」，即是詞牌曲調，六朝、唐人多用舊調，李白仍如此。曲調、題材內容、表達方法、語言情調，都隨着走。到杜則不然，不是用舊調，只是偶

然重疊了舊調名，只有「出塞」，其他什麼「行」，只是「行」（長歌的詩體名），沒有舊題。如王之渙的《出塞》，王並沒實際從軍，只是擬古題，杜真有事實，那麼作為調名又去了一半，而一半是現實的生活。從詩題和內容看，杜完全突破了舊框。明七子學唐，學盛唐，每人詩集必以模擬古樂府裝點頭目，放在集前，留有若干笑柄。

《詠懷五百字》（作品略）

①自首句至「未能易其節」為一段。

②「沉飲」二句為過渡。

③「歲暮」至「路有凍死骨」為一段。

④「榮枯」二句為過渡。

⑤「北轅」以下至「川廣不可越」為一段。

⑥「老妻」以下至「平人固騷屑」為一段。

⑦以下四句二層，為結。

（1）思想。此首為杜甫最輝煌的代表作，可以概括他的平生、出處。了解他的思想，理解他為何有若干同情人民疾苦的作品。

（2）為何有此思想？地主階級的人，總的階級性（包括思想意識、立場，以至措辭）是統治階級的。「平人」是對自己這樣身份的人而言，「失業徒」、「遠戍卒」，自己（是）無分的，他所憂是統治的動搖。不用說，杜沒有同情無產階級的思想，即農、兵當時自己，也不知其為一階級。杜揭露這等矛盾，是為他們的「國」設想，「君」即「國」。

（3）所以能看到，因有二刺激：一是「朱門酒肉臭，路有凍死骨」的現實對比，二是自己家庭的情況，以此推彼，更加害怕。

（4）古代知識分子，都受過儒家的教育，有一套人道主義的教養，儘管統治者是以此騙人，讀書人總有幾個人或一人在某些時、某些事上，是

會接受而起作用的，看不平、仗義之人不全出於勞動人民（人道主義的階級，有沒有，應不應談，那是另一回事）。杜即一個。

（5）無論杜從何角度出發，其客觀事實，則已揭露，眼睛看到實際矛盾。地質科學家採金剛石，和農村社員在田野中發現金剛石，當然不同，但其為「發現」、其為「金剛石」則一也。但不能即說那個社員是地質學家。

（6）這些理論問題，有待細細探討。總之杜不可能有意識地揭露階級矛盾，也不應因他的階級而否定他會有此思想。人是社會的，每人有其共性和個性。階級性是總的，但不排除其中有因時間、地點條件而產生的差別。如只看凡出身地主必不能同情人民，是血統論，如把作者說得現代化，則恐有些違背歷史了。後人評古人，欲肯定杜甫，把他的同情人民的思想現象提高到幾乎是（至少這部分是）背叛了本階級的，或自覺的，代表人民的，替人民說話的，總之是我們現代的。杜甫幾乎「現代化」了。（我還一化未成呢。）

（7）「藝術性」。

△五言體。短促句。入聲韻（促音）。

△誇張中的真實。藝術手法的通例。（院中掛的主席像，比真人大得多。）

△捕捉的問題、形象，都是最典型的，也就是最有代表性的。從個人志願，氣候帶寒冷，旅途的艱難，貧富對比，家庭遭遇，個人感想，……每個問題都說得有最高度，有最深度。

△一句當幾句用（不是「頂一萬句」），如我們自己寫，如何？如畫素描，不夠不像，像了又筆多；筆少又極像，水平才高，找的地方準確有力。（隋煬帝勒死。）

△一字的力量：「官渡又改轍。」

<h1 style="text-align:center">《北征》（作品略）</h1>

略讀。

（1）《詠懷……》自長安往奉先。《北征》自鳳翔往鄜州。自己試分段落。

（2）同：五言。入聲韻。先敘志願，路上所經所見，到家之苦況；以國事前途為念，歌頌皇帝。

異：①敘述比《詠懷》加詳；②寫途經之景更細；③寫家人團圓更深刻；④議論與憂心說得更具體；⑤頌揚費周折，稱讚明皇殺楊妃冠冕堂皇，實甚笨拙。結尾未完。

（3）個人風格的形成，有其思路習慣。杜詩少重複，但此二詩透露重複跡象。從此處可了然一作家自己風格形成的因素之一（重要之一）即個人習慣，尤其題材、內容相同時，更易重複。杜高明，少重複，但長篇同類題材即露馬腳。

（4）看《送孔巢父》一首，欲兼贈李白。孔亦李之好友。此詩極似李。同時人之影響、啟發、傳染。同時風格相似之例。略讀《送孔》詩。

【附】

<h3 style="text-align:center">送孔巢父謝病歸遊江東，兼呈李白</h3>

巢父掉頭不肯住，東將入海隨煙霧。

詩卷長留天地間，釣竿欲拂珊瑚樹。

深山大澤龍蛇遠，春寒野陰風景暮。

蓬萊織女回雲車，指點虛無是征路。

自是君身有仙骨，世人那得知其故。

惜君只欲苦死留，富貴何如草頭露。

蔡侯靜者意有餘，清夜置酒臨前除。

罷琴惆悵月照席，幾歲寄我空中書。

南尋禹穴見李白，道甫問信今何如。

麗人行

三月三日天氣新，長安水邊多麗人。

態濃意遠淑且真，肌理細膩骨肉勻。

繡羅衣裳照暮春，蹙金孔雀銀麒麟。

頭上何所有？翠微㔼葉垂鬢脣。

背後何所見？珠壓腰衱穩稱身。

就中雲幕椒房親，賜名大國虢與秦。

紫駝之峰出翠釜，水精之盤行素鱗。

犀箸厭飫久未下，鸞刀縷切空紛綸。

黃門飛鞚不動塵，御廚絡繹送八珍。

簫鼓哀吟感鬼神，賓從雜遝實要津。

後來鞍馬何逡巡，當軒下馬入錦茵。

楊花雪落覆白蘋，青鳥飛去銜紅巾。

炙手可熱勢絕倫，慎莫近前丞相嗔。

1. 「行」是詩歌之一體。

2. 杜詩極少諷刺，此首幾是唯一作品。末二句殆出於文勢所逼，亦是說出實際情況。以藝術言，直率、淺露，一覽無餘。可見杜甫不善諷刺（蘇即不然：「不是聞韶解忘味，爾來三月食無鹽。」）。

哀江頭

少陵野老吞聲哭，春日潛行曲江曲。

江頭宮殿鎖千門，細柳新蒲為誰綠。

憶昔霓旌下南苑，苑中萬物生顏色。

昭陽殿裏第一人，同輦隨君侍君側。

輦前才人帶弓箭，白馬嚼齧黃金勒。

翻身向天仰射雲，一箭正墜雙飛翼。

明眸皓齒今何在？血污遊魂歸不得！

清渭東流劍閣深，去住彼此無消息。

人生有情淚沾臆，江水江花豈終極。

黃昏胡騎塵滿城，欲往城南望城北。

1. 寫淪陷了的長安。

2. 如此環境，對比往事。跳躍的思路，即是穿結環境情感的針線。

3. 當時徬徨的行動，悲哀的情感。

4. 江水江花、人生有情，毫不相干，有機捏合，便成全詩之「人工呼吸」。（「感時花濺淚」一聯，即此二句之變相）

5. 為何總想明皇、貴妃，此事是造成此境的中心。都城，狂歡，胡亂，逃跑，悲劇。

6. 「欲往城南望城北」，此句異文多（「忘城北」，「忘南北」）。「往城南」為往南苑；「望城北」，看城中景況。曲江南，城東南，南苑即芙蓉苑，在曲江之南。前朝後市，自南向北可觀其主要建築。

茅屋為秋風所破歌

八月秋高風怒號，捲我屋上三重茅。茅飛渡江灑江郊，高者掛罥長林梢，下者飄轉沉塘坳。南村群童欺我老無力，忍能對面為盜賊，公然抱茅入竹去。脣焦口燥呼不得，歸來倚杖自歎息。俄頃風定雲墨色，秋天漠漠向昏黑。布衾多年冷似鐵，嬌兒惡臥踏裏裂。床頭屋漏無乾處，雨腳如麻未斷絕。自經喪亂少睡眠，長夜沾濕何由徹！安得廣廈千萬間，大庇天下寒士俱歡

顏，風雨不動安如山。嗚呼！何時眼前突兀見此屋，吾廬獨破
受凍死亦足！

1.「三吏」、「三別」諸首，各選本都有，可不再講。八節課，不是逐首講才懂，是為了解有關怎樣讀杜詩，即所講者，仍是為說明問題的例子，不是為講那首作品。

2. 杜最大特點、長處在眼前無不可寫之事物。（入詩、入文，桐城末流，鮮膚疾骸腿，庸俗至極。）

3. 大處細處，粗寫細寫，不勻稱的事物都成詩中處處恰當的零件。

4. 最著名的思想，願望，「廣廈千（萬）間」，但因此而有種種評論：只見「士」寒，不知民窮；只望大屋，不知改變社會制度；恩賜觀點；個人拚得凍死無救於廣大人民。（晉惠帝聞民饑，問何不吃肉糜。）

丹青引贈曹將軍霸

將軍魏武之子孫，於今為庶為清門。
英雄割據雖已矣，文采風流今尚存。
學書初學衛夫人，但恨無過王右軍。
丹青不知老將至，富貴於我如浮雲。
開元之中常引見，承恩數上南熏殿。
凌煙功臣少顏色，將軍下筆開生面。
良相頭上進賢冠，猛將腰間大羽箭。
褒公鄂公毛髮動，英姿颯爽來酣戰。
先帝御馬玉花驄，畫工如山貌不同。
是日牽來赤墀下，迥立閶闔生長風。
詔謂將軍拂絹素，意匠慘澹經營中。

斯須九重真龍出，一洗萬古凡馬空。
玉花卻在御榻上，榻上庭前屹相向。
至尊含笑催賜金，圉人太僕皆惆悵。
弟子韓幹早入室，亦能畫馬窮殊相。
幹惟畫肉不畫骨，忍使驊騮氣凋喪。
將軍善畫蓋有神，必逢佳士亦寫真。
即今飄泊干戈際，屢貌尋常行路人。
途窮反遭俗眼白，世上未有如公貧。
但看古來盛名下，終日坎壈纏其身。

1. 以畫家悲慘遭遇，襯托唐世盛衰。

2. 畫家榮華遭遇是被皇帝重視。曹霸以被用為榮，杜亦為榮。（今敘一人曾被某人重視，遠者如袁世凱，近者為林彪，定以為恥。此唐詩人杜甫，唐畫家曹霸。）

3. 與《哀王孫》絕不相似，但以人襯世事，實一致。

4. 杜之關心世事，關心國家盛衰，貫串絕大多數作品中，必多看，才覺到。最多熱情，最大責任感，褒貶愛憎分明。歌頌某人某事總與大主題（國家盛衰）相關。

愁（強戲為吳體）

江草日日喚愁生，巫峽泠泠非世情。
盤渦鷺浴底心性，獨樹花發自分明。
十年戎馬暗萬國，異域賓客老孤城。
渭水秦山得見否，人經罷病虎縱橫。

春望

國破山河在，城春草木深。感時花濺淚，恨別鳥驚心。

烽火連三月，家書抵萬金。白頭搔更短，渾欲不勝簪。

美是外界存在，還是由人對他的感覺相合而成的？久已是爭論的問題。從此詩的解釋，已具有此兩種可能。「感時」一聯：花自己濺淚，還是人覺花亦濺淚？（鳥亦如此。）我覺得詩與理論是兩回事，花亦濺淚、鳥亦驚心，是詩；人覺花濺淚，是邏輯推理，不矛盾。

此詩重要在「城春草木深」，足見城中無人。詩人不能把思想性，批判、歌頌的重點正面告訴人，《詠懷》《北征》長篇尚可，短篇律詩無法容納許多。一、二句概括許多，其藝術（性）須加倍起作用（女十二中演悲劇）。

五言律詩比七律更難，字少，句短，壓縮更多。

旅夜書懷

細草微風岸，危檣獨夜舟。星垂平野闊，月湧大江流。

名豈文章著，官應老病休。飄飄何所似？天地一沙鷗。

（講解）「細草」二句。「星垂」二句。

登岳陽樓

昔聞洞庭水，今上岳陽樓。吳楚東南坼，乾坤日夜浮。

親朋無一字，老病有孤舟。戎馬關山北，憑軒涕泗流。

「吳楚東南坼」二句，怎講。

「親朋無一字」二句，怎講。

聞官軍收河南河北

劍外忽傳收薊北，初聞涕淚滿衣裳。

卻看妻子愁何在，漫卷詩書喜欲狂。

白日放歌須縱酒，青春作伴好還鄉。

即從巴峽穿巫峽，便下襄陽向洛陽。

七律，較多。今人作亦多。歡愉之辭難工，愁苦之詩易好。自古寫如此快樂之詩，極少，又與國家命運呼吸相關。（「春風得意馬蹄疾……」）

（柴劍虹根據二十世紀八十年代初的講課提綱手稿整理）

啟功講學錄

啟功　著
趙仁珪　萬光治　張廷銀　編

責任編輯　黃　帆
裝幀設計　鄭喆儀
排　　版　黎　浪
印　　務　劉漢舉

出版　　開明書店
　　　　香港北角英皇道 499 號北角工業大廈一樓 B
　　　　電話：(852) 2137 2338　傳真：(852) 2713 8202
　　　　電子郵件：info@chunghwabook.com.hk
　　　　網址：http://www.chunghwabook.com.hk

發行　　香港聯合書刊物流有限公司
　　　　香港新界荃灣德士古道 220-248 號
　　　　荃灣工業中心 16 樓
　　　　電話：(852) 2150 2100　傳真：(852) 2407 3062
　　　　電子郵件：info@suplogistics.com.hk

印刷　　美雅印刷製本有限公司
　　　　香港觀塘榮業街 6 號海濱工業大廈 4 樓 A 室

版次　　2021 年 11 月初版
　　　　© 2021 開明書店

規格　　16 開 (230mm×170mm)

ISBN　　978-962-459-234-4 (平裝)
　　　　978-962-459-242-9 (精裝)